월
야
환
담

.
.

월야환담 채월야 ·· 1

홍정훈 장편 소설

초판 1쇄 찍은 날 2015년 02월 23일
초판 1쇄 펴낸 날 2015년 03월 15일

지은이 홍정훈
펴낸이 서경석

편집장 권태완 | 편집책임 박가연 | 디자인 신현아

펴낸곳 도서출판 청어람
등록번호 제387-1999-000006호 | 등록일자 1999. 5. 31
어람번호 제8-0038호

주소 경기도 부천시 원미구 부일로 483번길 40 서경B/D 3F (우) 420-822
전화 032-656-4452 | 팩스 032-656-4453
http://www.chungeoram.com | E-mail chungeorambook@daum.net

ⓒ 홍정훈, 2015

ISBN 979-11-04-90097-6 04810
ISBN 979-11-04-90096-9 (SET)

채월야

1

월
야
환
담

홍정훈 장편 소설

도서출판 청어람

처음 PC통신에 글을 쓰던 게 엇그제 같은데 벌써 그날 이후로 20년이 흘렀습니다.

글을 공개적으로 독자들에게 선보인 지 벌써 20년이란 시간이 지났다니 지금도 믿어지지 않네요.

그동안 정말 많은 일이 있었습니다.

그 모든 역경이나 변화의 물결 속에서도 제가 제 글을 써서 독자 여러분들과 만날 수 있는 건 다 독자 여러분의 관심과 보살핌 덕분입니다.

아울러 부족한 제 글을 재간해 주신 도서출판 청어람과 관계자분, 특히 게을러 터진 저 때문에 속상했을 담당 편집자분에게도 거듭 감사의 말씀 드립니다.

2015. 02. 11
홍정훈

차례

第1夜

세례자(The Baptist)

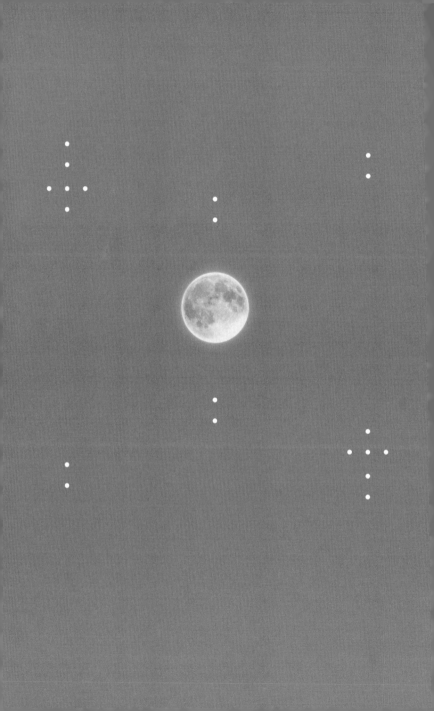

1

낡은 프로—10 스피커에서 지직거리는 라디오 소리가 흘러나왔다. 노스트라다무스가 예언한 파멸의 날도 훨씬 지난 21세기의 서울, 고풍스러운 찻집에서 바텐더는 낡은 레코드판들을 조심스럽게 걸레로 닦고 있었다.

스피커는 늙은 시나트라의 목소리를 거칠게 재생했다. 창밖에는 비, 어두운 조명은 길거리를 비추는 나트륨등불이 가게 안으로 침투하는 걸 허용할 정도, 장사가 잘된다면 그게 이상한, 특이한 바였다. 하지만 나름대로 고풍스러운 맛이 있는 곳이었다.

뎅… 뎅…….

벽에 걸린 괘종시계가 8시를 알리며 둔한 종소리를 내기 시작했다. 그리고 그와 동시에 문이 열리고 그곳으로 한 남자가 걸어 들어왔다. 전신을 둘러싼 검은 코트 안쪽에 얼핏 비치는 복장은 틀림없는 가톨릭 사제복이다. 비록 술을 금하지는 않지만 경건한 가톨릭의 사제가 직접 바를 찾아온다는 것은 그다지 흔치 않은 일이었다. 더구나 은발의 외국인 젊은이라면.

"봄비치곤 거세군."

그는 그렇게 말하며 코트를 벗지도 않은 채 안으로 걸어 들어왔다. 외국인답지 않게 놀랍도록 유창하고 정확한 한국어였다. 그는 바텐더를 한 번 바라보고는 구석진 자리를 돌아보았다. 이런 바에는 어울리지 않는 야자수 화분으로 가려진 소파에는 둥근 베레모를 푹 눌러쓴 채 잠을 자고 있는 중년의 남자가 있었다. 신부는 성큼성큼 걸어가 그 남자의 맞은편에 앉았다. 성직자라기보단 무법자에 가까운 그 행동은 그의 특이한 용모를 제외하고서라도 이목을 끌기 충분했다. 하지만 다행인지 불행인지 주위엔 늙은 바텐더와 잠자는 남자밖에 없었다.

"밤이 다가온다. 자고 있을 시간이 없을 텐데?"

신부는 그렇게 말하며 잠자는 남자의 테이블을 잡고 흔들었다. 그러자 중년 남자는 베레모를 벗으며 자리에서 일어났다가 도로 앉았다.

"이런, 이런. 정말 놀라운 일이군. 유창한 한국어라서 한국인일 줄 알았는데. 역시 전화로는 사람을 모른다니까."

"나는 당신과 내 국적에 관해서 잡담하려고 온 게 아니야. 그런 잡담을 하려면 전화방 가서나 하지그래. 그보다는 얼른 그 녀석이 어디 있는지 털어놔 봐. 여기까지 불러들였으면 이 근처일 테지?"

그는 그렇게 말하고 창밖을 바라보았다. 이른 봄비가 장맛비처럼 거칠게 창문을 두들겨 댔다. 남자는 모자를 벗으며 말했다.

"이 근처이긴 했습니다만 그 후의 종적은 모르겠습니다. 알을 하나 까놓고 갔을 뿐이죠."

"녀석의 행방을 모른다고?"

"예. 대신 스폰이……."

남자는 그렇게 말하면서 비굴하게 웃었다. 그러나 은발의 신부는 냉정하게 말을 잘랐다.

"그런 놈들에겐 관심이 없어. 행방을 모른다면 당신과의 거래도 그걸로 끝이지. 그럼 나는 이만."

그는 그렇게 말하고 자리에서 일어나 성큼성큼 걸어 나갔다. 그러자 베레모의 남자는 깜짝 놀라서 일어났다.

"하지만 녀석들이라면 행방을 알고 있을 겁니다! 누가 뭐래도 자식이니까요!"

그러자 성큼성큼 걸어가던 신부의 발이 멈춰 섰다. 그와 동시에 낡은 LP판의 끝에 바늘이 닿았는지 스피커로부터 거북한 노이즈가 난다.

"교활한 놈."

새카만 코베트 쿠페 한 대가 거의 주차장이나 다름없이 변한 2차선 도로를 미끄러지듯 빠져나갔다. 운전석에 앉은 은발의 신부는 마치 카 레이서라도 되는 양 핸들을 돌리면서 빠르게 도로를 지나가고 있었다.

"대담하군요. 이런 차라면 사람들의 이목을 끌 텐데……."

"당신이 신경 쓸 게 아니라고 몇 번이나 말해야 하지? 정 그렇게 입에 뭔가 올리고 싶으면 우리가 가야 할 곳에 대해서나 이야기 좀 하지?"

그는 그렇게 말하며 차를 몰았다. 중년 남자는 그 말을 듣고 어색한 미소를 짓더니 설명을 시작했다.

"그곳은 연안 부두에 위치한 창고를 개조해서 만든 불법 클럽이죠. 상동파 산하의 클럽으로 주로 마약을 소매하던 룸살롱 같은 곳이었는데, 언제부터인가 스포닝 생츄어리(Spawning Sanctuary)가 되어서……."

"스포닝 생츄어리? 그렇다면 흡혈귀가 많이 있겠군? 자네들은 가만히 있었나? 돈벌이가 꽤 될 텐데."

"상동파는 두목 정상동이 구십 년대 초에 세운 조직으로 크진 않지만 위험하죠. 우리가 경찰도 아닌데 함부로 건드릴 필요는 없잖아요."

"우습군. 흡혈귀는 두려워하지 않으면서 조직폭력배가 두렵다고?"

끼이이익!

그 말이 끝나기도 전에 코베트는 창고 앞에 멈춰 섰다. 창고 입구에는 건장한 남자 둘이 서 있고, 입구는 검은 유리로 막혀 있었다. 주차장은 건물 밖에 나 있는데 번호판 앞에 가리개를 씌워주는 서비스도 하고 있었다.

"좌석 뒤에 보면 케이스가 하나 있을 거야."

신부는 그렇게 말하며 문을 열더니 쏟아지는 빗속으로 성큼 걸어 나갔다.

"이거 말입니까?"

중년 남자는 뒷좌석을 가득 메운 긴 가방을 들어 보였다. 폭만 좀 넓으면 어린아이 하나쯤은 들어갈 것 같은 검은색 케이스로, 무게도 정말 사람을 집어넣은 것처럼 무겁다. 중년 남자는 속으로 혀를 차며 그걸 꺼냈다.

"기타 케이스였으면 좋았겠지만 그만큼 큰 기타를 찾기가 쉽지 않더군. 첼로나 베이스는 너무 크고."

신부는 그렇게 말하고 입구로 성큼성큼 걸어갔다. 그러자 경호원임에 분명한 두 명의 남자가 입구를 막아섰다.

"실례지만 초대장을 보여주시죠."

"What the hell?"

신부는 즉시 능청을 떨었다. 그러자 경호원들이 대번에 당황했다. 상동파의 조직원인 이들이 만약 외국인과 대화할 정도라면 조직폭력배가 아니라 관광 가이드이리라. 그들은 난감함을 감추지 않고 서로서로를 쳐다보았다.

"아, 이런 씨팔. 이태원도 아닌데 진짜 양키잖아. 좆됐네.

야, 너 영어 아냐."

"난 '영어' 하면 학을 뗀다. 경현이 불러와라. 대학물 먹었다
잖……."

그러나 그들이 미처 움직이기도 전에 신부가 움직였다.

빡!

그는 놈들이 한눈을 파는 사이 앞에 서 있는 이에게는 주먹
을 넣고 옆의 경호원은 뒤차기로 정확하게 턱을 갈겼다.

"으으으윽……."

빡 하는 깨끗한 소리와 함께 두 사람이 쓰러졌다. 이가 부러
져서 피가 왈칵 쏟아져 바닥을 물들였다. 한다하는 조직폭력배
를 깔끔하게 정리한 솜씨는 보통이 아니었다.

"자, 그럼 안으로 들어갈까?"

그는 그렇게 말하고 케이스를 받아 들었다. 중년 남자는 깜
짝 놀라서 쓰러진 이들을 살펴보았다.

"몇 대 맞았다고 기절하는 놈들이야. 볼 것도 없지."

그는 그렇게 말하고 안으로 들어갔다. 창고를 개조해서 만든
불법적인 클럽은 긴 복도에 방이 빼곡하게 들어차 있었다. 입
구에는 영업용 미소를 지은 웨이터들이 서 있었는데 두 사람이
들어오자 간이라도 빼줄 것처럼 다가왔다.

"어서 오십쇼. 두 분이십니까?"

신부는 대뜸 웨이터들의 복장을 살피면서 주위를 둘러보았
다. 그러자 웨이터들은 그 태도에 놀라서 흠칫 물러섰다.

"흐음~ 이것들도 아니고."

그때 웨이터 중 한 명이 반투과 유리 너머에 쓰러져 있는 두 명의 경호원을 발견했다.

"아앗! 창수 형!"

"뭐, 뭐야?"

웨이터들은 그 순간 얼굴에서 웃음을 지웠다. 마치 가면을 벗는 것처럼 빠른 표정 변화였다.

"이 새끼가!"

쩍!

그러나 이미 신부의 잽이 웨이터의 얼굴을 갈긴 뒤였다. 손이 어찌나 빠른지 코뼈를 완전히 뭉개고 주먹을 회수했는데도 맞은 본인이 멍청히 서 있을 정도였다.

"으아아악!"

코뼈가 뭉개진 웨이터가 그제야 얼굴을 감싸 안고 비명을 질렀다. 다른 웨이터들이 깜짝 놀라서 그를 포위하려 했지만 좁은 복도에서는 그것마저 여의치 않았다. 신부가 몇 번 손을 쓸 것도 없이 웨이터들은 사이좋게 복도에 드러누웠다.

"굉장하군요."

"굉장한 건 따로 있지. 이번 일이 허탕일 경우 당신에게 그 굉장함을 보여주도록 할 테니까 기대해도 좋을걸. 여기 놈들은 죄다 인간이잖아!"

그는 그렇게 외치며 발로 문을 박차고 들어갔다. 일반적인 룸이 아닌 좀 넓은 방이었는데 안에는 커다란 테이블이 있고, 그 위의 잔에는 검붉은 피가 채워져 있었다. 오붓한 연회를 방

해받은 조직원들, 그리고 몇몇 VIP 손님은 이 갑작스런 난입자를 노려보았다.

"뭐냐, 네놈들은!"

"빙고."

신부는 보자마자 그렇게 말했다. 중년 남자는 깜짝 놀라서 품에서 권총을 하나 빼 들었다. 그가 빼 든 총은 세계에서 가장 흔한 권총 중 하나인 콜트 거버먼트 45ACP였지만 총이 흔하지 않은 한국에서는 좀처럼 보기 드문 것이었다.

"이 자식들!"

탕!

자리에 앉아 있던 조직원 중 한 명이 몸을 일으켰지만 그 순간 그의 어깨에 총탄이 처박혔다. 빌빌거리던 중년 남자에겐 그답지 않은 실력이 있었는지 당황하는 상대를 정확하게 갈겨 버린 것이다. 45구경 ACP탄은 저지력(沮止力)이 뛰어난 탄이라 테이블 뒤로 어마어마한 양의 피가 튀었다. 하지만 그는 멀쩡하게 자리에서 일어났다. 인간이라면 도저히 버틸 수 없을 텐데 일어났다는 것은 그가 인간이 아님을 증명한다.

"캬아!"

본모습을 드러낸 흡혈귀들이 모두 자리에서 일어났다. 그러나 그때 신부가 케이스를 열었다.

"네놈들이 여기서 무슨 파티를 하든 관심 없어. 하지만 너희에게 가짜 영생을 판 이단자에……."

그는 그렇게 말하며 케이스 안에서 거대한 라이플을 꺼내 달려든 흡혈귀를 향해 바로 갈겼다.

콰앙!

폭음과 함께 흡혈귀의 몸통이 박살 난 것은 물론 그 뒤에 있던 애꿎은 다른 흡혈귀들까지 운명을 같이했다. 총탄의 위력은 일곱 명의 머리통을 뚫고도 감소되지 않았는지 맞은편 벽을 부쉈다.

"오늘은 운이 좋군."

신부는 그렇게 말하며 베레타—M82A1을 제대로 들었다. 이 묵직한 라이플을 그는 케이스에서 꺼낸 순간 권총처럼 가볍게 쏴서 흡혈귀들을 박살 낸 것이다. 그것도 정확히! 그는 거대한 라이플을 잡고 바로 흡혈귀들에게 사격을 가했다.

"퀘에에에엑!"

"이 개자식! 순대를 토하게 해주마!"

흡혈귀들은 전의를 불사르며 달려들었지만 신부는 침착하게 사격에만 열중했다.

콰앙!

마치 유원지 사격장에라도 온 것처럼 담담한 태도로 폭음을 쏟아내는 신부. 그의 총구에서 불꽃이 튈 때마다 수많은 흡혈귀가 줄줄이 쓰러졌다. 이 좁은 공간에서 어지간한 어린아이보다 더 긴 총을 사용한 것이라기엔 믿을 수 없는 전과다.

"캬아아아악!"

"무, 무슨 짓을!"

흡혈귀 중 유일하게 살아남은 젊은 남자는 겁에 질려서 뒤로 물러섰다. 신부는 겁에 질린 흡혈귀를 향해 총구를 겨눈 채로 다가가며 말했다.

"아니, 생각해 보니까 대답은 한 명만 살아 있어도 들을 수 있을 것 같거든. 어디 이야기해 주실까? 너희에게 거짓 영생을 판 이단자가 어디 있는지?"

신부는 그렇게 말하며 다가갔다. 그러자 흡혈귀는 뒤로 물러서면서 손을 내저었다.

"자! 잠깐! 나는 아무것도 몰라! 단지 위에서 내려온 약 같은 걸 먹었을 뿐이야! 처음에는 박카스인 줄 알았다고!"

그 순간 신부는 라이플을 거뒀다. 흡혈귀가 안도하는 것도 잠시, 폭음과 함께 그 팔이 끊어져 나갔다.

"크아아아악!"

신부는 왼손으로 데저트 이글을 들고 라이플은 뒤의 중년 남자에게 던져 주었다.

"케이스에 넣어놔."

"저기, 이 흡혈귀 시체들은……."

"마음대로 해. 원래 그러기로 한 거 아닌가? 이 빌어먹을 쥐새끼야."

"예."

중년 남자는 신부가 자신을 모독해도 뭐가 그리 좋은지 곧 품에서 웬 금속 장치를 꺼냈다. 그것은 두터운 비닐 팩과 연결되어 있었는데 그가 그 장치를 흡혈귀의 시신에 꽂자 비닐 팩 안으로 피가 고이기 시작했다.

"크으으으으윽!"

팔을 잃은 흡혈귀는 바닥에 주저앉아서 비명을 지르고 있었다. 지금 같은 심정에서는 차라리 경찰이라도 달려왔으면 싶지만 이상하게 총성이 울려 퍼지는데도 경찰이 움직이는 기미가 없었다.

"이야기하는 데는 팔이 필요 없지? 그렇지? 자, 그다음은 아마 네 왼쪽 다리가 될 것 같아. 어서 말하지 않으면 액션 열차(Action Express)가 출발할 거야. 인내심을 시험하는 좋은 기회지. 안 그래?"

그는 그렇게 말하고 자신의 데저트 이글 50 액션 익스프레스를 흡혈귀의 왼쪽 대퇴부에 겨눴다. 그러자 흡혈귀의 얼굴에 경악이 떠올랐다.

"미, 미친 새끼!"

물론 욕지거리의 대가는 금방 돌아왔다. 폭음과 함께 왼쪽 다리가 너덜너덜하게 끊어졌다. 신부의 말을 빌리면 액션 열차(?)는 50구경의 특수 매그넘 탄으로 살상력에 있어서는 라이플 탄 못지않았다.

"내 질문에 대답하지 않겠다면 이대로 피를 빨아내는 것도 괜찮지. 흡혈귀, 인간에게 피를 빨리게 되면 그 영생이라는 것에 대해서 좀 이야기할 기분이 날 거야. 그렇지?"

신부는 그렇게 말하고 옆을 곁눈질했다. 그곳에는 신이 난 중년 남자가 쓰러진 흡혈귀들의 몸에 채혈기를 꽂고 피를 빨아내고 있었다. 실제로 통증은 거의 없을 테지만 상상력이라는 것만큼 뛰어난 협박자도 없는 법이다. 이 흡혈귀는 총탄에 의한 고통을 참기에도 버거웠고 인간일 때도 별로 인내력이 없었던 자였다. 미친 신부의 앞에서 자신의 용맹함을 자랑하면서 대신 몸을 조각조각내는 것은 그의 신념에 어긋났다.

"말할게요! 내가 알고 있는 건 모두 말할 테니까, 제발 그만해요."

"좋아. 녀석은 어딨지?"

"이 주 전에 춘천으로 내려간다고 했어요. 그렇지만 그게 진짜인지는 모르겠어요. 녀석이 우릴 신뢰할 이유가 없으니까!"

"그래?"

신부는 흡혈귀의 말을 듣더니 미소를 지었다. 그는 총구를 흡혈귀의 머리로 옮겼다. 흡혈귀는 깜짝 놀라서 움직이려고 했지만 팔 하나, 다리 하나를 잃은 그로서는 버둥거리는 게 고작이었다.

"왜! 왜요! 나는 아는 걸 다 말했는데."

"정말 쓸모없는 놈이로군. 네놈이 아는 건 나에게 전혀 도움이 안 돼."

그는 그렇게 말하고 주저하지 않고 방아쇠를 당겼다.

탕!

총성과 함께 머리가 산산조각 났다. 비록 흡혈귀에게 재생력이 있다고는 하지만 순은을 듬뿍 바른 50구경의 매그넘 탄을 머리통에 맞고 살 수는 없다.

"제기랄! 어부를 위해 일한 새 꼴이 되었군."

은발의 신부는 고사성어에도 꽤 박식한지 그렇게 말하면서 신경질적으로 데저트 이글을 허리춤에 넣었다. 그러자 그 기세에 질린 중년 남자가 어깨를 으쓱해 보였다.

"어쨌거나 총을 썼으니까 경찰이 올 텐데 자리를 피해야 하지 않겠습니까?"

"나는 상관없어. 문제가 있다면 네 콜트지."

그는 그렇게 말하고 케이스를 들었다. 그런데 그때였다.

챙그랑!

건너편에서 유리창이 깨지는 소리가 난 것이다.

"아무래도 불가피하게 추격전을 벌여야 할 것 같군. 뒤처리 정도는 해줄 수 있겠지?"

신부는 중년 남자를 비난하듯 노려보면서 뒤로 빠져나갔다. 역시 예상대로 클럽 주방의 창문이 깨져 있고 그쪽으로 한 사람이 뛰어가는 게 보였다. 신부는 권총을 빼 들자마자 재빠르게 방아쇠를 당겼다.

쾅!

조용하다고는 못 할 거리이지만 총성은 그 소음 중 단연 으뜸이었다. 열심히 달려가던 흡혈귀는 총성과 함께 휘청거렸다. 등을 통해서 폐와 간장을 찢고 지나간 총탄은, 보통 사람이라면 열 번은 죽고도 남을 위중한 상처를 만들었다. 그리고 이 신부가 사용한 순은 할로우 탄(Silver tip hollow:보통 실버 팁 할로우 탄은 알루미늄)은 흡혈귀에게도 충분히 위협적이었다. 하지만 흡혈귀는 이를 악물고 몸을 움직였다. 폐가 전부 파헤쳐지고 간장과 췌장, 위장이 통째로 사라졌어도 흡혈귀들은 몸을 움직이는 것이다.

"젠장! 일이 복잡해지는군."

신부는 총을 거두며 혀를 찼다.

깊은 밤 몇몇 폭주족이 도로를 따라서 신 나게 달려오고 있었다. 카울에는 싸구려 램프를 잔뜩 처박았고 뒤에는 흔히 똥불이라고 부르는 주먹만 한 램프를 단 폭주족이 대부분으로, 그들이 함께 스로틀을 열고 달려오는 소리는 정말 천군만마가 달리는 것 같았다.

물론 머플러에 드릴로 구멍을 뚫거나 캡을 벗겨서, 혹은 머플러 자체를 교체해서 소리는 우렁차지만 사실 엔진은 전부 다 125cc 수준에 제대로 튠업(Tune up)된 것은 없었다. 하지만 리더는 꽤 육중한 발칸을 타고 있었는데 그의 나이는 많아도 20대 초반 정도로밖에 보이지 않았다.

"야호!"

그때 선두에 달리던 폭주족 한 명이 핸들에서 손을 놓고 팔을 휘둘렀다. 그러자 다른 이들도 전부 다 그 행동을 따라 했다. 경박한 경적이 울려 퍼지며 징그러울 정도로 주위를 어지럽게 했다.

"하하하하하! 죽여주는데! 야, 세건아! 윌리(Wheely:앞바퀴

들기) 해봐라!"

리더는 옆에 따라오고 있는 이를 세건이라고 불렀다. 바람 소리 때문에 거의 들리지 않기 때문에, 그야말로 목청이 터지도록 외쳐야 했다. 하지만 세건은 그 말을 어떻게 알아들었는지 대답했다.

"싫어! 이거 형 거라서 흠집이라도 나면 죽는다고!"

그는 그렇게 말하면서 헤드라이트를 깜빡였다. 국산인 RX—125를 타고 있었는데 마치 새로 뽑은 것처럼 깨끗한 게 주인이 이놈에게 들인 공을 대변해 주었다. 겉보기로 불법 개조라고 할 만한 것은 하나도 안 붙어 있지만 서스펜션부터 시작해서 타이어, 실린더, 필터, 플러그 등 실제 기능 위주로 풀 튠업이 되어 있었다.

'나 참, 내가 뭐하고 있는 거지?'

세건은 그렇게 생각하면서 액셀을 쥐었다. 그리고 단숨에 당기면서 전륜을 들었다. 윌리야 흔하게 하는 기술들이지만 시속 100킬로미터를 넘은 상태에서, 그것도 방금 전까지 내리던 비로 젖어 있는 도로에서 하는 건 위험하다. 하지만 세건이 먼저 윌리를 하자 다들 따라서 윌리를 하기 시작했다. 빗물과 속도가 두려워서 윌리를 하지 않은 이들은 금방 집단 내에서 따돌림을 당하게 된다. 모여서 다 같이 죽자는 것도 아닐 텐데 그런 하찮은 이유로 위험천만한 스턴트를 해야 하다니. 그래서 집단이란 무서운 것이다. 그런데 그때였다.

코너에 숨어서 기다리고 있던 경찰들이 나타났다. 폭주족 단

속 기간이라 그런지 경찰들은 장비부터가 달랐다. 풀 튠업된 개조 차량이나 할리 데이비슨 FX/ST로 완전무장한 상태였다.

"모두 멈춰 세워라! 죽고 싶냐!"

경찰차에서 확성기를 든 경찰 한 명이 짜증이 잔뜩 묻어나는 목소리로 그렇게 외쳤다. 애들이 달리다 죽을 걸 염려하는 건지 자기가 직접 죽여주겠다는 건지 감이 와 닿지 않는 말투였다.

"짭새다!"

"아, 씨팔! 좆됐다!"

폭주족들 사이에서 절망적인 외침이 터져 나왔다. 리더는 심각한 표정으로 뒤를 돌아보았다. 물론 다들 멈출 생각은 없는 것 같았다. 세건은 그런 이들을 보고 혀를 찼다. 아직 고등학생이고 무면허인 데다가 형의 오토바이를 끌고 나온 세건이야 잡힐 경우 보통 심각한 문제가 아니니 도주 시도를 하는 게 낫지만 폭주족 사망의 가장 원인 중 하나가 경찰에게서의 도주 행위 아닌가.

"에라, 모르겠다! 잡히는 것보다야 낫지!"

세건은 그렇게 외치고 길옆으로 돌았다. 인터체인지 밑으로 들어가는 루프형 도로라 길옆으로 빠진다는 것은 밑으로 뛰어내린다는 이야기인데 이게 보통 실력으로 되는 일이 아니다. 온로드에서 오프로드, 다시 온로드로 이어지는 데다가 기본적으로 점프라 이만저만한 컨트롤 없이 할 수 있는 일이 아닌 것이다. 그러나 세건은 마치 스턴트맨처럼 도로 옆, 잡초들이 듬뿍 자란 비포장 비탈로 뛰어내리더니 빠르게 비탈을 내려가 아래쪽 길 위로 뻔뻔스럽게 올라탔다.

콰콰콱, 텅!

비탈을 아예 깎아 내리며 미끄러져 내린 RX—125가 아스팔트 바닥에 내려앉으며 들썩거렸다. 끔찍할 정도의 반발력(Kick back)이 핸들을 통해서 전해졌지만 세건은 그 반발을 앞바퀴를 드는 것으로 소화하면서 액셀을 당겼다. 서스펜션에서 삐걱거리는 느낌이 불길하지만 일단은 이 자리를 피하는 게 최선이라고 생각한 세건은 뒤도 돌아보지 않고 앞으로 달렸다. 위에선 경찰들과 폭주족들이 서로서로 잡느라 난리가 아니지만 인터체인지를 건너뛴 세건은 경찰들의 포획망에서 벗어난 상태였다.

"그런데 저건 뭐야! 우왁!"

세건은 앞에서 달려오는 미친 듯한 덤프트럭을 보고 비명을 질렀다.

씨이이이잉!

아슬아슬하게 트럭이 스치며 그 특유의 비명을 질렀다. 게다가 지나가면서 얼핏 들려온 트럭 운전사의 외침—'야, 이 미친 새꺄! 뒈지고 싶냐!' 등등—이 들려오는 걸로 봐서 이곳은 일방주행 도로인 것 같았다. 아래로 내려온 것은 좋은데 하필이면 진행 방향이 반대인 역주행이라니! 게다가 밤의 트럭들은 폭주족보다 훨씬 더 무서운 존재였다.

"옷차!"

세건은 다시 도로를 옆으로 횡단해서 지나가 앞바퀴를 들어 올라서고 다시 뒷바퀴를 드는 팝업(Pop up)으로 턱이 높은 인도 위로 올라섰다.

밤의 도시로 주행음이 길게 이어졌다.

나트륨등이 깜빡이면서 길을 밝히고 있는 주택가로 교복을 입은 고등학생 한 명이 오토바이를 질질 끌면서 들어오고 있었다. 경찰들을 따돌리고 여기까지 달아난 세건이었다. 그는 단독주택들이 늘어선 골목을 지나오다가 벽면에 붙어 있는 차고 문을 열었다. 차고라고 해도 거의 창고와 같은 곳이지만 오토바이 하나 놓는 데는 충분했다. 그는 오토바이를 내려놓고 즉시 옷과 몸가짐을 바르게 했다. 비록 학업 성적이 좋진 않지만 집안에서는 그래도 열심히 공부하는 학생이라고 알려져 있었다. 몸이 좀 힘들다고 해서 지금까지 쌓아온 이미지를 무너뜨릴 수는 없었다.

"다녀왔습니다."

세건은 그렇게 말하면서 문을 열었다. 하지만 조용하다. 주위를 둘러보았다. 마당에 놓아 기르던 개도 보이지 않았다. 옛날 같으면 골목으로 다가오기만 해도 멍멍 시끄럽게 짖어댔어야 할 개가 왜 가만히 있는지 이해가 가지 않았다.

"뭐지? 다들 여행이라도 갔나? 그런 것도 아닌 것 같고."

세건은 그렇게 중얼거리며 현관문을 열었다. 시간이 늦긴 했지만 자식이 돌아오기 전에 먼저 잠든 적은 한 번도 없는 어머니였다.

"다녀왔습니다!"

세건은 다시 그렇게 말하면서 현관으로 들어섰다. 불도 켜져 있지 않은 현관, 게다가 어딘지 모르게 이상한 공기가 느껴졌다. 마치 고등어가 썩는 듯한 악취였다.

"뭐지? 이 냄새는?"

세건은 그렇게 중얼거리며 현관 옆 스위치에 손을 내밀었다. 이상하게 끈적한 느낌이 들어서 손을 살펴보니, 손가락 끝에 끈적거리는 피가 묻어 나왔다. 꽤 식어 있는 데도 불구하고 마르지 않은 이 피는 분명 인간의 것과 다른 성질이었지만 세건은 그걸 알 수 없었다.

"뭐, 뭐야, 이건! 형! 엄마! 아빠! 아무도 없어요?"

세건은 그렇게 외치며 집 안을 살펴보았다. 그때 형광등이 깜빡이면서 켜졌다. 집 안은 아무런 일도 없는 듯 조용하지만, 바닥에 피가 떨어져 있는 게 보였다. 아무리 담이 큰 사람이라도 집에 돌아왔더니 바닥에 피가 떨어져 있으면 기가 막힐 것이다.

세건은 즉시 핸드폰을 꺼내서 112를 눌렀다. 전화를 걸었다가 아무것도 아닌 일로 밝혀진다면 후환이 두렵겠지만 벽과 바닥에 피가 뿌려져 있는데 아무 일도 아닐 리 없잖은가?

세건은 즉시 경찰에 신고한 뒤 신발장을 열고 안에 세워져 있던 낡은 목검을 꺼냈다. 그리고 신발을 신은 채로 집 안에 발을 들였다. 핏자국은 주방을 향해 나 있었다.

"……."

세건은 숨을 죽이고 걸어갔다. 한 걸음, 한 걸음을 내디딜 때마다 심장이 쿵쾅거린다. 주방으로 다가갈수록 강해지는 피 냄새가 너무나도 불길하다.

그런데 그때였다.

챙그랑!

유리창이 깨지며 개 한 마리가 뛰어들었다. 영화용 설탕 유리가 아니기 때문에 유리창을 깨고 들어온 개도 금세 피투성이가 되었지만, 이제는 피를 좀 흘리는 것을 걱정할 필요가 없었다. 개의 몸통이 열린 채 창자가 비어져 나와 있었기 때문이다.

세건은 반사적으로 몸을 돌려서 목검을 휘둘렀지만 뛰어든 개의 공격을 저지하는 데는 역부족이었다. 가죽 포대를 후려갈기는 듯한 느낌과 함께 목검이 손아귀에서 빠져나가고 말았다. 니스 칠을 듬뿍 하고 마감한 목검이라 때리는 힘을 이기지 못한 것이었다.

"앗!"

세건이 미처 비명을 지를 새도 없이 개가 그의 어깨를 물었다. 세건은 잔다르크, 집안사람들은 맹순이라고 부르던 아주 순한 골든 리트리버가 바닥에서 2미터도 넘는 높이의 1층 창문으로 뛰어오른 것이다. 말도 안 된다는 생각보다 고통이 먼저 뇌리를 후벼 팠다. 세건은 비명도 못 지르고 꺽꺽거리면서 뒤로 넘겨졌다. 단 일격에 어깨뼈가 골절되는 중상을 입은 것이다.

"크아아악!"

세건은 무의식중에 발을 들어서 자신을 물어뜯고 있는 개의 복부를 발로 찼다. 끄집어 나와 있던 내장이 물컹, 발에 걸리면서 복부에서 쑤욱 빠져나왔다. 끈적끈적한 피가 엉기면서 감겨 있던 실타래가 풀리듯 내장이 비어져 나오는 느낌은 간접적이라 해도 소름 끼치는 것이었다. 하지만 어깨뼈가 부서진 마당에 그런 감각에 놀랄 순 없었다.

세건은 몸을 일으켜서 그 커다란 개를 뒤집었다. 일단 내장을 좀 뽑아내니 제아무리 괴물 같은 개라고 하더라도 몸이 움직여지질 않는지 쉽게 뒤집어졌다. 세건은 다짜고짜 개를 내려쳤다. 주먹으로 내려치고 팔꿈치로 내려치고 손목으로 내려쳤다. 손목이 삐든 말든 신경 쓰지 않았다. 자기가 기르던 개를 때려죽인다는 감상도 없었다.

"크악!"

결국 개는 입을 벌리고 떨어져 나갔다. 어깨의 살을 한 뭉텅이는 잘라 간 게 보통 위중한 상처가 아니었다. 그렇다면 잔다르크가 미쳐서 집안사람들을 공격한 건가? 세건은 그렇게 생각하고 이를 악물었다. 만약 이 개가 범인이라면 집 안에 있었어야 옳다. 유리창을 깨고 돌격해 들어올 필요도 없지. 밖으로 나갔다가 이제 와서 안으로 돌격했다는 것은 말이 안 된다.

"제기랄!"

세건은 떨어진 목검을 바로 주워서 아직도 꿈틀거리는 잔다르크를 내려쳤다. 이 미친개는 오랫동안 그의 공격을 버티다가 결국 두개골이 깨지면서 쓰러져 버렸다. 그 정도만 휘둘렀는데도 세건의 손아귀에는 물집이 잔뜩 잡혀 버렸다. 세건은 몸을 일으켜서 주방으로 걸어가 보았다.

　"역시……."

　세건의 예상대로 주방에는 세건의 어머니가 그럴듯한 시체로 변해 있었다. 목이 절반쯤 파여 있었고, 안의 피는 한 방울도 없이 말라서 육체가 한없이 가벼워 보였다. 시체 안의 체액이 빨려 나가서 그런지 벌써 일부분에서는 피부가 가라앉고 있었다.

　세건은 부엌에서 가장 긴 식칼을 하나 꺼내서 오른손에 쥐었다. 왼손은 어깨가 부서지는 바람에 어차피 한쪽 팔밖에 쓸 수 없다. 물론 경찰들이 오길 기다릴 수도 있겠지만, 그 한순간 때문에 가족의 운명이 갈릴 수도 있는 것이다. 엄마는 죽었지만 나머진 아직 살아 있을지도 모른다. 나머지 가족이 다 죽었다고 하더라도 이 사태를 일으킨 원흉이 있을 것이다.

　"그렇지! 그렇지 않고서는 어째서… 자기보다 작은 고양이에게도 맞고 들어오는 잔다르크가 그럴 수가 있단 말야!"

　세건은 반쯤 실성해서 혼잣말을 하며 계단을 올라섰다. 그때 문득 아버지의 수렵용 총에 생각이 미쳤다. 그것은 분명히 아버지의 서재에 있었다. 물론 어머니는 광견에게 죽었을 수도 있지만, 왠지 모를 확신으로 아직 뭔가가 있다는 생각이 들었다. 그래서 그는 아버지의 서재를 향해 걸어갔다.

"아!"

걸어가고 말고 할 것도 없이 방문을 열자마자 형의 시체가 보였다. 세건의 형도 세건과 같은 생각을 했는지 수렵용 엽총을 든 채로 책장에 쓰러져 있었다. 배에서 엄청난 출혈이 있었는지 그의 피가 책장을 통째로 물들인 게 보였다.

"윽, 우우우우욱!"

세건은 입을 틀어막고 터져 나오는 감정을 억지로 억눌렀다. 슬퍼서 미칠 것 같은데도 지금이 얼마나 위험한 상황인지 몸이 알려주고 있기 때문이었다.

세건은 다친 손을 입에 집어넣고 억지로 깨물면서 형의 사체에서 엽총을 꺼내 들었다. 수렵용으로 흔하게 쓰는 6연발 엽총은 총탄이 없었다. 지금은 수렵 철도 아니기 때문에, 아버지도 집에 총탄을 두지 않은 것이다. 하지만 그렇다면 형은 왜? 세건은 눈을 딱 감고 형의 주머니에 손을 넣어보았다. 역시 엽총용 총탄이 두 발 들어 있었다. 세건은 그걸 장전하고 복도로 다시 나왔다.

눈물 때문에 앞이 흐려 보이지만, 세건은 조심스럽게 복도를 걸었다. 그는 걸어 다니면서 불이란 불은 모조리 다 켰다. 경찰이 어서 오길 바라는 생각과, 자신이 직접 그 녀석을 찾아내야겠다는 마음이 대치했다. 세건은 그런 마음을 억지로 누르면서 2층에 있는 자신의 방문을 열었다.

"크으으으!"

순간의 일이었다. 방문에 손을 대고 막 손잡이를 돌린 그 순간, 갑자기 문이 부서지면서 한 사람이 뛰쳐나온 것이다. 세건은 부서지는 문에 떠밀려 복도 위를 굴렀다. 한쪽 팔이 부러져서 손을 억지로 방아쇠에 넣고 있었는데 밀려 떨어지는 바람에 오발이 일어났다.

탕!

운 좋게 문에서 튀어나온 괴물에게 명중은 했지만 그 괴물은 자신의 몸을 바라보더니 아랑곳하지 않고 세건을 향해 달려들었다. 인간 형태를 하고 있지만, 팔다리가 비정상적으로 길고 마치 개구리라도 된 것처럼 눈이 튀어나와 있었다. 세건은 반사적으로 몸을 굴렸다. 하지만 그곳에는 내려가는 계단이 있었다.

"으아아악!"

부서진 어깨를 접지면으로 세건이 굴러떨어졌다. 그 괴물은 당장 내려오지 않고 마치 세건의 공포를 즐기기라도 하듯 천천히 내려오다가 양팔을 좁은 계단 벽에 대었다.

우두두둑!

뼈마디가 튀기는 듯한 소리와 함께 벽면에 구멍이 뚫리고 괴물의 팔이 들어갔다. 그 녀석은 마치 문턱에 매달린 어린아이처럼 양팔과 양다리로 벽을 부순 채 매달려 있었다. 세건이 오발한 샷건 탓인지, 아니면 전에 다른 곳에서 다친 상처 때문인지 그의 몸통에서는 여전히 피가 멎지 않고 있었다.

"으으으윽!"

세건은 힘겹게 몸을 움직여 엽총을 들었다. 그러나 엽총은 원래 양손으로 잡고 쓰라고 있는 물건이다. 왼팔이 부러진 지금으로써는 도저히 그럴 방법이 없었다.

"크으으으윽!"

세건은 엽총을 들고 괴물을 노렸다. 탄은 단 한 발뿐, 그것도 아까 전에 보았듯이 그다지 효력이 없을 게 분명했다. 그런데 어떻게 해서 저 녀석을 잡을 수 있을까? 차라리 경찰이 오길 기다리자는 생각도 들었지만 지금 저 녀석을 놓치면 영원히 후회할 것 같다는 생각이 앞섰다. 가족의 원수인 것이다.

"이……!"

감정이 너무 격해져서 아무런 말도 나오지 않는다. 세건은 겨우겨우 정신을 추슬렀다. 괴물에 대한 증오심은 말로 표현하기 힘들 정도였다. 하지만 입을 벌리니 나올 말은 이것밖에 없었다.

"이 개애~ 새꺄!"

몸 밑바닥에서부터 끓어오르는 저주의 말을 내뱉으며 세건이 그나마 성한 발을 들어서 엽총의 밑을 받치고 방아쇠를 당겼다. 이러고도 맞기를 바라면 도둑놈이라 할 만하지만 총이 산탄인지라 괴물을 후려갈겼다.

"크워!"

괴물은 잠시 팔과 다리를 놓치고 뒤로 넘어졌다가 계단을 따라 굴러떨어졌다. 미처 피할 틈도 없이 괴물과 한데 어우러져 버렸지만 세건은 즉시 몸을 일으키며 엽총을 한 팔로 들었다.

"이야아아!"

세건은 엽총을 마치 도끼처럼 휘둘러서 괴물의 머리통을 후려갈겼다.

퍽!

피가 튀면서 괴물의 머리가 깨졌다. 세건은 미친 듯이 엽총을 휘둘러 괴물을 후려갈겼다.

"크으으으!"

그러나 괴물이 반사적으로 팔을 휘두르자 세건의 왼팔이 끊어져 나갔다. 어차피 부러져 있었지만 팔이 끊기며 피가 분수처럼 쏟아져 나오는 것은 보통 일이 아니었다.

"아아악!"

세건은 비명을 지르며 몸부림쳤다. 사람의 생살이 이렇게 간단히 잘려 나가다니. 괴물의 힘은 보통이 아니다. 마치 공업용 프레스 같은 힘이니 세건으로서는 막아낼 방법이 없었다. 그때였다.

탕!

한 발의 총성과 함께 괴물의 옆구리에 구멍이 뻥 뚫려 버렸다. 자칫하면 세건이 맞을 수도 있는데 누군가 과감하게 총을 쏴버린 것이다. 괴물은 깜짝 놀라서 고개를 돌렸지만 그 순간 괴물의 목으로 섬광이 지나갔다. 목이 몸통에서 떨어져 나가며 피가 분수처럼 쏟아져 내렸다.

"으으으윽……."

세건은 고개를 들어서 눈앞에서 벌어진 이 이상한 광경을 바라보았다. 검은 옷, 은발의 신부가 영화에나 나올 법한 커다란 클레이모어(Claymore:스코틀랜드 등에서 유행하던 대검)를 휘둘러 괴물의 목을 잘라 버린 것이다. 그 신부는 목을 자른 것만으로도 부족한지 몸을 돌리면서 십자 형태로 괴물을 내려쳤다. 섬뜩한 소리와 함께 괴물이 완전히 두 동강 나며 몸이 갈라져 버렸다.

"으으으으윽!"

세건은 그 광경을 마지막으로 기절해 버렸다. 이 모든 게 꿈이길 바라면서.

2

컵라면 그릇이 사방에 어지럽게 널려 있다. 그 방의 한가운데에는 마치 시체처럼 비쩍 마른 세건이 앉아 있었다. 어두컴컴한 방 안, 불도 켜지지 않은 곳에서 유일한 조명이라면 전화기에서 새어 나오는 불빛이었다.

띠리리리릿.

전화기는 미친 듯이 울려대고 있었다. 고요한 방 안에서 유일한 빛과 소리. 그렇지만 세건은 전화를 받지 않았다.

경찰들이 출동했을 때는 이미 괴물의 시체가 사라진 뒤였다. 검은 옷, 은발의 신부도 사라져 있었고, 아니, 애초에 존재하지 않은 듯했다. 그나마 확실하게 현실이라고 생각되는 것은 팔이 잘렸다는 것인데 그것도 정신을 차려 보니 붙어 있었다. 세건은 정말 귀신에 홀린 기분이었다. 하지만 부모님과 형은 전부 죽었고, 이것이 좀처럼 보기 드문 엽기적인 살인사건이라는 것도 사실이었다.

경찰은 개가 미쳐서 날뛰었다는 것으로 사건을 처리했다. 사실 개가 저질렀다고 하기엔 의문점이 많았지만 그렇다고 세건의 진술대로 시체도 없는 괴물을 인정할 수는 없는 일이 아닌가?

세건이 괴물에 대해서 진술하자 경찰들의 반응은 한마디로 이거였다.

"너 시너 마셨냐?"

그날, 잡혔던 폭주족들이 세건에 대해서 뭐라고 말을 꺼낸 모양인지 경찰은 세건을 구제불능의 폭주족 정도로 여기고 있었다. 세건은 그 때문에 병원에서 정밀 검사도 받아야 했다. 말로야 그 참극에서 살아난 생존자이니 정밀 검사를 받을 필요가 있다고 하지만 향정신성 물질 사용에 대한 검사가 주목적이란 것쯤은 아무리 세건이 세상물정을 모른다 한들 알 수 있었다.

그리고 그 후 일주일 동안은 그야말로 매스컴의 가혹 행위라고 불러도 과언이 아닐 정도였다. 방송국에서는 피로 범벅이 된 집 내부를 찍으면서 뭐가 그리도 신기한지 열심히 떠들어댔고, 정신이 반쯤 나간 세건에게 함부로 마이크를 들이밀었다.

물론 세건은 노골적으로 카메라를 밀치고 사람들 사이를 피했고 그 행동에 자극 받은 방송사들은 거의 보복에 가까운 취재를 시작했다. 곧 이웃, 학교 친구들이 방송에 나와서 마치 죽은 사람 대하듯 세건에 대해 함부로 떠들어댔고, 계속되는 취재 요청과 방문에 세건은 그야말로 노이로제에 걸릴 지경이었다.

일부 주간지에서는 뻔뻔스럽게도 세건이 엽총 오발로 가족을 죽인 것처럼 기사를 써놓았다. '~카더라, 아님 말고' 하는 식으로 추측성 기사를 함부로 적어놓은 그 짓에는 분노보다도 허탈한 마음이 앞섰다.

결국 혐의가 없어 풀려난 세건은 거의 폐가가 되어버린 집으로 돌아왔다. 시체는 치워져 있지만 집 안은 여기저기 어지럽게 방치되어 있었고 핏자국도 아직 지워지지 않았다. 세건은 컵라면으로 허기를 달래고 그대로 방 안에 쓰러져 버렸다. 병원 영안실에서 장례식이 있었지만 세건은 두문불출, 밖으로 나가지도 않았다. 그렇게 열흘쯤 지나서였을까?

문 앞에서 세건의 이름을 부르는 소리가 들려왔다.

"세건아! 왜 전화를 안 받냐! 한세건!"

문밖에서 익숙한 목소리가 들려왔다. 세건에게는 작은아버지가 되는 한규일, 즉 세건의 아버지 한승일의 동생이 되는 남자였다. 세건은 작은아버지의 목소리를 듣고 퍼뜩 놀라서 정신을 차렸다. 자신을 대신해서 상주가 되어준 작은아버지라면 믿을 수 있을 것이다. 아니, 믿어줄 것이다. 세건은 그렇게 생각하고 문을 열기 위해 밖으로 달려나갔다. 그야말로 미치도록 반가운 기분이었다.

덜컹!

육중해진―아마도 그만큼 세건이 마른 탓이겠지만―대문을 열자 그곳에는 수염을 깎지도 않은 중년 남자가 서 있었다. 며칠 동안 장례식 상주 보랴, 종친회에 연락하랴 이것저것 바쁘게 뛰어다닌 작은아버지도 후줄근했지만 상태가 더더욱 심한 세건을 보고 눈물을 흘렸다.

"아이구, 이 자식아! 우째 요로콤 삭아붓나! 삐쩍 말라갖고 이놈아!"

"아, 자, 작은아버지."

"따라와라! 마 말이 필요 없다!"

규일은 움직이지 않으려는 세건을 억지로 차에 태우더니 가까운 식당으로 달려갔다.

"먹어라! 이 무슨 참변이고. 그래도 우짜겠나. 산 놈은 살아야지. 니 따라 뒈지라고 행님이 돌아가신 것도 아이고. 마 지금 세상에 그란다고 효도 아이데. 니가 시방 그러카면 누가 좋아할 줄 아디!"

뜨거운 김이 모락모락 올라오는 설렁탕 그릇을 마주한 세건은 눈물이 왈칵 쏟아지는 걸 참을 수 없었다. 세건은 눈물과 함께 정신없이 식사를 끝마쳤다. 그동안 굶은 탓인지 게걸스럽게 먹어치우는 모습은 정말 상거지가 따로 없었다.

"어, 너 그 집으로 계속 들어가 있을 기가? 우리 집에 내려온나. 마 빈방도 있고, 행님만 못해도 나 그렇게 몬사는 거 아이다. 니가 간다고 하면 대학까지 다 보내줄 거구마."

한규일이 그렇게 호언장담을 하자 세건은 입을 다물었다. 세건의 성적으로는 4년제 대학이 약간 무리였다. 원래 모터크로스 선수가 되고 싶어 한 데다가 공부와 별로 친하지 않았기 때문이다. 폭주족이랑 어울려 다녔는데 공부를 잘하면 그게 더 이상한 일일 것이다.

"마음은 고맙지만, 저는……."

세건은 그렇게 말하고 입을 다물었다. 생각해 보면 자신은 그다지 훌륭한 자식이 아니었다. 작은아버지의 집에 가게 되더라도 훌륭한 자식이 못 되는 것은 마찬가지라는 두려움 때문일까? 이렇게 빨리 부모님을 잃게 될 줄 알았다면 조금만 더 말을 잘 들을걸, 하는 후회—모두가 결국 하고 마는 성질의—가 가슴을 찌르고 있었다.

"뭐, 지금 당장 결정하라는 것이 아니라. 시간은 아직 많이 남아 있으니께 천천히 생각해 보그라. 나가 금방 없어질 것도 아니니께."

"예."

세건은 그렇게 대답하고 자리에서 일어났다. 방금 전까지만 해도 죽고 싶은 생각이 넘쳐 났었는데 뜨뜻한 설렁탕 한 그릇에 바로 기력이 회복되다니… 왠지 한심하게 느껴졌다.

세건은 작은아버지와 헤어져 집으로 돌아왔다. 작은아버지는 결사코 세건을 태워다 주겠다고 했지만 세건은 정중히 거절하고 직접 집으로 걸어왔다.

달이 구름에 가려서 어두운 게 곧 비라도 쏟아질 것 같은 날씨였다. 세건은 하늘을 올려다보았다. 오래간만에 고개를 들어 보니 폐부로 신선한 공기가 밀려들어 왔다.

"아……."

복잡한 감정이 솟아올랐다. 가족을 그런 괴물에게 잃다니, 아직도 현실감이 없었다. 본인도 현실감이 없는데 다른 사람들이 믿어줄 리가 없지. 세건은 그렇게 생각하고 한숨을 내쉬었다.

약간 비탈진 언덕길, 나트륨등이 반짝이는 전봇대 밑에 새카만 코베트 쿠페 한 대가 서 있었다. 평상시라면 굉장히 관심을 가지고 살펴보았겠지만 지금의 세건은 자동차에 신경 쓸 여력이 없었다. 그러나 그때 쿠페의 문이 열리고 검은 옷의 남자가 나왔다. 신부복을 입고 있는 은발의 외국인은 세건에게도 낯이 익었다.

"아! 당신은?"

떠올리기도 싫은 그날 밤, 괴물에게 죽을 위험에 처한 순간 난입해 들어온 은발의 신부의 모습과 겹쳐지는 남자. 세건은 그를 바라보자 머리를 한 대 얻어맞은 기분이었다. 본인 스스로도 환상이 아닐까 하고 의심했는데 정말 눈앞에 나타나다니.

"대체 당신은 누구예요?"

"조용히 해."

은발의 신부는 그렇게 말하고 손가락을 들어서 입으로 가져갔다. 세건의 목소리 때문인지 동네에서 개들이 짖어대기 시작했다.

이 신부의 말은 외국인으로 보이는 것치고는 지나치게 깔끔한 한국어였다. 하지만 그것보다는 냉랭하고 싸늘한 어조가 훨씬 더 인상적이었다.

"정말 주위에 피해를 주고 사는 놈이로군. 야밤에 고함치지 말라고. 몸 상태는 괜찮은가?"

그는 그렇게 말하고 세건의 팔을 바라보았다. 물론 끊어졌던 팔이다. 세건은 자신의 팔을 바라보는 것을 보고 깜짝 놀라서 반문했다.

"당신이 붙여준 건가요? 하지만 어떻게?"

"일단 여기서 이야기하긴 그렇지? 어때, 타겠나?"

신부는 그렇게 말하고 자신의 코베트를 가리켰다. 세건은 군소리하지 않고 코베트에 올라탔다.

새카만 코베트는 그야말로 밤에 녹아든다고 해도 과언이 아닐 정도로 매끄럽게 도로 위를 미끄러져 나갔다. 검은 옷의 신부는 능숙하게 코베트를 몰며 세건을 힐끗 쳐다보았다.

"난민 같군."

그는 목욕도 제대로 못 한 세건을 보고 그렇게 평했다. 그러자 세건은 왠지 화가 나서 그를 바라보았다.

"당신, 정체가 뭡니까? 그 괴물은 또 뭐고요?"

"뭐라고 생각하나? 상상력을 발휘해 봐."

세건은 주저하다가 답했다.

"설마, 엑소시스트?"

"근처까진 왔군."

"그렇다면 그 괴물은 흡혈귀라도 되나요?"

"정답."

세건은 정답이라는 말에 기뻐할 수 없었다. 물론 자기 자신이 그 피해자이긴 하지만 지금 거론되는 이야기는 현실과 동떨어져 허무맹랑했기 때문이었다. 이대로 계속 이야기를 하다간 정신병원으로 직행하는 게 아닐까 두려웠다.

코베트는 도시 고속도로로 접어들었다. 좀 늦은 시간이라서 차들은 별로 없지만 가로등은 마치 빽빽이 들어선 묘비처럼 도시를 비추고 있었다. 신부는 한 팔로 휠을 잡은 채 세건을 바라보았다.

"단도직입적으로 묻지. 흡혈귀의 피를 먹었냐?"

"예?"

세건은 잠시 생각해 보았다. 난투 중에 엽총으로 흡혈귀를 마구 때렸던 기억이 난다. 피가 튀고, 그때 입을 벌리고 있었을 수도 있지만 그게 왜?

"설마, 나도 흡혈귀가 되는 건가요?"

"피를 먹었다면 될 수도 있지."

"그렇다면 역시 이 팔은……."

세건은 끊어졌던 자신의 왼팔을 바라보았다. 분명히 부러지고, 흡혈귀에 의해서 끊어졌을 텐데 정신을 차려 보니 팔이 붙어 있는 것은 물론 골절도 치료되어 있었다. 그 사건 후 이제 열흘 정도밖에 지나지 않았는데 절단된 팔에 아무런 이상도 없다니.

하지만 세건이 흡혈귀가 되었다면 해답은 간단하다.

"아니, 네 팔은 내가 붙여놓은 거다."

그러나 신부는 그렇게 부정했다.

"잘 모르겠어요. 피를 먹었는지 안 먹었는지 워낙에 정신이 없었으니까. 왜요, 제가 만약 피를 먹고 흡혈귀가 된다면 역시 죽여 버리게요?"

"그 대답은 스스로가 가장 잘 알고 있을 텐데."

신부는 부정하지 않았다. 아니, 한 줌 온기도 찾아볼 수 없는 그 말투는 어느 것보다도 강한 긍정이었다. 세건은 그 말을 듣고 고개를 앞에 처박았다.

"젠장! 크으으윽!"

가족을 잃고 나서, 정작 자기 자신도 그 괴물이 될지 모른다니. 이렇게 기구한 일이 또 있을까? 세건은 눈물이 흘러나오는 걸 주체할 수가 없었다. 이름도 모르는 외국인 앞에서 눈물을 보이고 싶지는 않지만 주체할 수가 없다는 건 본인의 뜻으로 자제가 안 된다는 것이지.

세건이 눈물을 흘리는 것을 보던 신부는 그 순간 고개를 휘휘 저었다.

"흠, 괜한 걱정이었군."

그는 차의 방향을 틀어서 길을 돌아갔다.

코베트는 세건의 집으로 들어가는 골목 입구에 멈춰 섰다. 신부는 문을 열어주며 말했다.

"이 이상 들어가면 곤란해서 말이지. 이웃집 사람들의 눈이 있으니까."

"……."

"그리고, 지금 일은 미친개에 물린 셈 치고 잊어버려라. 어차피 남들에게 말해봐야 믿어줄 사람은 하나도 없고, 너만 미친놈 취급받을 테니까."

그는 그렇게 말하고 세건이 내리자 문을 닫았다. 그때 방금 전까지 축 늘어져 있던 세건이 갑자기 무슨 생각에서인지 코베트의 문을 두드렸다.

"잠깐! 잠깐만요!"

"뭐야?"

신부는 문을 여는 대신 창문의 열림 버튼을 눌렀다. 파워 윈도가 내려가면서 냉철한 신부의 눈동자가 세건을 쏘아보았다. 세건은 절박하게 외쳤다.

"그 흡혈귀들, 아직도 많이 있나요? 설마 우리 집에서 죽은 놈이 최후인 건 아니죠?"

세건은 신부가 떠나려 한다는 것을 알고 다급히 물어보았다. 그 조급함, 편집증적인 집착은 왠지 정신 질환의 기미마저 보이고 있었다. 신부는 냉정하게 대답했다.

"남아 있든 그게 마지막이든 네가 신경 쓸 일이 아니야. 네가 지금 할 일은 당장 돌아가서 피바다인 집을 정리하고 가급적 정상적인 생활로 돌아가는 거다."

"그럴 수 없다는 걸 몰라서 그럽니까! 가족도 다 잃었는데 어떻게 정상적인 생활로 돌아가죠? 난 녀석들을 용서할 수가 없어! 그러니까……."

"그러니까 뭐?"

그 순간 신부의 팔이 창밖으로 뻗어 나와 세건의 멱살을 잡았다. 그리고 그는 무시무시한 힘으로 세건을 끌어당겨 코베트의 유리창에 면상을 처박았다. 단단한 합성 유리 위로 세건의 피가 튀었다.

"크악!"

"웃기지 마, 이 애송이야. 네놈이 뭐라도 되는 줄 알아? 뒈지는 게 그렇게 소원이라면 지금 당장 네놈의 가족을 따라 저승으로 보내주지."

"으으으윽!"

세건은 그 고통 때문에 비명을 질렀다. 한 손으로 옷깃을 잡았는데 마치 쇠사슬에라도 조이는 것처럼 목이 조여온다. 이 괴물 같은 힘은 공업용 프레스를 연상시킬 정도여서 세건은 말은커녕 숨도 못 쉬고 꺽꺽거렸다. 게다가 보통 이 정도면 놔줘도 될 법하건만 신부는 놔줄 생각을 하지 않았다. 정말 목 졸려서 죽으면 죽으라는 식으로 잡고 있는 것이다. 그나마 다행인 것은 신부의 악력에 옷이 버텨내지 못하고 찢어졌다는 것이다.

투두둑!

옷이 뜯기는 소리와 함께 세건이 바닥에 나동그라졌다. 신부는 창밖으로 내다보면서 그렇게 말했다.

"당장 현실로 돌아가. 불운은 너만의 것이 아니니까 징징대지 말란 말야, 이 개자식아. 가족이 몰살당한 게 너 하나뿐인 줄 알아?"

"젠장! 할 수 없어요! 그건! 이미 봐버렸는데 어떻게 잊으라고요! 온 가족을 잡아먹은 괴물을 보고서 잊어버리라고요? 그걸 말이라고 하는 거예요?!"

세건은 목덜미를 붙잡은 채 절규했다. 그러자 신부는 대답 대신 데저트 이글을 꺼내 세건의 머리통에 겨누었다.

"귀찮은 녀석이군. 잊게 만드는 건 쉽지. 지금 이 자리에서 네놈의 골통을 날려 버리면 될 일이니까. 꺼져."

"……."

세건은 물러서지 않았다. 그러자 신부는 한 번 빙긋 웃더니 데저트 이글—6인치 바렐—로 세건의 얼굴을 후려갈겨 버렸다. 말하자면 작은 아령 하나로 얼굴을 후려갈긴 셈이다. 세건은 금세 피를 흘리며 나가떨어졌다.

"으악!"

"좋아. 그렇다면 아르쥬나로 찾아와라. 이야기는 그때부터 제대로 하기로 하지."

신부의 목소리와 함께 코베트의 V8 엔진이 공회전하면서 무시무시한 소리를 내기 시작했다.

"내 이름은 실베스테르. 일단 실베스테르라고 불러라. 알 겠냐!"

그는 그렇게 말하고 코베트를 몰아서 골목을 빠져나갔다. 세건은 멀어져 가는 코베트의 엔진음을 들으며 눈을 감았다.

"허억! 허억! 허억!"

가로등이 드문드문 서 있는 어두운 국도를 따라 한 사람이 달려가고 있었다. 마치 맹수에게 쫓기기라도 하는 듯 배를 감싸 쥐고 달리는 그의 발 아래로 피가 쏟아져 내려 풀 위로 떨어졌다.

후드드드득.

놀란 풀벌레들이 일제히 날아오르는 모습이 수은등에 비쳤다. 키틴질 등껍질이 창백한 수은 불빛을 반사하며 어지러운 그림자를 만들었다. 달아나던 남자는 잠시 멈춰 서서 그 불빛을 바라보며 호흡을 가다듬었다. 그때 그의 뒤에서 마치 허깨비처럼, 검은 옷의 신부, 실베스테르가 나타났다.

그는 묵직한 데저트 이글을 들고 피투성이의 남자를 향해 걸어왔다.

"으아아악! 나는! 아무것도 하지 않았어! 정말 아무것도 몰라!"

피투성이의 남자는 그렇게 외치며 뒤로 물러나다가 엉덩방아를 찧었다. 그러나 실베스테르는 천천히 다가가며 데저트 이

글을 겨눴다.

철컥.

해머가 후퇴하는 소리가 섬뜩하게 큰 소리로 들려왔다. 남자는 겁에 질려서 뒤로 물러나고, 그런 그의 앞에 달빛을 비추고 있는 춘천호가 보였다. 남자는 계속 물러나다가 엎드려 빌었다.

"사, 살려줘. 나, 나는 분명히 흡혈귀지만 이전엔 인간이었고, 내가 벌어 먹여 살려야 하는 가족도 있어! 부탁이야!"

흡혈귀는 정말 애처롭게도 빌었다. 비굴하지만 이해는 할 수 있었다. 하지만 신부는 차가운 표정을 바꾸지 않은 채로 그에게 한 걸음 다가갔다. 국도를 따라서 커다란 승합차 한 대가 그들의 옆을 스쳤지만 어찌 된 일인지 차에 탄 사람은 이들을 보지 못한 것처럼 지나쳤다. 실베스테르는 목숨을 구걸하는 흡혈귀를 향해 말했다.

"그렇다면 울어봐."

"……?!"

"울어서 네 순수를 증명해 봐, 갈보 자식아."

실베스테르는 그렇게 말하며 다가갔다. 하지만 흡혈귀는 어쩔질 못하고 손을 떨었다.

"무, 무슨……."

그러나 그때 실베스테르의 볼을 타고 눈물이 흘러내렸다. 실베스테르는 놀랍게도 투명한 눈물을 흘리며 데저트 이글을 들었다. 달빛을 반사하는 선명한 은발, 그리고 약간은 동양적인 이목구비를 따라 흘러내리는 투명한 눈물은 폭언과 폭력의 화신이라고 할 수 있는 이 신부에게 어울리지 않는 '아름다움'이었다.

"그게 네 한계다. Slut[갈보]!"

타앙!

차가운 총성이 울려 퍼졌다.

3

세건은 레이서용 가죽 슈트를 걸치고 입에 장갑을 문 채 양손으로 지퍼를 끌어 올렸다. 얼굴에는 아직도 실베스테르에게 폭행당한 흔적이 역력해 반창고를 덕지덕지 붙여서 가렸다. 끊어진 팔도 낫는 괴물이라면 얼굴에 멍든 것쯤은 금방 나을 텐데, 확실히 세건은 흡혈귀가 되지 않은 것 같았다. 세건은 안도의 한숨을 내쉬고 장갑을 끼었다.

실베스테르는 아르쥬나로 찾아오라고만 말했지 그 아르쥬나가 어디에 있는지, 뭘 하는 곳인지에 대해서는 전혀 말하지 않았다. 아르쥬나는 인도 신화 바가바드기타에 나오는 등장인물로, 비슈누의 현신 크리슈나의 설법을 듣는 주체이다. 하지만 설마 그런 추상적인 걸 찾아오라고 할 리는 없고.

그래서 세건은 인터넷 등을 돌아다니며 아르쥬나를 찾아보았다. 그러나 주로 나온 건 재패니메이션의 제목이거나 바가바

드기타의 아르쥬나뿐이었다. 그러나 세건은 거기에 실망하지 않고 이번엔 전화번호부를 찾았다. 그래서 그가 전화번호부에서 찾아낸 것이 바로 '오컬트 숍 아르쥬나'였다.

세건은 형의 유품이 되어버린 RX—125를 타고 도로를 달렸다. 아직 수요일, 원래 고교생인 세건은 학교를 가야 하겠지만 온 가족이 몰살을 당한 마당에 학생의 본분을 지켜 수업에 충실하라는 것은 학대였다. 하지만 세건 그 자신은 대체 무슨 생각으로 아르쥬나로 향하는 것일까? 가족을 죽인 흡혈귀에 대한 복수? 그런 복수라면 이미 실베스테르의 손에 의해서 이뤄졌다. 흡혈귀는 실베스테르에 의해서 참살당했고 그 시체마저 사라져 버린 지 오래다. 그렇다면 무엇 때문에?

"크으으윽!"

헬멧 안에서 신음성이 터져 나왔다. 그 격한 감정에 호응하듯 RX—125의 심장은 높은 배기음을 토하며 도로 위를 질주했다.

아르쥬나는 작은 공원을 마주하고 있는 커다란 1층 매장을 가진 곳이었다. 이름대로 오컬트 숍이라 그런지 앞에는 황동으로 만든 커다란 피라미드 같은 걸 전시해 놓고 있었다. 하지만 세건의 눈길을 끈 것은 아르쥬나의 앞에 주차되어 있는 새카만 코베트 쿠페였다. 그 검은 스포츠카는 부드러운 곡선을 따라 매끈한 광택으로 태양광을 반사하며 이국적인 오컬트 숍을 더더욱 빛내주고 있었다.

세건은 코베트 뒤에 주차한 뒤 헬멧을 오토바이에 걸고 가게의 입구로 향했다. 유리로 만들어진 입구의 안쪽은 꽤 어둡고 음침한 구조로 되어 있었다. 오컬트 숍이라는 이미지 때문인가? 안에서 풍겨 나오는 공기도 그다지 심상치 않았다.

짤랑짤랑.

문을 열자 문에 달려 있던 작은 구리종이 울어댔다. 오전 중, 아직 손님이 오기엔 이른 시간인 탓일까? 가게의 카운터에는 아무도 없었다. 세건은 사람을 불러볼까 했지만 그 대신 가게 안을 둘러보았다. 이 이국적인 오컬트 숍은 한쪽에 손님을 접대하기 위한 소파를 놔뒀는데 그 맞은편 벽에는 각국의 신기한 가면들, 그리고 중국의 부적과 풍수용 물품부터 시작해 크리스털로 만들어진 수정구 등을 전시하고 있었다. 세건은 오컬트에 대해서 그다지 큰 관심이 없었지만 그런 신기한 물건들은 관심이 없는 자들의 시선이라도 빨아들일 만큼의 흡입력을 가지고 있었고, 세건 역시 거기서 예외는 아니었다.

세건이 한창 그러한 진열품들에 정신이 팔려 있을 때 뒤의 문이 열리며 베레모를 걸친 중년 남자가 한 명 들어왔다. 젊은 시절 태양광을 두려워하지 않은 탓에 피부는 많이 거칠었고 몸 구조 자체는 아직도 탄탄했다. 무엇보다도 그가 쓰고 있는 베레모는 특수전 사령부, 속칭 특전사의 그것이었다.

"아!"

세건은 놀라서 퇴역 군인을 바라보았다. 그 퇴역 군인은 세건을 보고, 한눈에 그를 알아보았다.

"한세건 군인가?"

그 순간 세건은 못 박힌 듯 그 자리에 멈춰 섰다. 아무리 호사가들의 입에 오르내릴 만한 엽기적 살인극의 생존자라고 하지만 그가 연예인도 아닐진대 한눈에 알아본다는 것은 이곳이 그가 찾던 바로 그 '아르쥬나'임을 증명하는 것이다. 물론 대한민국에 과연 2002년형 코베트 쿠페가 있는 오컬트 숍이 몇 개나 있을까? 이미 이 앞에 서 있는 검은 코베트부터 빼도 박도 못할 증거이지만 세건은 새삼스럽게 놀라워했다.

"예, 맞는데요."

"예상보다 일찍 왔군그래. 앉아서 기다리게."

그는 그렇게 말하고 소파를 가리켰다. 그리고 자신이 먼저 소파 맞은편에 앉았는데 손을 떨고 있는 게 세건의 눈에 들어왔다. 그때 가게 안쪽의 문이 열리며 그곳에서 한 여성이 나타났다.

"어머, 내 정신 좀 봐. 손님이 오셨네."

소프라노 톤의, 조금은 호들갑스러운 그 목소리는 놀랍도록 아름다웠다. 그녀는 정말 모델처럼 늘씬한 흑발의 미녀였는데, 헤어스타일에 굉장히 신경을 썼는지 끝을 레이저 컷(Razor cut)으로 예리하게 만든 롱 헤어에 깔끔한 남성용 정장을 입고 있었다. 오컬트 숍의 점원이라기보다는 마치 카지노의 딜러 같은 복장이다. 나이는 이제 20대 초반일까? 그러나 뭔가 신비로운 분위기를 가지고 있는 여성이다. 겉보기로는 나이를 잘알기 힘들었다. 세건은 그 놀라운 미녀를 보고 자리에서 일어났다.

"실베스테르 신부를 찾아왔습니다. 여기 있습니까?"

"아, 있기는 한데 지금 자고 있거든? 깨워야 하나?"

그녀는 그렇게 말하고 호호 웃었다. 그런데 그때 그녀의 뒤쪽 문이 열리며 실베스테르가 나타났다. 이제 세수를 끝마친 듯 물기가 마르지 않은 그의 얼굴에 아니꼽다는 표정이 역력하게 떠올랐다. 그는 어쩌면 내심 세건이 여길 못 찾아내길 바랐을지도 모른다. 하지만 세건은 그의 예상보다 훨씬 일찍 아르쥬나를 찾아내었다. 상호 하나만 듣고 단 이틀 만에 찾아내다니 흥신소에 비하더라도 손색없는 행동력이라 할 것이다.

"벌써 일어났어. 깨우려 할 필요는 없어."

그는 그렇게 말하고 은발을 쓸어 올리더니 뒤로 묶었다. 역시 자다 일어나서 그런지 사제복 대신 새하얀 셔츠를 입고 있었는데 스누피가 개집 위에 누워 있는 유명한 그림이 그려진 셔츠였다. 그의 실버 블론드는 별다른 손질을 하지 않은 것 같지만 어떤 인공적인 염색약으로도 흉내 낼 수 없을 정도로 빛나고 있었고, 아름답다고까지 말할 수 있는 훤칠한 몸매와 용모는 마물을 사냥하는 신부라기보단 차라리 모델에 가까웠다. 아르쥬나의 여점원과 나란히 서 있는 그의 모습은 놀랍도록 어울렸다.

세건은 이 이상한 신부를 바라보고 단도직입적으로 물어보았다.

"여긴 당신 집입니까?"

"한국에서의 내 거처지. 집은 아니고."

실베스테르는 그렇게 말하고 중년 남자를 바라보았다. 베레모의 중년 남자는 품에서 봉투를 하나 꺼내 케이스 위에 올려두었다.

"여기. 아무래도 그놈은 한국을 떠난 것 같습니다."

"결국 계속 뒤만 밟다가 이번에도 놓친 거군. 젠장."

실베스테르는 봉투를 받고 안을 살펴보더니 소파로 나왔다. 그는 세건을 돌아보지도 않고 물어보았다.

"차는 뭐로 할래?"

"커피요."

"그러니까, 퇴마사가 되고 싶다는 거냐?"

실베스테르는 소파에 몸을 파묻으면서 턱을 치켜들고 그렇게 물어보았다. 세건으로서는 아직 확답을 낼 수 없었다. 하지만 그러한 이유나 목적이 없다면 괜히 실베스테르에게 맞아가면서 이 사건에 대한 해명을 듣고 싶어 하진 않았을 것이다. 그래서 세건은 고개를 끄덕였다.

"예."

"한심하군."

실베스테르는 즉각 비난부터 했다. 그러자 자신을 김성희라고 밝힌 여성이 찻잔을 치우며 미소를 지었다.

"사정부터 설명해야죠, 실비."

"실비?"

세건이 그 이름을 따라 중얼거리자 그녀는 웃으면서 세건의 어깨를 두들겼다.

"실베스테르란 이름은 너무 길고 맘에 안 드는걸. 게다가 그건 세례명이라."

"진짜 가톨릭 신부였나 보군요?"

세건은 그렇게 말하고 스스로 놀라워했다. 그것이 심기를 거슬린 탓일까? 실베스테르는 머리칼을 쓸어 올리며 차가운 표정으로 대답했다.

"그 점에 대해서는 염려 마. 파문당한 지 꽤 오래되었다. 그나저나 사정을 설명한다면, 그다음에는 네 기억을 지워 버릴 필요가 있는데. 동의하겠냐?"

"예?"

세건은 기억을 지워 버린다는 말에 놀라서 그렇게 반문했다. 하지만 그것이 동의의 뜻으로 받아들여졌는지 실베스테르는 옆의 중년 남자를 바라보고 그 팔을 잡았다.

"그렇다면 잘 봐라, 이 자식아. 어둠의 힘에 대항하는 인간이 무엇을 포기해야 하는지."

"하지만!"

중년 남자는 세건의 눈치를 살피며 당황스러워했다. 뭔가를 감추려고 하는 기색이 역력했지만 실베스테르는 그의 염려를 일축하고 팔을 가리고 있는 옷을 까 보였다. 그러자 굵고 근육질로 단련된, 그러나 무수히 많은 주삿바늘 자국이 남아 있는 팔뚝이 드러났다. 세건은 깜짝 놀라서 그 팔뚝을 쳐다보았다. 비록 아무것도 모르는 세건이지만, 영화 등을 통해서 그 멍이 무엇을 뜻하는지는 알고 있었다. 바로 주사기의 흔적인 것이다.

"왜 이렇게 주사를 많이 맞았는지 알 것 같냐?"

"모, 모르겠는데요."

"마약이지."

실베스테르는 그렇게 말하고 어깨를 으쓱해 보였다.

"괴물과 싸우는 건 인간이 할 짓이 아니야. 너도 경험했겠지? 흡혈귀는 앗 하는 순간 사람의 뼈를 분지르고 근육을 끊을 수 있어. 그런 놈을 상대로 어떻게 싸울래?"

"……"

"통증은 인간을 위축시키지. 그리고 접근전에서의 통증은 바로 죽음이야. 흔하게 통증을 제거하기 위해서 쓰는 마취제는 근육을 이완시켜 힘을 못 쓰게 하지. 그렇다면 남은 방법은 마약뿐이야. 그렇지?"

실베스테르는 검은 베레모의 중년을 돌아보고 그렇게 물었다. 특전사 출신의 그 남자로선 굉장히 수치스러운 일이겠지만 부인할 수 없는 사실이었다.

"예. 틀림없이 그렇죠."

"마약을 맞아가면서 괴물들과 싸우는 미친 짓이다. 조금만 잘못하면 녀석들과 동류가 되어버리지. 그게 그렇게 좋아 보이냐? 일단 한번 이 세계로 들어오게 되면 두 번 다시 그쪽으로는 돌아갈 수 없어. 한번 밤의 어둠을 밟으면 다시는 현실로 돌아가지 못하지. 너처럼 어린 녀석이 그런 걸 할 필요가 있냐?"

그는 그렇게 말하고 자리에서 일어났다. 세건은 아무런 말도 하지 못하고 고개를 떨궜다. 마약을 맞아가면서 괴물들과 싸운다는 것은, 마약에 대해 엄격한 한국에서 자란 세건의 상식으로서는 받아들이기 힘든 일이었다. 괴물들에 대해서는 여전히 적의가 들끓고 있지만, 실베스테르의 설득은 그 적의에 찬물을 끼얹을 만큼 강력했다.

"이, 일단 생각을 좀 할 시간을 주면 안 될까요?"

"얼마든지. 하지만 만약 남에게 함부로 이런 이야기를 떠벌이다간 가족들을 보게 될 줄 알아라. 네가 우리에게서 알아낸 것을 떠들고 다녀서 얻을 수 있는 건 정신착란자란 타이틀과, 머리에 처박힐 총탄뿐이지."

부아아앙!

세건은 결국 생각해 보기로 한 뒤 오토바이를 타고 사라졌다. 중년 남자는 그런 세건의 뒷모습을 쇼윈도를 통해서 바라보고 있었다.

"슬슬 손님들 올 시간인데 두 사람은 좀, 비켜주든가 하지 않을래요?"

김성희는 실베스테르와 퇴역 군인을 바라보고 퇴거를 요청했다. 그녀는 이 가게의 오너로서 매상에 신경 쓸 필요가 있었다. 실베스테르는 그녀의 요청에 따르기로 했는지 스누피가 그려진 셔츠를 입은 채로 입구를 향해 걸어 나갔다.

"그러도록 하지."

"저기, 실베스테르."

그때 중년 남자가 실베스테르를 불러 세웠다. 그는 마약을 하고 있던 팔뚝을 세건에게 보여준 탓인지 굉장히 불안에 떨고 있었다. 세건이 비록 흡혈귀와 괴물에 대해서 말하다 정신병자 취급을 받더라도, 그건 마약 상습 투여자 이야기와는 별개다. 그런데 실베스테르는 그 소년의 기억도 지우지 않고 내버려 둔 것이다.

"왜 그 아이를 그냥 보냈습니까? 당신은 괜찮다 치더라도 상습 투여자인 저는 꽤 골치 아픕니다."

"글쎄. 당신도 이렇게 '흡혈귀 장사'를 하고 있는데 그 아이라고 하지 말라는 법은 없지. 단지 그뿐이야. 정 불안하면 당신 선에서 정리하든가. 물론 녀석에겐 아직 현실에 안주할 자리가 있으니까."

"그게 없어진다면, 그래서 녀석이 찾아오면 어쩔 겁니까?"

중년의 퇴역 군인은 이제 20대 초반쯤 되어 보이는 은발의 외국인에게 그렇게 물어보았다. 은발의 외국인, 실베스테르는 잠시 생각에 잠기더니 흔쾌히 말했다.

"그건 그때 가서 생각할 일이지."

4

세건은 악몽을 헤매고 다녔다.

밤의 어둠 속에서 피가 아롱지며 떨어져 내리고 거리를 걷고 있는 흡혈귀는 거대한 갈증에 시달렸다.

세건이 보지 못한, 진실의 나머지 부분이 꿈으로 떠오르고 있었다. 그는 어둠 속을 헤매고 다니다가 골목길에 접어들었다. 세건이 익히 알고 있는 오르막길, 그 위에 위치한 고급스러운 단독주택가가 세건의 집이다. 폐부가 찢어지고 몸통이 뚫린 그 고통은, 고통에 상응하는 갈증이 되어 목을 태우고 있었다. 금방이라도 쓰러질 것 같은데 저주가 불러온 강력한 생명력이 고통을 연장하고 있었다. 어쩌면 이 고통과 갈증이 저주의 본질일지도 모르겠다는, 다소 추상적인 생각이 흡혈귀의 뇌리를 스치고 지나갔다.

"헉… 헉……."

그는 거친 숨을 내쉬며 주위를 둘러보았다. 희생물을 찾아서 희번덕거리는 눈동자에 비치는 것은 전부 굳게 닫힌 건물뿐, 살아 있는 생명체는 거의 없었다. 운 좋게도 집을 비워둔 경우가 다수로, 어쩌면 불경기 때문인지도 몰랐다.

하지만 그때 희생자를 찾는 눈동자에 사람의 체온이 걸렸다. 붉게 빛나는 체온, 그 안에 흐르는 따뜻한 피, 심장의 약동까지 손에 잡힐 듯 느껴진다. 그것이 괴물의 심장을 부활시켰다. 괴물은 남아 있는 힘 전부를 쥐어 짜내 담을 넘었다. 도둑을 막기 위해 설치한 철창도 그 괴력 앞에서는 아무런 소용이 없었다. 흡혈귀는 그대로 담을 넘어서, 자신을 보고 으르렁대는 개를 물었다. 피가 흘러 들어오면서 몸 안에 활력이 되살아나기 시작했다. 개의 피, 짐승의 피로는 부족하다. 흡혈귀는 일단 타는 듯한 갈증을 달래자마자 이내 짐승의 피에 질렸다. 그는 개의 시신에 자신의 독소를 불어 넣고 곧 집 안으로 들어갔다. 문은 열려 있었고 안에서는 뭔가를 튀기는 냄새가 나고 있었다. 튀김이라도 하고 있던 것일까? 흡혈귀는 아무렇지도 않게 문을 열고 들어가 주방으로 향했다. 냄새가 이끄는 곳에는 역시 중년 여인이 한 명 있었다.

흡혈. 문명인은 상상조차 하기 힘든 끔찍한 흡혈과 식인이 벌어졌다. 그것은 너무나 그로테스크해서 단순한 '식사'라기보단 '의식'에 가까운 행위로 보였다. 흡혈귀는 피를 빨면 빨수록 그 상처를 회복했다.

"빌어먹을 진마(眞魔)사냥꾼. 개자식!"

흡혈귀는 그렇게 욕을 했다. 진마사냥꾼? 세건은 그게 실베스테르를 부르는 또 다른 이름임을 알았다.

"크ㅇㅇㅇㅇ"

그다음은 세건이 익히 알고 있는 대로였다. 흡혈귀는 아버지의 방에서 아버지, 한승일을 살해했고 그 참극을 보고 서재로 달려가 총을 꺼낸 형 한세현을 죽였다. 그사이 상처는 상당히 아물었지만, 은의 파편이 들어간 육체는 독을 부여받은 살처럼 썩어 들어가고 있었다. 흡혈귀가 그 은을 빼내기 위해 도구를 찾으러 돌아다니는 동안 세건이 참극의 현장이 된 집으로 돌아왔고 흡혈귀와 싸우다 아래층으로 떨어져 뻗었다.

슈학!

그리고 그때 마침 난입한 실베스테르. 그는 커다란 제식용 클레이모어를 휘둘러 흡혈귀를 압도하고 마침내 죽여 버렸다. 육체적인 능력 역시 흡혈귀를 상회하는 저 '진마사냥꾼'에 대한 공포는 꿈을 꾸는 세건에게도 확실히 전달될 정도로 강렬했다.

목젖을 찌른 육중한 대검은 단말마마저도 허용하지 않았고 매서운 발길질이 두개골을 박살 냈다. 그러나 꿈은 거기에서 끝나지 않았다.

"뭐야, 이건."

실베스테르는 특유의 무심한 말투로 세건을 내려다보았다. 피투성이가 되어 헐떡이는 세건을 본 그는 클레이모어를 들어 올리고 말했다.

"가라사대, 의인은 없으니 하나도 없으며, 지상에 너희 모두 죄인이라."

그는 그렇게 외치며 검을 내려치려 했다. 세건의 고통을 덜어주겠다는 것이 내심인 듯했다. 그런데 그때 그의 칼이 세건의 목 앞에서 멈춰 섰다. 그는 세건의 손에 들린 엽총을 바라보았다.

"아."

실베스테르는 손을 멈추고 잠시 생각에 잠겼다.

"죽이기엔 아까운 놈이군."

그러더니 그는 품속에서 자그마한 주사기 하나를 꺼냈다. 주사기라고는 해도 일반적인 압축식 주사기가 아니라 스팀 팩이라 부르는 특수한 주사기였다. 그는 그걸로 방금 전 그에 의해서 죽어버린 흡혈귀 시체에서 피를 빨아냈다. 그리고 그걸 세건의 몸에 주사한 것이다.

그것은 정말 신기한 일이었다. 피투성이가 된 육체가 아물어가고, 끊어졌던 팔도 실베스테르가 주워다 붙이자 빠르게 아물다가 결국 붙었다. 물론 주사 한 방으로는 좀 부족했는지 실베스테르는 두어 차례 더 흡혈귀의 피를 빨아서 세건에게 주사했다.

"으아아아악!"

세건은 주사를 피하기 위해 몸부림쳤다. 하지만⋯ 이미 팔뚝은 멍이 들고, 주사 자국으로부터 싹이 트기 시작했다. 세건의 가족을 몰살시킨 괴물의 싹이 세건의 팔을 통해서 혈관을 따라 전신으로 퍼졌다. 자칫 잘못하면 흡혈귀가 될 수 있다는 공포와 이 피 자체에 대한 혐오감 때문에 세건은 견딜 수가 없었다. 하지만 실베스테르는 세건에게 흡혈귀의 피를 주사한 뒤 작은 관심도 보이지 않고 그 자리를 벗어났다.

"으아아아악!"

세건은 비명과 함께 일어났다. 전신이 땀으로 흠뻑 젖어서 흡사 사우나라도 들어갔다 나온 듯한데 주위는 어둡고 차가 웠다.

세건은 자신의 방을 돌아보았다. 가족들이 있을 때만 해도 자주 사용했던 PC와 비디오, 미니 컴포넌트가 눈에 들어왔다. 세건은 미니 컴포넌트의 전원을 켜고 바닥에 어지럽게 널려 있는 컵라면 용기 등을 치우기 시작했다. 세건은 자신의 방만이라도 청소를 끝마치고 욕실로 걸어가 찬물로 샤워를 했다. 아직 날이 차서 찬물을 몸에 끼얹기엔 고통스러웠지만 세건에게는 그런 고통마저 사치였다. 형과 부모는 살해당했는데 살아남은 그 자신이 찬물 정도를 참아내지 못한다는 것은 배부른 투정이라고밖에 생각되지 않았다.

삐이.

세건이 샤워를 하는 사이 전화기가 돌아가더니 녹음된 메시지를 재생했다.

—아, 세건이냐. 나다. 작은애비다. 다른 게 아니라 그때 말했던 건 생각해 봤냐? 너도 거기 혼자 살긴 휑할 거 아니냐. 빨리빨리 결정짓고 마 와부러라. 그럼 끊는데.

세건은 작은아버지의 목소리를 들으며 타일로 된 벽에 머리를 대었다. 그로서는 역시, 마약중독자가 되면서까지 흡혈귀를 잡을 이유가 없었다. 비록 가족들을 잃어버리긴 했지만 부모님도 형도, 세건이 폐인이 되어가면서까지 의미 없이 살아가는 것을 원하지는 않으리라. 그렇게 생각하니 마음이 한결 놓였다.

세건은 샤워를 끝마치고 거실로 나왔다. 그의 평상시 생활 패턴에 비추어 볼 때 샤워를 끝마치고 나면 아침을 먹어야겠지만 발길이 쉽사리 주방으로 향하질 않았다. 세건의 어머니가 참살당한 부엌에는 아직도 혈흔이 남아 있었다. 그 혈흔을 보면서 냉장고에서 음식들을 꺼내 오기엔 아직 세건의 영양 상태가 양호했다.

"벌써 열 시야? 오늘도 학교에 가긴 다 틀렸군."

세건은 옷을 빨래 바구니에 던지면서 한숨을 내쉬었다. 빨래 바구니에는 벌써 엄청난 양의 세탁물이 쌓여 있었다. 세탁기 한 번 돌려본 적 없는 세건으로서는 그 역시 어머니를 회상하게 하는 요소가 되었다. 이런 생활적인 일 때문에 어머니를 회상한다는 사실은 다시 그를 괴롭혔다. 하지만 언제까지나 이러고 있을 수는 없었다.

세건은 옷을 갈아입고 차고로 나갔다.

M대 시청각 자료실 제일 앞자리에 위치한 여학생의 핸드폰이 우렁차게도 울렸다. 더구나 곡조는 아리랑 목동. 만약 핸드폰의 주인이 당혹스런 표정을 짓지 않았다면 교수에 대한 항변이라고 봐도 이상할 게 없을 정도로 수업의 분위기를 크게 해쳤다.

"어머, 이걸 어째. 어째."

한세진이란 이름의 그녀는 당황하면서 아예 핸드폰 배터리를 뽑아버렸다. 어찌나 그 행동에 익숙했는지 끄고 빼는데 1초가 채 걸리지 않았다. 결국 5분 뒤 수업종이 울려서 수업은 끝났지만 그녀로서는 정말 최악의 하루라고 해도 과언이 아니었다.

"아침밥은 상한 걸 먹었지, 렌즈는 잃어버렸지! 교통카드는 터져 버렸지! 학교에서도 이 모양이라니 미치겠어!"

그녀는 수업이 끝나고 조교를 도와 스크린을 거두면서 그렇게 말했다. 원래 영사기 스크린을 말아주는 장치가 있었지만 학교 시설이 늘 그렇듯 쉽게 고장 나 이렇게 손으로 직접 감아서 거둬야 했다. M대 사회학과 교수는 깐깐하기로 유명해서 조교부터가 살이 마른다고 할 정도인데 걸려도 된통 걸린 것이다.

"저, 그럼 저 이만."

뒷정리를 끝낸 세진은 조교에게 인사를 하고 도망치듯 냅다 시청각실을 빠져나왔다. 그리고 핸드폰 배터리를 다시 끼웠다.

"오전부터 전화할 사람이 없는데 누구지?"

그러나 그때 마침 대학 정문 입구로 한 대의 오토바이가 들어오는 게 보였다. 오토바이 위에는 항공 재킷을 걸치고 청바지를 입은 남자가 앉아 있었다.

"어머, 세건이잖아?"

그녀는 자신의 사촌 동생, 세건을 알아보고 그렇게 중얼거렸다. 그리고 보면 요 며칠 전 미친개가 발작을 일으켜 일가족이 몰살당했다고 해서 그녀도 장례식에 참여했었다. 하지만 정작 상주인 세건은 너무나 충격이 큰 데다가 엽총을 발사한 혐의를 지고 있어서 장례식에 참여를 못 했었다. 그런데 왜 이제 와서 세건이 그녀를 찾아온 것일까?

"아, 누나!"

세건은 용케도 이 많은 사람 중에 세진을 알아보고 다가오더니 그녀의 앞에서 부드럽게 턴을 했다. 다리로 지면을 밟아 몸을 지탱한 채로 액셀을 당겨 오토바이만 돌리는 부드러운 액셀 턴의 일종이었다.

"많이 말랐구나."

세진은 네 살 어린 사촌 동생을 보고 그렇게 말을 걸었다. 그러자 세건은 힘없이 미소를 지었다.

"뭐, 그건 그렇고 점심 먹었니?"

"별로. 아, 할 이야기가 좀 있어서요."

"그래. 그러면 학생식당에서 먹는 건 곤란하겠네. 알았어, 오래간만에 지갑 좀 열지."

그녀는 그렇게 말하고 세건을 억지로 잡아끌어 학교 앞의 작은 스파게티 전문점으로 데려갔다.

"자, 그래. 무슨 일이야?"

그녀는 식사를 주문하고 짐짓 쾌활하게 말문을 열었다. 그러자 세건은 살짝 미적대면서 말을 꺼냈다.

"아니, 다른 게 아니라… 음, 뭐라고 해야 하나."

"아 참, 세건아. 혹시 우리 아버지가, 너 오라고 하지 않았니?"

그녀가 선수를 쳤다. 그녀는 서울에 있는 대학에 진학했기 때문에 현재 자취 생활을 하고 있는 중인데 아버지와는 농담으로라도 좋다고 할 수 없는 사이였다.

"예? 아, 그거예요."

"그, 그런 일을 당한 너에겐 미안한 말인데, 하지 마."

"예?"

세건은 급작스런 그녀의 말에 깜짝 놀랐다. 부정적인 이야기를 함부로 하지 않는 게 미덕으로 여겨지는 세상에서, 그것도 사촌 누나인 그녀가 쉽게 그렇게 말한다는 게 이해가 가질 않았다. 하지만 세진은 한숨을 내쉬며 자신의 말에 대해 부연 설명을 했다.

"세건아, 너희 집이 건평 백 평짜리 단독주택이라는 걸 알고 있지? 부지는 이백오십 평에… 이게 얼마나 하는 물건인지 알고 있니?"

"……."

"그리고 네 아버지 공장은 또 어떻고. 물론 불경기인 데다가 그런 일이 있었으니 제값을 받기는 힘들겠지만 큰 재산이라는 건 알겠지?"

세건은 할 말을 잃어버렸다. 물론 따뜻하게 자신을 감싸주었던 작은아버지의 마음이 진심이 아니라고는 생각하기 힘들었다. 아무리 세건이 세상물정을 모른다 하더라도 진심이란 것은 통하는 법이고 그렇게 쉽게 속일 수 있는 게 아니다.

하지만, 그게 진심이라고 하더라도, 경제적 이득이 뒤따른다는 사실에는 변함이 없다.

"알겠지? 나는 너를 위해서 이렇게 말하는 거야. 응? 세건아? 세건?"

"먼저 갈게요."

세건은 그렇게 말하고 자리를 박차고 일어났다. 세진은 자신이 무슨 잘못을 했나 싶어서 그런 세건을 당황스러운 표정으로 바라보았다.

"주문은 했으니까 먹고 가지? 세건아?"

"아니, 됐어요."

세건은 그렇게 말하고 도망치듯 그 자리를 빠져나와 RX─125에 시동을 걸었다. 작은아버지보다도 무심한 사촌누나가 훨씬 더 원망스러웠다. 하지만 미워할 명분도 없었기 때문에 세건은 그야말로 미칠 지경이었다. 그래서 달아날 수밖에 없었다. 형의 유품인 오토바이는 세건의 마음을 알아채기라도 한 듯 빠른 속도로 골목을 빠져나가 M대 앞을 벗어났다.

하지만 곧 오토바이는 멈춰 섰다. 눈물이 계속 흘러내려서 시야가 흐렸기 때문이었다. 세건은 길가에 서서 헬멧을 벗고 남이 보든 말든 눈물을 훔치고 입술을 깨물었다.

오컬트 숍 아르쥬나의 오너 김성희의 주요 고객은 물론 오컬트에 관심이 있는 일반인이다. 그러나 매상의 대부분을 차지하는 고객은 절대로 일반인이라고 부를 수 없는 사람들이었다. 지금도 그녀는 인근 S고의 여고생들을 상대로 타로 카드에 대한 설명을 하고 있었다. 고급스러운 물품을 주로 다루는 그녀지만 일반인을 위한 염가품도 언제나 준비해 놓았다. 그러나 지금은 그런 게 다 떨어진 뒤였다. 하지만 한 벌에 오십만 원이 넘는 타로 카드를 여고생들이 구매할 수 있을 리 없다.

끼이이이익!

그때 가게 입구에서 귀에 거슬리는 마찰음이 들려왔다. 그녀는 깜짝 놀라서 밖을 바라보았다. 그곳에는 세건의 RX—125가 멈춰 서 있었다.

"실베스테르는 있어요?"

세건은 안에 들어오자마자 그렇게 물어보았다. 그녀는 애써 표정을 관리하면서 세건을 째려보았다. 일반 손님들이 있는데 그 앞에서 이상한 소리를 하게 되면 곤란한 건 그녀였다. 사실 그런 걸 염두에 둔다면 가게를 일반인에게 공개하지 않는 게 좋았지만, 그렇게 되면 세금부터 시작해 가게 임대, 관리 등에서 이래저래 문제가 많았다.

"지금 없는데. 일단 앉아서 기다리지 않을래? 응?"

"그, 그러죠. 아, 죄, 죄송해요."

세건은 그렇게 말하고 붉어진 눈을 훔쳤다. 성희는 어깨를 으쓱해 보이고는 손님들에게 양해를 구한 뒤 카운터 밖으로 나왔다.

"화장실은 저쪽이니까 세수 좀 하고 와."

"아, 예."

세건은 그렇게 말하고 화장실의 안으로 사라졌다.

"참 나, 아직 어린애인데……."

그녀는 그렇게 중얼거리며 세건의 뒷모습을 바라보았다. 그녀는 세건이 이 세계로 발을 들이밀 수밖에 없다는 것을 본능적으로 느꼈다.

해가 질 무렵 실베스테르의 코베트가 아르쥬나의 앞에 섰다. 코베트에서 내린 건 예의 그 퇴역 군인과 실베스테르로, 일련의 조사에서 별로 좋은 성과를 거두지 못한 탓인지 표정이 일그러져 있었다.

하지만 아르쥬나의 소파에 앉아서 잠들어 있는 세건을 보고 나서의 표정에 비하면 훨씬 온화하다고 할 것이다.

"뭐야, 이건?"

실베스테르는 김성희에게 그렇게 물어보았다. 그러자 그녀는 웃으면서 대답했다.

"귀여운 새내기지."

"예상보다 좀 빨랐군요."

퇴역 군인은 그렇게 말하면서 세건을 내려다보았다. 그때 마침 세건이 깨어났다.

"아! 자, 잠을……."

세건은 그렇게 말하며 입가를 훔쳤다. 다행히 침은 흘리지 않았다. 실베스테르는 그런 세건을 바라보고 머리칼을 쓸어 올렸다.

"젠장. 정말 죽고 싶어서 환장한 애송이로군. 야, 마지막으로 한 번만 묻겠다. 진심이냐?"

"…다, 당연하죠."

세건은 이미 결심을 굳힌 듯 그렇게 말하고 고개를 끄덕였다. 그러자 퇴역 군인은 킬킬거리며 손을 내밀었다.

"미친 달의 세계에 온 걸 환영한다. 꼬마야."

"……."

세건은 아무 말 없이 그 손을 맞잡았다. 그러자 그걸 본 실베스테르는 한숨을 내쉬었다.

"모르겠다. 덕연, 그 꼬마는 당신에게 맡길 테니까 어떻게든 뒈지지 않을 정도로는 만들어봐. 내가 치른 대금이면 그 정도 서비스는 기대해도 되겠지?"

"여부가 있겠습니까. 허허허."

"그리고 성희, 즉시 멕시코행 배편 수배해 주고. 내 코베트도 가져갈 수 있게."

그는 그렇게 말하고 안으로 향했다. 그러자 세건은 깜짝 놀라서 자리에서 일어났다.

"외국으로 나가는 건가요? 나를 훈련시키는 게 당신이 아니라?"

그러자 방금 전까지 웃던 퇴역 군인, 송덕연의 표정에서 웃음이 사라졌다. 즉, 세건은 왜 실베스테르가 아니라 덕연이 자신을 훈련시키냐고 투정을 부린 셈이다. 비록 실베스테르가 예의에 대해서 잘 모르고 또 관심도 없다 치더라도 세건이 무슨 잘못을 했는지는 잘 알고 있었다. 그는 덕연을 바라보고 실소했다.

"어처구니없는 놈이군. 과연 쓸 만한 놈으로 만들 수 있겠나?"

"노력해 봐야죠. 하지만 장담은 못 합니다."

"그래. 뭐 쓸 만한 놈이 못 되어도 상관없지. 한두 놈 죽어나가는 것도 아니고."

실베스테르는 그렇게 말하고 문득 손을 들어서 세건의 머리 위에 얹었다.

"새삼스럽지만 다시 말하지. 미친 달의 세계에 온 걸 환영한다. 한세건."

"……."

이것은 간결한 의식이지만 결코 무시할 만한 성질이 아니라는 것쯤은 문외한인 세건이라고 해도 잘 알 수 있었다. 그래서 그는 갖가지 의문과 할 말을 전부 품에 묻고 입을 다물었다.

"자, 그러면 나는 이만 자리를 피하지. 나중에 보자, 꼬마야."

실베스테르는 그렇게 말하고 자리를 비켰다. 세건은 깜짝 놀라서 질문을 던지려 했지만, 무엇을 먼저 물어야 할지 몰라 우물쭈물하는 사이 실베스테르가 건물의 안쪽으로 모습을 감췄다.

'미친 달의 세계?'

세건은 그 의문의 단어를 속으로 뇌까렸다.

그 자신이 발을 들인 세계에 대한 무지. 이제 두 번 다시 돌이킬 수 없는 선택을 한 그에게 있어서 이 무지는 너무나 가혹했다. 그러나 한 사람의 인생에 대해서 무심한 세례자는 결국 그를 받아들였다.

第2夜

Gun Powder Baby

1

　세건은 이 주일 만에 학교에 나가 자퇴서를 제출했다.

　"너 미쳤냐! 지금 세상에 고등학교도 졸업 안 하고 뭘 하겠
단 말야? 이 자식아! 그런 일이 있어서 정신 사나운 건 알겠지
만 정말 때려치우고 깡패라도 할 생각이냐?"

　세건의 담임선생인 윤덕용은 이제 정년이 가까운 나이의 노
교사로, 그 흔한 학생주임 한 번 못 해볼 정도로 출세와 담을
쌓은 인물이었다. 그렇다고 아이들에게 인기가 있는 것도 아니
지만 나름대로 교사로서의 본분을 충실히 지키는 모범적인 교
사였다. 강남의 유명한 사립고에서 교장 머리통에 대리석 재떨
이를 꽂아버린 뒤로 한직을 전전했지만 하늘을 우러러 한 점
부끄럼 없는 교사 생활을 보낸 만큼 누구 못지않게 강직한 성

격이었다.

"그런 식으로 치면 고등학교 졸업한 다음에는 대학도 졸업해야 하잖아요. 그렇게 시간적 여유가 있는 건 아니에요."

"고등학교도 졸업 못 하면 네놈이 좋아하는, 그 뭐시냐."

"모터 레이서 라이센스요?"

"그래. 그것도 못 따잖냐? 지금 당장 기분에 휘둘려서 학교 때려치우면 후회가 보통이 아닐 거다, 이놈아!"

하지만 세건은 이미 마음을 정한 터였다. 모터크로스 라이센스를 따지 못하는 것은 물론 애석한 일이지만 실베스테르처럼 데저트 이글, 클레이모어를 휘두르고 다니는 일이 합법적일 리 없고 그 경우 괜히 꼬리를 잡힐 거리만 늘어나는 것이다. 세건은 억지로 웃어 보였다.

"벌써 마음은 정했어요. 그리고 할 일이 있으니까요."

"깡패 짓 하려고 마음씩이나 정하는 거냐? 엉?"

역시 세건이 폭주족과 어울려 다녔기 때문일까? 담임선생은 세건이 무슨 폭력 조직에 입문하는 것쯤으로 알고 있었다. 세건의 입장에서 보면 오토바이를 잘 타는 그에게 폭주족들이 들러붙었을 뿐이지만 역시 그런 건 변명거리도 못 되는 법이다.

"나쁜 일 아니에요. 오히려, 좋은 쪽이죠."

세건은 그렇게 말하고 스스로도 멋쩍은지 코를 긁었다. 그는 곧 90도 각도로 허리를 굽혀 인사했다.

"그럼, 그동안 고마웠습니다."

세건은 그렇게 말하고 나갔다. 윤덕용 선생은 기가 막혀서 그런 세건의 뒷모습을 바라보았다. 그때 문이 열리고 학생주임이 들어왔다.

"윤 선생님? 무슨 일입니까?"

"아니, 저놈이 꼭 전쟁터에 나가는 놈 같아서. 옌장, 지가 학도병도 아니고. 자퇴가 뭔 말인지."

"아, 저놈. 꼴통 아닙니까? 차라리 잘됐……."

그 순간 윤 선생의 책상 위에 있던 재떨이가 학생주임의 머리통으로 날아갔다.

세건이 교문을 벗어나자 그곳에는 송덕연이 미리 나와 있었다. 그는 베레모를 쓴 채 기다리고 있었는데 세건을 보자마자 반겨 물었다.

"그래, 학교는 잘 때려치웠냐?"

"예. 끝내고 나니까 왠지 내가 해선 안 될 짓을 하는 것 같은데. 그나저나 실베스테르는 어떻게 됐어요?"

"오늘 아침에 벌써 떠났다."

송덕연은 그렇게 말하고 한숨을 내쉬었다.

"이놈아, 진마사냥꾼 실베스테르 신부라면 이 세상에서 모르는 놈이 없는 괴물이라고. 그런 인간이 너 같은 애송이를 상대나 할 것 같으냐?"

"그렇게 대단해요?"

"그럼 안 대단해 보이디?"

"나이도 젊어 보이던데."

세건이 그렇게 투덜거리자 덕연은 자신의 차로 들어갔다. 요즘 세상에서는 남들이 볼까 두려운 94년형 프라이드 승용차였다. 세건은 무의식중에 눈살을 찌푸렸다.

"확실히 대단한 차이가 있군요. 코베트에서 프라이드라니."

"이놈이, 프라이드가 어때서 그래? 너 같은 놈이 있으니까 사람들이 쓸데없이 멀쩡히 굴러가는 차를 버리고 바꾸는 거 아니냐? 그리고 이런 일 하는데 좋은 차 끌고 다니면 오히려 눈에 배기는 법이다."

"너무 나빠도 강한 인상을 주지 않겠어요?"

"시끄럽다, 이놈. 빨리 타기나 해."

그는 그렇게 말하고 세건의 머리를 쥐어박았다. 비록 장난삼아 두들긴 거지만 전직 특전사의 주먹맛은 각별한 것이라 세건은 쉽게 입을 다물었다.

"집은 어떻게 했냐?"

송덕연은 차가 신호에 걸린 사이 질문을 던졌다. 그러자 세건은 어깨를 으쓱해 보였다.

"작은아버지 드렸죠. 공장하고 해서."

"응? 너 돈 없냐, 그럼?"

"작은아버지가 이천 정도 주셨는데 왜요?"

"흠. 당연히 장비를 사야 할 거 아니냐. 설마 맨몸으로 흡혈귀랑 싸울 것도 아닐 텐데."

"장비라면, 총이요?"

"총은 아직 네놈에게 줄 수 없고, 일단 기초 장비부터 사자."

덕연은 그렇게 말하고 액셀을 밟았다.

세건은 덕연에게 이끌려 창고 거리로 향했다. 원래 미군이 쓰던 창고였는데 부대를 이전하는 바람에 다시 민간에 팔린 그곳은 낡은 적벽돌 건물이었다. 근처에 날라리가 많이 돌아다니는지 벽에는 어설픈 솜씨로 'Rave Jeans'라는 그래피티가 되어 있었다. 세건은 그걸 읽으면서 참 상표명 같다고 투덜거렸다.

입구에서 벨을 누른 송덕연이 여기저기 둘러보는 세건에게 말했다.

"가만히 좀 있어라. 주위를 그렇게 둘러보면 수상하게 여긴다는 거 모르냐?"

"그래요? 누가 보고 있는 것 같지도 않은데."

그때 창고의 문이 열리고 새하얀 레게 머리의 영감이 나왔다. 어두운 창고 분위기에 걸맞지 않게 하와이안 셔츠를 입은 그 영감은 송덕연을 바라보더니만 양팔을 벌리고 호들갑스럽게 반겼다.

"여어! 이게 누구야. 송 상사잖아! 오래간만인데."

"오래간만은 빌어먹을."

송덕연은 그렇게 말하면서 차 트렁크에서 가방을 꺼냈다.

"자, 헌혈 받아 왔수."

"오오. 진마사냥꾼에 빌붙어서 한탕 했다더니 정말이군. 이렇게나 많이?"

노인은 가방을 받아 들고 안을 열어보았다. 안에는 비닐 팩에 담긴 피가 가득 들어 있었다. 송덕연은 그걸 보고 히죽 웃어대었다.

"아직 가방 하나 더 있으니까 놀라는 건 이르지. 영감이 현찰에 깔려 죽을까 봐 이렇게 찾아온 거 아뉴."

"그 정도나? 이거 시세가 떨어지겠는데."

"이게 무슨 경마 마권도 아니고 떨어질 이유가 어딨소? 응? 세건아, 안에서 가방 하나 가져와라."

"예."

세건은 그렇게 대답하고 가방을 가져왔다. 그러자 그 노인은 가방 가득 담긴 피들을 바라보고 머리를 긁적였다.

"대단한 양이군. 역시 진마사냥꾼에게서 떨어지는 게 많은가 보지?"

"빨리 계산해 주쇼."

"기다려. 그런데 거기 꼬마는?"

"아, 오늘부터 키워보려고. 신경 쓸 거 없소."

"그런가? 그럼 다 같이 따라 들어들 오라고."

그는 그렇게 말하고 안으로 들어갔다. 세건은 안으로 따라 들어가면서 주위를 둘러보았다. 창고 안에는 트레일러 박스가 몇 개 쌓여 있고 나무 상자와 몇 가지 전자 장비 같은 것들이 놓여 있었다. 수은등 몇 개가 천장에 매달려서 지직거리며 그림자를 뿌려댄다.

"이것들은 다 뭐죠?"

"조용히 해. 나중에 안 가르쳐 줄까 봐 그러냐? 어련하려고. 어이 영감, 얼른 해봐."

그러자 레게 머리의 노인은 비닐 팩을 웬 기계에 넣고 하나씩 감정하기 시작했다. 장치 안에서 적외선, 레이저 스캔이 끝나자 LCD 디스플레이에 결과가 표시되었다.

"뭐야? 잡것뿐이군. 대부분이 VT 22.3인데?"

영감은 그렇게 말하며 송덕연을 바라보았다. 그러자 송덕연의 얼굴이 찌푸려졌다. 예상보다 너무 낮은 수치가 나와서였을까?

"뭐 상동파 녀석들이니까 잡것이긴 하겠지. 하지만 그렇게 낮나? 기계에 수작 부린 거 아니지?"

"그렇게 못 믿겠으면 다른 거래처를 알아보든가. 이 기계가 보통 물건인 줄 알아? 나도 밑지면서 장사하는 거야. 세상엔 감가상각비(減價償却費)란 게 있어."

"아아, 그냥 해본 소리요. 거참, 영감도 못쓰겠구만. 그래서 얼마요?"

"개당 이백오십만 원 정도지. VT 22 시세가 그런데, 어때?"

"뒤에 소수점 3 있잖소. 더 주지그래?"

"농담하지 마. 이백오십만 원만 줘도 벌써 일억이 넘잖나! 그 많은 현금 구해 오는 것도 장난이 아니라고. 그리고 원칙은 사사오입이야. 22.3이면 22지 뭔 말이 많아. 이 장사 하루 이틀 해보는 것도 아니고."

그러자 송덕연도 더 이상 할 말이 없었다. 노인은 그 흡혈귀들의 피를 받고 현찰을 모아 피 대신 가방에 채워주었다. 그러자 이 이상한 거래를 보던 세건이 호기심을 참지 못하고 물어보았다.

"피를 파는 건가요?"

"엥?"

그 순간 노인이 놀라서 세건과 송덕연을 번갈아 바라보며 눈을 부라렸다. 그러자 송덕연은 흠흠 하고 헛기침을 하더니 노인에게 해명했다.

"정말 초짜라 이 업계를 몰라서 그러니까 걱정 마시오."

"그렇긴 하지만 정말 아무것도 모르는 아이로군. 대체 무슨 바람이 불어서 이런 어린애 인생을 조지려고 그러나?"

"아 참, 이 녀석 쓸 채혈기 두 개쯤 살 수 있소?"

"그러면 그거 값은 제하고 주지."

"뭐, 그러쇼. 거 두 개 사는데 하나쯤 얹어주지그래?"

"그럼 중고라도 쓰겠나? 석중이 녀석이 당해서 죽은 모양이야. 아쉬운 대로 그놈 장비 걷어 왔는데, 그거면 세 개 주지."

"그러슈, 그럼."

그러자 영감은 피투성이 채혈기를 세건에게 건네주었다. 세건은 그걸 받아 들고 얼떨떨해져서 살펴보았다. 무슨 작은 망치 같은 것에 주삿바늘이 달려 있고 그 뒤에는 비닐 팩이 붙어 있는 형식인데 비닐 팩 안에는 피가 굳는 걸 방지하기 위한 약품이 들어 있었다. 손잡이는 묵직한데 아마도 전지가 들어가 있는 것 같았다.

"이걸로 흡혈귀의 피를 채취해서 오는 거다. 그러면 그 흡혈귀가 얼마나 순도 높은 놈인지 저 VT 조사기로 조사하고 가격을 매겨줄 테니까. 알겠냐? 이 채혈기는 리튬이온전지를 쓰니까 충전 잘 시켜놓고. 충전지 방전시켜 났다가 흡혈귀를 다 죽여놓고 피를 못 빨면 억울해서 밤잠을 설칠 거다."

"예, 그렇군요."

세건은 그렇게 대답하고 채혈기를 바라보았다. 덕연은 돈 가방을 챙긴 뒤 넋이 빠진 세건을 이끌었다.

"그러면 영감, 장사 잘하쇼."

"아, 그러지. 자네도 뒈지지 말고 오래오래 살게그려."

덕연과 세건은 그렇게 창고를 빠져나왔다. 그러자 그제야 정신을 차린 세건이 덕연에게 물어보았다.

"아니! 지금 흡혈귀의 피였어요, 그거?"

"그럼 뭐라고 생각했나?"

"아니, RH—라도 되나 싶어서… 왜, 그런 건 한국에서 비싸잖아요."

세건은 우물쭈물하며 그렇게 말했다. 흡혈귀의 피를 팔아서 돈을 받다니. 그렇다면 인간 역시 흡혈귀를 흡혈하는 셈이잖아? 그런 생각에 미친 세건은 갑자기 가슴이 탁 막히는 느낌이었다. 뭐라고 말로 표현할 수는 없지만 불길한 느낌. 세건은 그런 느낌을 애써 떨구며 고개를 흔들었다. 덕연은 그런 세건을 보고 히죽 웃었다.

"설마. RH—는 흡혈귀 피보다 인간 피가 더 비싸단다. 흡혈귀의 RH—는 정말 가치 없는 물건이지."

"그것도 그렇지만, 대체 흡혈귀의 피에 무슨 가치가 있길래 그렇게 비싸게 팔리죠?"

"저것들은 비싼 거 축에도 안 들어. 흡혈귀가 된 지 얼마 안 되는 잡것이라 피의 순도가 지나치게 낮지. 하지만, 그런 피라고 해도……."

덕연은 그렇게 말하며 세건의 팔을 가리켰다. 끊어졌다가 다시 붙은 그 팔을 보니 세건은 왜 흡혈귀의 피가 비싸게 팔리는지 이해할 것 같았다. 그야말로 현대 의술을 뛰어넘는 최고의 치료제가 아니겠는가?

"그 팔을 이어 붙이는 데 흡혈귀의 피가 사용되었다면? 이제 이해할 수 있겠냐?"

"그런! 흡혈귀의 피를 주사하다니, 그러면 흡혈귀가 되는 거 아닌가요?"

"흡혈귀가 되는 경우도 있지만 그렇지 않은 경우가 대부분이지. 입으로 먹는다면 확률은 더더욱 높아지지만."

세건은 그제야 실베스테르가 처음 접촉해 왔을 때 피를 먹었는지 안 먹었는지 집요하게 물어오던 걸 떠올렸다.

"그, 그렇군요. 확실히 비싼 값으로 거래되겠는데요. 그럼 흡혈귀 사냥꾼은 그걸로 돈을 버는 건가요?"

"뭐, 흡혈귀 혈액의 용도야 그 외에도 무궁무진하지만. 우리의 주 수입원인 건 확실하지. 왜? 실망했냐? 정의의 사도가 아니라서?"

"조금요. 나는 사람들에게 의뢰라도 받으면서 할 줄 알았는데."

"의뢰를 받으려면 의뢰를 접수할 창구가 있어야 하는데 금방 소문나서 골치 아파진다고."

덕연은 그렇게 말하면서 프라이드 승용차에 몸을 실었다. 그리고 돈 가방을 뒤에 놓았다.

"자, 헌혈증이 이 정도면 당분간 놀고먹는 데 지장은 없을 것 같고, 타라. 내 아지트로 안내해 주마."

"예."

세건은 찜찜한 기분을 감추지 못하고 덕연의 승용차에 마지못해 올라탔다. 새하얀 프라이드 한 대가 창고를 뒤로하고 인적도 뜸한 길을 따라 멀어져 갔다.

2

재건축 사업이 이미 끝나 고층 아파트들이 늘어선 봉천동 고개에 낡은 빌딩이 하나 있었다. 주위는 온통 고층 아파트로 새단장이 되어 있는데 혼자만 흉하게 낡은 타일을 몸에 매달고 있었다. 게다가 현관이 대로를 등지고 있어서 더더욱 입주자가 없을 곳이었다. 송덕연의 아지트는 그 지하층이었다.

"자, 들어와라."

"아, 예."

세건은 안으로 들어가면서 눈을 휘둥그렇게 떴다. 처음 입구에는 봉제 인형이니 실이니 그런 게 쌓여 있어서 내심 공장이려니 했는데 안은 깔끔하게 정리되어 있는 것은 물론, 일본도니 한국도니 각종 도검류가 빼곡히 벽에 꽂혀 있고 그 위에는 무기보다 골동품에 더 가까운 금강저(金剛杵)가, 양옆에는 꽤 수상해 보이는 기계—세건은 잘 모르지만 총열 교환 및 수리를 위한 디바이스—가 있었다.

"어떠냐?"

"경찰이 들어오면 바로 쇠고랑 차겠는데요?"

세건은 그렇게 감상을 말했다. 아닌 게 아니라 폭력배 사무실도 이보다는 더 온건해 보일 지경이었다.

"경찰이 왜 내 집에 들어와? 수색영장 없으면 끝이지."

송덕연은 그렇게 말하면서 신발을 벗고 안으로 들어갔다. 그러고는 오른쪽 방을 가리켰다.

"여기가 앞으로 네가 쓸 방이다. 물론 안을 청소한다면 말이지."

"그렇군요. 그런데 흡혈귀는 어떻게 찾고 어떻게 잡아요?"

"기지도 못하는 놈이 벌써 날려고 드는구나. 흡혈귀가 너를 잡으면 잡았지, 너에게 잡힐 성싶으냐?"

덕연은 세건의 조급함을 한마디로 일축했다. 덕연은 아까 전부터 설명도 별로 없이 계속 면박만 주었지만 지금의 세건은 뭐든지 신기할 뿐이기에 그런 건 문제가 되지 않았다.

"부적이나 그런 건 없군요. 흡혈귀 사냥꾼들은 저렇게 불법적인 무기만 쓰나요?"

"우리의 적은 총탄을 맞아도 살아서 꿈틀거린단다. 성수 같은 것도 별로 효과가 없고 말야. 부적은 더더욱 무리지."

덕연은 그렇게 의미심장한 말을 하고 세건을 바라보았다.

"짐은 챙겨 왔냐?"

"오토바이를 두고 왔어요. 뭐, 가져올 짐도 얼마 되지 않으니까 잠깐 가서 가져오면 되겠죠."

"그래? 그러면 내일 가져와라. 내일모레부터 제대로 된 훈련에 들어갈 테니까."

덕연은 그렇게 말하고 자신의 침실로 향하다가 문득 생각났는지 다시 세건을 돌아보았다.

"네 방부터 치워둬라. 그러지 않으면 오늘 잘잘 곳이 묘연해질 테니까."

세건은 그 말을 듣고 방문을 열어보았다. 역시 덕연이 괜히 으름장을 놓는 게 아니었다. 거실은 그래도 깨끗하게 정리되어 있었는데, 그것은 거실에 있는 게 가구나 짐짝이 아닌 '무기들'이었기 때문이지, 결코 덕연이 깨끗한 성격이어서가 아니었다. 세건이 들어선 방 안은 방인지 창고인지 분간이 안 갈 정도로 어지러웠다. 세건은 나직하게 탄식하고 방을 정리하기 시작했다.

세건은 생활비를 작은아버지에게 보조받는 조건으로 아버지의 집과 공장을 모두 작은아버지에게 넘겼다. 한규일은 조카에 대해서 미안한 마음을 가지고 있기는 하지만 사업가였기에 그 제안을 거절하지 못했다.

비록 세건은 한규일에게 상처를 받긴 했지만 그를 원망할 마음은 없었다. 하지만 집 근처에 왔을 때, 벌써 짐의 태반이 정리되어 있는 걸 보자 왠지 눈물이 왈칵 쏟아져 나왔다. 비록 오토바이를 타고 다니고, 담력이 보통이 아니라 해도 세건은 아직 고교생이었다. 귀한 집에서 곱게 자란 대한민국의 고교생에게 이 사건은 너무나도 가혹한 일이었다.

"세건아?"

그때 가방을 들고 다가오던 세진이 세건을 바라보았다. 세건은 얼른 눈물을 훔치며 고개를 돌렸다.

"누나?"

"아, 왜 내 말을 안 들었니."

"……."

세진은 자신의 아버지와 극히 사이가 나빴기 때문에 세건이 집을 넘겨준 게 그렇게 못마땅한 모양이었다. 하지만 세건에 대해서 위로 한마디 안 하면서 그런 주제넘는 말을 함부로 해대다니. 세건은 사촌 누나의 무심함이 정말 끔찍하게도 싫었다.

"짐을 가지러 왔어요. 누나는요?"

"으응, 너를 만나서 설득하려고 왔는데. 아직 정식 절차 밟지 않았지? 그러면 지금이라도 늦지 않았으니까!"

세건은 더 이상 그녀의 이야기를 듣지 않았다. 그는 일단 차고에서 RX—125를 꺼냈다. RX—125는 오프로드용 오토바이라 짐을 실어 나르기에는 그다지 좋지 않지만 형이 쓰던 오프로드 투어링용 가방 한 개로도 세건의 짐을 다 실어 나를 수 있었다. 사실 어지간해선 이 집에 있는 물건은 죄다 내버려 두고 싶지만, 그런다고 해서 이 사건을 잊을 수 있으리라곤 생각되지 않았다.

"세건아! 나는 너를 위해서 이러는 거라니까! 너는 지금 우리 아빠에게 이용당하고 있는 거야!"

세진은 그렇게 말하면서 계속 세건을 따라다녔다. 그녀로서야 자신이 사랑하는 사촌 동생을 위해 훌륭한 충고를 하고 있고, 추악한 욕심에 찌들어서 조카마저 집어삼키려고 하는 악독한 아버지에게 대항한다고 생각하겠지만 세건으로서는 그녀가 가장 싫었다.

"그만둬요. 난 지금 누나가 다른 누구보다 더 싫어요. 그렇게 아버지가 미워요? 분명히 누나보다 먼저 돌아가실 아버지인데, 그렇게 미워서 사촌 동생에게 험담하면서 일이 틀어지도록 뒤에서 손을 쓸 정도로? 웃기지 말아요. 나를 위한다고요? 지금 내 마음이 어떤 줄 알면서 그따위 말을 하는 거예요!"

"…세, 세건아?"

"닥쳐요! 두 번 다시 나를 알은체하지 말아줬으면 좋겠네요! 어차피 볼 일도 없을 테니까!"

세건은 그렇게 그녀에게 쏘아준 뒤 RX—125에 시동을 걸었다. 비록 세건에게 일어난 불행한 사고가 지극히 '일반적'이지 못한 일이긴 했지만 그래도 세건이 천애고아는 아니었다. 하지만 지금, 세건은 현실의 자신을 붙잡아주는 모든 인연과 완전히 결별한 것이다.

세건이 봉천동, 덕연의 아지트로 돌아왔을 때는 아직 점심시간도 되지 않았다. 세건은 어제 치워둔 방으로 들어가 짐을 풀었다. 그가 챙겨 온 짐이라면 포켓에 들어갈 3×4인치 정도 크기의 가족사진과 그 필름, 옷가지 몇 벌이 전부였다. 세건은 옷장에 옷들을 정리하고 그 위에 사진을 놓은 뒤 한숨을 내쉬었다. 사진 속의 가족들은 심드렁한 표정으로, 동해안을 뒤로한 채 모여 있었다. 작년 여름휴가 때, 꽉꽉 막히는 도로 속에서 에어컨마저 고장 나 고생하다 겨우 도착해서 찍은 사진이라 표정이 고울 수가 없었다. 하지만 넉살좋은 형 세현만은 카메라를 향해 웃고 있었다.

"가져온 가족사진이 이런 것뿐이라니……."

세건은 스스로가 한심해서 그렇게 중얼거렸다. 반지하의 어두운 방에서 혼자 서 있는 세건은 마치 인형처럼 굳어버렸다. 만약 덕연이 일어나 세건을 찾지 않았다면 계속 사진을 바라보다가 미쳐 버렸을지도 모르는 일이었다.

"다녀왔냐, 세건?"

"아, 예."

세건은 정신을 차리며 덕연을 바라보았다. 이 전직 특전사 상사는 마치 본인이 흡혈귀인 양 해만 뜨면 잠에 빠져들었는데 역시 방금 전까지 자다 일어났는지 게슴츠레한 눈초리를 하고 있었다.

"훈련은 내일부터 하는 게 좋겠지. 뭐, 그 외 다녀올 곳이 있으면 미리 다녀오도록 해둬라."

덕연은 그렇게 말하고 다시 자신의 방으로 돌아갔다.

"다녀올 곳?"

세건은 덕연의 말을 되새기면서 한숨을 내쉬었다. 그런 곳은 없다. 교우 관계가 그렇게 좁다고 생각한 적은 없지만… 이런 일이 벌어졌을 때 의지가 될 만한 친구는 없었다. 그렇지만, 갑자기 오토바이를 타고 싶어졌다. 세건은 별로 기쁜 얼굴이 아닌 가족사진을 뒤돌려 놓고 자신의 방을 뒤로했다.

덕연이 전날 세건을 내버려 둔 것은 그가 세건의 훈련을 귀찮아한 것이 아니라 어린 나이에 가족을 잃은 그를 배려하려던 것뿐이었다. 하지만 배려는 하루 이상 해줄 필요가 없었다. 흡혈귀 사냥꾼은 사실 자신보다 월등히 강한 흡혈귀라는 적을 사냥해야 하는 일이다. 전쟁이 벌어지지 않은 현대사회에서, 그들보다 죽음에 가까운 이는 그다지 많지 않을 것이다. 그렇기 때문에 흡혈귀 사냥꾼은 자신을 단련해야 할 필요가 있었다.

훈련은 아침부터 시작되었다. 덕연은 그답지 않게 태양과 함께 일어나서 아침 식사를 준비했다. 훈련이 시작되는 날이라서 그런지 덕연이 준비한 아침 식사는 고단백, 고칼슘, 그리고 고칼로리의 집합체라고 할 수 있었다. 아침부터 이런 걸 먹어서 소화할 수 있다면 굉장히 건강한 사람이리라. 하지만 세건은 억지로 그러한 건강식을 먹어야 했다.

"대단하군요."

세건은 여러 가지로 해석될 수도 있는 말로 감탄을 대신했다. 그러나 덕연은 그런 세건을 보고 간단한 충고만 해줄 뿐이었다.

"오늘 하루만 내가 잡일을 다 해주마. 다음부터는 네가 해야할 일이야. 그리고 식단은 이거에서 전혀 변화 없으니까 처먹고 다 외워둬라."

아침 식사가 끝나고 덕연은 세건을 데리고 봉천동 YMCA 체육관으로 향했다. 이미 장소에 대한 협약이 되어 있었는지 관리인도, 그 누구도 이 둘을 제지하지 않았다.

일단 가볍게 몸을 푼 세건과 덕연은 곧장 훈련 프로그램에 들어갔다.

"줄넘기, 이 회 도약으로 오 분, 삼 회 도약으로 일 분, 다시이 회 도약으로 일 분. 이 패턴으로 삼십 분을 간다. 줄넘기쯤은 할 수 있겠지?"

덕연은 그렇게 말하고 세건에게 줄넘기를 건넸다. 세건이 그줄넘기를 받아 들고 덕연의 지시에 따라서 줄넘기를 시작했다. 처음에는 그저 그러려니 했지만 얼마 지나지 않아서 심장박동이 거세어지는 것을 느꼈다. 덕연이 주문한 내용은 어지간한 운동선수라고 하더라도 바로 항복하고 마는 무시무시한 운동량이다. 비록 세건이 모터크로스 라이센스를 위해 몸을 단련해 왔다지만 도저히 따라갈 수가 없었다.

"허어! 이 정도로 퍼지냐? 턱 당겨라, 쌍놈아! 죽통 날아간다."

송덕연은 그렇게 말하면서 정말 세건의 턱을 후려갈겼다. 이렇게 되니 아무리 죽을 것 같아도 뛰지 않을 수 없었다. 정말 죽는 것보단 죽도록 고생하는 선에서 끝나는 게 나으니까.

세건은 숨을 헐떡이면서 정신없이 뛰었다. 숨이 가빠서 턱에 닿고, 심장은 벌렁거리고, 입으로 피를 쏟을 것 같은 기분이 든다. 그래도 덕연은 자기 몸 아니라고 험악하게 굴려대었다.

"그냥 줄 넘는 데 연연해서 헐떡이지 말고 땅을 찰 때 순발력을 발휘하란 말야. 그리고 등 안 세울래? 너 척추에 철근 박고 싶냐?"

송덕연은 폭언을 일삼으며 세건에게 계속 무리한 요구를 했다. 그러다 세건이 그 요구를 이루지 못하고 쓰러지기라도 하면 바로 주먹과 발이 날아들었다.

"흡혈귀가 웃겠다, 이놈아! 땅바닥이 안아달라고 하디? 응? 땅이 그렇게 땅이 좋으면 아예 묻어버릴까?"

덕연은 그렇게 폭언을 퍼부으며 신 나게 세건을 두들겨 팼다. 그래서인지 세건은 어지간한 운동선수도 괴로워할 운동량을 단번에 소화할 수 있었다. 이 정도면 인체의 신비에 가깝다고 봐도 좋을 텐데, 특전사 출신의 덕연에게는 너무나도 당연한(?) 결과였다.

"아직이다. 이제부터 버피(Burpee:버피 테스트, 양손을 땅에 짚고 발을 뒤로 빼며 배를 지면에 대듯 낮췄다가 원위치로 돌아오는 것)를 하는데 백 회다. 앞으로도 뭐든지 백 회가 한 세트라는 걸 명심해. 백오십이니 이런 거 없어. 백에서 늘면 이백인 거고 이백에서 늘면 삼백이다!"

"……."

세건은 아무 말도 하지 못했다. 줄넘기에서 벌써 지쳐 버린 세건에게 버피테스트 100회라는 건 죽으라는 소리나 다름없었다. 그러나 덕연의 표정에서는 정말 죽으라는 소리가 튀어나와도 이상할 게 없을 정도의 열의가 느껴졌다.

그렇게 세건과 덕연은 네 시간 동안 강훈련을 한 뒤 다시 아지트로 돌아가 아침과 그다지 다를 것 없는 식사를 하고 잠을 잤다. 낮에 잠을 자는 것은 흡혈귀 사냥꾼에게 있어 적의 활동 주기에 생활 패턴을 맞추는 것이라 일종의 미덕이라고 할 수 있었다. 하지만 덕연이 훈련 일정을 그렇게 잡은 이유는 그 때문만이 아니었다.

세건은 아직 성장기이기 때문에 운동을 통해서 성장호르몬이 분비될 때 잠을 자고 있는 것이 더 효과적이다. 식사로 섭취한 단백질과 테스토스테론이 단백질 동화 작용을 일으켜 근육량을 증가시키는 것은 물론 각 근골의 생장점이 세포분열을 일으켜서 신장을 키우는 것이다.

하지만 하루의 훈련이 그것만으로 끝나는 것은 아니었다. 네 시간 동안 세포분열을 위한 낮잠을 잔 뒤에는 곧 일어나서 다음 훈련장으로 향했다. 물론 세건은 근육통을 호소하면서 기름칠 덜 된 기계처럼 삐걱거렸지만 덕연의 신조가 '안 되면 되게 하라'였기 때문에 그건 그다지 문제가 되지 않았다.

"아, 젠장. 어린놈이라서 스테로이드를 먹일 수도 없고."

덕연은 그렇게 투덜거리면서 근육통으로 비명을 지르는 세건을 끌고 실탄사격장으로 향했다.

"아아, 총을 쓰는 건가요?"

세건은 프라이드 승용차의 조수석에 쓰러져 있다가 실탄사격장의 간판을 보고 안도의 한숨을 내쉬었다. 총을 쏘는 일이면 몸을 그다지 혹사시킬 일이 없겠구나, 내심 안심을 한 것이다. 덕연은 그런 세건을 자리에서 일으켜 세웠다.

"따라와라. 일단 방탄방검복부터 주문하자."

덕연은 입구에서 직원과 뭔가 상담을 한 다음 세건의 몸을 재보더니 케블라와 다이나모 혼합으로 만들어진 방탄방검복을 가져왔다.

세건은 그 방탄방검복을 입고 가슴을 한번 두들겨 보았다. 몸을 움직이는 게 약간 거북하기는 했지만 방어 효과를 생각하면 그 정도쯤은 얼마든지 참을 만했다.

그때 덕연이 자신의 방탄복을 입으며 말했다.

"삼십팔만 원이다. 성능에 비하면 과분할 정도로 저렴하지."

"에엣? 파는 거예요?"

"비록 네놈을 맡아서 훈련시키고 있고 그 필요 경비 대부분을 실베스테르 신부에게 받았지만 이런 거는 따로 계산해야 하지 않겠냐?"

덕연은 그렇게 말하고 먼저 실탄사격장 안으로 들어갔다. 세건은 한숨을 내쉬면서 직불카드를 꺼내서 방탄복의 가격을 계산하고 따라서 들어갔다.

"자, 일단 22구경부터 시작해라."

"예."

세건은 안전원에게 CZ—75(22구경 권총)를 받아 들고 권총 사격의 자세 등을 코치받았다. 처음에는 반동이 굉장할 것이라 생각하고 총을 쏴보았는데 그렇게 반동이 심하진 않았다. 22구경뿐 아니라 357매그넘도 쏴보았는데 역시 영화나 만화 등에서 말하는 것처럼 큰 반동은 없었다. 하지만 가장 반동이 적은 22구경 탄이라고 해도 명중률을 저하시키기엔 충분했다.

"으음, 잘 안 맞는데요."

세건은 표적을 보고 한숨을 내쉬었다. 영점도 조정 안 된 권총이라지만 탄착군 형성도 되지 않은 건 어디까지나 세건이 못 쐈기 때문이다. 하지만 제아무리 삭막한 덕연이라고 하더라도 처음 총을 잡아본 고교 중퇴자에게 많은 기대를 걸진 않았다.

"자, 그러면… 또 따라와라."

덕연은 그렇게 말하고 사격장 로비를 통해 주차장으로 나갔다. 세건은 그런 덕연을 뒤따르며 한숨을 내쉬었다. 오늘이야 그나마 어떻게 이 훈련을 따라가고 있지만 이렇게 매일매일 반복된다면 과연 따라갈 수 있을까? 그런 걱정이 들기 시작했기 때문이다.

그 후에도 세건의 훈련은 계속되었다. 폐공장 지대에서의 시가전 훈련, 사제 폭발물 및 각종 도구에 관한 조작 훈련, 각종 격투기 훈련은 물론 적인 흡혈귀들의 성질에 대한 공부가 계속되었다. 그리고 겨우 새벽 무렵 정도가 되어서야 잠자리에 들 수 있었다.

"그러면 잘 자라. 어차피 아침에 또 훈련이 시작될 테니 한 네 시간 잘 뿐이지만. 충분할 거다."

덕연은 그렇게 말하고 녹초가 된 세건을 방에 던져 놓았다. 세건은 이불도 깔지 못하고 방바닥에 드러누운 채 천장을 바라보았다. 정말 자신이 여기서 죽는 게 아닐까 하는 생각이 들었다. 오늘 훈련량만 하더라도 엄청나서, 보통 사람이라면 도저히 그 미친 짓을 해내지 못했을 것이다.

아무런 대비 없이 첫날부터 이런 강행군을 시키는데 아직 몸이 다 자라지 않은 세건이 버틸 수 있을까?

하지만 세건은 가족들의 모습을 떠올렸다. 흡혈귀에 의해서 처참하게 죽은 가족들을 떠올리면, 보통은 복수심에 휩싸이게 될 것이다. 그러나 안타깝게도 세건의 경우는 달랐다. 이미 원수인 흡혈귀는 죽어버렸고, 세상에 남아 있는 것은 세건뿐이다. 분명히 분노는 해야 하는데 복수의 대상, 그 분노라는 감정을 받아야 할 대상은 이미 죽어버렸다. 그렇기 때문에 세건은 그 분노를 자신에게 돌릴 수밖에 없었다. 죽은 가족들을 생각할 때마다 자신이 살아 있다는 것이 얼마나 사치인지, 격한 운동을 하고 그 고통에 신음하는 것이 얼마나 배부른 짓인지, 세건은 그런 걸 생각하면서 몸을 움직였다. 정신이 육체를 초월한다는 건 흔히들 들먹거리는 말이지만 세건에게 그만큼 어울리는 말은 없었다.

"……."

세건은 조용히 잠에 빠져들었다.

3

상동파는 두목 정상동이 90년도에 결성한 조직으로서, 제대로 된 조직의 모습을 갖추게 된 것은 92년도였다. 지금은 조직이 결성되고 10년도 더 지나 어엿한 중견 조직이 되었다.

그들의 주 업무는 밀입국, 밀수, 그리고 밀수한 물품 중 일부의 소매였다. 대부분의 정통 조직이 어느 정도 합법적인 틀에서 일을 하는 데 비해서 상동파는 철저히 불법적인, 그러나 돈이 잘되는 일을 주로 했다. 그래서 업계의 평판은 양아치 집단

수준을 벗어나지 못했다.

영등포의 유흥가, 낡은 카바레 주차장으로 검은색 그랜저 승용차 한 대가 미끄러져 들어왔다. 운전석과 조수석에 타고 있던 이들은 차 시동이 꺼지기가 무섭게 차 밖으로 튀어 나가 뒷좌석의 문을 열었다. 그랜저가 출렁거릴 정도로 요란하게 내려선 인물은 상동파의 중간 간부라고 할 수 있는 천영후라는 인물이었는데, 그는 정상동이 믿고 있는 몇 안 되는 친구이자 심복이었다. 학생 시절 아마레슬링을 해서 다 뭉개진 귀를 가지고 있는 이 거한은 정장을 걸친 고릴라에 비견될 만했는데 그 앞에 마중 나와 있는 웨이터들이 가슴에 올 정도로 작아 보였다. 웨이터들은 얼굴을 감싸 쥐고 있거나 옷이 반쯤 풀어 헤쳐져 있는 이가 대부분이었는데, 아무리 보아도 손님을 맞이할 복장은 아니었다. 그들은 천영후를 보자마자 반겼다.

"오셨습니까, 형님!"

"지금 안에 난리가 아닙니다. 근데 그 자식이 자꾸 형님을 찾던데요."

"형님?"

그 순간 천영후의 인상이 찡그려졌다. 그렇잖아도 험악한 얼굴이 차마 눈 뜨고 못 봐줄 정도의 흉상이 되자 웨이터들은 겁을 집어먹었다. 하지만 천영후는 주먹부터 나가는 성격은 아니었다. 다른 사람들 입에서야 양아치 집단의 간부라고 욕을 바가지로 먹지만 제법 경영자적인 기질을 가지고 있는 게 그와 정상동이었다.

"이 쌍것들 좀 봐라~ 형님? 니들 지금 깍두기라고 티 내는 거냐?"

"아니, 저, 그런 게 아니라."

"너희 언제까지 그런 이십 세기 말투를 쓸래? 내가 그놈의 말투 고치라고 했지? 우리도 이제는 용어 순화를 해야 할 필요가 있다, 이거야. 괜히 깍두기 티 내지 말고. 알간? 앞으로 선배라 불러라, 으~ 잉? 하여튼 이런 일 가지고 부르는 놈들도 웨이터라고. 어이구."

그는 그렇게 말하고 웨이터들 사이로 나갔다. 그러자 웨이터들 사이에서 한숨이 터져 나왔다.

"미치겠다. 뭐 이팔청춘인 것도 아니고 선배님이 뭐냐. 이 다 늙은 카바레에 나오는 거 봐라. 아이구, 젠장. 어디 룸살롱으로 옮길 방도 없나. 할아버지, 할머니만 상대하다 뼈가 삭겠다."

"조용히 해. 들릴라."

"형님, 아니, 선배님 나이가 아직 마흔도 안 됐다면서?"

웨이터들이 그렇게 말하는 사이 자칭 '선배'는 카바레 위로 올라갔다. 위의 상황을 한마디로 표현하자면, '난장판' 그 이상의 단어를 찾기 힘들 정도였다. 벌써 몇몇 웨이터는 바닥에 차분하게 누워 있고 컵과 깨진 병들이 바닥에 즐비하니 늘어서서 현란한 조명을 반사하고 있었다. 이런 난동을 부린 장본인은 테이블을 쌓아서 만든 방호벽 사이에 서서 주위를 주시하고 있었는데 야구 모자를 눌러써서 얼굴을 알아볼 수가 없었다. 좀 말라 보이는 체격이지만 이 많은 웨이터를 눕힌 것을 보면 싸움깨나 할 것 같았다.

'이놈은 뭐야?'

천영후는 문득 이전 상동파에서 운영하던 클럽이 웬 외국인 녀석에 의해서 깡그리 몰살당한 것을 기억해 내곤 내심 혀를 찼다. 상동파가 양아치 일을 많이 해서 다른 조직들에게 미움을 좀 사고 있기는 하지만 그런 이유로 항쟁을 벌이는 일은 없었다. 그들로서는 이해하기 힘든 습격이었던 것이다. 그러다 보니 이렇게 이유 없이 찾아와서 행패를 부리는 녀석과 그 사건을 연관시켜 보는 것은 당연한 연상 작용이었다.

'저 새끼가 그놈인가? 아니, 외국놈 같지는 않은데?'

준비 만전의 그 남자는 테이블 주위에 웨이터들을 앉혀놓고 있는 게 무슨 인질극이라도 벌일 기세였다. 천영후는 야구 모자의 남자를 향해 버럭 고함을 질렀다.

"야~ 이 개놈아! 해도 해도 너무하는구만. 네놈 같은 양아치 새끼는 첨 본다. 민간 영업장에 와서 이 무슨 짓이냐?"

조직폭력배가 이런 말을 한다면 우습지만 사실 어느 정도 일리가 있는 말이다. 카바레나 나이트클럽 등은 대부분이 민간 자본에 가깝고, 조직은 인사권 정도의 이권 이상을 노리는 경우가 없다.

범죄와의 전쟁 이후로 조직 규모가 대부분 축소되어서 커다란 영업장 등을 자기 몸으로 지켜내기가 힘들기 때문인데, 그 민간 영업장에서 이런 행패를 부려놨으니 이런 소리가 나올 법도 했다.

　"글쎄, 나는 분명히 선금을 줬는데 물건을 안 주니까 이런 거 아냐. 그리고 민간 영업장이래도 여기 인사권은 너희가 쥐고 있는 거 아냐? 말하자면 너희 구역이라는 거겠지."

　그는 그렇게 말하고 의자에 앉아서 핸드폰을 들었다. 천영후는 그놈을 보고 혀를 찼다.

　"이런 새끼는 볼 장 다 봤어. 경찰 불러, 그냥. 어이, 지배인?"

　천영후는 그렇게 말하고 지배인을 바라보았다. 그러나 지배인은 고개를 휘휘 저었다.

　"그, 그게 아니라 외려 저놈이 경찰에 신고해 버린다고⋯⋯."

　"뭐?"

　과연 그 야구 모자의 청년은 손에 핸드폰을 들고 있었는데 금방이라도 신고를 할 분위기였다. 천영후는 어이가 없어서 그놈을 바라보았다.

　"네놈 지금 장난 까냐?"

　"나는 물건만 받으면 돼. 일 크게 벌이지 않는 게 좋을 텐데. 마약도 다루는 너희 상동 양아치 집단이 이런 일로 짭새들에게 쪼이면 좆도 보통 개좆되는 게 아닐 텐데?"

　그 말이 천영후의 심기를 얼마나 크게 자극했는지는 말할 필요도 없다. 찌그러진 귀까지 온통 시뻘겋게 물든 걸 어두운 카바레 조명에서도 다 알아차릴 정도 아닌가?

"이 개새끼가 간이 배 밖으로 기어 나오는구나! 네놈은 회를 쳐 주마!"

성질 급한 두 명의 폭력배가 먼저 움직였다. 흔히 사시미라 부르는 회칼과 긴 쇠파이프를 빼 들고 냅다 달려드는데 정말 양아치 집단이란 말에 걸맞게 죽여 버릴 기세였다. 하지만 그 야구 모자 쪽이 더 빨랐다.

퍼석!

단 두 번, 두꺼운 크리스털 잔이 깨지는 소리와 함께 두 명 다 피투성이가 되어서 나가떨어졌다. 야구 선수라고 해도 믿을 만큼 강한 어깨로 크리스털 잔을 던졌으니 제아무리 한다하는 폭력배라고 해도 앓는 소리를 내며 쓰러지는 게 당연했다. 게다가 안면이 피투성이가 되면 아무리 깡다구가 있어도 싸움을 계속할 수는 없는 일, 단숨에 주먹 둘이 전투 불능이 되어버린 것이다.

"분명히 선금 오백만 원을 줬다고. 나는 억울할 뿐이야. 아니면 경찰 불러서 이야기할래? 난 아직 미성년자인데?"

"뭐라고!"

그 순간 천영후는 정말 황당해서 입을 쩍 벌렸다. 조직폭력배 생활로 잔뼈가 굵은 그로서도 오늘과 같은 일은 처음 당해 보는 경우였다. 미성년자 녀석이 카바레에 난입해서 영업장을 개판으로 만들고 경찰을 미끼로 시비를 붙이고 있다면 동네 옷음거리가 될 일이다.

그렇다고 이걸 신고하자니 체면이 상하는 정도에서 끝날 것 같지 않은데, 야구 모자의 말대로 상동파가 지금 경찰들에게 보통 찍혀 있는 상태가 아닌 데다가 정말 경찰이 뜨게 되면 미성년자인 저놈은 낄해야 소년원이지만 상동파는 그야말로 조직이 걸레가 될 판이다. 걸려도 된통 잘못 걸린 것이다.

'으이구, 정말 개 됐구나. 개새끼들, 그럼 지금 이 많은 애들이 전부 고삐리 한 놈한테 터진 거란 말야?'

천영후는 그야말로 속이 타다 못해 터질 지경이었지만 입을 다물었다. 어차피 치고받아서 득 될 거 없는 상대면 안면을 바꾸는 게 그의 특기였다.

"자자, 그래. 사업 이야기는 안에 들어가서 해야지. 꼬맹아, 영업 방해는 적당히 하는 게 좋지 않나?"

"내가 대가리에 총 맞아서 새집 차렸는 줄 알아? 지금 여기서 버티고 있으니까 사는 거지, 여기서 움직이면 목 비틀어 따려고? 어차피 좆된 거 여기서 계속 좆되지그래?"

야구 모자는 그렇게 이죽거렸다. 천영후로서는 임자 만난 셈이다. 열 받는다고 목을 따지도 못할 놈한테 말싸움으로 밀리기까지 하고 있으니 혈압이 치밀어 오르는데, 그렇다고 미성년자를 공공장소에서 족칠 수도 없잖은가? 그런 생각으로 화를 식히며 그는 이를 악물었다.

"아, 좋아좋아. 꼬마야, 여기서 이야기하자. 그래, 누구한테 돈을 줬는데."

"봉수. 현금 오백만 원이 졸개한테 들어갔는데 간부인 당신이 몰랐어? 정말 양아치 조직이구만."

그 순간 천영후는 지금 눈앞에 있는 인간이 과채로 보였다. 갈아 마셔 버리고 싶어지는 걸 보면 틀림없을 것이다. 하지만 천영후는 애써서 화를 삭이며 물었다.

"그, 개놈이 혼자 처먹었단 말야?"

"어쨌든 아랫것 관리를 못한 당신이 책임져야지. 물건만 주면 아무 말도 안 할게. 그다음에야 당신들 내부 문제고."

"그래, 어떤 물건이지?"

"드라구노프랑 토카레프, 그리고 AK47이지."

"뭐라고?"

그 순간 천영후의 얼굴에서 핏기가 싸악 가셨다. 지배인이 눈치를 채고 손님과 직원을 다 내보내서 망정이지, 만약 누가 듣기라도 했다면 난리가 났을 것이다.

비록 상동파가 못 말리는 양아치 집단이라서 무기를 밀수입하는 게 사실이긴 하지만 그것은 어디까지나 조직 내부에서 가지고 있는 물건이지 쉽게 남에게 팔 게 아니다. 만약 남에게 팔았다가 그놈이 은행이라도 털다 걸리면, 조직이고 뭐고 그냥 공중분해되는 것이다.

단순히 '물건'이라고 불러서 마약이나 될 줄 알고 그냥 넘어갔는데 이럴 줄 알았으면 봉수를 모른다고 잡아떼는 게 더 나을 뻔했다는 생각이 들었다. 미성년자에게 총기를, 그것도 AK나

드라구노프 같은 중화기를 팔다니!

"그, 그걸 고작 오백만 원에 달라고?"

"정가에 비하면 터무니없는 폭리잖아. 안 그래? 상동파가 러시아나 중국제 무기를 유통한다는 건 지나가는 개도 짖던데 비밀이랄 것까지야."

"아, 알겠다. 알았으니까 약속 잡자. 지금 여기서 거래할 수는 없는 거 아니냐? 주머니에서 물건이 나오는 것도 아니고."

"그래. 그러면 너희 구역은 위험하니까 여의도로 하자. 한신증권 주차장에서 내일 여덟 시에 보지. 그럼 간다."

야구 모자의 청년은 그렇게 말하고 테이블 위로 휙 뛰어오르더니 번개같이 장애물들 사이를 빠져나갔다. 입구에서 대기하고 있던 웨이터들이 즉시 그를 잡으려고 나섰지만 복서라도 되는지 더킹으로 주먹을 피하고 그냥 밖으로 나가 버렸다. 일단 영등포 쪽은 나가기만 하면 큰길이라 제아무리 상동파래도 손쓸 방법이 없었다.

"저 핏덩어리 새끼가!"

천영후는 그제야 화를 폭발시키며 길길이 날뛰었다. 하지만 이미 화를 낼 대상은 떠난 뒤였다.

부아아아앙!

세건은 RX—125를 타고 체육관으로 달려갔다. 벌써 야심한 밤이라 길거리의 가게들은 다들 셔터를 내리고 있었지만 주택가 인근에 위치한 작은 킥복싱 체육관은 아직도 파란 형광등

불빛을 거두지 않고 있었다. 세건은 오토바이에서 내려 헬멧을 걸고 계단을 올라갔다.

"여어, 세건아. 이제 오냐."

미리 와서 준비하고 있던 퇴역 군인 송덕연은 몸을 풀고 기다리고 있었다.

"예."

세건은 그렇게 말하며 품에서 야구 모자를 하나 꺼내 옷장 위에 던져 놓고 옷을 벗었다. 지난 1년 동안 덕연과 함께 트레이닝을 한 덕택에 세건의 몸은 어떤 프로 운동선수 못지않은 탄탄한 육체가 되었다.

하지만 아직 실전에 들어간 적은 없었고 개인 소유의 총기도 없었다. 그것은 덕연이 세건의 몸을 걱정해서 아직 실전에 투입하지 않았기 때문이다.

"너 설마, 한판하고 온 거냐?"

"예? 아닌데요?"

세건은 트렁크를 입고 몸을 풀다가 덕연의 말을 듣고 시치미를 뗐다. 그러자 덕연은 고개를 휘휘 저었다.

"아직도 네놈은 턱없이 부족하다, 이놈아. 그러니까 딴생각 품지 말고 훈련이나 제대로 해."

"예."

세건은 그렇게 말하면서 안도의 한숨을 내쉬었다. 덕연도 단순히 넘겨짚기만 했지, 실제로 세건이 일을 저지르고 온 것까진 알지 못한 것 같다.

"여어, 세건이냐."

"예, 관장님."

"너 신인왕전 나가지 않을래? 규성이는 아무래도 맷집이 약해서 힘들 것 같다."

"에이, 제가 뭘요. 저도 골병들어서 그런 거 못해요."

세건은 그렇게 말하고 링에 올라갔다. 링 위에는 좀 작은 체구의 덕연이 기다리고 있었다. 비록 나이는 많이 들었지만 특전사 상사 출신인 송덕연은 정말 괴물 같은 남자였다. 흡혈귀와 싸울 때 투여한 약물 때문에 평소에는 수전증까지 있을 정도지만 싸움에 들어서게 되면 그런 것은 안중에도 없고 정확한 펀치와 킥으로 상대의 육체를 분쇄해 나갔다. 학교를 그만두고 지난 1년간 전투 훈련에만 몰두한 세건으로서도 아직 감당할 수 없을 정도였다.

쩍!

역시 세건은 덕연의 하이킥 한 방에 주저앉았다. 팔로 막기는 막았는데 가드한 팔이 머리를 후려갈길 정도였다.

"아야야야야."

"녀석, 그 정도로 엄살떨지 마라. 이 녀석, 일 년 동안 굴렸는데도 여전히 정신 못 차렸네."

"그런 문제가 아니라 하이킥 위력이 엄청난 거 아니에요?"

"이런 등신 같은 놈. 나처럼 다 죽어가는 영감한테 맞고 빌빌대면서 그게 뭔 소리냐."

덕연은 그렇게 말하고 링 코너를 무릎으로 올려 찼다. 출렁

하고 로프가 흔들거리면서 삐걱거리는 소리가 났다. 아무리 봐도 '다 죽어가는 영감'이 낼 수 있는 힘이라고는 생각되지 않았지만 세건은 입을 다물었다. 코치를 하고 있던 관장은 커다란 무에타이용 샌드백을 손바닥으로 치면서 세건과 덕연을 바라보았다.

"대체 폭력배도 아니고 경찰도 아니면서 뭣 때문에 그렇게 몸을 혹사하나. 경기에도 나가지 않으면서. 에잉."

"그건 그렇죠. 하하하하하."

덕연은 그렇게 말하면서 세건을 돌아보았다. 최근 세건은 총을 구해달라는 둥, 자신도 슬슬 흡혈귀를 잡겠다는 둥 몸이 달아올라 있었다. 일 년 동안 지독한 훈련으로 괴롭힘을 당했으니 욕구불만이 되는 것도 무리는 아니었다. 하지만 세건은 아직도 성장기인 데다가 흡혈귀 사냥꾼들이 복용하는 마약, 사이키델릭 문(Psychedelic Moon)은 무시무시한 부작용을 가지고 있었다. 될 수 있으면 사이키델릭 문의 사용을 미루고 싶은 게 덕연의 솔직한 심정이었다.

"내 상대도 안 되는 놈이 벌써부터 불만 갖지 마라. 네놈이 실력 좀 늘었다고 몸이 근질근질한 건 알겠는데 괜히 엉뚱한 놈들이랑 사고 치지 말라고. 알겠냐?"

"염려가 지나치시네요. 그럴 일 없습니다."

세건은 그렇게 말하면서 링 위에서 섀도복싱을 하기 시작했다.

4

"만약⋯⋯."

세건은 땀에 젖은 몸을 코너에 기댄 채 하늘을 올려다보았다. 하늘이라고 해도 회색의 콘크리트 천장, 그리고 그것에 매달려 허약한 빛으로 어둠을 달래는 형광등이 전부였다.

"뭐냐?"

덕연은 옷을 갈아입으면서 수건으로 머리를 닦았다.

"사람을 죽여야 할 필요가 있다면, 어떻게 행동해야 하나요?"

"죽여."

덕연은 세건이 말을 꺼내기가 무섭게 그렇게 대답했다. 그러자 세건은 의아하다는 듯 고개를 들었다.

"전제부터 사람을 죽일 필요가 있다면 볼 것도 없지. 사람을 죽일 필요가 어느 경우에 있는지는 모르겠지만."

"⋯그렇군요."

세건은 그렇게 말하면서 형광등을 올려다보았다. 그림자 때문에 제대로 보이진 않았지만 입은 웃고 있었다.

쿡, 큭큭큭큭⋯⋯.

한신증권 지하 주차장에 주식과는 거리가 있어 보이는 험악한 인간들이 모여 있었다. 전부 상동파의 입김을 받은 이로 오늘의 거래를 위해 모여든 인물들이었다. 정확히 거래라기보단 보복에 가까웠는데, 어제 세건에게 체면이 구겨진 이들로서는 이런 방법으로 체면을 되살릴 수밖에 없었다. 그래서 여섯 명이나 되는 인원을 끌고 주차장에 미리 대기하고 있는 것이다. 영업장이야 공공장소이니까 세건을 처리할 수 없었지만 이런 곳이라면 상대가 미성년자라는 것에 구애받을 필요도 없었다.

"정말 웃기지도 않아서. 지금 미성년자 한 놈 때문에 이렇게 모여 있는 거야?"

"몰라. 천 선배가 그렇게 하라고 했으니까 해야지."

천영후는 일이 생기는 바람에 부하들만 보내놨을 뿐, 본인은 직접 나설 수가 없었다. 어제 세건이 벌여놓은 일을 수습해야 하기에 경찰서에 출두하게 된 것이다. 그렇잖아도 총기와 마약 등 골치 아픈 물건들을 다루고 있는 상동파이기 때문에 이 정도로 끝난 게 오히려 다행이었다.

"그나저나 이 녀석, 늦는군."

한 명이 핸드폰을 열고 시간을 확인하면서 그렇게 중얼거렸다.

푸르른 흑백 모니터 속에서 검은 양복을 걸친 남자 한 명이 핸드폰을 들었다. 핸드폰의 액정이 색감을 잃은 모니터 속을 밝혔다.

"이 등신들, 잘도 조폭 해먹고 사는군. CCTV 앞에서 총기를 거래할 셈인가? 물론 물건은 안 가져왔겠지만."

그리고 그 모니터를 바라보던 이는 그렇게 중얼거렸다. 물론 그는 오늘 거래를 하기로 약속한 한세건 본인이었다.

"천영후는 안 나온 건가. 생긴 거랑 달리 굉장히 약은 놈이군. 녀석들, 운 좋은 줄 알아라. 철창 가는 건 막아주지."

세건은 그렇게 중얼거리며 CCTV에 붙어 있는 이젝트 버튼을 눌렀다. 이 CCTV는 굉장히 오래된 물건인지 슈퍼 베타 비디오테이프가 빠져나왔다. 세건은 그 테이프를 받아서 테이블 위에 놓고 엎어져 있는 경비원을 바라보았다. 클로로포름을 잔뜩 써서 재워둔 경비원은 중학생 때 해부하던 개구리를 연상시켰다. 정말 해부하더라도 아무런 통증이 없을지 모르지. 이 일로 면직을 당하거나 해고당할 이 사람이 불쌍하기는 하지만 세건도 목숨을 걸고 싸워야 할 판, 남의 직장까지 생각해 줄 여유는 없었다. 그 대신이라고 하기엔 약한 감이 있지만 세건은 자신이 사용한 클로로포름 병을 테이블 위에 놓았다. 물론 지문을 남겨두는 짓은 하지 않았다.

"자아, 그러면 가볼까."

세건은 그렇게 중얼거리고 경비실의 문을 조심스럽게 닫고 밖으로 나갔다.

지하 주차장에서 세건을 기다리고 있던 폭력배는 전부 여섯 명이었다. 네 명은 차에 타고 있고 두 명은 밖에 나와 주위를 두리번거리고 있었는데 세건이 모습을 드러내지 않자 초조함을 감추지 못했다.

"이 자식 이거, 안 오는 거 아냐?"

"아니, 그럼 우리만 좆되는 거 아냐?"

밖에 있는 폭력배들은 그렇게 투덜거리며 주차장의 입구를 확인했다. 어차피 거래를 위한 총이야 가져오지도 않았으니까 문제는 없지만 세건이 안 오면 곤란한 건 그들이었다.

"뭐라고?"

그때 승용차 안에 있던 사람이 위협적인 목소리를 냈다. 그러자 대부분의 다른 폭력배들이 찔끔 놀라서 정색을 했다.

"아, 아니, 아무것도 아닙니다. 신경 쓰지 마세요."

"예, 녀석은 반드시 나옵니다. 조금만 더 기다리시면……."

그들이 그렇게 이야기를 나누고 있을 때 오토바이의 높은 엔진음이 들려왔다. 그러자 그들은 모두 주차장의 입구를 주시했다.

"어? 저놈인가?"

그들은 입구에서 그림자를 늘어뜨리고 있는 오토바이와 그 라이더를 보았다. 오토바이에 타고 있는 이는 등에 비스듬히, 뭔가 기다란 것을 메고 있었는데 그림자 때문에 제대로 보이지 않았다.

부아아아앙!

오토바이에 타고 있는 남자는 액셀을 당기면서 그들을 내려다보았다. 헬멧 때문에 시선은 보이지 않지만 대화로 일을 풀어나갈 생각이 없다는 것쯤은 본능적으로 알 수 있었다.

"아니, 저놈이!"

폭력배들은 그런 상대방의 태도에 분노했지만 그 순간 오토바이가 달려들었다. 지하 주차장의 입구에서 비탈길을 타면서 그대로 달려오는데 그 기세가 흉흉하기 이를 데 없었다.

콱!

세건은 폭력배 중 한 명을 말도 하지 않고 들이받아 버렸다. 비록 세건이 타고 다니는 RX—125가 오토바이치고도 경량이라지만 그래도 치여서 성할 물건이 아니었다. 폭력배는 90킬로그램이 넘는 거구였지만 단 일격에 날아가 뒤에 있는 승합차에 충돌했다. 이 승합차는 어울리지 않게 경보장치를 달아놨는지 삐이이이 하고 시끄럽게 울어대기 시작했다.

"이 새끼가!"

문밖에 나와 있던 또 한 명의 폭력배가 즉시 품에서 권총을 꺼내 들었다. 세건이 입고 있는 건 레이서용 슈트, 이건 질긴 물건이라 나이프로는 베어봐야 아무런 효과가 없었다. 그래서 총을 꺼내 든 것이지만 그 순간 차 안에서 비명이 들려왔다.

"등신 자식! 여긴 여의도 한복판이야! 이 또라이야!"

그 말과 거의 동시에 세건의 턴이 이루어졌다. 세건은 액셀을 계속 당긴 채 돌아가는 뒷바퀴로 상대방의 다리를 쓸었다. 일종의 파워 슬라이드(Power slide)인데 단 일격에 폭력배를 주저앉혀 버렸다. 뼈가 부러지는 소리가 오토바이 배기음에 묻혔다.

"으아아아악!"

"미, 미친 새끼!"

차 안의 폭력배들은 그렇게 욕을 하며 문을 열고 나오려 했다. 하지만 벽 쪽에 차를 댄 게 패착이었다. 문은 오토바이 쪽으로 열 수밖에 없는데 그쪽에는 이미 살기등등한 세건이 기다리고 있기 때문이었다.

부아아아앙!

세건은 액셀을 풀로 당기며 앞바퀴를 들었다. 그리고 마치 도끼로 장작을 찍듯 차의 사이드미러를 앞바퀴로 내려찍었다. 콰직 하는 소리와 함께 사이드미러가 끊겨져 나가고 그와 동시에 RX—125의 뒷바퀴가 들어 올려졌다. 지면에 앞바퀴가 착지하는 것과 동시에 앞쪽 브레이크를 밟으면서 발로 땅을 박찬 것이다.

퍽!

마치 해머로 후려갈긴 것처럼 뒷바퀴가 옆의 창문에 처박혔다. 막 문을 열려던 폭력배들은 그 충격을 이기지 못하고 차에서 튕겨 나갔다.

"끄아아악!"

안전유리는 금이 가고 그 금 위에 박힌 오토바이의 뒷바퀴는 마치 전기톱이라도 되는 것처럼 부아아앙 하고 돌아갔다.

카드드드득!

유리창이 깨지며 파편이 차 안으로 쏟아져 내렸다. 폭력배들은 욕설을 내뱉었지만 감히 몸을 일으키지는 못했다. 그사이 세건이 차 옆면을 긁으며 뒷바퀴를 내리더니 앞쪽으로 돌아가 보닛부터 치고 올라갔다.

"아니!"

안에 있는 폭력배들이 깜짝 놀라는 사이 세건의 RX—125 는 단숨에 보닛을 우그러뜨리고 자동차의 앞 유리를 후려갈 겼다. 바퀴를 들어서 내려찍자 앞 유리창이 깨져 나가며 파편 이 안으로 쏟아졌다. 폭력배들은 머리를 감싸며 비명을 질렀 고 그사이 세건은 아예 차 지붕까지 올라갔다가 옆으로 돌아 섰다.

쿵!

묵직한 오토바이가 차 지붕에서 옆면을 타고 지면으로 내 려갔다. 이제 차 문이 찌그러져서 열리지 않을 지경이 되었 다. 오토바이 한 대로 차를 이렇게 효과적으로 부숴 버리다 니, 폭력배들은 눈앞에서 벌어지는 이 일을 도저히 믿고 싶지 않았다.

부아아앙!

세건은 액셀을 밟으며 앞으로 달려갔다. 세건의 오토바이가 시야에서 잠시나마 멀어지자 폭력배들은 안도의 한숨을 내쉬 었다. 어찌나 효과적으로 리듬을 탔는지 잠깐 사이에 차가 와 장창 찌그러져 버렸다.

"크억!"

"응, 왜?"

폭력배 중 한 명은 자신의 동료가 혀라도 깨문 듯한 표정을 짓자 살며시 고개를 들었다. 그때의 긴장감이란 정말 전쟁터에서 참호 밖으로 머리를 내미는 게 이런 기분일까 싶을 정도로 끔찍했는데, 눈에 들어온 광경은 진짜 최악이었다.

세건은 기둥에 걸려 있던 소화기를 한 손으로 빼 들고 솜씨 좋게 방향을 바꾸며 자동차로 달려오고 있었다.

"미친 새끼!"

"개자식!"

표현의 정도는 다르지만 마음만은 같을 것이다. 세건은 오토바이의 속력을 실어서 자동차를 향해 소화기를 집어 던졌다. 그러자 소화기는 붉은 포탄이 되었다.

콰지지직!

붉은 소화기는 그나마 약간 남아 있던 유리창을 박살 내고 자동차 안으로 들어가 버렸다. 마치 박격포탄과 같은 일격에 폭력배들도 정신을 잃고 말았다. 하지만 그 와중에도 쓰러지지 않은 폭력배 한 명이 소화기를 한 손으로 받아내었다. 비록 중형 크기의 소화기라지만 도저히 인간이 받을 수 있는 물건이 아닌데 한 팔로 받아내다니!

세건은 그 순간 등골이 오싹해지는 느낌을 받았다.

"이, 개새끼가! 죽고 싶냐?"

폭력배는 그렇게 말하면서 문을 박차고 나왔다. 문짝은 폭약으로 날려 버린 것처럼 간단하게 부서져 나왔다. 감정이 격해져서일까? 폭력배의 손가락이 소화기를 찢고 우그러뜨리자 안에 들어 있던 새하얀 분말제가 폭발적으로 튀어나왔다. 아무리 보아도 이건 인간적인 힘이 아니다. 아니, 인간일 수가 없다. 성장호르몬을 사용하면서 살인적인 훈련을 계속한 세건도 소화기를 부술 수는 없었다. 하물며 악력으로야!

"하! 보, 본색을 드러내는 거냐?"

세건의 목소리가 헬멧 안쪽에서 흔들렸다. 그것은 공포가 아니었다. 마치 꿈꾸던 것을 이제야 손에 쥔 그런 기분, 말하자면 희열이었다.

'찾았다.'

세건은 마음속으로 그렇게 외쳤다. 덕연에게 조금씩 주워들은 이야기로 상동파를 찍고 여기까지 몰아온 보람이 있었다. 세건의 가족을 몰살시킨 것은 상동파의 흡혈귀였다. 그렇기 때문에 세건은 무모한 방법으로 상동파에 싸움을 건 것이다.

"죽여주지!"

세건은 폭력배 흡혈귀가 소화기의 분말에 휩싸인 틈을 타서 등에 차고 있던 천에서 칼을 뽑았다. 그것은 길이가 140센티미터에 달하는 어마어마한 태도(太刀)였다. 비록 스테인리스스틸로 만든 별 볼 일 없는 검이지만 사람을 죽이는 데에는 충분한 살상력을 가지고 있었다.

"컥!"

VT가 낮은 흡혈귀여서 그런지, 이 녀석은 분말로 눈이 먼 정도로 쉽게 태도를 맞았다. 세건은 오토바이를 몰면서 단숨에 흡혈귀의 목을 후려갈겼다. 그러나 흡혈귀는 팔을 들어서 그 공격을 막았다.

팍!

단 일격에 흡혈귀의 뼈가 부러지고 팔에서 피가 흘러나왔다. 하지만 한 팔로 휘두른 검으로 뼈를 자르기엔 역부족이었다.

"이 자식이……!"

흡혈귀는 역시 팔이 반쯤 잘린 것 정도로는 꿈쩍도 하지 않았다. 게다가 오토바이의 경우는 오른손으로 액셀을 조작해야 비로소 움직이는데 검을 들고 타고 다니기엔 좋은 물건이 아니다.

"이런, 젠장!"

세건은 오토바이에서 뛰어내리며 태도를 옆으로 휘둘렀다. 흡혈귀 폭력배는 다시 다리를 들어서 그 공격을 막아내었다.

빠각!

다리가 부러지는 소리와 함께 피가 튀었다. 세건은 양손으로 태도를 잡고 몸을 틀면서 반대쪽으로 휘둘러 흡혈귀의 복부를 후려갈겼다. 역시 뼈가 없는 쪽은 그나마 좀 나아서 내장을 찢어발기며 태도가 밀려들어 갔다. 그러나 그 순간 검이 부러져 버렸다.

"재미 다 봤냐, 이 핏덩어리 새꺄!"

흡혈귀는 뭐가 그리 좋은지 배에 칼을 박아 넣고도 그렇게 웃었다. 그러나 그 순간 세건이 부러진 칼자루를 잡고 몸을 반대로 돌리며 이번엔 흡혈귀의 목에 쑤셔 박았다.

"쿠악!"

"잔소리할 시간에 움직이지!"

세건은 그렇게 말하고 쓰러진 오토바이를 일으켜 세웠다. 형이 아끼던 RX—125라 세건도 꽤 아꼈는데 방금 전 넘어진 것 때문에 커버와 메인 프레임에 끔찍한 상처가 생겨 버렸다. 하지만 당장 흡혈귀를 상대하는 마당에 그런 걸 따질 여유는 없었다. 세건은 즉시 오토바이를 몰고 출구로 향했다.

"이, 이 자식이!"

목에 박힌 태도를 뽑아 던진 흡혈귀는 그렇게 외치며 세건을 향해 달려들었지만 세건은 오토바이를 위로 몰면서 흡혈귀의 공격을 피했다.

'젠장! 이렇게 쉽게 부러지다니, 빌어먹을 스테인리스!'

세건은 속으로 욕을 하면서 앞 브레이크를 잡아 뒷바퀴를 들었다. 세건은 비탈길로 올라서다가 뒷바퀴를 들어서 상대방을 찍어내려고 했지만 제아무리 막 흡혈귀가 된 녀석이라고 해도 그 반응 속도는 장난이 아니었다.

"크왁!"

녀석은 단숨에 위로 뛰어오르며 세건의 등을 할퀴려 했다. 하지만 세건은 몸을 앞으로 숙이면서 그 공격을 피했다.

"죽어라!"

흡혈귀는 주차장의 천장 파이프를 손으로 잡은 채 지상의 세건을 공격했다. 그러나 그 순간 세건은 들었던 오토바이 뒷바퀴를 아예 옆으로 돌려서 제자리에서 방향을 바꿨다. 상반신을 옆으로 눕히면서 흡혈귀의 공격을 피했다.

"켁!"

세건은 그렇게 몸을 밖으로 기울인 채로 비탈을 다시 미끄러져 내려가며 주차장 입구 옆에 있는 큼직한 코란도 승용차 위로 올라탔다. 흡혈귀는 세건을 보고 몸을 틀면서 덤벼들었지만 세건은 앞바퀴를 들어서 그 돌격을 막아냈다.

픽!

꼴사납게도 흡혈귀가 자동차와 자동차 사이로 떨어졌다. 세건은 흡혈귀가 떨어지는 걸 확인하자마자 액셀을 밟으며 앞으로 내려갔다. 곧 물컹한 느낌과 함께 흡혈귀 위로 세건의 오토바이가 떨어졌다.

"끄웨에에에에엑!"

흡혈귀가 비명을 지르는 소리, 자동차의 도난 경보기 소리가 주차장을 요란하게 흔들었다. 만약 세건이 주차장 직원을 재우고 외곽에 진입 금지 팻말을 세우지 않았다면 벌써 사람들이 내려오고 난리가 아니었을 것이다.

"잘됐군. 너희 조직에 오백만 원이란 거금을 부어 넣었는데, 네놈의 피로 보상받아야겠다."

세건은 그렇게 말하면서 액셀을 밟았다. 흡혈귀의 내장이 비어져 나오면서 바퀴가 공회전을 시작했다.

"크아아악!"

하지만 그때 흡혈귀가 세건의 발목을 잡고 긁었다. 비록 다 죽어가더라도 흡혈귀는 흡혈귀, 두꺼운 부츠가 마치 빵처럼 찢어지면서 다리 근육이 끊어져 버리는 게 아닌가. 비록 흡혈귀 대항 훈련으로 단련된 세건이라지만 생살이 끊어지는 고통은 그야말로 보통이 아니었다.

"크아아악!"

다리에서 흘러나오는 피는 삽시간에 바닥을 물들였다. 뼈가 보일 정도로 찢어졌으니 당연한 결과지만 그렇다고 죽어줄 수는 없는 노릇이었다.

"젠장!"

퍽!

그 순간 세건이 오토바이와 함께 뒤로 날아갔다. 오토바이는 자동차에 걸려서 빠져나오지 못했지만 세건은 그대로 튕겨 나갔다. 오토바이도 같이 튕겨 나갔으면 깔려서 허리도 부러질 뻔했으니 그 정도에서 끝난 게 다행이었다.

"크아아악!"

세건은 딱딱한 주차장 바닥에 굴러떨어져서 비명을 질렀다. 뼈가 보이도록 찢어진 다리가 문제다.

"크윽!"

세건은 작은 벨트 포치를 열고 장갑 같은 것을 하나 꺼내 왼손에 꼈다. 그러나 그사이에 흡혈귀가 몸을 일으켰다.

"이 자식! 아주 잘해줬겠다! 젠장! 내장이 다 드러나 보이잖아!"

"크윽… 별로 보기 좋지도 않은 걸 내밀고!"

세건은 그렇게 중얼거리며 입에 쇼트 쉘을 물었다. 글러브에 쇼트 쉘을 끼우기 위해서였다. 하지만 흡혈귀가 세건을 내버려 두지 않았다.

"이 자식!"

그 순간 세건의 RX—125가 날아들었다. 세건은 얼른 몸을 옆으로 돌렸지만 오른팔이 오토바이 휠에 깔려 버렸다.

우지직!

오토바이는 앞으로 빙글 돌아서 세건의 팔에서 떨어졌지만 이미 팔은 부러진 뒤였다. 그것도 굉장히 악랄하게 부러져서 뼈가 피부 밖으로 튀어나와 버렸다.

"크아아아악!"

세건은 비명을 지르며 쇼트 쉘을 떨어뜨렸다. 흡혈귀는 세건이 괴로워하는 것을 보고 즐거워했다.

"아하하하하! 이 자식! 그렇게 기어 다니면서 잘도 까불었겠다! 죽여주마!"

흡혈귀는 그렇게 외치며 세건의 위에 올라타서 입을 벌렸다.

"크윽!"

세건은 왼팔을 들어서 흡혈귀의 목을 잡고 밀쳐 내려고 했다. 하지만 역시 흡혈귀의 강력한 힘은 세건의 팔을 누르면서 목으로 다가왔다.

"크크크, 네놈 피 냄새가 죽여주는데! AB형이냐?"

"나는, 남자랑 키스하는 취미가 없어."

세건은 그렇게 말하며 왼손을 흡혈귀에 목에 대고 주먹을 쥐었다.

5

빡!

총성보다 폭죽에 가까운 소리가 터지면서 흡혈귀의 목이 터졌다. 세건은 그렇게 흡혈귀의 목이 잘리는 순간 무릎으로 흡혈귀의 몸통을 걷어차 올렸다.

후드드득.

흡혈귀의 내장이 찢어지면서 피가 비처럼 쏟아져 내렸다.

"이 개새꺄!"

세건은 거의 쇠뭉치나 다름없는 왼팔로 누운 채 훅을 날렸다. 비록 아래에서 위로 쳐올리는 훅이라 제대로 위력을 발휘할 수는 없었지만 반쯤 끊어진 목의 흡혈귀를 완전히 보내 버리기에는 충분했다. 흡혈귀의 목은 단숨에 끊어져 옆으로 굴러떨어지고 그 몸도 곧 힘이 빠져 버렸다.

세건의 글러브는 전부 철강으로 만들어져, 권골부에 두 개의 쇼트 쉘(Shotshell)을 장착할 수 있게 되어 있었다. 그리고 뒤의 해머를 당겨두면 주먹을 쥐고 치는 순간 공이가 격발하면서 근접사격으로 단숨에 정면을 후려갈기게 만들어진 도구였다.

비록 총기가 엄격하게 제한된 한국이라고 해도 수렵용의 쇼트 쉘은 그나마 구하기 쉬웠기 때문에 만든 무기인데 흡혈귀의 공격 때문에 딱 한 발만 장전했는데도 그 정도의 위력이 있었다.

사실 이 글러브는 총열이 없는 거나 다름없기 때문에 3미터만 떨어져도 위력이 거의 없었다. 근접사격이니까 그 정도의 위력을 냈을 뿐 현대 무기라고 하기엔 지나치게 원시적인 병기라고 할 수 있겠다.

"정말 소 뒷발로 쥐 잡았군!"

세건은 그렇게 투덜거리며 몸을 일으켰다. 흡혈귀가 세건의 위에서 피를 많이 흘려준 탓에 세건의 상처는 아직 피를 주사하지도 않았는데 아물어가고 있었다. 하지만 역시 그 정도로는 부족했다. 세건은 목이 잘린 흡혈귀의 몸통에 주사기를 꽂았다. 그리고 그 피를 빨아내어서 자신의 몸에 주사했다.

"으으으으윽!"

처음 경험하는 일은 아니지만 흡혈귀의 피를 몸에 주사하는 것은 결코 기쁜 일이 아니었다. 흡혈귀의 피를 주사해서 흡혈귀가 되는 일은 그다지 많지 않다고 하지만, 그래도 역시 흡혈귀가 되어버리는 이들이 있었다. 자신도 흡혈귀가 될지 모른다는 불안감과 생리적 혐오감을 부르는 혈관 속의 이물질. 하지만 그것에 대한 혐오감은 부상의 고통보다 감내할 만한 것이다. 결국 인간의 정신은 생존 욕구보다 뒤떨어져 있을지도……. 세건은 이를 악물고 몸을 일으켰다.

"이런 씨팔! 한 놈 상대하기도 이렇게 힘들다니! 돌아버리 겠군!"

세건은 흡혈귀에 채혈기를 꽂고 오토바이를 들었다. 흡혈귀 가 집어 들어서 던져 버린 탓인지 핸들이 휘어 있고 축이 불안 정한 데다가 프레임 전체가 엉망이 되어 있었다.

"이 기회에 야마하 걸로 바꿔 버려?"

세건은 그렇게 중얼거리며 오토바이를 살펴보았다. 그래도 수리점까지는 자력으로 갈 수 있을 만큼만 망가진 게 행운이었 다. 프레임 자체가 휘어버린 거면 수리비가 무섭게 나올 테지 만 이 RX—125는 세건의 형이 남겨준 유품이다. 세건도 말로 는 바꿔 버리겠다고 했지만 어지간한 일이 아니면 오토바이를 바꾸는 짓은 하지 못할 것이다.

"젠장."

세건은 폭력배들의 몸을 뒤져서 녀석들의 총을 찾아보았다. 역시 두 놈이 권총을 가지고 있었는데 하나는 토카레프, 다른 하나는 토카레프의 라이센스 판인 중국제 54식 권총이었다. 둘 다 7.62㎜ 권총탄을 쓰는데 탄은 각자 한 발씩밖에 들어 있 지 않았다.

"젠장. 니들이 무슨 명사수냐, 전설의 킬러냐. 안전장치도 안 걸려 있는 토카레프에 초탄 한 발 가지고 어떻게 살려고?"

세건은 그렇게 투덜거리면서도 총을 챙겨 넣었다. 그사이 흡혈귀는 혈액이 다 빨렸는지 재로 변해 버렸다. 이 흡혈귀에게서 채취한 피는 400cc짜리 비닐 팩 두 개 분량, 하급 흡혈귀일 테니 두 개 팔아봐야 600만 원이 나올 것 같지 않았다. 상동파를 끌어내기 위해 들인 자금 500만 원부터 각종 장비 가격, 오토바이 수리 비용을 생각하면 절대로 수지맞는 장사가 아니었다.

원래 흡혈귀 한 마리에게서는 이보다 더 많은 피를 빨아낼 수 있지만 타격전으로 들어간 게 잘못이었다. 흡혈귀에게 상처를 입힌 채 오랜 시간 싸우면 흡혈귀 본체가 피를 소진하기 때문에 얼마 남지 않는다.

"어쩔 수 없지."

세건은 그렇게 중얼거리며 오토바이를 끌었다. 수리점에 맡기면 수리비가 엄청나게 나오겠지만 엔진이 멀쩡하니 타고 다닐 수는 있을 것이다.

하지만 이런 난리를 쳐놓고도 덕연의 눈을 속일 수 있으리라고는 생각되지 않았다. 옷은 찢어지고 태도는 부러뜨렸는데 덕연이 장님이 아닌 한에야…….

"이제 나오냐?"

한신증권 주차장을 따라 오토바이를 끌고 올라오던 세건에게 덕연이 말을 걸었다. 세건은 깜짝 놀라서 고개를 들어 옆을 바라보았다. 덕연의 하얀색 프라이드 승용차가 길가에 개구리처럼 주차되어 있었다.

"젠장!"

세건은 헬멧을 벗으며 머리칼을 쓸어 올렸다. 땀이 헬멧에서 물처럼 쏟아져 내리는 게 마치 물속에 들어갔다 나온 듯했다. 덕연은 그런 세건을 심드렁한 표정으로 바라보았다.

"한바탕하니까 속이 시원하냐, 이 녀석아?"

"어떻게 추적했죠?"

"세상엔 GPS란 게 있단다. 네놈이 그 오토바이를 신주단지 모시듯 하는 건 알고 있지만 최근엔 좀 뜸한 것 같구나."

덕연은 그렇게 발신기의 존재를 암시하면서 어깨를 으쓱해 보였다. 세건은 그런 덕연을 보고 한숨을 내쉬었다. 그는 휘어진 핸들을 잡고 오토바이를 몰아서 일단 앞으로 나아갔다. 비록 흡혈귀들이 시체도 남기지 않는다지만, 다른 폭력배들은 중상을 입었고 차 한 대를 폐차시켜 놓은 것은 그냥 넘어갈 일이 아니었다. 만약 누가 와서 시끄러워지기라도 한다면 곤란한 건 세건과 덕연이다. 덕연도 그 사실을 아는지 아무런 말 없이 프라이드에 시동을 걸고 세건을 뒤쫓았다.

둘은 길가에 서 있는 편의점 앞에 차를 세웠다. 세건은 휘어진 프레임의 오토바이를 길가에 세우곤 적벽돌로 만들어진 화단에 앉았다.

"상동파 녀석들이 흡혈귀랑 관련이 있다는 것은 아저씨도 알고 있었잖아요. 왜 그냥 내버려 두죠? 조직폭력배들이라서? 싸워봐야 수지가 안 맞으니까?"

"그렇다."

덕연은 그렇게 말하며 편의점 앞의 자판기로 다가가 동전을 넣었다. 세건이 뭐라고 하기도 전에 덕연은 차가운 캔을 던졌다. 세건은 한 팔로 그걸 받아 들고 캔을 땄다.

"녀석들은 죽어 마땅한 놈들이에요. 돈벌이가 되든 안 되든 흡혈귀라는 것들은 살려두면 살려둘수록 점점 퍼져 가는 전염병 아닌가요? 싹일 때 잘라 버리는 게, 거목을 자르는 것보다 쉽잖아요."

"그래서, 죽어서 마땅한 놈인지 아닌지 그걸 네가 판단하겠다고? 웃기지 마. 나는 이념을 위해서라면 흡혈귀도 모기도 죽이지 않아. 오직 돈과 이득을 위해서만 죽이지."

덕연은 그렇게 말하고 흥 하고 코를 풀었다. 물론 그의 충고를 세건이 들을 리가 없었다. 어른은 언제나 젊은이에게 충고를 해왔고 그 충고는 언제나 무시되어 왔다. 이것은 인류가 그 역사와 함께 반복해 온 일이다.

"젠장, 진마사냥꾼의 거래에 응하는 게 아니었어. 네놈을 맡는 게 아니었는데."

덕연은 그렇게 말하면서 세건을 살펴보았다. 옷은 찢어지고 아직도 상처에서 피가 흘러나오고 있지만 사이키델릭 문도 사용하지 않고 흡혈귀를 해치웠다면 이미 훌륭히 한 사람 몫을 해낸다고 볼 수 있었다.

"네놈, 짐 싸 들고 나가라. 나는 네놈 때문에 상동파랑 싸우고 싶지는 않으니까."

"……."

세건은 그런 덕연을 보고 한숨을 내쉬었다. 언젠가는 당연히 이런 날이 올 줄 알았지만, 예상보다도 훨씬 빨랐다.

"그러도록 하죠."

세건은 그렇게 말하고 캔 음료를 다 비우고 쓰레기통에 휙 집어 던졌다. 그리고 오토바이를 끌며 앞으로 걸어갔다.

"그동안 고마웠습니다."

"그래……."

세건은 오토바이를 질질 끌며 어둠 속으로 사라졌다. 그러자 덕연은 하하하 하고 웃더니 몸을 돌리는 것과 동시에 자판기를 향해 캔을 내던졌다.

쾅!

"저 등신 새끼가!"

세건은 어두운 자신의 방으로 돌아왔다. 사실 방이라고 해도, 엄밀히 말하면 기억이 그다지 없다. 잠을 자는 곳 이상의 의미는 없으니까. 세건은 그렇게 생각하고 옷장 안을 살펴보았다. 옷장에 들어 있는 옷은 얼마 되지도 않았다.

"흠."

세건은 큼직한 배낭에 옷을 챙겨 넣고 몇 가지 도구, 그리고 통장을 챙겼다. 멋진 옷도, 근사한 액세서리도, 음악 시디도 없이 같은 나이의 한국 청년이 누려야 할 모든 즐거움을 포기한 채 이 어두운 방에서 일 년을 살았다고 생각하니 스스로가 한심하게 여겨졌다.

세건은 옷장 위에 덩그러니 놓여 있는 가족사진을 집어 들었다. 그리 오랜 세월이 지난 것도 아닌데 벌써 사진이 바랜 것 같다는 생각이 들었다. 유일하게 햇빛이 들이치는 창문에 둬서 그랬을까? 세건은 한숨을 내쉬었다.

"이런 얼빵한 표정 짓지 말란 말야, 형. 나는 가족의 복수니 뭐니, 그런 전근대적인 생각으로 이런 짓 하는 게 아니라고."

그는 손톱으로 액자를 툭 치고 배낭에 사진을 넣었다. 그리고 히죽 웃으면서 자리에서 일어났다.

"재수 없게 물렸을 뿐이지!"

그는 그렇게 말하고 방문을 열고 밖으로 나왔다. 세건은 덕연도 없는 빈집을 보면서 한숨을 내쉬었다. 덕연에게는 물론 고마운 마음뿐이지만… 역시 그와 세건은 가는 길이 다를 수밖에 없었다.

"그렇다면 이 많은 칼 중 몇 자루 가져가도 되겠지?"

세건은 그렇게 말하고 벽에 걸려 있던 칼을 몇 자루 골랐다. 그때 갑자기 현관문이 벌컥 열렸다.

"아주 잘하는 짓이다, 정말."

"……."

세건이 뒤를 돌아보니 그곳에는 덕연이 탄통을 들고 있었다. 세건은 그를 보고 어깨를 으쓱했다.

"계속 벽만 장식하기엔 아깝잖아요. 몇 개 정도는 흡혈귀의 피 맛을 봐도 되겠죠?"

"그래. 가져갈 테면 가져가라, 이놈아. 그리고 이것도."

그는 그렇게 말하며 탄통을 열어 보였다. 안에는 7.62㎜ 권총탄이 들어 있었다.

"오백 발 정도밖에 안 되지만 이걸 다 쓰기 전에 네놈이 먼저 죽을 거다."

"아, 아저씨……."

"어서 받아, 이 자식아. 아 참, 이거 헝가리제인 데다가 보관 연도도 지났으니까 조심해라. 재수 없으면 총이 파열되니까."

덕연은 그렇게 말하고 억지로 세건에게 탄통을 들려주었다. 세건은 그 탄통을 받아 들고 아무 말 없이 그를 지나 현관으로 향했다. 작별 인사는 이미 했으니 다시 할 필요도 없었다. 그러나… 덕연은 뒤도 돌아보지 않고, 세건에게 한마디했다.

"흡혈귀는 되지 마라. 그때가 되면 네놈도 가차 없이 사냥할 테니까."

"……."

한순간이지만 세건이 멈췄다. 하지만 곧 다시 발길을 옮겼다. 덕연의 말이 진심이라는 것은 무엇보다도 세건 그 자신이 가장 잘 알고 있었다.

그는 계단을 걸어 올라갔다.

미래… 미래가 보이지 않는 앞길, 피와 죽음, 증오로 가는 길로 걸어가는 듯한 기분이었다.

아!

하지만 세건은 문득 탄성을 내질렀다. 낡은 건물의 현관을 나오자 그곳엔 맑고 투명한 달빛이 있었다. 한때 달동네라고 불리던 이곳, 그 이름에 가장 어울리는 주인은 창공에 떠 있었다.

눈이 시릴 정도로 푸르른 달빛…….

오늘은 눈물이 나도록 달이 아름다운 날이었다.

第3夜

Driver's High

1

오컬트 숍 아르쥬나는 일 년이 지난 지금도 근린공원 앞에 있었다. 손님은 그다지 많이 오는 것 같지 않지만 가게는 여전히 청결했고 인테리어도 질릴 만하면 꼬박꼬박 바뀌었다.

그 아르쥬나의 입구로 한 명의 청년이 들어왔다. 인라인 스케이트를 그대로 타고 있는 청년은 야구 모자를 뒤로 쓰고 풍선껌을 불면서 안에 들어왔다.

"역시 변함이 없네."

그는 그렇게 중얼거리며 카운터를 바라보았다. CCTV가 돌아가고 있지만, 그렇다 하더라도 계산대에는 아무도 없었다. 만약 도둑이라도 들어온다면 금전등록기의 돈을 통째로 들고 나갈 수 있을 것 같았다.

하지만 이 아르쥬나는 보통 가게가 아니었다. 취급하는 것은 오컬트 취미의 일반 물품에서부터 정말 확실한 효과를 가지고 있는 물품까지, 심지어 불법적인 물건들도 구할 수 있었다. 그런 만큼 가게의 방어 수단도 보통이 아니었다.

"호오?"

야구 모자의 청년은 뭔가를 발견했는지 풍선껌을 후욱 불면서 주위를 둘러보았다. 이 가게를 함부로 털었다간 채 몇 발 걷기도 전에 죽을 것이다. 그리고 그렇지 않다고 하더라도 아르쥬나는 건드리지 않는 게 좋다. 이것은 뒷세계에 통하는 불문율이었다.

"응? 아, 손님이……."

이 작지만 강렬한 오컬트 숍, 아르쥬나의 오너 김성희는 여전히 아름다운 목소리로 손님을 맞이했다. 역시 고급 카지노의 딜러를 연상시키는 세련된 외모는 변함이 없었다. 어떤 남자가 그런 여자에게 마음이 흔들리지 않을까?

그러나 야구 모자의 청년은 대신 손을 들어서 천장을 가리켰다.

"저런 걸 풀어 기르다니. 보건복지부가 허용하지 않을걸요?"

그곳에는 붉은 파리가 있었다. 체체파리라고 불리는 이 파리는 아직도 90%의 치사율을 보이고 있는 수면병을 옮기는 숙주로, 작은 유리관 안에 갇혀 있었다. 워낙 작은 유리관인 데다가 아르쥬나 안이 어두워서 보이지 않지만, 방범 장치가 켜져 있을 때 카운터에 손이라도 대면 바로 체체파리가 풀려나고 그와 동시에 체체파리를 공격적으로 만드는 특정 주파수의 음향이 나오게 되어 있었다. 단순히 현금 욕심에 움직일 도둑에게는 지나치게 가혹한 처벌이었다.

"어머, 너 혹시 세건이니?"

그녀는 그제야 세건을 알아보았다. 실베스테르에게 이끌려 온 이후로 안 만난 것은 아니지만 성장호르몬을 투여해서 급격히 몸을 만들어온 세건은 모습과 분위기가 예전과 판이하게 변했기에 못 알아보는 것도 무리는 아니었다. 비록 세건이 아직 성장기라 성장을 정지시킬 수 있는 스테로이드는 사용하지 않았지만 성장호르몬은 소량이나마 꾸준히 투여해 왔다. 성장호르몬과 육체 단련을 병행한 덕연의 훈련은 세건을 단시일 안에 놀랍도록 바꿔놓은 것이다.

그러나 정작 변화의 주체는 대수롭지 않다는 듯 풍선껌을 불면서 말했다.

"예. 오래간만이죠? 넉 달 만인가?"

세건이 그렇게 말하면서 모자를 벗었다. 그러자 성희는 웃으면서 말했다.

"좋은 남자가 되었는데? 정말 많이 컸구나."

"성장호르몬을 맞았으니까요."

세건은 멋대로 소파에 앉았다. 김성희는 그런 세건의 몸을 살펴보았다. 성장호르몬의 투여와 병행한 훈련은 그렇잖아도 성장기인 세건의 몸을 폭발적으로 강화시켜 주었다. 하지만 그만큼의 부작용은 반드시 있고, 그게 아니라 하더라도 흡혈귀를 상대로 싸우는 것은 언제 죽을지 모르는 위험한 일이다.

그녀는 세건을 바라보고 조심스럽게 물어보았다.

"어때? 그 후로는?"

"알고 있군요?"

세건은 그렇게 말하며 그녀를 바라보았다. 물론 그가 덕연과 결별한 것에 대해서 이야기하는 것이다. 비록 덕연이 입이 무거운 편은 아니지만 그렇다고 곧장 동네방네 소문을 내는 타입은 아니었다. 그러자 그녀는 웃으면서 방범 장치를 해제했다.

"송덕연 씨는 실베스테르 신부의 의뢰를 받아서 세건을 키운 거고 내가 한국에서 진마사냥꾼의 대변인이니까. 보고 정도는 받고 있어. 그런데 그것 때문에 온 것 같지는 않고, 무슨 일이지?"

"당연히 구매를 위해서죠. 흡혈귀를 탐지할 수 있는 도구가 있다고 들었는데요?"

세건은 그렇게 말하면서 그녀를 바라보았다. 그러자 김성희는 곤란하다는 표정을 지어 보였다.

"아, 물론 있기는 하지. 그리고 또 흡혈귀 사냥꾼의 표준 장비라고도 하고. 하지만 네가 기대하는 만큼 대단한 물건은 아니야."

그녀는 그렇게 말하며 쇼윈도에서 작은 케이스 하나를 꺼냈다. 그녀는 숙련된 딜러처럼 상품을 꺼내며 한마디 보탰다.

"물론 가격은 네가 기대하는 만큼 엄청나지."

"성능은 안 따라주고 가격만 따라주다니, 불량 상품이군요. 설마 세 자리 수는 아니겠지요?"

"다행히도 그렇게 비싼 물건은 아냐. 돈 많은 민간인들이 종종 사 갈 정도니까."

그녀는 그렇게 말하며 케이스를 열었다. 제법 고급스런 실크 케이스 안에 들어 있는 것은 핏빛의 파문이 그려져 있는 검붉은 돌이었다. 물론 돌의 끝에는 고리가 있고 기이한 문자가 적힌 줄이 연결되어 있는데 한눈에 보아도 보통 물건이 아님을 알 수 있었다.

"정찰 팔십만 원의 블러드스톤 펜듈럼(Bloodstone Pendulum)이지. 주위의 흡혈귀를 감지해 내는데 그 거리는 반경 이십 미터가 한계야. 이걸로는 아무래도 흡혈귀를 찾아내는 게 어렵겠지."

"……."

세건은 잠시 생각에 잠겼다. 덕연의 집을 나오는 바람에 살 방도 구해야 하고 오토바이 수리비나 다른 데 들어갈 돈이 많았다. 요즘은 월세라고 해도 계약금 정도는 불입해야 하니까 앞으로도 목돈이 필요할 텐데, 이런 효력도 별로 없는 물건을 과연 살 필요가 있을까?

사실 덕연 정도 되는 베테랑이면 모를까, 세건처럼 이 일에 막 뛰어든 초짜는 흡혈귀를 잡아서 돈을 번다는 게 쉽지 않았다. 흡혈귀와 죽도록 싸워봤자 다른 평범한 일을 하는 게 더 나은 경우가 있으니까. 아니, 사실 대부분이 그렇다고 봐도 좋다.

"뭐, 흡혈귀라면 이미 확실하게 알고 있는 놈들이 있으니까. 지금 당장 사죠."

"그래? 그렇다면 말리지 않겠지만, 지금은 짜임새 있게 쓰는 게 좋아. 실버칩 쿼렐을 장착한 석궁도 있는데 그건 어때?"

"무기라면 이미 있어요. 하지만… 진정한 의미에서의 '무기' 는 없죠."

세건은 그렇게 말하고 품에서 종이봉투를 꺼내 돈을 세어 주었다. 그러자 그녀는 그 돈을 받아 들면서 혀를 내둘렀다.

"주 영감이 네게 안 파나 보지? 사이키델릭 문을?"

"예. 흡혈귀의 피를 사들이는 것은 경찰에게 들킨다 하더라도 큰 문제가 아니지만 미성년자인 나에게 마약을 파는 것은 큰 범죄죠. 주 영감은 자기 관리가 철저한 편이니까 아저씨와 결별한 이상 나와 거래하지 않을 거예요. 하지만 그게 없으면 앞으로 흡혈귀를 상대로 싸워 나갈 수가 없잖아요. 어떻게 구할 방법이 없을까요?"

"으음, 주 영감이라면 가장 믿을 만한 뱀파이어 딜러인데. 하긴 그런 만큼 원칙주의자란 거겠지."

성희는 그렇게 말하고 서랍을 열었다. 안에는 캡슐이 들어 있는 작은 유리병이 하나 있었다.

"뱀프릭 트랜스레이트(Vamplic Transrate) 십삼 정도밖에 안 되는 물건이지만 조금은 있는데. 그거라도 줄까? 코카인 이 섞여 있지 않으니까 전투용으로 쓰긴 부적합할 것 같지만 어때?"

사이키델릭 문은 흡혈귀의 혈액에서 채취한 변환인자를 코카인이나 헤로인 등의 일반 마약과 블렌드해서 만드는 특수한 마약으로, 그냥 사용할 경우 제대로 된 효과를 얻지 못한다. 최악의 경우는 사용자도 흡혈귀가 되어버리는 것이지만 VT 13이라면 효과가 낮은 만큼 안전하다.

"VT 십삼이라… 아직 마약 내성이 생기진 않았을 테니까 쓰죠. 하지만 아까 전 그 이야기, 주 영감 말고 다른 뱀파이어 딜러가 있다는 건가요?"

세건은 그녀에게서 병을 받으면서 그렇게 물어보았다. 그 순간 김성희는 깜짝 놀라서 눈을 크게 떴다. 이제야 자신이 꽤 큰 실수를 저질렀다는 걸 깨달은 모양이었다. 하지만 이미 꺼낸 말을 주워 담을 수는 없는 일.

"있지. 그쪽이 본업이 아니라 정말 마약 딜러지만. 값은 주 영감보다 더 쳐주는 모양이야."

"그쪽의 거래선을 알 수 있을까요?"

"그쪽도 역시 미성년인 너를 상대하진 않을 텐데?"

"적어도 그때까진 이걸로 버텨야겠죠."

세건은 그렇게 말하며 그녀가 준 약을 들어 보였다.

"그래. 그럼 알아보도록 하지. 그런데 요새 어디서 살고 있니?"

"그런 것까지 알려줄 필요는 없잖아요?"

"좋은 태도이긴 해. 하지만 상동파가 너를 찾고 있다는 건 알고 있겠지? 당분간 시내에 나오지 않는 게 좋을 것 같아. 특히 오토바이는… 그냥 포기하는 게 어떻겠니. 어차피 많이 망가지지 않았니?"

그녀는 세건에게 그렇게 충고했다. 원래 그녀는 흡혈귀 사냥꾼들이 죽든 말든 신경 쓰지 않았지만 세건에 대해서는 그렇게 무신경하게 있을 수 없었다. 아마 세건이 어리기 때문인지도 몰랐다.

하지만 세건은 대답도 없이 아르쥬나를 빠져나갔다.

"저……."

그녀는 그의 고집스러운 뒷모습에서, 설령 상동파와 정면 대결을 하게 되더라도 형의 유품인 RX—125를 쉽게 포기할 리 없다는 것을 깨달았다.

상동파의 두목 정상동은 누가 봐도 폭력배라고는 믿을 수 없을 정도의 인자한 인상을 가지고 있는 이였다. 실제로 그가 사무실로 쓰고 있는 건물은 M고 동문회 사무실이라고 현판을 걸어놓고 인상이 깔끔한 이들만을 채용해 주위에도 좋은 인상을 심어주었다. 비록 주위에서는 양아치 집단으로 여겨지고 있지만 언제나 사업가다운 여유를 잃지 않는 게 그의 자랑거리 중 하나였다. 하지만 그것도 오늘까지의 말이다.

"그래서? 다 당했단 말이냐? 장하다!"

그는 옷걸이를 제자리에 가져다놓으면서 숨을 골랐다. 두랄루민으로 만들어진 옷걸이는 피에 젖어서 검붉게 변색되어 있었고 그 옷걸이를 피로 물들인 장본인들은 지면에 누워서 꿈틀거리고 있었다. 천영후도 몇 대 맞아서 깨진 이마를 실룩거렸다. 정상동은 일단 화가 나면 친구고 뭐고 눈에 들어오는 게 없는 전형적인 퓨즈형 인간이었다.

"하지만… 녀석이 설마 흡혈귀 사냥꾼이었을 줄이야."

"으음."

그 한마디에 정상동은 진정했다. 흡혈귀를 섞어놨는데도 당했다는 건 상대가 대흡혈귀 전술을 훈련한 전문 헌터라는 뜻이었다. 아무리 무장이 잘되어 있고 무술의 고수라고 하더라도 상대가 인간을 초월한 존재라는 걸 가정해 두지 않으면 앗 하는 순간 당하게 마련이다.

"골치 아프게 되었군. 지금까지 상동파를 건드린 간 큰 놈이 없었는데. 이놈은 새로운 놈인가?"

정상동은 양복 상의를 다시 걸치면서 그렇게 물었다. 그러자 천영후는 고개를 끄덕였다. 머리를 움직일 때마다 피가 쏟아져 내렸다.

"미성년자라고 했으니 틀림없습니다. 그리고 오토바이를 기막히게 잘 탄다더군요."

"그래? 오토바이를 타는 미성년자 녀석이라……. 그럼 오토바이 패거리들이 잘 알지도 모르지. 애들에게 용돈 좀 뿌려도 좋으니까 반드시 찾아내서 죽여 버려!"

정상동은 그렇게 말하고 금고를 열더니 돈뭉치를 꺼냈다. 얼핏 보아도 백만 원짜리가 스무 다발은 되어 보였다. 물론 성인

극화 등의 조직폭력배들이 꺼내는 돈에 비하면 2,000만 원이라는 돈이 그다지 커 보이지 않는 게 사실이겠지만 단 한 명을 잡는 데 선뜻 2,000만 원이란 거금을 지불할 수 있는 조직은 대한민국에서도 한 손으로 꼽을 정도였다.

"괘, 괜찮겠습니까?"

중간 보스인 천영후도 그런 거금을 보고 몸을 떨었다. 조직의 운영에 대해서 잘 알고 있는 그로서는 이런 거금을 쓰는 것에 동의하고 싶지 않았다.

그리고 그건 정상동도 마찬가지였다.

"흠… 흠. 물론 너희 치료비로도 쓰고, 가급적이면 남겨 와라."

"……."

혈압이 내려가자 금세 퓨즈를 회복한 정상동은 조직의 우두머리답지 않은 약한 모습을 보여주었다.

언제부터인지 모르지만 조직폭력배에 대한 환상은 일부 논다는 아이들에게 신앙에 가까울 정도로 각인되어 있었다. 그래서 천영후의 검은 그랜저가 공사장 입구에 들어서자 공터에 모여서 윌리나 맥스웰 턴(전륜을 제자리에 박은 채 도는 기술) 등을 연습하던 폭주족들이 일제히 멈춰 섰다. 물론 폭주족들은 자신에 대한 자부심이 있었기 때문에 그뿐이었다.

"흐흠."

천영후는 머리에 감은 붕대를 매만지면서 아이들 앞으로 나왔다. 그러자 그의 후배(?)인 두 명의 흡혈귀가 그 뒤를 따라왔다. 폭주족들은 공사장 인부들이 남기고 간 목재를 드럼통에 넣고 태우고 있었다. 불빛에 비친 그들의 표정은 그다지 곱지 않았다. 비록 상대가 조직폭력배라고 하더라도 고작해야 세명, 폭주족은 원래 죽음을 벗 삼아 달리는 이들이기 때문에 겁이 없고 거칠었다.

"무슨 일이야? 응?"

그들은 그렇게 말하며 천영후에게 다가왔다. 그러자 천영후는 조심스럽게 왼손을 들었다. 그것만으로 옆에 서 있던 천영후의 경호원은 몸을 움직여서 단숨에 폭주족의 옆구리를 잡았다. 그러자 늑골이 비명을 지르기 시작했다.

"끄아아아악!"

폭주족은 말을 채 끝내지 못하고 입을 크게 벌린 채로 주저앉았다. 그러자 천영후는 얼른 그 경호원을 제지했다. 비록 해가 완전히 떨어지지 않았다지만 흡혈귀들은 여전히 본성을 이기지 못하고 쉽게 흉포해졌다. 다행인 것은 인간일 때의 의식도 강해서 천영후의 말을 들어준다는 것이지만 이런 명령도 언제까지 들을지 알 수 없는 일이었다.

"골치 아프군. 십자가와 마늘로 제어할 수 있다면 좋을 텐데 말야."

그는 그렇게 중얼거리며 불만스러운 표정으로 흡혈귀 부하들을 바라보았다. 밀수와 밀입국을 알선하다 흡혈귀와 접촉한 상동파는 그 놀라운 힘을 제어하기 위해 부하 중 자원자를 뽑아 흡혈귀로 만드는 데 성공했다. 그것은 외국에서 들여온 특별한 혈액의 덕분이기도 하고 혹은 그 외국인 흡혈귀들이 직접 물어서 흡혈귀로 바꾼 것이라고도 한다.

어찌 되었든 이 흡혈귀들이 브램스토커의 드라큘라와 다르다는 건 무식한 천영후라고 하더라도 쉽게 알 수 있었다. 그들은 십자가도 마늘도 두려워하지 않았고 거울에 비치는 것은 물론, 박쥐나 안개로 변신하는 능력도 가지고 있지 않았다.

하지만 가장 놀라운 것은 그들이 한정된 시간 동안 태양 빛에 견딜 수 있다는 것이다. 견딜 수 있다고는 해도 흡혈귀가 태양광에 노출되면 변환인자가 파괴되어 VT를 급격히 잃게 되고, 파괴 과정에서 고열이 발생해 화상을 입게 된다. 피브린증 환자들이 대사 불량으로 화상을 입는 것과 비슷하지만 그보다 훨씬 급진적이고 과격한 반응이라 몸에 불이 붙기도 한다.

"나는 상동신용대출의 상무 천영후라고 한다."

천영후는 그렇게 말하며 아이들을 돌아보았다.

"너희 리더는 누구냐?"

천영후는 그렇게 말하며 예리한 눈초리로 폭주족들을 돌아보았다. 그때 폭주족들 사이에서 한 명의 남자가 일어났다. 20대 초반쯤으로 보이는 그는 검붉은 발칸을 타고 있었다.

"무슨 일인데 지랄이야? 응? 댁이 조폭인지 뭔지 모르겠지만 영문도 모르는데 애를 망가뜨리다니. 우리가 핫바지로 보여? 앙?"

"싸가지가 없는 새끼로군. 뭐, 지금 그런 걸 가릴 처지는 아니다만. 일을 편안히 하기 위해서도 네놈의 버르장머리를 고쳐 줘야겠군."

천영후는 그렇게 말하고 폭주족 리더의 머리채를 잡았다. 그렇지 않아도 정상동에게 깨진 뒤였기 때문에 기분이 좋지 않았다. 그래서 천영후는 우악스러운 손으로 그 녀석을 잡자마자 무릎으로 안면을 찍어버렸다.

콱!

머리를 잡힌 순간 허리에 힘을 주고 버틴 게 오히려 그에게 불운이었다. 안면에 직격을 맞은 폭주족 두목은 단숨에 발칵 뒤로 나가떨어져 버렸다.

"크아아악!"

"아니, 저 새끼가!"

"뒈질라고 작정을 했나!"

자신들의 리더가 쓰러지자 주위의 폭주족들이 모두 흥분했다. 하지만 그때 흡혈귀들이 몸을 움직이기 시작했다. 그놈들은 밤의 주민답게 어둠 속을 화살처럼 누비며 정확한 일격으로 폭주족들을 때려눕혔다. 그중 한 놈은 피투성이가 되어 나가떨어진 폭주족의 리더를 번쩍 집어 들더니 목숨에 지장이 없을 팔부터 물어서 피를 빨았다.

"끄아아아아악!"

폭주족의 리더는 전신의 혈액이 빨려 나가는 느낌에 놀라서 비명을 내질렀다. 죽음을 벗 삼아 달리는 폭주족의 리더라고 하기에는 꼴사나운 장면이었지만 모두들 그 괴기스러운 모습을 보고 입을 다물었다.

"네놈들에겐 두 가지 선택이 있다. 이 돈을 받고 내 이야기를 들을 거냐, 아니면 여기서 다들 변사체로 짭새들 손에 부검당할 거냐?"

"으으으악! 아… 뭐, 뭐든지 할게요! 뭐든지!"

그러자 흡혈귀는 입을 떼었다. 피의 유혹을 이겨내고 팔에서 입을 뗄 수 있다는 것은 이 흡혈귀가 제법 강력하다는 것을 의미했다. 상동파에서 천영후 다음가는 서열을 자랑하는 녀석들이니 이 정도는 해주지 않으면 곤란하다. 천영후는 그렇게 생각하고 소매에서 만 원권 지폐 다발을 꺼냈다.

"일단 이건 선금이다. 받아두도록 해라."

천영후는 그렇게 말하고 폭주족들을 향해 영업 미소를 지어보였다. 드럼통에서 타닥거리며 불씨가 튀어서 검은 하늘로 날아올랐다.

2

인적이 뜸한 주택가에 서 있는 3층짜리 작은 빌딩 옆에는 '연정 고시원' 이라는 간판이 깜빡이고 있었다. 네온사인이어서 깜빡거리는 게 아니라 간판 안에 들어 있는 형광등이 그 수

명을 다했기 때문이었다.

"아아, 피곤하다. 젠장."

세건은 공구 상자를 들고 고시원으로 향했다.

덕연의 집에서 나온 세건은 새로운 거처를 구해야 했다. 처음에는 월세나 전세를 들어갈까 했지만 계약금이나 임대 조건 등이 까다롭고 또 언제 거취를 옮겨야 할지 모르는 일이라 꽤 껄끄러웠다.

그래서 생각한 것이 고시원이었다. 어차피 세건은 홀몸인 데다가 집을 구하는 것보다 싸기 때문에 선택한 것이지만, 역시 여러 명이 쓰는 건물이기 때문에 이래저래 신경 쓸 게 많았다. 총과 검 같은 흉기를 보란 듯이 들고 다닐 수는 없잖은가? 게다가 고시원에 사는 인간들은 다들 잠이 없어서 밤에도 몰래 돌아다닐 수 없었다.

"뭐, 값이 싼 만큼 어쩔 수 없지."

그는 그렇게 말하고 자신의 방으로 들어왔다. 정말 사람 두 명 누우면 끝날 작은 방에는 변변한 가구도 없었다. 그 탓일까? 작은 방인데도 불구하고 세건에게는 광활한 사막보다도 더 넓어 보였다.

세건은 문을 삼중으로 걸어 잠그고 커튼마저 쳤다. 이렇게 가림 작업이 다 끝난 뒤 그는 벽장에서 탄통을 꺼냈다. 헝가리에서 만들어진 토카레프 탄이 들어 있는 탄통은 덕연이 작별 선물로 준 것이다.

물론 고시원 한복판에 놔두면 대단히 이상하겠지만, 탄통 자

체는 한국군에서도 흔히 볼 수 있는 5.56㎜ 소총탄의 탄통이
었다. 실제로 이런 탄통을 자잘한 사물함 대신 쓰는 인간들이
있으니까 자물쇠만 채워서 벽장 안에 넣어둔 것이다. 물론 들
킬 경우는 그냥 끝나지 않을 것이다.

"골치 아프네."

세건은 탄통에서 탄을 꺼낸 뒤 줄로 탄자의 머리 부분을 갈
기 시작했다. 토카레프의 7.62㎜탄도 여타 서방 총기류와 같
이 구리합금 속에 납이 들어 있는 탄자를 썼다. 세건은 그 탄자
머리의 구리합금을 줄로 갈아서 제거하고 2천 원짜리 전기인
두 다섯 개를 이용해 만든 틀에 탄들을 넣었다. 전기인두가 접
합하는 부분에는 은을 떼어서 박아 넣는데 이렇게 해서 탄자
안의 납을 녹여 은과 결합, 은으로 탄자 머리를 메우면 훌륭한
은 탄환이 만들어진다.

전부 다 순은으로 만들면 은처럼 무른 금속이 총열을 상하게
하기 때문에, 또한 은 탄환이 아니래도 흡혈귀는 충분히 죽기
때문에 앞머리만 은으로 메우는 것이다. 이것만으로도 충분히
훌륭한 할로우 포인트 탄이고, 은은 전기인두로는 녹지 않기
때문에 공법상 이 정도가 한계였다.

"아, 젠장. 무슨 부업 하는 기분이네."

부잣집 도련님이던 세건에게는 어울리지 않는 말이었다. 실
제로 부업 같은 걸 해본 일도 없었고. 하지만 굳이 부업의 경험
이 없다고 하더라도 탄 하나하나를 수작업으로 만드는 것은 지
루하기 짝이 없는 작업이었다.

찰칵.

세건은 토카레프도 분해해서 손질했다. 너무 오래된 총이고 폭력배들이 총을 손질해 놓지 않아서 다루기 까다로웠지만 세건은 덕연에게 배운 솜씨로 깨끗하게 총을 정비했다. 직접 사격을 해서 영점을 조절하는 대신 싸구려 레이저 포인터를 이용해서 영점을 맞췄다. 이걸 이용해서 레이저 사이트도 만들 수 있겠지만 레이저 사이트는 예민한 흡혈귀들에게 들킬 가능성이 있기 때문에 참았다.

"그보다는 소음기가 더 중요한데… 김성희 씨에게 소음기도 물어볼 걸 그랬나?"

세건은 그렇게 중얼거리며 토카레프의 슬라이드를 만져 보았다. 안전장치도 없고 싱글 액션인 이 토카레프는 함부로 다루다간 바로 오발로 이어지기 때문에 조심해야 한다.

"……."

세건은 문득 아무 생각 없이 토카레프를 들어서 자신의 관자놀이에 대보았다. 꽤 만지작거려서 따뜻해졌을 법도 한데 차가운 금속의 느낌이 두피를 통해 관자놀이에 전달되었다. 그 짜릿한 감촉은 정신을 맑게 만들어줄 정도였다.

하지만… 왠지 이대로 방아쇠를 당기는 것도 나쁘지는 않을 것 같다는 생각이 들었다.

"……."

부아아앙.

고시원의 앞을 트럭 한 대가 지나가면서 헤드라이트가 창 안으로 침입해 들어왔다. 한순간의 빛이지만 그 빛을 받은 가족 사진이 세건의 눈에 들어왔다. 다들 불편한 표정을 짓고 있는, 결코 단란하다고 할 수 없는 가족사진. 그러나 지금의 세건에 게는 도저히 무시할 수 없는 숙명의 증거.

"쿡! 젠장. 어쩌란 말야."

세건은 실성한 사람처럼, 방의 불도 켜지 않고 벽에 기대어 앉아 웃었다.

"하하하하하하."

"예. 음, 이거 RX—125네요."

오토바이 카탈로그를 들고 병실 침대 옆에 서 있던 폭주족은 침대에 누워 있는 환자가 찍어준 오토바이를 보고 그렇게 말했다. 그러자 그의 옆에 붙어 있던 천영후가 물어보았다.

"그래? 뭐냐? 그래서."

"음, 곤란한데요. RX—125는 국산이라서 굉장히 흔해요. 물론 VF나 액시브처럼 길거리에 쫙 깔린 물건이 아닌 건 다행이지만 그래도 해변에서 모래알 찾기죠."

폭주족은 그렇게 말하면서 의도적으로 천영후를 바라보았다. 그러자 천영후는 만 원권 지폐를 열 장 정도 꺼내서 그 폭주족에게 건네주었다.

"이 개새끼야. 한 번만 더 수작 부리면 네놈 모가지를 광화문에 걸어주고 네 친척 팔촌까지 다 뒤져서 사내놈은 목 따로 몸 따로, 여자는 죄다 갈보 집에 팔아버릴 줄 알아라."

"……."

천영후의 살벌한 말투에 겁을 먹은 폭주족은 입을 다물었다. 그러자 천영후가 헛기침을 하면서 말했다.

"지금 처먹은 거로 끝내라. 응? 알아듣겠냐, 씨발 새꺄?"

물론 일은 시켜야 하니까 위협에서 끝나면 안 된다. 천영후는 그걸 잘 알고 있는 인물이었다. 역시 폭주족은 정색을 하면서 말했다.

"아뇨. 오토바이를 집어 던졌다면 반드시 크게 망가졌을 테고… 프레임이 휘면 고칠 수 있는 곳은 그다지 많지 않거든요. 적어도 동네 오토바이점에서는 못 고칠 테니까 전화로 간단하게 RX—125가 최근 입고되었는지 물어보면 알아내는 건 식은 죽 먹기일 거예요."

"녀석이 그걸 버리고 새로 사면?"

"그, 글쎄요. 그건 문제지만… 일단은 체크해 보죠. 게다가 윌리도 아니라 테일 팝업(Tail pop up:꼬리 들기)이라니. 그 정도 실력이면 어딘가에 소문 정도는 났겠죠."

그는 그렇게 천영후를 안심시켰다. 그사이 병실 앞에서 기다리고 있는 폭주족들은 꽤 당황스러운 지금의 상황을 정리하기 위해 다시 그들의 리더를 바라보았다. 천영후에 의해서, 그리고 흡혈귀에 의해서 피가 빨린 폭주족 리더 정용진은 이 상황이 굉장히 싫었다. 하지만 천영후에게 거슬려서 이득 될 게 없었다.

"그럼 가지. 아, 녀석을 찾아내면 연락 줘라. 신고하면 이백만, 잡으면 그 네 배인 팔백만을 주마."

천영후가 제시한 금액은 정상동이 꺼내준 돈에 비하면 많이 줄어 있지만 폭주족들에게는 그래도 꽤 큰돈임에 틀림없다. 아무리 천영후가 못마땅한 용진이라고 해도 800만 원이라면 구미가 당기지 않을 수 없었다. 게다가 오토바이를 타고 다니면서 상동파의 조직원들을 저렇게 많이 병원에 보내 버릴 수 있는 녀석이라면 관심이 간다.

"자, 그럼. 핸드폰 번호는 알고 있지? 그쪽으로 연락을 넣어라. 잡으면 팔백이라고 말하긴 했지만 녀석은 총을 가지고 있다. 죽기 싫으면 연락을 해."

천영후는 그렇게 당부하고 병원을 나갔다. 그러자 폭주족들은 서로서로를 쳐다보며 그제야 거리낌이 없이 사담을 시작했다.

"RX—125? 그리고 오토바이를 매우 잘 탄다고?"

"혹시 그거 한세건 아닌가?"

그들은 공통적으로 한세건을 떠올렸다.

언제부터인가 거리에는 꽤 놀라운 실력의 라이더가 나타났다는 소문이 돌았다. 타고 다니는 것은 별 특징 없는 국산 RX—125지만 70도가 넘는 경사에서 캠버(Camber:비탈면 주행)로 내려오고 맥주 캔만 한 돌 위에 팝업으로 올라서는 등 주위 사람들이 깜짝 놀랄 엄청난 일들을 아무렇지도 않게 해내는 라이더의 소문은 결국 엉덩이 무거운 용진마저 움직이게 했다.

그래서 용진과 그의 폭주족 '스피드웨이'는 신촌역 근처에서 철로 위에 올라타기를 연습하던 한세건을 발견했다.

"이런 대가리에 피도 안 마른 녀석이! 너 누구 허락받고 오토바이 타고 다니냐? 응? 이 구역은 전부 우리 '스피드웨이'가 맡은 거 모르냐?"

폭주족들은 그렇게 으름장을 놓으며 세건을 살펴보았다. 막 중학교를 졸업하고 고교생이 된 한세건은 헬멧을 쓰고 있어도 앳되어 보였다. 하지만 배짱만은 어떤 어른보다도 컸다.

"스피드웨이? 촌스러운 이름이네."

세건은 자신보다 훨씬 더 많은 폭주족을 보고도 오히려 그들의 그룹 명을 비웃었다. 그게 도화선에 불을 붙인 꼴이 되었다.

"이 자식이! 좋아, 그렇다면 따라와라! 치킨 레이스로 승부를 가리자!"

용진은 그렇게 세건에게 승부를 걸었다. 치킨 레이스라는 것은 겁쟁이(Chicky)를 가리는 경주로 그 종류가 굉장히 다양하다. 하지만 모터 라이더들이 즐겨 쓰는 방법은 벽을 향해 풀 스로틀로 달리다 누가 먼저 브레이크를 밟는가로 승부가 결정 난다. 영화나 만화 등에서 많이 퍼진 이 승부를 따라 하다가 불귀의 객이 되어버린 폭주족도 부지기수였다.

하지만 한세건은 쉽게 그 승부에 응했다.

"좋군. 하지만 만약 내가 이기면 스피드웨이는 더 이상 내게 상관하지 않았으면 좋겠는데. 약속할 수 있겠지?"

세건은 그렇게 말하면서 오토바이를 몰았다. 그 태도가 너무나도 건방져서 용진은 참을 수가 없었다. 그래서 그는 자신들의 아지트 격인 공사장으로 세건을 끌어들였다. 이 공사장은 건축 회사가 망하는 바람에 방치된 영구 공사장인데 그 담벼락이 전부 두꺼운 철근과 콘크리트로 되어 있었다.

"오토바이 한 대쯤 박는다고 해도 끄떡없겠지."

그는 그렇게 말하고 세건을 바라보았다. 하지만 세건은 별로 두려워하는 기색이 없었다.

"치킨 레이스라. 별 기술 없어도 할 수 있는 거로군."

그는 그렇게 말하고 헬멧을 썼다. 용진은 그런 세건을 보고 이를 갈았다. 치킨 레이스 자체를 무시하는 발언을 했기 때문이다.

"어디 얼마나 잘하는지 보자!"

용진은 그렇게 말하고 오토바이에 올라타서 스로틀을 당겼다. 가와사키의 발칸 800은 거친 소리를 내며 공사장을 뒤흔들었다. 125cc에 불과한 세건의 오토바이와는 차원이 다른 소리와 파워였다. 하지만 치킨 레이스는 오토바이의 출력보다는 배짱이 좌우하는 것이고 세건의 배짱은 이 폭주족들을 대하는 태도에서 알 수 있듯이 보통이 아니었다.

하지만 용진에게는 폭주족 리더로서의 책임감이 있었다. 벽에 박더라도 저런 꼬마에게는 질 수 없는 게 아닌가? 그러한 책임감은 죽으면 일절 쓸모없는 객기지만 치킨 레이스에서는 객기가 승리의 열쇠였다.

"자, 치킨 레이스의 룰은 알고 있겠지, 꼬마야? 풀 스로틀이다. 만약 액셀 당기는 게 조금이라도 비실비실하면 볼 거 없이 죽는다!"

용진은 그렇게 세건에게 으름장을 놓았다. 하지만 세건은 아무런 말 없이 액셀을 당겼다.

부아아앙!

그리고 신호와 동시에 두 사람이 출발했다. 세건은 치킨 레이스를 폄하했지만 치킨 레이스에도 엄연히 기술이란 것이 존재했다. 그것은 제동 거리를 줄이는 기술이다. 벽에 들이박는 것을 피하면서 브레이크를 나중에 잡으려면 제동 거리를 줄이거나 턴으로 빠져나가야 한다. 또한 자신의 제동 거리를 정확하게 파악하는 것도 중요하다.

부아아앙!

역시 출력이 좋은 발칸이 앞으로 나섰다. 400미터를 달리는 룰이었기 때문에 발칸이 RX—125에 비해서 속도와 시간을 많이 벌 수 있었다. 게다가 오프로드형인 RX—125는 타이어의 제동력이 약하다.

이것만으로도 이미 이긴 승부이지만 용진은 먼저 브레이크를 잡고 일부러 세건의 앞쪽으로 턴을 해서 빠져나왔다. 세건을 위축시키기 위해서 위협을 한 것이다. 하지만 세건은 흥 하고 코웃음 치더니 여전히 액셀을 잡은 채로 앞으로 달렸다.

"뭐야, 저놈?"

"죽으려고 작정했나!"

다른 폭주족들은 깜짝 놀라서 세건을 바라보았다. 이대로라면 세건은 벽에 처박혀서 그야말로 산산조각이 날 판이다. 방금 전까지 세건을 때려죽이고 싶어 하던 이들은 그제야 생명의 무게를 느끼고 전율했다.

물론 가장 놀란 것은 시비를 건 장본인, 용진이었다.

"하앗!"

하지만 세건은 기합과 함께 브레이크를 밟으며 몸을 옆으로 틀었다. 양 바퀴에 브레이크를 건 채 몸을 린 아웃(Lean out:오토바이의 밖으로 몸을 기울이는 것)해서 슬라이드(Slide:미끄러지는 현상)를 시작한 것이다. 하지만 방금 전까지 전속력으로 달려오던 오토바이가 그렇게 쉽게 멈춰질 리 없었다.

끼이이이익!

그러나 그때 놀라운 일이 일어났다. 비탈면으로 밀려서 옆으로 미끄러지던 오토바이가 갑자기 그 자리 그대로 돌아가 버린 것이다. 세건은 양쪽 브레이크를 잡은 채로 기어를 저속으로 바꾸고 엔진을 밟으면서 뒷바퀴만 브레이크를 놔준 것이다.

그렇게 되면 앞바퀴를 축으로 굉장히 반경이 적은 턴이 가능해지지만, 십중팔구 전복하게 마련이다. 그러나 세건은 허리가 부러지지 않을까 걱정스러울 정도로 격한 린 인(Lean In:코너 안쪽으로 몸을 기울이기)과 함께 지면을 발로 차면서 거짓말처럼 몸을 일으켰다. 막 브레이크가 풀려서 지면을 갈아

버리던 RX—125의 후륜이 동그랗게 돌면서 턴을 완성했다. 어찌나 아슬아슬했던지 뒷바퀴가 철근에 닿아서 벽면에 길게 타이어 자국이 남았을 정도였다. 하지만 세건은 무사히 멈춰 섰다.

"테일 터치(Tail Touch)."

세건은 나지막하게 중얼거렸다. 오토바이 뒷바퀴로 벽면을 터치하다니, 이것은 이미 승부가 끝난 것이다. 세건은 폭주족, 스피드웨이에게 너무나도 인상적인 승리를 거뒀다.

"우와아아아아아아아아!"

"와아아아아아!"

모든 폭주족이 깜짝 놀라 자리에서 일어났다. 환호의 함성을 내지르고 경적을 시끄럽게 울려대었다. 세상에! 그들의 눈앞에서 벌어진 일이건만 믿을 수 없을 정도였다. 그만큼 세건의 기술과 배짱은 뛰어났고, 그 정도의 능력이라면 오히려 건방진 게 당연하다고까지 생각되었다. 세건은 자신에게 반감을 가진 이들을 단번에 납득시켜 버린 것이다. 심지어 그와 직접 싸웠던 용진이 매료되었을 정도였다.

"이 괴물 같은 놈! 정말 대단하잖아!"

그래서 그들은 만장일치로 세건을 그들의 멤버로 받아들였다. 세건은 그들과 함께 달리고 싶진 않았지만 폭주족에 들어가는 것도 나쁘진 않겠다 싶어서 그들과 함께 밤의 도로를 질주한 것이다.

생각해 보면 어린 나이와 건방진 태도에도 불구하고 세건은 매력적인 놈이었다. 조금만 더 나긋나긋했다면 맥주 한 캔을 나눠 마시는 친구가 될 수도 있었을 텐데.

하지만 그로부터 일 년의 시간이 지났다.

얼굴도 기억해 내지 못할 판에 800만 원을 앞에 두면 우정이고 옛정이고 찾을 길이 없다. 용진의 결정은 어찌 보면 당연했다.

"수리 공장에 죄다 전화 넣어서 RX—125 입고되었나 물어봐. 그리고 녀석이 새로 오토바이를 산다면 당연히 RX—125보다 좋은 오프로드형 오토바이겠지?"

"야마하 YZ를 좋아했으니까 그걸로 바꿨겠죠."

폭주족들은 그렇게 말하고 병원을 나섰다.

3

덕연과 결별했어도 세건의 일과는 크게 달라진 게 없었다. 사격이나 격투 훈련 등, 상대가 필요하거나 돈이 많이 들어가는 것은 하지 못했지만 체력 훈련은 언제나 빼먹지 않았다. 세건은 납 조끼와 모래주머니를 찬 채로 산 위 약수터에 오르고 거기에서 다시 줄넘기로 심박수를 200까지 높일 정도의 강행군을 했다. 그리고 각종 웨이트 운동을 좀 하고 바로 섀도복싱에 들어갔다. 약수터의 웨이트용 기구들은 비바람에 노출되어 있어서 좋은 상태가 아니지만 공짜로 할 수 있다는 것은 꽤나 큰 이점이었다.

"후우!"

세건은 땀을 닦으면서 벤치에 앉았다. 다른 사람들은 다 직장에 가고 학교에 갈 시간이라 주위에는 몇몇 노인밖에 없었다. 벤치에 앉아서 하늘을 보니 새하얀 구름을 배경으로 까치가 몇 마리 날아다니고 있었다. 전봇대 위에 집을 지어서 한국전력에 막대한 피해를 주는 새이지만 하늘을 나는 폼이 마냥 밉살스럽진 않았다. 세건은 멍하니 하늘을 바라보며 숨을 가다듬었다.

늦가을의 하늘은 정말 파랗고 드높았다. 최근 서울에는 스모그 현상이 극성을 부리고 있지만, 그래도 관악산 근처는 아직 공기가 깨끗했다. 세건은 그 깨끗한 하늘을 올려다보면서 땀에 젖은 머리칼을 쓸어 올렸다. 가르마를 따라 녹색으로 염색된 머리칼이 꽤 잘 어울렸다. 좀 겉늙어 보이는 게 문제긴 하지만 성장호르몬 요법을 사용한 녀석이니 그 정도에 불만을 가질 수는 없을 것이다.

"이러고 있을 게 아니라 오토바이나 찾으러 가야겠군. 아직 나오진 않았어도 견적은 살펴봐야지."

세건은 그렇게 중얼거렸다. 현재 통장 등에 남아 있는 돈은 약 오백만 원, 거기에 흡혈귀 피를 두 봉 정도 가지고 있으니 각각 오백에 판다고 가정하면 천오백만 원 정도의 재산이 있는 것이다.

천오백만 원이라면 큰돈이긴 하지만 그걸로 생활도 하고 장비도 구입해야 할 세건으로서는 많이 부족했다. 비록 상동파에 흡혈귀 놈들이 많이 있다고는 해도 아직 잡아들이지도 않은 놈들을 재산 대장에 적을 수는 없는 일이다.

"아르바이트를 해야 하나?"

세건은 그렇게 중얼거리며 일거리들을 상상해 보았다. 흡혈귀 사냥꾼이 편의점이나 호프집 같은 데서 아르바이트를 한다는 것은 웃긴 일이겠지만 지금 상황으로서는 정말 그렇게라도 해야 할 것 같았다.

오토바이 수리비도 꽤 나올 것 같다. 휘어진 프레임은 다시 복구한다 하더라도 어차피 망가지기 쉽고 내구력이 떨어진다. 프레임을 교체하는 것은 엔진 들어내고 각종 부품 다 들어내고 배선도 새로 하는 등, 그야말로 완전히 뜯어고치는 셈이라 수리비가 매우 클 것이다. 세건은 깊이 숨을 들이쉬었다.

"역시 그럴 줄 알았다."

정용진은 전화기를 들고 고개를 끄덕였다. 정비 공장 몇 군데에 전화를 넣어본 결과 예상대로 RX—125가 한 대 들어왔다. 공장에 입고할 때는 운전면허증이나 등록증을 가지고 입고하기 때문에 어지간해서는 자신의 정체를 숨길 수 없다.

천영후가 찾고 있는 인물은 역시 세건이었다.

입고된 RX—125는 외형적으론 특별히 다를 게 없지만 서스펜션과 디스크에 돈을 많이 들였는지 프레임을 교체하면서 서스펜션과 디스크도 다 함께 교체해 주길 원하고 있었다. 번호판은 자주 떼었다 단 흔적이 역력하고 사용자의 정비 실력이 좋은 것 같았다. 입고자의 이름은 한세건. 지난 일 년간 보이지 않던 녀석은 갑자기 폭력배들을 습격한 간 큰 놈이 되어 있었다.

"그놈이군."

용진은 그렇게 중얼거리며 핸드폰을 닫았다. 한세건의 기술에 놀라고, 함께 밤의 거리를 달리며 웃었던 기억이 남아 있기는 하지만 속내까지 드러내던 친한 사이는 아니다. 아니, 시기와 질시의 대상에 가까웠다. 그러니 800만 원이라면 팔아넘길 수밖에. 하지만 어떻게 그때의 애송이가 폭력배들을 반쯤 죽여서 병원에 차곡차곡 쌓아뒀을까? 게다가 총이 있다고?

"설마? 정말이야?"

용진의 옆에는 갈색 머리칼을 한 여자가 눈을 반짝이면서 물어보았다. 팔에는 팔찌를 하고 있고 코에는 작은 피어스를, 귀엔 귀걸이를 주렁주렁 달고 있다. 무거워서 찢어질까 봐 걱정될 정도지만 본인은 아무런 생각 없이 고개를 좌우로 흔들어댔다.

그녀는 현재 용진의 애인인 황선영이었는데 옛날부터 세건을 귀엽게 보았기 때문에 그가 폭력배들을 저렇게 정리한 장본인이라고 믿지 않았다.

"너무 신경 쓰는 거 아냐? 세건이가 용진이 너보다 오토바이도 잘 탔고 잘생겼지만 그렇게까지 신경 쓸 건……. 게다가 어쨌든 동료였잖아. 돈을 받고 팔아넘기는 짓은 안 좋다고 생각하는데?"

그녀는 그렇게 말하면서 맥주 캔을 땄다.

—2루 쪽 장타! 쭉쭉 빠져나갑니다!

마치 비디오 아티스트, 백남준의 작품처럼 낡은 TV가 쌓여 있는 지하 주차장의 한편, TV의 푸르른빛이 지하 주차장에 모인 이들의 얼굴을 비쳤다. 쓰레기장에 버려진 것들을 모아서 쌓아둔 것인데 이렇게 보니 정말 비디오아트라고 해도 과언이 아닐 정도였다.

지하 주차장이라 전파가 안 닿아서 그런지 노이즈가 심했다. 한동안 그들은 마치 여우에라도 홀린 것처럼 TV에 시선을 모았다.

"확실히 동료였는데."

그들 중 일부는 그녀의 의견에 동의하는 것 같지만 대부분은 800만 원에 정신이 팔려 있었다.

"확실히 그 녀석이라면 폭력배고 나발이고 해치워 버릴 만큼 싸가지 없지만, 어떻게 그런 실력을 가지고 있지? 게다가 권총이라니?"

"그래. 그냥 알려주고 이백만 원만 받자. 의리란 것도 있고 위험할 것 같기도 한데 말야."

"이백만 원이라고 해도 우리가 나눠 가지면 얼마 안 돼."

그 말이 나오자 정용진은 선영의 손에서 맥주 캔을 빼앗아 들었다.

"아! 아직 덜 마셨는……."

선영이 그렇게 말했지만 이미 용진은 무시무시한 기세로 맥주 캔을 집어 던져 TV들을 박살 내었다.

"젠장! 알게 뭐야! 여긴 한국이야! 아무리 미친놈이라고 해도 함부로 총을 쓰진 않아! 그리고 동료라니! 녀석이 언제 한 번이라도 우리를 그렇게 생각한 줄 알아? 그런 건방진 꼬맹이 새끼! 상동파가 죽여 버리든 말든 알아서 하라지!"

"그러면 그 녀석을 잡으려고? 정말 총이 있으면, 궁지에 몰릴 때 쏴버릴지도 몰라."

"아니… 폭력을 쓸 생각은 없다."

그는 그렇게 말하고 양손을 쥐었다.

"옛날에 못 낸 승부를 내야지!"

그러자 폭주족들은 서로서로의 얼굴을 쳐다보았다. 용진은 나름대로 결의를 다진 것이지만 그들은 그렇게 생각하지 않았다.

"승부를 못 냈던가? 세건에게 아작 난 거지."

"그러게. 솔직히 그 녀석을 오토바이로 이길 수 있는 녀석이 우리 중에 있나? 없을걸."

"……."

항공 재킷과 청바지를 입은 청년이 인파 사이를 헤치며 걷고 있었다. 얼굴에는 만성피로의 그늘이 져 있고 왠지 살아가는 게 꽤 귀찮아 보이는 염세적인 표정. 그렇지만 걸음걸이에는 힘이 있고 피부에도 정신적 피로 이외에 특별한 부상이나 상처 같은 것은 없었다. 특이한 게 있다면 머리칼이 어두운 녹색으로 물들어 있다는 것이다. 염색약을 써서 염색한 것이겠지만 해괴한 색상 선택이다.

"그래서 말야… 그 녀석이."

"어머, 믿을 수 없어."

사람들은 그 청년을 스쳐서 지나갔다. 걸어 다닐 때마다 즐거운 듯 떠들어대는 사람들의 목소리가 청년의 귀로 빨려 들어갔다. 청년 역시 주위 사람에게는 눈길 한 번 주지 않았다.

목에 걸린 블러드스톤 펜듈럼이 약간 미동을 하기 전에는…….

"아!"

그는 깜짝 놀라서 주위를 둘러보았다. 흡혈귀의 기척을 느끼는 진자가 움직였기 때문이다. 하지만 아직 태양이 있는데 흡혈귀라니? 이런 태양 아래에서 힘을 잃지 않고 제대로 움직일 수 있는 흡혈귀는 오직 24인의 진마(眞魔)뿐이다.

"진마…….."

진마사냥꾼 실베스테르를 제외하면, 인간은 도저히 상대할 수 없는 진마. 사람의 마음을 조종하고 안개로, 박쥐로 모습을 바꾸며 비바람을 조종하고 낙뢰를 떨군다. 지금까지 한국에서 나타난 VT가 낮은 흡혈귀들 따위는 진마에 비하면 고결함도 힘도 없는 무력한 짐승에 지나지 않았다. 그렇다면 진마 중 한 명이 다시 한국에 나타나기라도 했단 말인가? 청년은 깜짝 놀라서 사람들 사이를 돌아보았다.

그렇지만 진마라면 블러드스톤 펜듈럼에 감지되지 않을 수 있고, 만약 감지된다면 이런 경미한 진동으로 끝나지 않을 것이다. 그렇다면 답은 한 가지.

"사이키델릭 문인가? 아니면 변이 중인가."

안정된 변환인자, 사이키델릭 문을 복용한 인간이라면 블러드스톤 펜듈럼에 감지될 것이다. 그리고 비안정적인 변환인자가 들어와 흡혈귀로 변해가는 중인 인간이라도……

"어느 쪽이든 신경 쓰이는군."

항공 재킷의 청년은 그렇게 중얼거리면서도 발걸음을 멈추지 않았다. 그는 큰길을 벗어나 작은 길로 돌아갔다. 인적은 점점 줄어들고 대신 그곳에는 커다란 공장이 하나 있었다. 요즘 서울에서는 보기 힘든, 커다란 정비 공장이었다. 자동차가 전문이긴 하겠지만 오토바이도 수리해 주는 곳이다.

"이제 오냐?"

그때 입구에서 그 청년을 알은체하는 목소리가 들렸다. 그가 고개를 돌려 보니 그곳에는 꽤 많은 오토바이가 진을 치고 있었다. 그리고 여전히 튼튼해 보이는 가와사키의 발칸 800에 올라탄 정용진이 있었다.

"오래간만이구나, 세건. 굉장히 변해서 못 알아볼 뻔했다. 머리는 또 왜 그래? 염색이 아주 쩌는데?"

"그래? 나는 당신들을 모르겠는데?"

세건은 그렇게 말하면서 어깨를 으쓱했다. 그러자 용진의 발칸 뒷좌석에 앉아 있던 황선영이 세건을 보고 호들갑을 떨었다.

"와, 엄청 컸다. 세건아."

그러나 세건은 호들갑 떠는 그녀를 무시하고 폭주족들을 바라보았다.

"무슨 일이지? 이렇게 잔뜩 모여서? 아무리 봐도 우연은 아니라고 생각하는데."

"싸가지 없는 말투는 여전하구나. 나잇살도 덜 처먹은 새끼가."

"그런 불만을 말하려고 일 년 만에 잔뜩 몰려온 건 아닐 텐데. 더 이상의 용무가 없다면 비켜주지 않겠어?"

세건은 그렇게 말하면서 그들을 지나가려고 했다. 하지만 그때 정용진이 세건의 앞을 가로막았다.

"물론 그런 불만을 말하려고 온 게 아니지."

오래간만에 본 세건은 정말 살벌한 놈으로 변해 있었다. 예전부터 무섭고 이상한 놈이라고는 생각했지만 지금은 정말 마약이라도 하는지 눈이 퀭하니 들어가 있는데 안광만 칼날처럼 예리했다. 인간이라기보단 무슨 공포 영화에 나올 것 같은 살인마쯤으로 보인다.

그런 변모한 모습에 어울리게 세건은 날카로운 표정으로 한 마디만을 내뱉었다.

"죽여 버린다."

길거리 양아치들도 흔히 주워섬기는 별 볼 일 없는 위협일 수도 있었다. 그러나 그 차가운 목소리는 영화배우도 흉내 내지 못할 살기가 담겨 있었다.

일순간 주위가 단번에 조용해졌다. 천영후를 통해서 세건이 총을 가지고 있다는 것을 알고 있는지라 다들 경거망동할 수 없는 것이다.

"……."

그때 세건의 눈이 용진의 팔뚝에 감긴 붕대로 향했다. 그리 큰 상처는 아닌 것 같지만 세건은 묘한 이질감을 느꼈다.

'설마.'

그는 애써서 폭주족들을 무시하고 정비 공장으로 향했다. 공장의 직원은 입구에서 패싸움이라도 날까 봐 조마조마해하다가 세건이 다가오는 것을 보고는 얼른 견적서를 뽑아주었다.

"아, 그러니까 프레임을 펴면 한 오십육만 원 정도 나올 것 같고, 새로 프레임을 교체하면 프레임 값이랑 이거저거 해서 팔십팔은 받아야 하는데……."

직원은 그렇게 말하면서도 사무실 밖에서 기다리고 있는 폭주족들이 신경 쓰이는지 계속 눈을 돌리고 있었다. 그러자 세건이 만 원권의 돈다발을 꺼내 직원의 책상 앞에 놓았다.

"영수증 써줘요. 지금 당장에라도 타야겠으니까 오토바이 한 대 좀 빌려주고."

"에? 빌려달라고요?"

"저 녀석들을 납득시켜야 하니까."

세건은 그렇게 말했다. 좀 무리한 요구이긴 하지만 공장 앞에 폭주족들이 진을 치고 있는 것보다는 낫다. 그래서 그는 울며 겨자 먹기로 막 출고를 기다리고 있는 오토바이 창고로 향했다.

"다 손님들 거니까, 조심히 다뤄주세요."

"으음, 그러죠."

세건은 그렇게 말하고 창고 안의 물건들을 살펴보았다. 가와사키의 KDX나 혼다의 CRM 같은 것은 물론이고 이탈리아의 듀카티처럼 한국에서는 좀체 보기 힘든 메이커들도 있었다. 하지만 세건의 관심을 끈 건 그런 번쩍거리는 외제 바이크가 아니라 낡은 MX—125였다. 이 MX—125는 프레임 자체는 낡았지만 엔진, 서스펜션 등은 신품인 게 아무리 보아도 개조 바이크 같았다. 잠깐 그걸 살펴보던 세건은 놀라운 사실을 알았다.

"저거… V2 스트로크 레이서 엔진을 얹었잖아?"

MX처럼 경량 프레임 바이크가 저런 괴물 같은 엔진을 달다니 언밸런스도 이런 언밸런스가 없을 것이다. 하지만 세건이 그 바이크에 관심을 보이자 될 대로 되라고 창고를 개방했던 직원도 깜짝 놀라서 말렸다.

"저, 저거는 곤란해요. 탈 수 있는 사람이 별로 없어서."

"어떤데요?"

"액셀을 반만 꺾어도 뒷바퀴가 밀려 나오는 힘을 이기지 못하고 앞바퀴가 들린다고요. 게다가 2스트로크라 RX—125를 타던 손님이 다루기는 좀 무리인데요."

RX—125는 안정적인 4스트로크 엔진이라 야생마처럼 펄펄 뛰어다니는 2스트로크를 타면 적응하기가 어려울 것이다. 같은 기어, 같은 각도에서 액셀을 당겼을 때… 4스트로크 엔진은 R.P.M.(분당 회전수) 편차가 크지 않지만 2스트로크 엔진은 편차가 크다. 게다가 천천히 힘이 느는 게 아니라 급작스럽게 올라가는 것이니 전문적인 오프로드 레이서용 바이크인 것이다.

이렇게 익숙하지 않은, 그것도 밸런스 무시의 몬스터 바이크를 탄다면 무슨 사고가 날지 모르는 것이다. 그러나 세건은 피식 웃어주었다.

"이게 전공이라니까요."

그는 그렇게 말하고 몬스터 바이크에 올라탔다. 효성 MX—125는 RX—125이전의 낡은 바이크지만 거의 모든 부분을 풀 개조해서 헤드라이트 빼고 전부 다 교체해 버린 것 같았다. 엔진, 오일, 서스펜션, 브레이크, 업소버, 스포크, 휠, 베어링, 클러치……

"이 정도면 커스텀 바이크라고 해도 과언이 아니군. 어디서 V2를 구했어요?"

세건은 그렇게 직원에게 물어보았다. 그러자 직원은 한숨을 푹푹 내쉬면서 말했다.

"제 겁니다, 그거. 운 좋아서 구한 거니까 부디 망가뜨리지 말아주세요."

"아, 조심스럽게 탈게요."

세건은 그렇게 말하고 액셀을 당겼다. 그러자 입구에서 기다리고 있던 폭주족들이 깜짝 놀라서 세건을 바라보았다.

"뭐야, 저건?"

"MX—125인가? 아니… 부품들은 완전히 다른데?"

세건은 그 몬스터 바이크를 끌고 용진의 앞에 멈춰 섰다. 창고에서 입구까지 10미터 정도 거리를 잠깐 몰아보긴 했지만 정말 성난 호랑이 등에 올라탄 게 아닐까 싶을 정도로 제어가 힘들었다. 확실히 좋은 엔진, 좋은 부품만 단다고 그게 곧 좋은 바이크는 아니다. 하지만 세건은 표정을 관리하면서 용진을 바라보았다.

"상동파가 시켰지?"

"호오, 단번에 아는구나. 이거 물어볼 일이 줄어들어서 좋은데."

"얼마를 준다고 했길래 그러지?"

"팔백. 나눠 먹기엔 많지 않지만 그래도 적은 돈은 아니지."

용진은 의외로 순순히 세건의 질문에 대답했다. 세건은 한숨을 내쉬고 오토바이에 시동을 걸었다.

"겨우 팔백에 그만큼 모인 거냐. 네놈들은 정말 싸구려 인력이군."

세건은 정말 불쌍하다는 듯 폭주족들을 바라보았다. 특히 용진을 바라보는 눈초리에는 측은지심이 넘쳐 날 지경이었는데, 용진에게 다가올 운명을 알고 있었기 때문이다. 블러드스톤 펜듈럼이 반응하는 인간이라면 곧 흡혈귀가 될 테고, 자각 없이 흡혈귀가 되면 태양 아래로 기어 나갔다가 직사광선을 맞고 실신, 결국 불타올라서 시신도 남기지 못하고 죽게 될 것이다. 하지만 세건은 동정할 뿐, 구해줄 마음은 없었다. 이미 흡혈귀로의 진행이 시작된 이상 신이라고 해도 구할 방법이 없다.

"네놈들은 죽이기도 번거로워. 폭주족에겐 폭주족 나름의 규율이 있다고 했지? 그걸로 승부를 내자. 예전처럼 치킨 레이스라도 할래?"

"아니. 그때 네놈 실력은 잘 봤으니 캐논볼로 하자."

캐논볼은 정해진 거리까지 먼저 도착하면 이기는 가장 단순한 경주다. 이건 정말 기체의 성능이 좌우한다. 발칸 800을 타고 뻔뻔스럽게 오프로드용을 타고 있는 세건에게 캐논볼을 신청하다니……. 하지만 용진은 세건의 실력을 잘 알고 있기에 그나마 승산이 있는 걸로 한 것이다. 다른 경주로는 도저히 세건을 이길 수 없다.

"뭐, 좋아. 받아들이지."

하지만 지금 세건이 타고 있는 건 레플리카도 아니라 정말 레이싱용 엔진을 탑재한 몬스터 바이크였다.

부아아아앙!

"캐논볼이라면 어디까지 가는 거지?"

"경인고속도로 입구까지다! 준비되었냐?"

용진은 그렇게 말하고 깡통 하나를 들어서 손에 쥐었다.

"이게 땅에 떨어지는 걸 신호로 출발이다!"

"그거 좋군."

세건은 그렇게 대답하면서 브레이크를 건 채로 엔진을 공회전시켰다. 그러자 용진 역시 그렇게 엔진을 공회전시키며 깡통을 던졌다. 빈 깡통의 입구에서 약간 남은 커피가 기다란 다갈색 액체를 뿌리며 회전했다.

깡!

그리고 그 순간 두 명은 함께 브레이크를 놓으며 전속력으로 앞으로 달리기 시작했다. 클러치 조작이나 순발력, 그 모든 것에서 세건이 앞섰다. 하지만 급출발했기 때문인지 바로 앞바퀴가 들리며 몸이 뒤로 튕겨 나갈 듯 일어섰다.

2스트로크의 높은 엔진음이 사이렌처럼 울려 퍼졌다.

애애애애앵!

하지만 세건은 앞바퀴를 든 채로 계속 달려나갔다. 놀랍게도 MX—125가 단숨에 발칸을 누르고 앞섰다.

"뭐야! 저건!"

용진은 비명을 지르며 앞으로 쏘아져 나가는 세건의 MX—125를 뒤쫓았다.

부아아아앙!

두 대의 오토바이가 대낮부터 길거리를 가로질러 맹렬히 달렸다. 세건과 용진, 일 년 만에 벌어지는 두 번째, 그리고 아마도 마지막 승부가 시작된 것이다.

세건은 처음부터 이 승부를 달갑게 여기지 않았다. 이겨서 이득을 볼 것은 없었고 패하게 되면 모든 것을 잃어야 한다.

물론 패한다 하더라도 모든 것을 순순히 내놓을 생각은 없었지만 그러기 위해서는 녀석들을 죽여야 한다. 비록 흡혈귀화가 진행되는 녀석이라고 해도 용진은 아직 인간이었다. 용진뿐 아니라 이들, 폭주족 모두는 인간이고 그가 알던 사람이다. 죽일 만큼 미워하지 않는다면, 면식이 있는 이를 죽인다는 것이 얼마나 힘든가?

'죽여. 전제부터 사람을 죽일 필요가 있다면 볼 것도 없지. 사람을 죽일 필요가 어느 경우에 있는지는 모르겠지만.'

덕연의 목소리가 오토바이의 폭음을 찢고 세건의 머리통을 흔들었다. 하지만 이 많은 사람을 죄다 죽일 필요는 없다.

'왜냐면 나는 이길 테니까!'

세건은 이를 악물고 미쳐 날뛰는 오토바이의 제어에 힘썼다. 2스트로크의 레이서 V2는 실린더를 파내서 2,000cc의 배기량을 가진 물건인데 출력이 안정적이지 않아 다루기가 너무 힘들었다. 그러나 세건은 정확한 컨트롤로 오토바이를 몰았다.

"젠장! 발칸보다 힘 좋은 MX라니!"

용진은 그렇게 외치며 고속으로 달려나갔다. 대낮에는 차가 많아서 그 차들을 누비고 다니는 것이야말로 미친 짓이었다. 하지만 세건은 도시 고속도로를 달리고 있는 차량들 사이로 빠져나갔다. 거대한 좌석 버스와 큼직한 레미콘 차량 사이를 미끄러지듯 빠져나가 도로를 질주하는 것은 전율이고 공포였다. 죽음을 모르던 시절, 세건이 아무렇지도 않게 할 수 있던 일이었다. 그러나… 가족의 죽음을 맞이하고, 죽음의 냄새를 알게 된 지금에서는 겁이 더럭 나서 몸이 굳어버릴 것 같았다.

하지만 세건은 이기기 위해서 정신을 가다듬었다. 스피드가 혈관을 타고 흘러 들어와 죽음의 공포를 내몰았다.

위이이이잉!

사물의 윤곽선이 바늘처럼 예리하게 시각을 찔러왔다. 바람은 전신을 따라 스쳐 지나가고… 일순 세상이 돌변했다.

마치 시간이 정지한 것처럼, 주위가 느리게 보였다. 거대한 덤프트럭, 버스 등은 그 윤곽을 완전히 잃고 다만 검은 그림자, 녹색 그림자로 변해갔다.

"아아아아."

세건은 사이드미러를 통해서 뒤를 바라보았다. 뒤에는 용진이 아슬아슬하게 따라오고 있었고 다른 폭주족들은 감히 엄두를 내지 못하고 있었다.

'죽일 필요가 있다면……'

단 한 명뿐이라면 죽여도 부담은 없으리라. 세건은 그렇게 생각하고 좌측으로 몸을 꺾었다.

4

천영후와 그 일당에게 전화가 걸려온 것은 세건과 용진이 캐논볼을 시작한 지 2분 뒤였다.

"예. 상동신용대출입니다."

천영후는 무겁고 신뢰가 가는 목소리로 그렇게 말했다. 최근에는 경기가 꽤 회복되어서 사설 금융업이 제대로 돌아가지 않았다. 아무리 깡패라고 해도 고객에 대해서는 친절해야 하는 것이다. 하지만 전화기 너머에서 들려온 것은 결코 돈을 빌려쓸 것 같지 않은 젊은이들의 목소리였다.

천영후는 기대보다 너무 빨리 연락이 와서 잠시 당황하고 있다가 그제야 자리에서 일어났다.

"뭐라고? 지금 녀석을 추격 중이라고?"

"추격 중이라기보단 경주 중인데요. 목적지가 경인고속도로 입구니까 거기 와계시면 될 겁니다."

"알았어! 지금 당장 가지! 녀석 잡아두고 있어라!"

천영후는 그렇게 말하고 자리에서 일어났다. 처음에는 흡혈귀 부하들을 부르려 했지만 밖에는 아직 해가 떠 있었다.

"젠장, 골치 아프군! 그 녀석들은 낮에 데려가면 큰일 나지!"

그는 그렇게 생각하고 다른 아이들을 부르려고 했다. 상동파가 이것저것 벌인 일은 많지만 조직 직계에 해당하는 인원은 그다지 많지 않았다. 그런데 과연 총까지 가지고 있는 녀석을 상대로 싸워서 피를 안 볼 수가 있을까?

"경찰에 신고하는 게 차라리 더 나을까?"

그러나 천영후는 생각을 고쳐먹었다. 만약 그 녀석이 총을 가지고 있다면, 그래서 경찰에 잡혀서 상동파에 대해서 뭐라고 한마디 하기만 하면 바로 그날이 상동파 간판 내리는 날이 될 것이다.

"젠장. 정말 골치 아프군! 총탄은 두 발밖에 없을 텐데 정말 밀어버려?"

천영후는 그렇게도 생각해 보았지만, 경인고속도로 입구는 차량도 많고 사람 눈도 많다. 뭔 일을 벌이기에 좋은 곳이 아니다. 게다가 무엇보다도 지금 당장 가지 않으면 세건을 구경하지도 못할 것이다.

'빌어먹을 폭주족들! 왜 하필 승부야, 승부는!'

세건은 아무런 생각 없이 액셀을 계속 당긴 채 전속력으로 달렸다. 엔진은 탐욕스럽게 공기를 집어삼키며 무시무시한 속도를 냈다.

스피드의 끝에서 정신은 육신을 초월한다.

세건의 정신은 확실히 그 순간 육체로부터 해방감을 느끼고 있었다. 아드레날린이 주는 해방감이긴 하지만, 그때의 기분은 말할 것도 없이 짜릿했다.

하지만 그렇게 해방된 정신은 어디로 가지? 이 의문은, 세건에게는 가질 필요도 없을 정도였다. 그의 정신이 갈 곳은 정해져 있으니까.

'하악, 하악!'

눈을 분명히 뜨고 달리고 있는데도 세건은 꿈속을 방황하고 있었다. 분명 자신이 겪은 일이건만 마치 영화관에서 보는 삼류 공포 영화처럼 남의 시선으로 보는 장면, 뻔한 전개, 뻔한 연출, 그리고 저질스럽게 뿌려진 피, 피, 피, 피……

그렇게 쏟아진 피를 직접 본 것은 그때가 처음이었다. 보아 온 영화들이 너무 사실적이라 실제 피가 오히려 너무 싸구려로 보였다.

'아아아아악!'

세건은 비명을 질렀다. 하지만 엄청난 스피드 속에서 들려오는 건 단지 오토바이의 폭음뿐, 자신의 비명도 전혀 들리지 않았다. 다만 남아 있는 감각들은 너무나도 선명하게 죽음을 향해 다가가고 있었다.

죽음의 비린내가 코끝을 찔렀다. 하지만 세건이 액셀을 당기고 빠르게 달려갈 때마다 그 비린내가 뒤로 물러나고 길이 열렸다.

'그래, 영혼은 육체를 초월하는군!'

세건은 웃었다. 도시 고속도로를 따라 질주하던 그는 건너편의 차량을 확인해 보고 즉시 중앙분리대로 커브를 틀었다.

"미친!"

뒤쫓던 용진뿐 아니라 도로 위에서 차를 몰고 있던 이들은

Driver's High 185

모두 한마음이 되어서 그런 경박한 감탄사를 토해내었다.

세건은 얄팍한 중앙분리대 사이의 틈으로 빠져나가면서 몸을 들었다. 양다리가 걸리지 않도록 좌석 위에 두 다리를 올린 것인데 마치 몽골 유목민들이 재주 부리는 것을 연상케 했다.

빠아아앙!

맞은편에서 달려오던 차들이 놀라서 경적을 울렸지만 세건이 도로를 관통한 것은 그야말로 찰나였다. 세건은 도로와 도로 사이를 계속 관통해서 도시 고속도로를 벗어났다.

"저놈이 왜 저러지?"

용진은 그렇게 생각하면서 앞으로 나가다가 드디어 그 이유를 발견했다. 경인고속도로로 진입하는 진입로에는 이미 차들이 와글와글 몰려 있던 것이다.

"젠장!"

용진은 패배를 직감했지만 발칸을 몰고 고집스럽게 차들 사이를 빠져나갔다. 전형적인 아메리칸 스타일의 바이크인 발칸은 폭이 넓은 편이기 때문에 차들 사이를 빠져나가는 데 시간이 많이 걸렸다.

"빌어먹을! 저런 애송이에게 또 질까 보냐!"

용진은 그렇게 외치고 자동차들을 밀치고 달려갔다. 다행인지 불행인지 세건은 도로를 가로질러서 앞질렀는데도 용진과 400미터 이상 떨어져 있지 않았다. 커브에서 감속을 많이 해서 그럴까? 아니면⋯⋯.

세건은 액셀을 잡은 채, 왼팔로 품에서 토카레프를 꺼냈다. 안전장치도 없이 전부 은 탄환으로 장전되어 있는 총을 품에 안고 다니는 것은 굉장히 불안한 일이었다. 언제 오발이 될지 모르는 것이다. 물론 제아무리 싱글 액션이라고 해도 어지간해서는 쉽게 오발되지 않는다. 세건은 한 손으로 가볍게 권총을 뽑아서 손에 쥐었다.

그리고 일부러 인적이 드문 길로 차를 몰았다. 서울의 오후라면 늘 북적거리는 시간이다. 하지만 도심을 지나자 현격하게 차와 행인이 줄어들었다. 세건도 내심 사람이 없는 곳이 없어서 이 총을 쓸 일이 없길 빌었지만 결국 사람이 없는 한적한 아파트 단지를 찾을 수 있었다.

적막한 아파트 단지 사잇길은 마치 시간이 멈춰진 풍경화 속의 장면 같았다. 물론 건물의 입주자도 있고, 주차장 등에는 수위도 있긴 하지만 단지와 단지 사이를 지나는 옆길로는 창문도 하나 나 있지 않았다. 결심이 되어 있으면 결행은 그다지 어렵지 않다.

끼이이이익!

세건은 즉시 브레이크를 밟으며 몸을 멈췄다. 완만한 커브길이라 이곳에서는 오토바이라도 감속해야 한다. 자신이 돌아온 궤도를 따라서 들어오는 용진에게 단 한 발만 발사하면 되는 일이다. 세건은 오토바이를 멈춰 세우고 몸을 돌렸다.

아무것도 모르고 따라오던 용진이 백미러를 통해 보였다. 헬멧을 쏘아서는 안 된다. 은 탄환의 탄자가 남기라도 하면 경찰이 죄다 장님이 아닌 한에야 심층 수사가 들어갈 것이 아닌가? 그러나 탄이 관통하고, 용진이 쓰러진다면 그다음은 아무런 일도 없을 것이다. 대한민국에 검시관은 굉장히 부족하다. 그래서 어지간한 사건이 아니면 시체를 부검하는 일도 없고 뭐든지 사고 선에서 적당히 끝나게 된다. 추리물에서처럼 막대한 공을 들여도 끝끝내 덜미를 잡히는 범인들과 달리 현실에서는 간단한 수법으로도 깨끗하게 사람을 죽일 수 있는 것이다.

어차피 용진은 이 세상의 낙오자, 낙오자 한 명이 죽는다고 해서 세상이 바뀌진 않으니까.

탕!

세건은 브레이크와 경적 소리에 섞여서 총을 발사했다. 코너를 돌아오던 용진은 멈춰 서서 자신을 기다리고 있는 세건을 놀란 눈으로 바라보았다. 아파트 단지 사이를 가득 메운 플라타너스의 낙엽들이 바람에 흩날렸다. 그리고 그 낙엽들을 뚫고 뭔가가 날아들었다.

한순간!

총탄이 보이는 게 아닐까 싶을 정도로 시간이 더딘 한순간······.

7.62㎜의 권총탄은 빠른 속도로 날아가 용진의 목을 꿰뚫었다.

슉!

총성에 비하면 탄착음(彈着音)은 너무나도 작았다. 단 일격에 목을 꿰뚫은 흉탄은 많은 흔적을 남기지 않고 그대로 용진의 몸을 꿰뚫고 지나갔다. 처음에는 그냥 작은 구멍이던 붉은 점으로부터 피가 튀었다.

카카카카카!

용진의 발칸은 균형을 잃고 옆으로 쓰러져 지면 위를 미끄러졌다. 용진도 오토바이와 함께 지면 위로 미끄러졌다. 용진의 애마, 발칸 800은 아스팔트와의 마찰로 인해 연료통이 깨지고 그 마찰열로 휘발유가 인화되어 삽시간에 불에 휩싸여 버렸다. 쇠로 만들어진 오토바이가 그럴진대, 피와 살로 만들어진 인간이 그걸 버틸 수 있을 리가 없었다. 지면에서 미끄러진 용진은 그야말로 처참한 몰골로 간신히 숨만 헐떡이고 있었다.

"크르르륵!"

기도에 구멍이 뚫려서였을까? 용진은 물에 빠진 사람처럼 그륵거렸다. 찰과상이나 타박상, 골절보다도 호흡곤란이 더 괴로운 것 같았다. 벌써부터 얼굴이 퍼렇게 변하는 치아노제(Zyanose) 현상을 일으키고 있었다.

"괴롭지?"

세건은 그런 용진을 내려다보고 품에서 흡혈귀의 피가 들어 있는 팩을 뜯었다. 왜 그랬는지는 모른다. 한 봉에 수백만 원이나 하는 흡혈귀의 피를 쓰면서까지, 살리는 것도 아니라 단지 죽음의 고통을 덜어주는 것뿐인데도 왜 세건은 혈액 팩을 뜯었을까?

"고통을 없애주지. 마셔. 어쩌면 살지도 몰라."

세건은 그렇게 말하고 혈액 팩을 나이프로 찢어서 피를 흘려주었다. 입을 벌린 채 거친 숨을 들이쉬고 있던 용진은 저항도 없이 그가 흘려주는 피를 받아 마셨다. 기도가 뚫려 버린 상태에서는 저항하는 것도 불가능했다.

"끄아아아악!"

용진의 목의 상처는 아물었다. 하지만 그와 동시에 피부가 마르고, 점차로 흡혈귀로 변해가면서 태양 빛에 의해서 죽음을 당하고 있었다. 이것은 살해다. 총으로 그 목을 꿰뚫은 것은 물론 흡혈귀의 피란 독으로 독살까지 자행하고 있다.

"미안하군."

세건은 아무런 감정도 들어 있지 않은 말투로 중얼거렸다.

용진의 육신에 불이 붙고, 곧 흔적도 없이 타들어갔다. 이렇게 되면 검시고 뭐고 아무것도 없겠지.

세건은 탄피를 주워 들고 용진의 시신과 그 오토바이를 뒤로 했다. 지나가는 사람은 아무도 없다. 아파트의 수위들이 놀라긴 했지만, 엉덩이 무거운 수위들이 나올 때쯤이면 세건은 이미 그 모습을 감춘 뒤겠지. 폭주족으로 유명한 용진이 시체도 남기지 않고 그 오토바이가 불타 버렸다면 실종이나 사고사로 처리될 것이다.

사람을 죽이기가 이렇게 쉽다니…….

아니다. 사람이 아니었다. 이미 흡혈귀화가 진행된 인간이다.

사람에겐 체질이란 것이 있어서 흡혈귀에 한 번 물린 것만으로도 바로 흡혈귀가 되어버리는 이들이 있었고 그렇지 않은 부류가 있다. 용진은 그 후자였을 뿐이다. 흡혈귀화가 진행되면 어떤 방법으로도 그 인간을 구할 수 없으니까.

세건은 죄에서 달아나듯 바이크를 몰았다. 스피드가 영혼을 해방시킨다고? 그렇다면 죄에서 해방시켜 줘! 세건은 소리 없이 비명을 질렀다. 그리고 그 비명마저도 오토바이의 소리에 파묻혔다.

경인고속도로 입구에 세건 혼자서 도착했을 때, 주위에는 아무도 없었다, 캐논볼이란 그런 경기다. 시작 지점에 있던 이들은 결승 지점에 먼저 와서 기다릴 수 없는 그런 경기. 세건을 어떻게든 팔아넘기려 했다면 이러한 경기를 택할 이유는 없었다. 치킨 레이스가 차라리 낫지. 세건은 그런 생각을 하고 한숨을 내쉬었다.

'아아아아!'

용진은 처음부터 세건을 잡을 생각 따위 없었다. 다만 그가 세건에 대해서 가지고 있는 복잡한 감정, 돈을 앞에 두고 누구나 느낄 법한 흔들림, 그게 용진을 움직였을 뿐이다.

"젠장!"

세건은 길가로 피해서 바이크를 세우고 가만히 기다렸다. 이런 곳에서는 토카레프를 꺼낼 수 없다. 고속도로 입구에는 감시용 CCTV가 설치되어 있고 경찰 검문소도 있다.

싸움 역시 불가능한 곳이다. 세건은 그런 것을 보았을 때 왠지 눈물이 났다. 친구라고 부를 수도 없을 정도의 녀석이었을 뿐인데, 그리고 그를 쏘는 것이 세건에게 가능한 모든 일이었는데……. 세건은 눈물이 흐르는 것을 견딜 수 없었다.

세건은 바이크를 돌렸다. 여기서 기다리면, 천영후와 그 일당을 만날 수 있을 것이다. 아니더라도 폭주족 시절의 옛 동료(?)들을 만나서 입을 짓뭉개 버릴 수도 있겠지. 그렇지만 세건은 그들을 보고 싶지 않았다.

세건은 더 이상 뭐가 옳고 그른지 분간할 수가 없었다. 방아쇠를 당기고 흡혈귀의 피를 용진에게 먹인 것은… 실수가 아닐까? 어쩌면 이 펜듈럼은 불량품이고 용진은 단지 살짝 다친 것에 불과할지도 모른다. 세건은 정말 살인을 한 것일지도 몰랐다.

"아아아아아악!"

세건은 다시 바이크의 핸들을 틀고 정신없이 달리기 시작했다.

천영후와 폭주족들이 경인고속도로 입구에 도착했을 때는… 아무도 남아 있지 않았다. 세건도, 용진도, 아무도 없었다.

"젠장! 헛걸음을 하게 했겠다! 이 자식들!"

천영후는 그렇게 외치며 폭주족들을 노려보았지만 뻔히 경찰들이 보고 있는 앞에서 주먹을 쓸 만큼의 바보는 아니었다. 그는 손을 멈추고 대신 경찰에 다가가 물어보았다.

"저기 말씀 좀 물읍시다."

"예?"

"아니, 이 앞에 요 몇 분, 몇 시간 전에 오토바이 안 왔소?"

"오토바이요?"

"그러니까 음… 뭐지?"

"발칸하고 MX요. 하나는 경주용 오토바이같이 생겼고 다른 하나는 경찰 오토바이 비슷하게 생겼어요."

폭주족 한 명이 그렇게 설명을 해주었다. 그러자 경찰 직원은 어깨를 으쓱해 보였다. 깡패와 폭주족들이 잔뜩 몰려와서, 그래도 경찰이라고 존댓말 꼬박꼬박 써가면서 묻는데 이거에 대꾸하지 않을 수도 없는 일 아닌가?

경찰은 난감함을 감추지 못한 채 말했다.

"저 교대한 지 얼마 안 되어서 잘 모르겠거든요? 아, 하지만 발칸이라면, 저 앞에 아파트 단지에서 한 대 터졌다는데 그걸지도 모르죠."

"에?"

그 순간 폭주족들 사이에서 경악이 터져 나왔다. 차라리 치킨 레이스 중 사고가 났다면 잘 죽지 않는다. 하지만 캐논볼 도중에 사고라면 바로 죽음과 이어진다. 벽이나 강물처럼 눈에 확실히 보이는 위험은 사람을 조심하게 만들지만, 시시각각 위험 요소가 변하는 도로에서는 위험을 보는 그 순간 죽게 된다.

폭주족들은 용진의 안위를 걱정하며 오토바이 위에 올라탔다. 그러나 천영후는 벌레 씹은 표정으로 서 있었다. 직접 가볼 것도 없이 그 오토바이의 주인은 죽어 있을 것이다. 그는 어렴풋이 세건이 직접 그를 처리한 것임을 깨달은 것이다.

흡혈귀 사냥꾼, 필요하다면 민간인도 죽일 수 있는 살인마, 그 주제에 자기 자신은 미성년자로 법의 보호를 받는 녀석. 천영후와 상동파는 어쩌면 굉장한 녀석을 적으로 돌린 것일지도 모른다.

"젠장, 등골이 오싹하군."

천영후는 솔직히 공포를 시인했다. 그는 자신의 그랜저 승용차로 돌아가 운전대를 잡고 있던 후배에게 말했다.

"돌아가자!"

"예. 그런데 그 녀석은? 안 잡으십니까? 큰형님이 노발대발 난리가 아니잖습니까. 저희도 죽통 좀 나갔고. 녀석 안 잡으면 또 한 번 매타작 겪어야 할 것 같은데요."

운전사는 그렇게 말하면서 상처를 감은 붕대를 어루만졌다. 천영후는 그걸 보고 고개를 저었다. 비록 정상동의 발작은 참기 힘든 것이지만 그래도 정상동은 사람을 죽이지 않을 것이다.

"녀석은 네놈들 양아치 놀음으로는 도저히 잡을 수 없겠다. 일단은 물러나서 큰형님에게 말하자."

천영후는 그렇게 말하고 차에 몸을 실었다. 어쨌든 이 폭주족들은 상대가 누구인지 알고 있는 것 같으니 그것만으로도 수확이 있었다.

세건은 오토바이를 공장에 돌려주고 천천히 집으로 향했다. 집이라고 해봐야 낡아빠진 고시원의 작은 방 한 칸이 전부다. 세건은 방에 들어서자마자 토카레프를 꺼내 분해를 시작했다. 총기를 분해할 때도 이유 없이 눈물이 흘러내렸다. 세건은 눈물을 훔쳤다. 총 내부에 눈물이라도 떨어지면 가뜩이나 재생 연한도 다한 낡은 총, 수명만 더 짧아질 뿐이다. 하지만 막 울면서 이런 것까지 고려하다니. 자신의 눈물에 대한 진실성마저 의심하고 싶어진다.

"크흑, 으으으으윽!"

세건은 눈물을 흘리면서 총기를 닦아내었다. 그리고 구석에 쪼그려 앉아서 무릎 사이에 얼굴을 파묻었다. 사람을 죽였다. 흡혈귀나 괴물이 아닌, 아무리 멍청하고 폭력적이고 죄 많은 폭주족이라고 해도 사람을 죽여 버렸다. 흡혈귀화가 된다는 것은 결국 핑계였다. 사실은 자기 자신에 대해 알고 있는 이들에게 꼬리를 밟힌 게 두려웠을 뿐이다. 입을 막기 위해서 총탄을 쏴서 사람을 죽여 버린 것이다!

"으흑, 크흐흐흑!"

세건은 자신의 팔을 쥐어뜯었다. 두꺼운 항공 재킷이 손톱으로부터 몸을 보호한다. 세건은 소리 죽여 흐느꼈다. 고시원에는 이 시간에도 공부를 하는 이가 많았다. 큰 소리를 낼 수 없다.

딸그락!

그때 품 안에서 약병이 굴러떨어졌다. 투명 플라스틱으로 만들어진 약병 안에는 갖가지 색의 캡슐이 들어 있었다. 세건은 아무런 생각 없이 손을 뻗어서 약병을 열고 캡슐 하나를 꺼냈다. VT 13에 불과한 사이키델릭 문. 세건은 캡슐을 자세히 살펴보고 캡슐을 열었다. 그 안에는 잘 정제된 가루약이 들어 있었다. 세건은 그걸 손등에 올려놓고 조심스럽게 코로 흡입했다.

마약을 흡입하는 세건을 창밖의 달이 쳐다보고 있었다.

"아⋯⋯."

세건은 자신의 손을 들어보았다. 혈관 속으로 사이키델릭 문이 돌면서 기이한 감각이 느껴졌다. 오감 외의 감각이 몸을 조이고 주위의 소리가 빨려든다. 하지만 그보다 더 충격적인 것은 시각적인 변화인데⋯ 이 밤에도 사물들이 또렷하게 보이는 것은 물론이거니와 그 색까지 알아볼 수 있었다.

하지만 사물의 윤곽은 흔들려 보이고 그 사이에서 색이 빠져나오고 있었다. 마치 수묵화에서 물감이 번지듯, 사물에서 색이 빠져나와 어지러이 뒤엉켰다. 물체와 물체의 접점이라고 할 수 있는 윤곽선에는 색들이 뒤엉켜 탁한 유채 물감으로 변해갔다. 세건은 자신의 손, 그 윤곽을 바라보면서 경악하다가 문득 그 손을 창밖으로 내뻗었다. 밖에는 새파란 달이 있었다.

"이게⋯ 미친 달인가?"

세건은 손으로 녹아드는 달빛을 바라보면서 그렇게 중얼거렸다. 손의 윤곽선을 따라 흘러 내려오는 푸르른 달빛, 유채 물감의 세계로 변해 버린 시야.

'미친 달의 세계로 온 것을 환영한다.'

세건의 머릿속에서는 그러한 목소리가 울려 퍼졌다. 언젠가 들었던 그 목소리는 세건을 환영하고 있었다. 이 죽음과도 같은 세계에서……

Moon so psychedelic……

第4夜

진홍의 신데렐라

1

로우 깁슨은 월 스트리트에서도 알아주는 큰손 중의 하나다. 그는 거부를 쌓은 깁슨가의 외동아들로 그 아버지에 못지않은 투자 감각을 가지고 있는 증권가이고, 금융가였다.

그런 그가 동양의 한곳에 박혀 있는 작은 나라 한국, 그것도 호화업소도 아닌 단순한 호프집에 들어왔다는 것은 놀라운 일이었다.

"흠."

그는 테이블에 혼자 앉아서 주위를 둘러보았다. 외국인이 왔기 때문일까? 점원들이 긴장하는 것은 한눈에 보아도 알 수 있었고 다른 이들도 이따금 로우 깁슨을 살펴보았다.

"Wow. Sparkling!"

그는 점원이 들고 가는 드라이아이스 생맥주를 보고 감탄을 터뜨렸다. 맥주 조끼 안쪽에 드라이아이스를 넣어서 맥주를 차게 유지한다는 발상은 그다지 신기한 게 아니지만 언제나 호텔 스위트룸에서 살았을 양반에게야 어찌 신기하지 않을까? 그때 점원이 그에게 다가왔다.

"저… 저기… What… Order?"

점원은 마치 로우 깁슨이 그를 잡아먹기라도 할 것처럼 겁에 질려 있었다. 외국인을 대하는 데 이렇게 고생하다니, 이 나라 사람들이 단일민족이기 때문인가? 로우 깁슨은 그렇게 생각했지만 지금은 그 자신의 탐구보다는 이 앞의 점원을 안심시키는 게 더 중요했다.

"괜찮아요. 한국어로 하세요. 다 알아들으니까."

그가 그렇게 유창한 솜씨로 말을 하자 점원의 얼굴에 안도의 빛이 스쳤다.

"저기, 주문은 뭘로?"

"흠, 샴페인 되나요?"

"예."

점원은 그렇게 대답했지만 곧 자신의 경솔한 답변을 후회했다. 이 외국인이 몰고 온 차는 가게의 앞을 지나는 사람들의 시선을 잡아끌고 있었는데… 2000년형 닷지 바이퍼 GTS였다. 한국에서는 어지간한 고급 주택보다 훨씬 비싼 스포츠카로 외제차가 그다지 희귀하지 않은 신촌 거리라고 해도 보기 힘든, 아니, 대한민국 내에 두 대나 있을까 의심스러운 차였다.

그런 VIP의 구미에 맞는 고급 샴페인이 이런 호프집에 있을 리 만무하지 않은가? 하지만 주문한 쪽도 별 기대는 하지 않았는지 메뉴판을 들고 우아한 자세로 넘겨가며 신중히 메뉴를 읽었다.

로우 깁슨은 정말 할리우드의 영화배우들이 무색할 정도로 매력적인 남자였다. 그래서 경제 잡지임에도 불구하고 그가 이코노미의 표지로 나오는 날이면 '이코노미가 프리미어로 전락했구나!' 라고 편집장이 자조할 정도였다. 하지만 그런 화려한 용모에 비하면 청교도적이라고 해도 좋을 만큼 사생활이 깨끗했고 그만큼 신비로운 인물이었다.

"샴페인이라고 해도 한 종류밖에 없군요. 일단 이걸로 하죠."

"아, 예."

로우 깁슨이 너무 한국어에 능숙했기 때문일까? 점원이 오히려 당황하고 있었다. 그러나 로우는 웨이터가 당황하는 것은 염두에 두지 않고 자신의 호기심을 채워 나갔다.

"아, 그리고… 저 당구대, 좀 쳐도 될까요?"

"무, 물론이죠."

호프집 한가운데에 놓여 있는 당구대는 아직 아무도 건드리지 않고 있었다. 로우는 당구대로 다가가더니 싱글벙글 웃으며 큐를 잡았다.

"영화 같은 데서는 이런 데서 내기 당구도 많이 하던데. 한국인들은 별로 그런 걸 잘 안 하나 보죠?"

호들갑스러운 태도를 보면 이자가 세계 백 위 안에 드는 자산가라는 것은 상당히 질 나쁜 농담으로밖에 생각되지 않을 것이다. 그런데 그때였다.

"꺄아아아악!"

밖에서 사람들의 비명 소리가 들렸다. 그러자 막 큐를 잡았던 로우는 얼른 입구 쪽으로 향했다. 그가 길가에 주차해 둔 닷지 바이퍼의 옆에 한 소녀가 쓰러져 있었다. 병원 로고가 박힌 옷을 입고 있는 허약해 보이는 소녀, 그리고 그런 그녀를 살펴보는 금발의 소년이 있었다.

"마스터!"

"빌! 무슨 일이지?"

"모르겠어요. 갑자기 웬 여자애가 와서 쓰러졌는데……."

그 말을 들은 로우는 지갑을 열더니 카운터에 만 원짜리를 한 장 던졌다. 수백억을 손가락 하나로 움직이는 억만장자가 만 원권 화폐를 가지고 다니다니… 게다가 그가 더한 말은 정말 가관이었다.

"술은 나중에 찾으러 오지. 그럼 이만."

그는 그렇게 말하면서 호프의 밖으로 달려나갔다. 소녀를 안고 있는 금발의 소년은 인형이 아닐까 싶을 정도로 빛나는 푸른 눈을 가지고 있었는데 주위 사람들의 시선을 받고 굉장히 곤란해하는 표정이었다.

"연세의료원이군. 그다지 멀지 않아."

로우는 그렇게 말하고 닷지 바이퍼에 시동을 걸었다. 그야말로 무시무시한 엔진음이 울려 나왔다. 소년은 그 소녀를 안아

들고 차에 올라탔다.

"마스터, 괜찮겠습니까? 이 동양인 여자애 따위 그냥 경찰에 맡겨두면……."

"세상 모든 것은 인연이 있단다. 그리고 나는 그것을 대단히 중시하지. 빌헬름, 그것은 나와 만난 네가 가장 잘 알고 있지 않니?"

로우는 그렇게 말하곤 싱긋 웃었다.

"그리고 나는 로맨티스트란다!"

세건은 조용히 눈을 떴다. 빛도 제대로 들어오지 않는 고시원 안은 아직 해가 떨어지지 않았는데도 어두컴컴했다. 세건은 몸을 일으키고 핸드폰을 열어보았다. 얄궂게도 핸드폰은 열자마자 전원 부족으로 꺼져 버렸다. 하지만 세건은 한순간 디스플레이에 표시된 날짜를 보고 한숨을 내쉬었다.

"이틀이 지났나?"

그는 몸을 일으켰다. 이틀이나 굶었더니 눈앞이 핑핑 돌지만 배는 고프지 않다.

사이키델릭 문의 효과일까?

투약하기 전엔 하염없이 울고불고 난리를 쳤는데 지금은 감정이 많이 정리되어 있었다. 어떤 해답도 내리지 않는데 그냥 감정이 정리되다니.

세건은 입맛을 다셨다. 지금은 굶주림의 고통보단 머릿속에 남아 있는 스트레스가 더 걱정되었다. 친구라기보단 경멸하던 상대를 죽였는데도 이렇게 살인 스트레스를 심하게 받았는데 과연 계속 흡혈귀와 인간들을 죽여 나갈 수 있을까? 세건은 스스로에게 그렇게 의문을 던졌지만 고개를 저었다.

"아… 훈련을 이틀이나 빼먹었네."

그는 앙상해진 손을 보면서 세면대에서 물을 틀었다. 흡혈귀와 싸우기엔 체력이 부족하고 돈은 궁하니, 며칠은 일반 아르바이트라도 해야 할 판이다. 그는 세수를 끝마치고 벽에 걸린 항공 재킷을 들었다.

"정말 돈벌이 안 되는 일이로군."

세건은 그렇게 투덜거렸다.

땅거미가 깔리자 도시는 그제야 기지개를 켠다. 여기저기 밝혀지는 가로등과 네온사인은 마치 도시가 눈을 뜨는 것 같았다.

"아아아, 지루해 죽겠다. 뭔가 재미있는 일 없으려나?"

길가에 오토바이를 세운 몇 명의 젊은 남녀는 눈뜨는 도시를 바라보며 중얼거리고 있었다. 일과에서 해방된 사람들은 바쁘게 흘러가는데 그것은 정지된 시간에서 살고 있는 이들에게는 너무나도 신기한 일이었다. 저들은 어디를 향해서 저렇게 열심히 움직이는 것일까?

학교를 중퇴하고 취직도 하지 않은 채 그날그날을 무의미하게 살아가고 있는 진유미는 그 사람들을 바라보고 있었다. 물론 저들은 일과에서 해방되어 집으로 돌아가는 것이겠지. 아니면 술을 마시거나 친구, 애인을 만나기 위한 것일지도. 어느 쪽이든 간에 유미에게는 그다지 중요한 일이 아니었다. 그녀에게는 이 거리 전체가 아무런 리얼리티도 없었다.

마치 방에 가둬진 채 계속 TV 광고만 보는 것 같았다.

재핑(Zapping), 재핑, 재핑……

계속되는 재핑 속에서 그녀에게 존재하는 유일한 리얼리티는 커트 코베인이다.

그녀는 유일한 리얼리티를 향한 순례자라고 할 수 있었다. 이 서울의 거리는 그녀가 신을 찾아 방황할 광야고 성지로 향하는 길이다.

마치 신앙자가 그 노래로 신을 찬송하듯 하루 종일 뜻도 모를 영어로 된 노래를 흥얼거리고, 소년 같은 순진함을 지닌 채 죽어버린 커트 코베인을 숭배하는 것이 전부인 일상 속. 하지만 오늘은 왠지 좋은 일이 생길 것 같았다.

"응?"

그때 문득 인파 사이로 한 명의 청년이 지나가는 게 그녀의 눈에 들어왔다. 피로에 찌든 눈동자, 상처 입은 맹수와 같은 표정, 이 넓은 도시를 시선으로 할퀴고 지나는 그 청년은 그녀와 동년배 정도로밖에 보이지 않았다. 춥다고 할 수 없는 가을 날씨지만 항공 재킷에 몸을 파묻은 그는 녹색의 블리치를 한 특이한 인물이었다.

"어머, 닮았다."

커트 코베인을 닮았다고 하는 것일까? 그녀는 뜻 모를 소리를 중얼거렸다. 그녀는 인파 속을 헤치고 걸어가는 청년을 계속 바라보았다.

"야, 유미! 진유미!"

그때 그녀를 부르는 소리가 들려왔다. 그녀는 보도블록 위에 놓인 작은 주차 금지 바리케이트에서 몸을 돌렸다. 그곳에는 그녀와 거의 같이 생활한다고 해도 과언이 아닌 여자 친구들이 있었다.

"응?"

"아니. 요새 돈이 좀 궁하잖아. 성민이가 괜찮다면 자기 집에 와도 괜찮다고 하는데."

그녀의 친구인 김정숙은 이름과 달리 정숙하지 않은 여자였는데, 이 서클이랄 것도 없는 서클의 주도자 격이었다.

"밥은 먹여준대?"

그녀는 그렇게 말하면서 계속 한 청년을 좇았다. 그는 피곤한 표정으로 역 앞에 꽂혀 있는 생활 정보지를 모으고 있었다.

일거리라도 찾는 것일까? 사회 전체가 불경기라서 그런 것도 이해는 가지만 그녀에게는 좀처럼 찾아오기 힘든 '현실' 중의 하나가 저렇게 삶에 지쳐 있는 모습은 마음에 들지 않았다. 그래서 그녀는 무의식중에 일어나 그 청년에게 다가갔다.

"저기……."

"응?"

청년은 생활 정보지를 모으다가 고개를 돌렸다. 약간 수줍은 듯 몸으로 생활 정보지를 가린 청년이 유미의 마음에 와 닿았다. 부탄가스와 시너로 구멍이 난 뇌 때문에 정상적인 사고가 불가능해서였을까. 그녀는 말을 더듬으면서 중얼거렸다.

"커, 커트 코베인… 닮았다는 말, 안 들어요?"

"응?"

그것은 의외였는지 청년도 놀란 눈을 떴다. 그의 눈앞에 온 이 여자는 꽤 노는 듯 각종 메이커의 옷으로 도배를 하고 있었고 화장도 짙다. 그럭저럭 돈은 많이 들인 것 같지만 관리는 소홀한, 전형적인 가출 소녀의 모습을 하고 있었다.

'도에 관심 있냐는 소리는 많이 들어봤지만 이건 또 처음이군.'

청년은 그렇게 생각하며 멍청히 서 있었다. 그때 그 뒤에서 한 남자가 다가왔다. 유미와는 멋대로 애인 관계가 되어버린 남자였는데 유미는 아직 그 남자의 이름도 몰랐다. 그저 본드를 불고 몽롱한 상태가 되면 그녀의 몸을 떡 주무르듯 주물러대던 무수한 남자 중 한 명이었다.

"유미, 부르는데 안 들리는 거야? 엉? 대답 똑바로 해! 이 새끼 뭐야?"

"……."

청년은 아무 말 없이 고개를 돌렸다. 무서워서 달아나는 듯한 인상이 아닌, 어디까지나 깔보는 듯한 태도였다. 그러자 그 남자는 다짜고짜 주먹부터 휘둘렀다.

"이 씨방새가 지금 말하고 있는……."

쯔컥!

하지만 그다음은 그야말로 섬광과 같았다. 청년은 몸을 돌리는 것과 동시에 팔꿈치를 들어서 백스핀 엘보(Back spin elbow)로 남자의 턱을 부숴 버렸다. 너무나 깨끗하게 들어가서 근거리에 위치한 이들은 누구도 그 동작을 제대로 볼 수 없었다. 이 빠른 반응은 그가 몸을 돌린 행동 자체가 상대의 반응을 유발하기 위한 일종의 함정이었음을 알려주는 것이다. 그렇지 않고서야 갑자기 뒤에서 덤벼드는 이에게 이렇게 빠르게 반응할 수는 없지.

"크아아악!"

턱을 맞은 남자는 대로 한복판에 쓰러져 비명을 질렀다. 그러자 그 남자는 어깨를 으쓱해 보였다.

"미안. 금이 갔을지도 모르겠군."

"이 씹새끼가! 뒈지고 싶어서 작정했냐?"

하지만 남자는 기세가 죽지 않았다. 여자아이들은 늘 있어온 일이니 다소 체념한 듯 그를 바라보았다. 그리고 그 녹색 블리치의 청년도…….

"따라와, 이 새끼야. 죽여 버린다!"

어느새 남자의 일행이 다가와 있었다. 그들은 청년이 달아날까 봐 주위를 둘러싸고 대로에서 한편으로 피했다. 청년은 냉정한 표정으로 주위를 둘러보았다. 지하철역 앞, 저녁 시간이면 사람도 많을 때인데 어느 누구 하나 이쪽에 눈길 주는 이가 없다. 하긴 불길에 대놓고 뛰어들 사람은 없으리라.

"경찰이 오면 골치 아픈데."

청년은 그렇게 말하고 품을 뒤졌다. 다행히 총은 두고 왔지만 소량의 마약을 아직 가지고 있었다. 법적으로 향정신성 약물 지정을 받지 않은 물품이긴 하지만 일단 문제가 되면 도저히 막을 수 없을 것이다.

그사이 남자들은 뒷골목으로 향했다. 가게들이 배출한 쓰레기봉투가 산을 이루고 있고 거기서 흘러나온 정체를 알 수 없는 액체가 악취를 풍기며 썩어가고 있었다. 청년은 바닥을 한 번 보고 인상을 찡그렸다.

"이 새끼가. 뒈지고 싶냐! 죽여 버린다!"

그때 남자 중 한 명이 달려오며 발로 청년을 걷어찼다. 하지만 청년은 몸을 틀더니 양손으로 가볍게 남자의 발을 잡고 밖으로 꺾었다.

으드득!

형언하기 힘든 기괴한 소리와 함께 무릎 인대가 파열되고 다리가 부러져 버렸다. 저렇게 심하게 다치면 아마 평생 다리를 절지도 모른다. 그걸 본 남자들은 깜짝 놀라서 청년을 바라보았다. 방금 전까지 도살당하는 소처럼 말없이 끌려온 청년은 어느 틈에 도살자, 그 자체로 변해 있었다.

"네까짓 놈들이 사람을 죽여?"

낮은 목소리에는 곧 터질 듯한 화산이 잠들어 있었다. 아니, 어쩌면 이미 터져 버렸을지도 모르지. 청년의 눈이 독기로 번들거리고 팔뚝을 따라 혈관이 일어섰다. 광기… 간헐천이 터지듯 갑자기 터져 나온 분노의 감정이 그를 휘감았다. 이 한심한 남자들에 대한 분노인지 아니면 자신에 대한 분노인지, 십중팔구 후자일 테지만 청년은 분노로 미쳐 있었다.

"씨발! 조져 버려!"

남자들은 일이 잘못 돌아가는 걸 직감하면서도 달려들었다. 그들은 아직도 네 명이나 있고 적은 단 한 명뿐, 게다가 다들 나이프도 가지고 있으니 승산이 있었다. 적어도 상대가 인간 축에 끼는 놈이었다면.

콰직!

그러나 청년은 그야말로 괴물이었다. 중지 관절을 세워서 찌른 스트레이트는 안구를 가격해서 안저에 눈이 파묻히게 만들어 버렸고 나이프를 뽑으려고 주머니에 손을 집어넣은 녀석은 묵직한 등산화로 주머니 위 대퇴부를 후려갈겼다. 주머니에 쑤셔 박은 손가락이 부러지면서 남자는 어정쩡한 자세로 앞에 쓰러져 쓰레기 더미 위로 머리를 처박았다.

"이 개새끼들아!"

청년은 포효하고 있었다. 터지는 감정을 주체하지 못하는 것일까? 뼈가 깨지는 소리와 함께 또 한 명이 나동그라졌다. 지면에서 꿈틀거리는 이의 안면에 잔인하게 발끝을 차 넣는다. 앞니가 부러지고 피가 쓰레기 국물 위로 검붉은 유막을 만들어 간다.

"씨… 씨발!"

겁에 질린 한 명이 나이프를 휘둘러 청년의 등을 찔렀다, 두터운 항공 재킷에 밀린 데다가 움직이는 와중이라 큰 타격을 주진 못했지만 칼끝에는 분명 사람의 살을 찍은 느낌이 왔다. 그러나 그다음 순간 청년은 남자의 팔을 분질러 버리고 나이프를 빼앗아 볼에 찍었다. 싸구려 버터플라이 나이프가 볼을 찢고 입안을 지나 반대쪽 뺨을 뚫고 나왔다.

찍!

그리고도 모자라서 청년은 남자의 머리를 잡고 뛰어오르며 멋진 무릎차기를 넣었다. 진공 무릎차기, 혹은 카오 로이라고 하는 도약 무릎차기인데 헤비급 복서도 일격에 뻗는 경우가 비일비재한 위험한 기술이었다. 입안을 칼이 관통한 상대에게 저걸 썼다는 것은 죽으라는 것이나 마찬가지다.

"이… 개새끼들. 죽여봐! 날 죽인다고 했지? 죽여봐! 죽여봐! 사람을 죽여보란 말야, 이 새끼들아!"

청년은 쓰러진 이를 짓밟고 그렇게 외쳤다. 일어나려는 상대를 향해서는 가차 없이 복부를 걷어차고 쓰러진 상대는 짓밟았다. 정말 저러다 죽어도 이상할 것이 없을 정도로 잔혹한 구타였다.

"아!"

남자들을 말리기 위해 슬슬 뒷골목에 들어선 여자들은 그 숨막히는 폭력의 광경을 바라보았다. 피가 바다를 이루었고 남자들은 전부 다 바닥에 쓰러져 있었다. 그리고 그들을 내려치는 장본인은, 머리칼을 흩날리며 열창하는 락 가수처럼 기이한 열정을 내뿜고 있었다. 숨 막힐 것 같은 파괴의 냄새가 쓰레기의 악취, 피의 향취와 섞여 더할 나위 없는 요사스러운 향수가 되었다.

"아아……."

그때 청년이 휘청거리며 앞으로 넘어졌다. 마치 긴 여행 끝에 침대 앞에 선 사람처럼 쓰레기 더미를 끌어안고 쓰러진 청년은 피를 흘리고 있었다.

"아!"

시녀와 본드, 부탄가스로 구멍이 나버린 뇌를 가지고 있다고 해도 지금 이 순간은 너무나 또렷한 현실감으로 다가왔다. 유미는 태어나서 처음 겪는 이 생생한 감각에 놀라워했다. 하염없이 흘러가던 일상 속에서 갑자기 튀어나온 현실.

아! 서울의 순례자는 드디어 신을 만났다.

끝없을 엑자일(Exile)의 종지부.

비록 그 신의 정체가 쓰레기 더미에 쓰러진 청년이라고 하더라도 그것은 정말 '리얼리티'였다.

2

윤미혜는 일 년 전만 해도 H여고의 평범한 학생이었다. 하지만 일 년 전, 세상을 떠들썩하게 한 폭행사주사건에 휘말려 병원에 입원해 있어야 했다.

"몸에는 아무런 이상이 없는 것 같은데요."

연세의료원, 수간호사 김숙자는 자신의 앞에서 고개를 빳빳

하게 들고 자기 의견을 말하는 외국인 남자를 바라보았다. 이 외국인 남자는 그 소녀, 윤미혜를 구해다 준 장본인으로 생명의 은인이라고 하기엔 지나칠 정도로 그녀의 건강에 대해서 신경을 쓰고 있었다.

"저희가 알아서 할 일입니다. 진료 시간은 끝났고 환자들에겐 휴식이 필요해요. 나가지 않으면 경찰을 부르겠어요!"

그녀는 그렇게 강경하게 대응했다. 그러자 그는 양손을 들었다.

"정말 답답하군요. 나는 호의를 가지고 이러는 겁니다. 로우 깁슨이 그녀에게 흥미를 가지고 있단 말입니다."

그가 그렇게 말해도 수간호사는 요지부동이었다. 역설적으로 말하자면 세계 100대 자산가에 드는 로우 깁슨이라고 해도 대한민국의 의료 서비스를 개선시키기엔 힘이 부쳤다고 할까?

"그녀의 가족에게 사례라도 받고 싶다면⋯ 연락처를 남겨두세요."

"에?!"

너무나 황당해서 로우가 아무런 말을 못 하는 사이 수간호사는 찬바람 소리가 나도록 몸을 돌렸다.

"흠, 대통령 딸이라도 되나요? 그렇다면 백만장자인 마스터에게 '제대로' 사례를 할 수 있을 것 같군요."

빌헬름이라는 소년은 수간호사의 말을 그렇게 비꼬았다. 로우는 그 말을 듣고 어깨를 으쓱해 보였다.

"사례를 바라고 한 일도 아닌데 말야."

"그 황인종 여자애야 죽든 말든 내버려 두죠? 마스터가 신경 쓸 필요는 없잖아요."

"내가 로맨티스트라고 하지 않았었나?"

로우가 그렇게 말했지만 빌은 대답 대신 노트북 가방을 들어 보였다.

"일에서 도피하면 로맨티스트고 뭐고 없죠. 정말 낭만을 찾을 거라면 일부터 다 처리하고 난 뒤에 꽃다발을 가지고 찾아오는 겁니다."

"그것도 좋은 생각이구나."

로우는 식은땀을 흘리면서 그렇게 말했다. 그러자 빌헬름은 삐졌는지 혀를 낼름 내밀었다.

"황인종 여자 취향인 줄은 몰랐군요. 마스터는 좀 더 고귀하고 기품 있는 여자들을 골라야 할 필요가 있어요."

"너는 나를 뭘로 보는 거냐? 응?"

로우는 그렇게 말하고 바이퍼에 올라탔다.

백만장자에게는 한 가지 커다란 사회적 의무가 있다. 그것은 복지사업이나 환경 사업보다도 훨씬 더 중요한 것인데, 바로 '바쁜 척하기'이다. 수많은 사람은 백만장자들이 나름대로 바쁘고 가정 문제가 복잡하고 진실한 행복은 느끼지 못한다고 믿고 싶어 한다. 그 믿음에 부응해 주는 것이 전 인류의 재산을 독점한 부자의 의무인 것이다.

"마르크스가 무덤에서 통곡할 일이군."

모든 검토를 끝마친 로우는 그렇게 말하고 빈 크리스털 잔을 들었다. 빌헬름은 그 잔에 샴페인을 다시 채워주었다.

로우는 이미 천만 달러가량을 기업 구매에 사용했다. 공기업, 우량 기업의 주식을 사들여 대주주로서의 자리를 확보한다. 공격적 M&A라고 하지만 자본이 충분히 있다면 너무나도 간단한 일이다. 넘쳐 나는 실탄으로 기업들을 후리는 일은 로우가 지금까지 수도 없이 반복한 일. 천만 달러라는 거금이 하루 사이에 오락가락해도 시간과 수고를 들일 것도 없었다.

빌헬름은 그런 마스터에게 나직하게 말했다.

"마스터, 실베스테르의 영상이 조금 녹화되어 있는데 보시겠습니까?"

"어차피 화질도 나쁜 감시 영상이잖아."

로우 깁슨은 그렇게 말하며 샴페인을 입으로 가져갔다. 그러자 빌헬름은 비디오테이프를 손에 쥐고 어깨를 으쓱해 보였다. 그는 롯데호텔 로얄 스위트룸에서 야경을 내려다보며 샴페인을 마셨다.

"그러면 안 보시겠습니까?"

"아니… 봐야지. 봐둬야지."

그는 마치 밀린 방학 숙제를 앞에 둔 장난꾸러기처럼 그렇게 말하고 소년에게 손을 내밀었다. 소년이 테이프를 그 손에 올려주자 그는 테이프를 그대로 던져 비디오에 넣었다. 기계가 망가지지 않을까 걱정될 정도의 맹투(猛投)였지만 테이프가 밀려 들어가는 것은 더할 나위 없이 깔끔했다. 곧 거실에 설치된 벽걸이 PDP에서 영상이 나오기 시작했다.

지지지지직.

소리는 들을 수 없는 감시 영상이라 노이즈가 음성을 대신했다. 영상에는 검은 옷의 신부가 창고를 향해 걸어가는 게 멀리서 찍혀 있었다. 로우 깁슨은 소파에 몸을 기댄 채 중얼거렸다.

"재는 재로, 먼지는 먼지로……."

로우는 진혼의 시를 읊었다. 그가 읊조리는 것과 동시에 신부는 천천히 클레이모어를 들었다. 신부의 앞에 주저앉은 흡혈귀는 이미 양팔이 잘려 전투 능력의 대부분을 상실했다. 남은 것은 처절한 학살, 아름다운 은발의 마인이 펼치는 예술에 가까운 살육이다.

시간은 흐르고 세상은 변화하지만 변하지 않는 게 있다면 이 시츄에이션. 시트콤으로 만들기엔 단조롭지만 그럼에도 불구하고 비장미 넘치는 이 상황이었다.

"목숨을 구걸하는 건가? 남의 피로 네 혈관을 채우는 네놈이 생명체라고 주장하는 건가?"

마치 성우가 더빙을 하듯, 로우는 화면 속의 신부가 할 말을 외쳤다. 그는 실제로 화면에 눈길을 주지 않고 있었고, 화면에도 신부의 입은 보이지 않았다. 그러나 지금 이 거실을 파랗게 물들인 저 비디오 화면이 무성영화라면 로우는 변사였다. 더없이 훌륭한 변사이며 성우였다.

"그렇다면 울어봐. 울어서 네 순수를 증명해 봐, 이 갈보야!"

물론 흡혈귀는 울지 않는다. 눈물샘의 퇴화인지, 아니면 눈물을 흘릴 감정이 아무것도 남지 않아서인지 모르겠지만 흡혈귀는 눈물을 흘릴 수 없다.

옛날이야기에 나오는 여자의 수염과 같은 것이다.

흉악한 늑대 펜릴을 막기 위해 난쟁이들은 절대 끊어지지 않는 실을 만든다. 고양이의 발소리, 여자의 수염, 산의 뿌리, 곰의 힘줄, 물고기의 한숨, 새의 침으로 만들어진 글레이프니르(Gleipnir).

물론 저 여섯 가지 재료는 고대인들이 세상에서 구하기 어려운 것이라는 의미로 선택한 것이다. 신화는 어디까지나 신화일 뿐이니까. 하지만 흡혈귀의 눈물 역시 신화적인 부정 존재였다.

"그것이 네 한계야, 갈보."

Slut, 혹은 Vamp… 어감은 다르지만 어느 것도 뜻은 같다. 실베스테르가 흡혈귀를 갈보라 부르는 것은 그 때문이지.

화면에서는 난도질이 펼쳐졌다. 감시 영상의 한계인지 실베스테르가 펼치는 피바다는 옛날 영화의 조악한 특수 효과를 벗어나지 못했다. 검광은 늘어지고 세련된 검술은 2차 세계대전 기록영화처럼 꿈틀거린다.

그러나 화면을 물들이는 피는 그의 숙명이었다.

실베스테르 신부의 숙명이기도 하지만 곧 그의 숙명이기도 하다.

24인의 진마 중 한 명, 로우 깁슨은 카메라의 파괴로 끝나는 영상을 바라보고 빈 잔을 들었다. 실베스테르의 데저트 이글

A.E.는 저격총처럼 정확하게 카메라를 박살 냈다.

"여전하군. 레퍼토리가 변하지 않다니 시인으로서는 실격이
야, 실베스테르."

로우 깁슨은 그렇게 중얼거렸다. 빌헬름은 그림자처럼 그의
곁에 서 있다가 조용히 샴페인을 채워주었다. 방음이 잘된 스
위트룸 안을 샴페인 따르는 소리만이 채운다.

"으으음."

세건이 눈을 떴을 때 보인 것은 깜빡이는 형광등이었다. 요
즘에는 보기 드물게 천장에서 체인으로 연결된 형광등 갓에 끼
워진 낡은 형광등이었다. 세건은 그 형광등을 바라보고 주위를
둘러보았다. 아마 배가 고픈데 피를 좀 흘려서 의식을 잃은 것
같았다. 그렇다면 경찰서 유치장이 당연한 조치일 텐데… 왜
이런 곳에?

"응?"

세건이 몸을 뒤척이자 등 뒤에서 두루마리 휴지가 하나 떨어
졌다. 아까 전 칼에 살짝 찔린 부분을 지혈하겠다고 두루마리
휴지를 가져다가 상처에 그냥 덧대어놓은 것이다. 다행히 피부
만 찔려서 망정이지 이런 응급치료를 믿고 신장이라도 찔렸다
간 그대로 불귀의 객이 되었을 것이다.

세건은 눈을 부비고 주위를 둘러보았다. 벽에는 여기저기서
떼어 온 것 같은 연예인 브로마이드가 즐비하고 스포츠 신문
등에서 오린 사진들도 곳곳에 붙어 있었다. 그렇게 빽빽하게

도배된 연예인들 사진은 우상들의 도가니, 만신전을 이루고 있었다.

아름다운 이슬람 사원에 흙발로 뛰어든 야만스런 십자군이 그러했을까? 세건은 컬처 쇼크를 느끼고 있었다.

이 사원의 주민으로 보이는 여자들은 방 안에 아무 이불이나 뒤집어쓰고 엉켜 있었다. 이불의 상태를 보아하니 이 바닥에 깔린 이후로 물을 만나본 적이 없는 것 같고 거기에서 자고 있는 여자들도 가출한 여자들 같았다. 세건이 남자들을 박살 내지 않았다면 여기에 남자들도 한데 엉켜 있었을 테지만 남자는 죄다 경찰서나 병원으로 실려 갔는지 여자밖에 없었다.

"젠장. 돼지우리가 따로 없군."

세건이 말한 대로 방 안은 그야말로 돼지우리였다. 이 방 안에서 유일하게 정리된 것이 있다면 방구석에 가지런히 세워져 있는 부탄가스통이었다. 종류별로 빼곡하게 쌓여 있는 빈 통을 보자니 언제 이 집이 날아가도 이상하지 않았다.

"아, 응… 일어났어… 요?"

세건이 부스럭거려서 그런지 한 여자아이가 눈을 떴다. 그녀는 세건을 보고는 자신의 머리칼을 쓸어 올리고 눈곱을 뗐다.

"실례했군요. 나가지요."

세건은 몸을 일으켰다. 하지만 배가 고파서 그런지 다시 현기증이 도졌다. 그때 그녀가 세건의 손을 잡았다.

"칼에 찔렸는데. 나가면… 괜찮아?"

"……."

세건은 앞뒤가 맞지 않는 어눌한 말투를 구사하는 그녀에게 손을 잡혔다. 세건은 다시 먼지 냄새 풀풀 나는 담요 위에 주저앉았다. 그러자 그녀는 뭐가 좋은지 백치처럼 웃으면서 세건에게 다가왔다.

"아, 저기… 같이 잘래?"

"윽."

세건은 너무나 직설적인 그녀의 말에 혀를 깨물었다. 그러나 그녀는 지금까지 해온 것처럼 너무나도 당연하게 세건에게 다가왔다. 세건은 몽롱한 그녀의 표정을 보고, 이전에 경찰들이 자신에게 말했던 대사를 그대로 되돌려 주었다.

"시너라도 했냐?"

어쨌거나 이런 곳에서 갑자기 섹스를 하자면 누구든지 당황하게 마련이다. 어지간히 굶주린 놈이 아니라면 받아들일 이유가 없지. 세건은 그녀를 밀쳐 내고 문을 향해 걸어갔다. 그러자 그녀는 당황해서 세건을 바라보았다.

"왜?"

"배가 고파서 안 서."

세건은 그렇게 말하고 고개를 좌우로 저었다. 생각이 안 나서 되는대로 둘러댄 것뿐인데 그녀는 납득했다. 가출하고 혼숙을 밥 먹듯 하는 이 중에도 안 서서 고생하는 이가 꽤 많은 듯했다.

그런 걸 생각하면 웃음이 나올 법도 하지만 세건은 지금 자신이 처한 상황을 납득하기 힘들었다. 아무런 관련도 없는 녀석들을 단지 시비를 걸었다는 이유만으로 잔혹하게 부숴 버렸다.

미쳐 가는 게 아닐까?

자신에 대한 불신이 가슴속에서 스물스물 기어올랐다. 하긴 미쳐도 이상할 것은 없을 것이다. 눈앞에서 가족은 죽어버렸지, 죄가 있는지 없는지 알지도 못할 사람을 직접 쏴 죽여 버렸지. 제정신인 게 오히려 이상한 것이다. 이 백치 같은 여자가 무슨 생각으로 이러는 것인지는 잘 모르겠지만 만약 경찰에게 행방이라도 알려 버리면, 그 두들겨 맞은 놈들이 보복할 마음이라도 품으면 골치 아프기 때문에 그다지 오래 있고 싶지 않았다.

"흠, 그러면 뭐 좀 먹으러 가야 할 것 같아서, 나갈게. 아, 그리고 너희 남자 친구들 박살 낸 건 미안해."

"괜찮아. 남자 친구들은 무슨……."

그녀는 그렇게 말하고 자리에서 일어났다. 그녀에게는 이 청년이야말로 그토록 찾아 헤매던 리얼리티였다. 이름도, 전화번호도 알기 전에 헤어질 수는 없었다.

"같이 나가자."

"그걸 결정하는 건 나라고."

"응?"

"아니. 아니야."

세건은 문을 열었다. 차가운 공기가 안으로 들어왔다. 시너와 부탄가스 등, 각종 유독 물질로 화공 약품 창고를 방불케 하던 방의 공기를 맡다가 밖에 나왔더니 정신마저 맑아지는 기분이 들었다.

"콜록콜록."

하지만 여자는 기침을 연달아 했다. 기관지가 많이 상한 것 같았다. 세건은 그녀를 바라보다 고개를 들었다. 동쪽에서부터 하늘이 밝아오고 있었다. 높은 교회 첨탑, 전신주들 사이로 서울의 하늘이 손바닥처럼 작게 보였다.

"벌써 해가 뜨는군."

"아, 저기……."

"그런데 왜 따라 나오는 거지? 좀 더 자는 게 좋을 텐데?"

세건은 여자를 바라보고 어깨를 으쓱해 보였다. 그러고 보니 이 여자는 세건이 처음 역 앞에서 만났을 때 커트 코베인을 닮았다고 말한 바로 그 여자였다. 그녀는 세건을 향한 호의를 감출 생각도 하지 않았다.

"아니, 그냥. 길을 잃어버릴까 봐."

"설마. 내가 어린애도 아니고."

세건은 그렇게 대꾸했다. 하지만 세건도 그녀에게 악의가 없다는 것을 알 수 있었다. 마치 팝 스타를 숭배하는 열성팬 같다고 할까?

세건과 유미는 가까운 편의점으로 발길을 옮겼다. 컵라면에 물을 붓고 샌드위치의 포장을 뜯으며 창밖을 바라보니 학교나 회사를 향해 나가는 사람들이 보였다. 뚜렷한 목적을 가지고 살아가는, 적어도 하루하루의 목적은 확실한 사람들을 멍하니 바라보며 둘은 테이블에 앉아 있었다.

그런 면에서 둘은 너무나도 닮았다. 그것 때문일까? 아무 말 없이 함께 앉아 있어도 그것만으로도 약간은 마음이 진정되는 것 같았다. 무슨 위로나 그런 게 아니다. 그저 동질감, 묘한 동질감이 전부였다. 인간이란 그래서 나약한 존재인 것인지도 모르겠다. 누군가 자신과 똑같은 위치의 사람이 있다는 것만으로도 안심하다니. 그 역으로 누구도 같은 위치에 없이 혼자라면 나약해지는… 그래서 세건은 대화 상대로 그녀를 택했다.

"일자리를 찾아보려고 했는데. 하루 공쳤군."

세건은 그렇게 중얼거리며 나무젓가락을 쪼갰다. 유미도 세건이 어제 생활 정보지를 뒤지고 있던 것을 보았기 때문에 그걸 알고 있었다.

"상처는 괜찮아?"

"일 센티 정도 피부가 찢어졌을 뿐이야. 꿰매면 좋겠지만 그건 할 수 없겠고 기다리면 낫겠지. 그보다는 하나뿐인 가을 외투에 구멍이 뚫린 게 더 걱정이야."

그는 그렇게 말하며 샌드위치를 먹어치웠다. 이렇게 아침을 먹자 활력이 돌아오면서, 그동안 울며불며 슬퍼하던 것이 우습게 느껴졌다. 감정이란 것은 격해질 때는 어떤 것보다 우선하지만 그 격류가 지나고 나면 한심한 흙탕물만 남긴다. 어떤 숭고한 감정이라도 흙탕물을 남기는 건 당연한 법, 세건의 경우도 말할 나위가 없었다.

"나는 진유미… 야."

"묻지 않았어."

세건은 무뚝뚝하게 말했다.

그날도 김성희는 아르쥬나의 카운터를 지키고 있었다. 마른 걸레로 쇼윈도를 닦고, 상품을 재배치하고, 먼지를 제거하는 작업을 하던 그녀는 이마에 흐르는 땀을 훔치며 창밖을 바라보았다.

"아르바이트라도 한 명 고용해야 하나?"

사실 고용할 수 있다면 벌써 고용했을 것이다. 하지만 그녀의 사업은 합법적인 영역에서 불법적인 영역, 이 두 영역에 다리를 걸치고 있다. 따라서 고용이라는 것은 함부로 할 수 있는 일이 아니다. 믿을 수 있는 사람이 없으니까.

가을의 아침 햇살은 색이 들어간 유리에 의해서 변색되었다. 그녀는 잠시 일손을 멈추고 창밖을 바라보았다. 그런데 그때였다.

부아아아아앙.

검은색의 코베트 쿠페 한 대가 골목을 통해 나타난 것이다. 공장에서 만들어진 금속의 차체, 폭음을 내는 심장을 향해 흐르는 혈관. 그것은 스피드광에게 있어서 단순한 자동차가 아닐 것이다. 하지만 그녀에게는 그것 이상의 의미가 있었다. 저걸 모는 인간은 적어도 한국에선 손에 꼽을 만했고 그중에 한 명은 그녀에게 있어서 굉장한 의미를 가진 자이기 때문이었다.

"실비?"

끼이이익!

차는 과격하게 아르쥬나의 앞에 멈춰 섰다. 그리고 열린 차체에서 검은 코트를 입은 은발의 신부가 내렸다. 모델과도 같은 날렵한 체구, 어떤 의미에서는 중성적이라고 할 수 있는 섬세한 이목구비, 하지만 그 안에 깃든 정신은 잔인할 정도로 허무한, 끝이 보이지 않는 나락이었다. 그것이 진마사냥꾼 실베스테르 신부였다.

흡혈귀들의 정점에 서 있는 24인의 진마. 그 진마를 위협하는 유일한 사냥꾼. 그가 다시 한국에 돌아온 것이다.

"아아……."

김성희는 울 것 같은 표정으로 얼굴을 손으로 가렸다. 바람이 불고 낙엽이 떨어지기 시작했다.

3

[여고생 여섯 명, 강간 사주]

'지난 4일, H여고에 재학 중인 M양을 비롯한 여섯 명이 불구속 입건되었다. 경찰은 피해자인 Y양의 진술을 토대로 인근 자취방에서 이들을 검거했는데 이들은 Y양이 평소 말을 안 듣고 건방지다는 것을 이유로 남자 친구인 J군 등을 사주해 Y양을 돌아가면서 수차례 성폭행한 혐의를 받고 있다.'

컴퓨터 모니터에 떠오른 신문 기사를 바라보던 로우 깁슨은 한숨을 내쉬었다. 이 기사의 피해자 Y양이 바로 그가 구했던 소녀라는 것은 의심의 여지가 없었다.

"당한 사람 입장에서는 분통이 터질 만큼 냉정한 기사로군."

다른 기사나 관련 자료를 보면 그녀는 결국 정신쇠약으로 자살을 시도했고 벌써 일 년 동안이나 병원에 입원한 상태라는 것이다. 일 년, 한 사람이 미치는 데는 하룻밤이면 충분하다. 인간은 자신들이 생각하는 만큼 강한 생명체가 아니며 정신 역시 같은 선에 있다. 이미 죽어버린 마음을 육신에 담은 채 그녀는 병원에 갇혀 있었을 것이다.

하지만 그렇다면 어째서 그녀는 병원을 탈출했을까? 그것에 생각이 미치자 로우 깁슨, 아니, 진마 팬텀은 미소를 지었다. 죽음은 온전하지 않다. 적어도 흡혈귀들에게는. 그 자신이 증거가 아닌가? 마찬가지로 그녀의 마음이 죽어버렸다고 단정 지을 근거는 어디에도 없는 것이다.

하지만 그녀의 내심이야 어쨌든 간에 일 년 동안 병원에 입원해 있다면 가계 부담도 이만저만이 아닐 것이다. 과연 괜찮은 것일까? 그는 그런 걱정이 들었다.

흡혈귀가 남을 걱정한다면 개가 웃을 일이지만 진마 팬텀은 일반적인 흡혈귀들과는 전혀 달랐다.

파괴적이고 허무주의적인 성격이라면 인간도 요절하기 딱 좋은데 천 년도 넘게 살아온 그의 경우는 어떻겠는가? 하루하루를 진취적으로 살지 않으면 오래 살기라는 건 애초에 글러먹은 일이다.

"또 빌이 뭐라고 하겠군."

그는 코트를 걸치면서 그렇게 중얼거렸다. 컴퓨터를 끄고 외출을 준비하는 그는 진마 팬텀이 아니라 성실한 사업가 로우 깁슨이었다. 로우 깁슨과 진마 팬텀 사이에 파인 골은 신분과 이름뿐. 그 변함없는 진취적인 성격에 의하면… 한번 살려낸 목숨은 끝까지 책임지는 게 원칙이었다. 흡혈귀의 원칙치고는 대단히 가톨릭 윤리적이다.

그 결과 2차 세계대전 중 히틀러 유겐트 대원이던 빌헬름을 살렸고 지금은 그의 혈족으로 만들어 버렸다.

그런 주제에 빌은 그가 다른 인간을 살려내고 책임지는 것을 끔찍하게 싫어했다. 한 인간을 살려내고 만약 그가 원한다면 흡혈귀로 바꾸는 것은 팬텀의 힘을 약화시킬 뿐 아무런 이득을 취할 수 없기 때문이다.

비록 진마 팬텀이 VT 40만의(그의 피 50cc면 4만 명의 성인 남성을 흡혈귀로 바꿀 수 있다) 전설적인 마물이며 각종 사법(邪法)에 능통하다지만 역시 진마인 적요(赤妖), 창운(蒼雲), 세피아(Sepia)가 진마사냥꾼에 의해 죽었다. 팬텀이라고 해서 사냥당하지 않는다는 법은 없다.

그렇기에 빌은 팬텀이 다른 이들을 신경 쓰지 않고 자신의 힘을 보전하는 데만 열중해 주기를 원했다. 그래서 그는 언제나 팬텀에게 잔소리를 늘어놓았고 로우 깁슨의 비서를 자청하면서 이 지구 어디든 계속 따라다닌 것이다.

그런 빌도 해가 뜨자 잠에 빠져들었다. 비록 진마 팬텀의 스폰이라지만 빌은 이제 겨우 60대 후반인 어린 흡혈귀라서 아직 태양을 극복할 힘이 없었다.

"나는… 다르지."

그는 그렇게 중얼거리며 오른손을 들었다. 붉은 안개가 그의 팔을 휘감고 나선으로 꿈틀거렸다. 버튼을 직접 누를 것도 없이 엘리베이터에 콜 램프가 들어왔다. 쓸데없는 데 능력을 쓰다니 빌이 보면 다시 경을 쳤겠지만 태양은 그의 귀여운 혈족을 잠재워 주었다.

'태양에게 감사할 일인가?'

그는 미소를 지으며 엘리베이터에 올라탔다. 태양을 극복한 흡혈귀. 천 년을 넘게 살아오며 인간들 사이에 스며들고 막대한 부를 쌓아 인간을 지배한다. 그에게 흡혈귀 사냥꾼은 적이 아니다. 돈을 위해 움직이는 흡혈귀 사냥꾼은 그가 뿌리는 돈의 유혹을 이겨내지 못하니까.

'먼지는 먼지로, 재는 재로…….'

흡혈귀 영화 등에서도 자주 나오는 낡은 진혼가를 부르는 검은 옷의 신부. 흡혈귀의 눈물을 찾아 진마들과 다름없는 오랜 세월을 살아온 진마사냥꾼 실베스테르만이 유혹을 이겨내고 덤벼들지.

하지만 잘나가는 사업가 로우 깁슨에게는 무수히 많은 경호원이 있고 정계, 재계를 가릴 것 없이 후원자가 깔려 있다. 미연방정부를 이용해 실베스테르의 국적을 말소하고 바티칸을 이용해 실베스테르를 파문시킨 것도 그다. 금력과 권력을 쥔 흡혈귀는 어떤 '인간'보다 더 '인간적인 힘'이 있었다. 그런 악조건에서도 적요와 창운, 세피아를 사냥한 것은 칭찬해 줄 만한 일. 팬텀은 진마사냥꾼 실베스테르에게 아낌없는 찬사를 보냈다.

짝짝짝…….

박수 소리가 엘리베이터 안을 메웠다. 인간이 아닌 그는 창문을 통해서 29층 정도쯤 뛰어내린다 해도 아침 운동도 되지 않는다. 하지만 인간의 세계에 군림하기 위해서는 그들의 룰에 맞춰줘야 하는 것이다.

"주문한 건 왔을까 모르겠군."

그는 빌의 충고를 따라 자신의 일을 끝마치고 꽃다발을 들고 가기 위해 미리 로비 앞에 꽃다발을 가져다 놓도록 주문해 두었었다. 상처 입은 들개처럼 살의에 가득 차 탐욕과 욕망의 밤을 헤매는 흡혈귀 사냥꾼들과 달리 로열 스위트룸에서 산뜻하게 샤워를 하고 유명 디자이너가 손수 만들어준 정장을 입고 호텔 보이들에게 인사를 받으며 나서는 흡혈귀. 이런 모순된 대치가 또 있을까?

불쌍한 드라큘라. 태양을 극복하지도 못하고 십자가에 굴복하는 나약한 흡혈귀. 진실한 흡혈귀의 왕은 재계를 지배하고 정계를 주무르며 인간들 위에 군림했다. 한밤중에 남의 집을 넘어서 피를 마실 것도 없이 돈을 뿌리면 인간들이 알아서 피를 가져다 바친다.

살아 있는 목덜미를 뜯고자 하는 욕망? 아직 산화되지 않은 감칠맛 나는 정맥을 찢고, 펄떡이는 연어처럼 심장에서 뿜어져 나오는 동맥을 맛보고 싶은 욕망? 그런 싸구려 욕망에 굴복하는 이는 쇼윈도를 깨고 물건을 훔치는 슬럼가의 좀도둑과 다를 게 없다. 흡혈귀의 왕이 아니라 인간의 왕조차 될 자격이 없지.

하지만 과연 왜 이런 흡혈귀가 존재하는 것일까? 천 년을 넘게 살며 누릴 수 있는 모든 향락을 누리고 모든 부귀영화를 누린다 한들 끝없는 삶과 욕망은 언제 충족될 것인가? 인간도 대답하지 못한 인간의 문제, 대답은 많아도 정답은 없는 인간의 철학적 화두는 흡혈귀에게도 그대로 적용된다. 물론 그 대답은 제아무리 흡혈귀의 왕인 진마 팬텀이라고 해도 모른다.

그렇기 때문에 그는 자신을 위해서 인간을 돕는다.

그 구원이 성취되든 그러지 못하든 신이 줄 수 없는 것을 인간에게 베풀며 기꺼워한다. 오만하다고? 밤의 거리, 조명과 간판의 바다를 환자복을 입고 헤매던 소녀에 대한 관심이 오만이라면 그때 그녀를 보면서도 방치했던 인간들은 너무 겸손한 것이리라.

진마 팬텀은 호텔을 나서며 자신의 애마 닷지 바이퍼 GTS를 향해 걸어갔다.

어젯밤, 한 소녀가 의료원을 탈출하는 사고가 있은 뒤로 간호사들은 준비를 단단히 했다. 그 소녀는 벌써 일 년 동안이나 입원 생활을 하고 있었고, 그 때문에 가족들은 더더욱 신경이 날카로워진 상태였다.

그 가족들이 어찌나 예리하고 신경질적인지 면회라도 오는 날이면 총검을 착검한 군인들이 참호를 향해 돌격해 오는 걸 연상시킬 정도였다.

그리고 지금도 역시 처절한 백병전이 시작되었다.

"아니, 도대체 병원 관리를 어떻게 하길래 애가 달아나요!"

"당신들 정말 이럴 겁니까!"

아침부터 병원에는 난동이 벌어지고 있었다. 어젯밤 윤미혜가 거리에 쓰러져 있는 것을 외국인이 구해줬다는 걸 어떻게 알았는지 부모가 들어와서 난동을 부리고 있는 것이다.

윤미혜의 아버지, 윤세창은 간호사를 폭행이라도 할 것처럼 거칠게 밀어붙이고 있었다.

"내 딸이 등신이야? 잡부야? 똑바로 해. 돈 떼질 나게 처먹었으면 똑바로 하란 말야, 씹새끼들아!"

"꺄아아악!"

간호사는 비명을 지르며 뒤로 물러났다. 그런 난장판을, 윤미혜는 마치 인형처럼 가만히, 감정 없는 눈으로 바라보고 있었다. 그때 그녀의 눈썹이 살짝 움직였다. 어젯밤, 이 소녀를 구해 온 외국인 남자가 병실 문을 열고 들어왔기 때문이다.

"이런. 안 좋은 때에 온 것 같은데."

새하얀 양복을 입고 선글라스를 낀 금발의 남자였다. 유창한 한국어 때문에 한순간 그가 염색한 한국인이 아닌가 싶었지만 서구적인 건장한 체구와 이목구비, 그리고 푸른 눈동자가 그런 생각을 일축했다.

그와 함께 찾아온 수간호사는 난동을 부리는 윤세창을 보고 즉시 사태 수습에 나섰다.

"무슨 난동입니까! 환자에겐 안정이 필요합니다! 이렇게 소란을 부릴 거라면 나가주세요!"

"뭐라고!"

하지만 윤세창은 바로 윽박지르기에 들어갔다. 못 배운 사람도 아닐 텐데 악을 쓰는 걸 보니 막노동판을 뒤집어엎는 공사판 십장보다 박력이 있었다. 그만큼 독기가 들었다는 것도 되리라. 하긴 하나뿐인 딸이 폐인이 되어버렸지만 가해자는 전부 미성년자라 제대로 된 처벌도 받지 않았다. 제정신이면 그게 이상할 테지.

"자자, 진정하시죠. 딸이 보고 있잖습니까."

로우 깁슨은 그렇게 말리며 들고 온 꽃다발을 테이블 위에 놓았다. 하지만 흥분한 인간이 말린다고 말려지면 경찰서 유치장 크기를 절반으로 줄여도 괜찮을 것이다.

"너는 또 뭐야!"

꽤 거리가 벌어져 있는데도 윤세창이 입을 벌릴 때마다 술 냄새가 화악 풍겼다.

"너희들, 내 딸이 죽으면 책임질 거야? 응? 책임질 거냐고! 그러라고 비싼 입원비 내고 있는 줄 알아?"

그는 생떼를 쓰기 시작했다. 딸이 잠들어 있는 것도 아니고 엄연히 눈뜨고 있는데 그 앞에서 가족이 난동을 부리다니. 이래서야 나을 병도 낫지 않으리라. 뭐 무례하긴 하지만 이해심을 넘어설 정도는 아니고—그만큼 로우 깁슨의 인내력이 뛰어나다는 이야기도 되겠다. 적어도 부와 권력을 지니고 있다는 걸 감안하면…—괜히 남의 집안일에 참견하는 것도 안 좋은 일이지만 어차피 로우는 흡혈귀이다. 이제 와서 나쁜 짓을 안 한다고 산타에게 크리스마스 선물을 받을 수 있는 처지도 아니지 않는가?

"잠깐 실례."

로우는 그렇게 말하면서 심령 제압을 걸었다. 사람들의 심령을 제압하는 것은 비단 흡혈귀뿐 아니라 인간도 쓸 수 있는 것이다. 온갖 사법을 터득한 진마 팬텀에게는 마법이나 술법이라고 할 것도 없을 정도로 간단한 것이지만 누가 쓰느냐에 따라서 그 효과는 판이하게 다르다.

사람들은 마치 뱀 앞에 나선 개구리처럼 모두 굳어버렸다. 그러자 방금 전까지 멍하니 틀어박혀 있던 윤미혜가 처음으로 관심을 보였다. 자폐증을 보이고 있는 사람이 외부에 대해서 반응을 보인 것이다.

"어제는 미안했어요. 병원을 애써서 탈출한 당신을 다시 이런 곳에 집어넣다니. 그래서……."

로우는 손을 뻗었다.

"함께 가겠습니까? 아니, 이건 납치니까 당신에게 선택권은 없어요."

그녀는 그의 손을 잡았다. 그러자 로우는 웃으면서 그녀의 품에 꽃다발을 안겨주었다.

창백한 빛이 지하실을 비췄다. 차가운 콘크리트로 둘러싸인 지하실에는 각종 무기가 가득했다. 각종 도검류, 권총, 서브머신 건, 돌격소총에 저격용 라이플은 물론이고 삼각대 위에 고정된 캘리버 50까지 있으니 이미 군용 무기 창고 수준이라고 해도 손색이 없었다.

"어째서 돌아온 거죠? 예정보다 훨씬 일찍?"

김성희는 창고의 입구에 서서 실베스테르를 내려다보았다. 그러자 실베스테르는 잉그램에 탄창을 삽입하며 대답했다.

"내가 도스토예프스키(인간은 눈물을 흘림으로써 세상의 죄악을 씻어낸다—도스토예프스키)를 좋아하기 때문이지."

어째서 그가 흡혈귀의 눈물에 집착하는지는 김성희도 알 수가 없었다. 실베스테르 그 자신이 눈물을 흘릴 수 있다면 그것으로 족하지 않은가? 그러나 실베스테르는 그녀와 생각이 다른 것 같았다.

"그런데 그 녀석은 어떻게 되었지?"

"그 녀석이라뇨? 아… 그 꼬마 말인가요?"

김성희는 조금 의외라는 듯 실베스테르를 쳐다보았다. 진마 사냥꾼 실베스테르가 애송이 헌터에게 신경을 쓰다니. 물론 인간이라면 자기가 나락으로 끌어들인 꼬마에 대해서 신경 쓰는 게 당연하겠지만 실베스테르의 정서는 일반적인 인간의 그것과는 거리가 멀었다.

"사이키델릭 문을 못 구하는 것 같아서 코카인이랑 섞지 않은 걸 조금 줬어요. 그게 며칠 전이더라? 얼마 되지 않았어요."

"그래? 그러면 아직은 괜찮은가 보군?"

"그렇지도 않을걸요? 왜요? 신경 쓰여요, 실비?"

김성희의 목소리가 간드러지게 올라갔다. 조롱의 뜻이 담겨 있지만 여전히 아름다운 목소리다. 하지만 실베스테르는 아무런 말 없이 몸을 일으켰다. PSG—1과 잉그램을 케이스에 담은 그는 똑바로 김성희를 바라보았다.

"실비라고 부르는 건 그만두라고 했지?"

지하실의 환기용 덕트가 낮은 소음을 냈다.

4

택배 회사의 분류장은 언제나 일손이 부족한 곳이다. 3D업종이라고 흔히들 말하는데 이것만큼 그 말에 어울리는 일도 얼마 되지 않을 것이다. 그래서 불경기에도 일자리를 구하긴 쉬웠다.

"어, 네가 신참이냐."

계장 이동수라는 아크릴 명찰을 달고 있는 사람이 다가왔다. 계장(係長)이라는 직함은 본디 어떤 계(係)의 장을 뜻하는 명이련만 입고 있는 것이 파란색인 게 어째 짐 하역꾼을 벗어나지 못할 것 같았다.

'요새 놈들은 통 모르겠단 말야.'

계장 이동수는 새로운 아르바이트생들을 보며 그렇게 생각했다. 한 놈은 머리를 다 세우고 금발로 물들였고 다른 한 놈은 녹색으로 블리치를 해놨다. 둘 다 생긴 걸 보아하니 어지간히 부모 속깨나 썩였을 것 같은데 그래도 이 녹색 블리치 쪽이 더 호감이 갔다.

몸에 구멍 뚫은 데는 없으니까.

"예, 잘 부탁함다. 하하하."

하지만 금발의 청년은 밝게 웃으면서 악수를 청했다. 얼굴에 달린 링들이 철렁거리는 게 보는 사람이 아픔을 느낄 정도였다. 그에 비해서 녹색 블리치의 청년은 곧 죽어갈 사람처럼 어두워 보였다.

"뭘 하면 됩니까?"

"아주 간단해. 저 컨베이어 벨트에서 물건이 나오면 이 차에 싣는 거야."

계장 이동수는 그렇게 말했다. 벨트와 롤러가 맞물려 있는 곳을 통해서 화물들이 쏟아져 나왔다. 간단한 일에 걸맞는 간단한 브리핑……. 하지만 두 청년은 처음 나오는 물건을 보고 경악을 금치 못했다. 29인치 TV 한 대가 박스에 곱게 포장되어 롤러 위를 굴러오고 있는 걸 보니 벌써부터 씨팔 소리가 입에 달렸다.

"젠장……."

그런데 그때 녹색 블리치의 청년이 작업모를 뒤로 돌려 쓰고 TV 앞으로 다가갔다. 그러더니 롤러를 타고 오는 TV를 단숨에 받아 등에 지고 트럭을 향해 달려갔다.

'어라? 어둡게 생겨서 내심 걱정했는데 일은 굉장히 잘하잖아?'

이동수 계장은 청년의 움직임을 보고 깜짝 놀라서 그렇게 생각했다. 하지만 일은 이제부터 시작이었다.

쉴 새 없이 쏟아져 나오는 박스들을 차에 실어놓으면 다음 차가 와서 뒤꽁무니를 댄다. 그러면 또 차곡차곡 차 안에 쌓아놓는데 아무리 봐도 과적 딱지를 피할 길이 없어 보였다.

"젠장. 정말 많이도 나오네."

"인터넷 쇼핑이 발달해서 그런가?"

녹색 블리치의 청년의 말을 금발의 청년이 받았다.

"야, 너 힘세구나. 노동자같이 생기진 않았는데 무슨 운동 하냐?"

"유도를 좀."

청년은 그렇게 대충 받아쳤다. 하지만 금발의 청년은 납득이 가는지 고개를 끄덕거렸다. 만차를 하나 보내고 다음 차가 오길 기다리는 시간이라 컨베이어 벨트도 정지하고 잠시 담배를 태울 여유가 있었다.

"피울래?"

"아니, 담배는 안 피워."

"아, 미안. 너 이력서 써낸 걸 봐서. 너도 봤지, 우리 동갑인 거? 말 놓자. 앞으로 같이 일할 건데 편한 게 좋지 않겠냐?"

먼저 말을 놓으면서 저런 식으로 말하는 건 좋은 태도가 아니라고 생각되지만 이상하게 이 녀석은 밉지 않았다. 태도가 불손하다고 해도 마치 오랜 친구를 대하듯 부담이 없다고 할까?

후우우우.

그가 내뿜는 담배 연기가 가을의 햇살 사이로 뻗어 나갔다.

"나는 성시경이라고 한다. 어때, 끝내주는 이름이지?"

"정말 이름이 그래?"

"주민등록에는 김성주라고 되어 있지만… 연예인을 꿈꾸는 놈은 예명 하나쯤 있게 마련이지."

"……."

과묵한 청년은 대한민국에서 연예인을 하려고 했다면 코를 뚫는 건 피했어야 하지 않나 하고 생각했지만 왠지 반론 자체가 바보짓 같아서 입이 떨어지지 않았다. 비록 가을이라지만 노동을 하는 동안 달아오른 몸에는 땀이 흐르고 있었다. 하지만 그 땀을 식힐 틈도 없이 다음 차가 들어오는 게 보였다.

"이런 젠장. 담배 한 대를 채 못 태우게 하네. 이러고 일당 삼만 원이라니 사기다."

자칭 성시경은 손가락으로 담배의 불씨를 털면서 그렇게 투덜거렸다. 그것에는 청년도 동감이었다.

"그런데 넌 이름이 뭐냐?"

"이력서 써낸 걸 봤을 정도면 이미 알 텐데?"

"하지만 소개란 게 그런 게 아니잖아. 그러면 이제부터 나는 너를 개똥이라고 부를게. 괜찮니?"

"괜찮을 리가 없지, 씨발 새꺄. 내 이름은 한세건이다."

그는 작업모를 돌려 쓰고 다시 일터로 복귀했다.

로우 깁슨은 애마 닷지 바이퍼를 향해 몸을 날린 뒤 날렵하게 안으로 들어갔다. 그러곤 환자복 차림의 윤미혜를 옆자리에 앉혔다.

"자자, 안전벨트를… 아니, 제가 매드리죠."

그는 아무런 반응이 없는 윤미혜를 살펴보고 안전벨트를 매 주었다. 그리고 선글라스 대신 운전 시 즐겨 끼는 보안경을 썼다. 뭐 그렇게 기분을 내고 있긴 하지만 지금 서울 시내는 완전히 마비 상태였다. 일반적인 기업체의 출근 시간 한계인 9시가 다가오면서 러시아워 역시 피크를 맞이하고 있는 것이다. 병원 주차장을 빠져나와서 도심에 들어가자마자 거북이 주행을 시작하다니… 바이퍼 GTS가 만약 생물이었다면 흡혈귀도 흘리지 못하는 눈물을 흘렸을 것이다.

"흐음. 그렇다면 뭐… 좋아."

로우 깁슨은 러시아워를 효과적으로 활용하기 위해 핸드폰을 이용해 경호 회사와 계약을 하고 서비스 업체에 전화를 걸었다.

"음, 일단 치수는 이십사 호에서 이십육 호 사이인 것 같으니까, 신장은 한 백육십이? 뭐? 틀렸다고? 아, 좋아. 그러면 다 준비해 놔. 그래. 여자 옷! 빌헬름에게 입힐 거냐고? 이런, 이런, 자네 유머 감각이 아주 좋아졌는데? 해고해도 스탠드 코미디언쯤은 할 수 있을 것 같아."

뭐, 빌헬름이 저항 안 한다면 갈아입혀 보는 것도 좋을지도… 라는 불순한 생각이 머리를 스치고 지나갔지만 그는 그 생각을 지워 버렸다.

"아, 음악 좋아하니… 라고 해도 내 취향이 맞지는 않을 거야. 음."

뭔가가 꼬여드는 느낌 때문에 그는 말을 멈췄다. 한강의 맞은편, 보통 인간에게는 절대 보일 리 없는 엄청난 거리 너머에 검은색의 코베트가 한 대 있었다.

"젠장."

거북이처럼 느리게 도시를 기어가는 자동차들의 인파 속에서, 붉은색의 바이퍼와 검은색의 코베트가 강을 사이에 두고 엇갈린다. 저격용 라이플이 있다면 충분히 사람을 죽일 수 있는 사정거리지만 실베스테르가 즐겨 쓰는 라이플은 바렛. 12.7×99㎜의 나토탄은 스나이퍼 라이플로서는 지나치게 강하다. 그리고 무엇보다도 이곳은 온통 사람들 천지인데 인간들 앞에서 총을 쓸 수 있을까? 한국은 총기 관리가 가장 엄격한 나라 중 하나인데도?

'쓰고도 남을 놈이었지.'

그는 창문을 내리고 자동차 덮개를 열었다. 은 탄환은 분명히 흡혈귀에게 큰 타격을 주지만 진마에게는 일격에 치명상을 줄 만한 급소, 심장과 뇌를 제외하고선 별 의미가 없다. 진마사냥꾼인 실베스테르는 분명히 뇌와 심장을 노린다. 그의 총격에 애마를 방치할 수 없지 않은가?

그때 그는 보았다.

코베트 쿠페에 좌석에서 코트를 펼치는 신부를. 그 신부는 120센티미터나 하는 대형 라이플, PSG—1을 꺼내어 이쪽을 겨누었다. 느릿느릿 기어가는 차들이 그득한 도로에서, 코트로 몸을 가린 채 총을 끌어안고 다리를 창 쪽으로 향하며 옆 좌석으로 드러눕는다.

등을 바닥에 댄 채 발 쪽으로 총을 쏜다니, 저 자세에서 한강 너머의 사람을 맞출 수 있다면 인간이 아닐 것이다. 무엇보다도 PSG—1에 따라붙는 저격용 망원렌즈도 부착되어 있지 않다. 하지만 실베스테르가 괜히 진마사냥꾼이라고 불리는 게 아니다.

그는… 쏠 것이다.

"개자식!"

로우는 윤미혜를 몸으로 가리며 양팔을 뻗었다. 예리한 파공성과 함께 그의 몸이 들썩거렸다. 윤미혜는 그걸 아는지 모르는지 아무런 표정 변화 없이 앞을 바라보았다.

그녀의 눈동자에 차량과 인파가 스쳐 지나갔다. 많은 사람, 많은 차량, 하지만 그 어느 것도 리얼리티는 없었다. 언제부터 이렇게 되었을까?

"아, 거 진짜 안 가네! 거 길 전세 냈소!"

요란한 경적과 함께 성질 더러운 목소리가 재촉했다. 실베스테르는 평소 쓰던 바렛이 아닌 PSG—1을 내려놓고 몸을 천천히 일으켜 세웠다. 탄피가 바닥에 떨어졌지만 옆 차나 뒤차, 앞차 어디에서도 발견하진 못했을 것이다. 아무리 총성이 들리지 않게 하는 마법을 걸었다지만 이 많은 사람의 앞에서 총을 쏘는 것은 스릴이 있었다. 그것도 목표에 정확히 명중시키는 것은······.

"인사로서는 훌륭했나?"

그는 그렇게 중얼거리고 차를 앞으로 몰았다. 얼마 되지도 않은 거리를 나아간 앞차를 바라보며 한숨을 내쉰다. 이 거리를 따라가라고 경적을 그렇게 울려댔단 말인가? 하지만 다른 차들이 끼어들 기세를 보이자 그도 액셀을 밟을 수밖에 없었다. 로우 깁슨의 바이퍼가 그렇듯, 실베스테르의 코베트 쿠페 역시 거북이처럼 도로를 기어가는 추악한 자신의 모습에 눈물을 흘릴 것이다.

블루호크 경호 회사는 길가에 트레일러트럭을 세워놓고 기다리고 있었다. 한국 굴지의 경호팀 중 하나인 이 블루호크는 단순한 경호 임무뿐 아니라 각종 서비스업도 철저했다. 역시 이번에도 그들은 로우의 기대를 배반하지 않았다.

"오셨습니까, 로우 깁슨 씨."

도수 없는 보안경을 쓰고 있는 여성 보디가드가 그를 맞이했다. 물론 윤미혜를 돕기 위해 고용한 이들이다. 여성을 위한 여성 보디가드, 그리고 방탄 처리가 된 트레일러트럭은 이 경비 회사가 미국에서도 손색없을 거라고 생각되었다. 복합 장갑판과 케블라, 스펙트라의 이중 직물, 그 직물을 둘러싸고 있는 특수 폴리머 층으로 완전히 방탄 처리된 트레일러 안에는 어울리지 않게 여성의 의복이 잔뜩 들어 있었다.

그리고 안에는 그 옷들을 챙겨 온 변호사가 있다. L&J라는 변호사 회사에서 파견 나온 김창수라는 이 변호사는 로우 깁슨이 한국에 체류하는 동안 일어나는 모든 법적인 일을 처리하기 위한 법무사, 경영 컨설턴트, 그리고 집사도 겸하고 있었다.

"일단 준비하라는 대로 준비하긴 했습니다만."

"잘했네. 아, 경호원 아가씨는 그녀를 좀 갈아입혀 줘요. 계속 환자복을 입힐 수는 없으니까."

로우 깁슨은 그렇게 말하고 손에 쥐고 있던 것들을 김창수의 손에 들려 주었다. 7.62㎜ 라이플 탄의 탄자가 일그러진 구리 합금의 머리를 반짝이고 있었다.

"이건?"

김창수가 의아해하자 로우는 목소리를 죽여서 말했다.

"앗 하는 사이에 여섯 발을 쏘더군. 전부 인간을 향해서."

로우 깁슨은 그렇게 말하고 고개를 좌우로 저었다. 다행히 그는 총탄을 막아낼 수 있었다. 만약 그가 아니었다면 윤미혜는 경추가 부러지고 뇌수가 조각조각나서 길거리 한복판에서 죽어버렸을 것이다.

실베스테르의 저격은 그만큼 정확했고… 탄환은 위력이 있었다. 팬텀이 사법을 써서 몸을 보호했지만 여섯 발의 집중사격은 결국 태양 아래에서 약화된 팬텀의 사법결계(邪法結界)를 뚫고 팔을 관통해 피를 불렀다.

그래도 일반 탄환이어서 그나마 다행이었다. 만약 그가 은탄환으로 상처를 입게 되면 피를 회수하지 못하게 되고 상처에서 흘러나온 피의 미세한 입자만으로도 인간의 흡혈귀화가 일어날 수 있다.

'녀석도 나름대로 신경 써준 건가? 우습군.'

로우 깁슨, 아니, 진마 팬텀은 그렇게 생각하곤 선글라스를 고쳐 썼다. 흡혈귀를 걱정해 주는 진마사냥꾼이라니. 아니, 이 여자를 걱정해 준 것인가?

5

가로등이 깜빡거리며 기지개를 펴기 시작했다. 창백한 수은등, 부황 들린 나트륨등, 그리고 형형색색의 네온사인과 밝은 오렌지빛의 헤드라이트, 무수한 빛이 밤의 도시를 물들여 가고 있었다.

마치 사이키델릭 문을 흡입했을 때의 느낌과 같다. 끝없는 색들의 향연, 하지만 다른 게 있다면 윤곽선이 흐릿하게 보인다는 것 정도다. 뭐 세건에게는 아무래도 좋을 일이다. 세건은 다 마신 빈 캔을 뒤로 던졌다.

메마른 쇳소리가 들려왔다. 아마도 골인, 스테인리스로 만들어진 공원 쓰레기통은 이 작은 깡통을 받아들인 정도로는 미동도 하지 않는다.

"하아… 고작 삼만 원인가?"

세건은 오토바이에 몸을 실은 채 한숨을 내쉬었다. 일이 끝나자 전신에 힘이 쫘악 빠졌다. 특히 세건의 경우는 완력을 키우기 위해 요령 없이 일을 했더니 더더욱 심했다. 제아무리 무술로 몸을 단련한다고 해도 일에는 또 일의 법칙이 있게 마련이다.

밤의 공원에는 사람들이 모여들었다. 인근의 학원에서 나온 고교생들은 벤치 위에 앉아서 몰래 캔 맥주를 마셨다. 세건은 잠시 주위의 사람들을 둘러보다가 오토바이에 몸을 싣고 공원 계단을 내려갔다.

계단을 한 단씩 내려갈 때마다 삐끄덕거리는 걸 보니 이 RX—125는 더 이상 오래 탈 물건이 아닌 것 같았다. 형이 애써서 튠업해 놓은 게 단 한 번 사고에 날아가 버리다니 허망할 정도였다. 물론 오토바이를 장난감처럼 집어 들어서 던졌는데 멀쩡할 리가 없지. 그래도 그 많은 수리비를 부어놓은 게 바보짓이었다니……

"이 기회에 오토바이를 하나 살까?"

세건은 그렇게 중얼거렸다. 물론 돈은 있다. 하지만 그걸 다

쓰게 되면 생활비니 뭐니 남는 게 없으니까 문제다. 어떻게 아껴 쓰면 못할 것도 없을 것 같지만 불안감이 더 커서 꺼내 쓸 수가 없었다.

"젠장. 흡혈귀 피를 얼른 팔아야 할 텐데."

한 봉지는 벌써 용진을 위해서 썼다. 남은 건 달랑 한 봉지이지만 사이키델릭 문도 사용하지 않고 싸워서 이길 수 있는 흡혈귀라면 그다지 순도가 높지 않을 것이다.

이렇게 된 이상 다시 상동파라도 습격할까 하는 생각도 들었지만 지금의 상동파는 비상 체제에 들어가 있을 게 분명하다. 경계하고 있는 적을 건드려 봐야 득보다 실이 큰 것은 명약관화.

"아, 저기!"

세건이 이런저런 생각을 하면서 막 코너를 돌았을 때였다. 언젠가 보았던 여자애가 세건을 불러 세웠다.

"응?"

진유미가 세건을 부르고 있었다. 전에 한 번 만났을 뿐이고 주소도 사는 곳도 이야기해 주지 않았는데 이렇게 길거리에서 다시 만나다니. 우연이라면 참 기묘한 우연이겠지만…….

"아, 다리 저려!"

진유미는 그렇게 말하고 열심히 다리를 주물렀다. 세건과 헤어졌던 편의점 앞에서 몇 시간이나 쪼그려 앉아 있었으니 당연하리라. 세건은 그런 그녀를 보고 피식 웃었다.

"안에 들어가서 어디 앉아 있든가 그러지. 저기 공원이라든가.”

“뭘… 그런 것보다, 어디 갈 거야?”

“집. 들어가서 자야지.”

세건은 대충 그렇게 말했다. 하지만 그녀는 호감을 듬뿍 담고 세건에게 다가왔다.

“어디 사는데?”

“그런 거 묻지 마. 그보다 네 친구들은?”

“응. 다들 남자 친구들 만나러 갔지. 집에 들어간 애들도 있고.”

가출 소녀 집단인가 하는 생각이 들었지만 세건은 그 이상 말하지 않았다. 비록 모범생다운 인생을 살아본 일은 없지만 그렇다고 이런 아이들처럼 내일도 바라보지 않은 건 아니다. 무엇보다도 여자애 입에서 자자는 소리를 직접 들은 게 충격이었다.

‘하지만 생각해 보면 폭주족들도 그런 소린 많이 들었잖아?’

대상이 자신이 아니었을 뿐. 세건은 그래서 이 여자를 꺼림칙하게 여기는 것일지도 모른다.

“아르바이트 끝나서 피곤하니까 놀아줄 여유가 없어.”

“그래? 어디서 사는데?”

“고시원이다. 아르바이트 죽어라 해도 고시원 방세 내고 나면 먹고살기도 빠듯하단 말야. 그러니까 내버려 둬.”

“고시원?”

그녀는 잠시 생각에 빠졌다. 원래 그렇게 바보였을 리는 없겠지만 시너 등의 유기용제로 뇌가 녹아서 사고장애가 생긴 그녀는 고시가 무엇인지, 고시원이 무엇인지도 알지 못했다.

"돈 내고 하숙한다고 해두지. 하숙… 도 모르려나?"

세건은 그렇게 중얼거리며 그녀를 바라보았다. 대체 어떤 집에서 살길래 이런 상태의 여자애를 방치해 두는 건지 이해할 수가 없었다. 부모가 없는 건 아닐까?

"너 집은 어디야?"

"나를 바보로 보는 거야?"

"묻는 말에 대답이나 해."

세건이 그렇게 말하자 그녀는 이전 세건을 끌고 왔던 자신의 자취방을 가리켰다. 세건은 그쪽을 보고 다시 물어보았다.

"부모님은?"

"없어."

"고아란 뜻이야?"

"그래."

그녀는 그렇게 말하면서 입을 다물었다. 그 일에 대해서는 더 이상 말하고 싶지 않은 것 같았다. 흐리멍덩한 눈을 하고 있던 여자애가 그런 면에서는 결연함을 보여주니까 그 감정이 얼마나 격렬한지 알 수 있을 것 같다.

"그 점에 있어서는 나와 같군."

세건은 그렇게 중얼거렸다. 하지만 그녀는 세건의 말을 듣지 못했는지 으응~ 하면서 고개를 들어서 다시 말해줄 것을 요구했다.

"뒤에 타. 데려다 주지."

세건은 대답 대신 그렇게 말하고 그녀를 바라보았다. 물론 그녀는 세건의 제안을 거절하지 않았다.

진유미의 집은 꽤 높은 곳에 있었다. 세건은 처음엔 자취방 이라고 생각했지만 그게 정말 그녀의 집이라는 걸 알 수 있었 다. 진유미는 원래 H여고에 다니던 흔한 불량소녀로 자칭 '칠 공주파'의 일원이었다. 왜 여자애들은 툭하면 칠공주라고 칭 하기 좋아하는지 모르겠지만 H여고의 불량서클은 그런 몰개 성한 이름을 내걸고 활동했던 것 같았다.

그러던 중 그녀의 부모가 사고로 죽고 말았다. 권위적이고 폭압적이던 아버지, 그 아버지의 소유물과 같던 어머니와 딸. 절대로 단란하다고 할 수는 없는 가족이었지만 그 가족의 굴레 가 완전히 깨져 버린 것이다.

소녀는 광란에 몸을 맡겼다. 싸구려 환각을 얻기 위해 공업 용 본드를 흡입했고 환각에 취한 채 양아치나 다름없는 불량 학생들과 관계를 맺었다. 한 번의 임신과 사산으로 두 번 다시 애를 낳을 수 없게 된 몸이 된 뒤로는 더더욱 극성이었다.

그녀의 집은 불량소녀들이 가출할 때 쓸 공동 숙소가 되었고 난교장이 되었다. 시너를 마시고 본드를 불고 담배꽁초가 쌓여 서 탑을 이룬다. 망가진 몸과 마음을 유기용제로 달래던 그녀 는 결국 정신장애까지 겪게 되었다. 환각을 보고 두통에 시달렸다. 하지만 생리 때의 출혈과 고통에 비하면 그것은 아무것도 아니었다.

사산(死産)…….

죽은 태아가 떨어지면서 저주라도 했는지 그녀의 생리통은 그야말로 자상(刺傷)이었다. 예리한 칼날이 자궁을 헤집는 듯한 통증이란 말로 표현한다는 것 자체가 불가능할 정도였다. 그럴 때면 그녀는 술에 취해 버린다. 곤드레만드레 취하면 통증을 모르고 지나게 되고, 고통에 대한 무지는 분명히 그녀에게 있어서 행복일 것이다.

"……."

세건은 집 앞에 서서 그녀의 앞뒤가 안 맞는 이야기를 듣고 있었다. 어쩌다 한번 그녀의 이야기라도 듣고자 한 것인데, 그녀는 너무나도 즐거워하며 이야기를 한다. 좋아하는 연예인 이야기, 살아온 이야기, 친구들의 이야기… 끝이 없을 것 같은 이야기를 들으며, 내심 지루하더라도 세건은 참아야 했다.

"응, 그래. 그렇구나."

그는 건성으로 대답하며 그녀의 집을 바라보았다. 안에서는 불량한 놈들이 모여서 그들만의 사바트(Sabbath:마녀들의 집회)를 열고 있을 것이다. 그 안으로 들어가기가 싫어서, 그녀는 몇 번이고 같은 이야기를 반복하고 있었다.

"자… 그럼 난 가지."

세건은 그렇게 말하고 오토바이에 시동을 걸었다. 어쨌든 그녀는 그녀고 세건은 세건이다.

세건이 그녀의 인생을 대신 살아줄 것도 아니고 계속 여기서 그녀의 이야기를 들을 수도 없는 것 아닌가? 그는 오토바이에 몸을 싣고 그녀를 뒤로했다.

"저기… 언제 다시 볼 수 있을까?"

문득 진유미가 그렇게 물어보았다. 조바심을 내는 듯한 목소리였다. 그녀의 커트 코베인이 도시 속으로 모습을 감추려 하는데 두려워하는 것도 당연하다.

한세건은 잠시 고개를 들었다. 달은 구름에 가렸는지, 매연에 가렸는지, 이도 저도 아니라 원래 뜨지 않는 날인지 보이지 않았다. 그는 뒤도 돌아보지 않고 말했다.

"글쎄. 내 아르바이트는 여섯 시에 끝나니까."

그는 그렇게 말하고 액셀을 당겼다.

세건은 바로 고시원으로 돌아가지 않았다. 3만 원짜리 일당의 아르바이트를 해본 결과, 돈의 소중함을 뼈에 아로새길 정도로 느껴 버린 것이다. 그런 만큼 이 피를 얼른 처분하고 싶었다. 하지만 이전 덕연과 같이 일할 때 보았던 주 영감은 미성년자인 세건과의 거래를 거부했다. 이렇게 되면 남는 것은 다른 딜러를 찾는 것뿐이다. 대체 주 영감 말고 다른 딜러는 누구인지, 이번에야말로 제대로 듣기 위해서 한세건은 아르쥬나로 향했다.

"아, 젠장. 이 빌어먹을 오토바이……."

한때는 형의 유품이라고 생각해서 프레임도 바꾸길 거절했지만… 이제는 생각이 바뀌어 버렸다. 아무리 그래도 큰 사고가 난 오토바이는 쓸 수 없는 법이다. 일단 굴러가기는 해야 형의 유품일 수 있는 거지 이대로는 유품이랍시고 타고 다니다가 같이 유품 남길 입장이 될 것이다.

끼이익 하고 브레이크 닳는 소리가 요란하게 들렸다. 세건은 갑자기 오토바이를 멈추고 눈앞의 물건을 자세히 바라보았다. 마치 안경을 잃어버린 근시처럼 자세히 눈앞의 물건을 노려보던 그는 무의식중에 탄성을 질렀다. 코베트 쿠페다. 검은 코베트 쿠페가 아르쥬나의 앞에 서 있는 것이다. 세건은 오토바이에서 내리고 즉시 아르쥬나 안으로 뛰어 들어갔다.

아르쥬나의 자동문은 천천히 열렸다. 문을 열고 들어온 세건의 눈에 들어온 것은 의자에 앉아서 커피를 마시고 있는 실베스테르였다. 새카만 신부복을 입은 그는 세건에겐 눈길도 주지 않고 커피를 마시며 웬 파일을 보고 있었다.

"실베스테르!"

"응?"

실베스테르는 그제야 고개를 들며 세건을 바라보았다. 한없이 귀찮아 보이는 표정을 짓던 그는 맞은편 소파를 턱으로 가리켰다.

"커피 맛이 아주 좋은데. 오컬트 숍 장사가 안 되면 오컬트 카페로 바꾸는 것도 좋겠어."

"그거는 허가 내주는 곳이 달라서 귀찮아요. 카페는 대중음

식점이니까."

김성희는 그렇게 대답한 다음 세건을 바라보며 뭘 마시겠냐고 물어보았다. 물론 세건은 차 마실 기분이 아니었다.

"언제 한국에 온 겁니까?"

"얼마 되지 않았다."

실베스테르는 그렇게 말하며 계속 파일을 살펴보았다. 안에는 몇 장의 사진과 신문 기사 스크랩, 그리고 학생생활기록부 등이 들어 있었다. 바로 진마 팬텀의 곁에 앉아 있던 인간, 윤미혜의 기록이었다.

"윤미혜라. 재미있군. 그래, 무슨 일이지?"

실베스테르는 그렇게 말하며 맞은편의 한세건을 바라보았다. 세건으로서는 왠지 말로 못 다할 감정에 휩싸였다. 자신을 살려내고 흡혈귀 사냥꾼으로 인도한 실베스테르⋯ 하지만 그를 원망할 수 없다. 왜냐면 세건은 그 자신의 선택으로 여기 서 있는 것이니까.

"씨발."

세건은 탁자를 주먹으로 내려쳤다. 찻잔과 받침이 달그락거리는 도자기 특유의 소리를 내었다. 그 결과 실베스테르의 파일에서 사진 몇 장이 빠져나왔다.

"호오⋯ 죽고 싶어서 작정을 했나 보구나. 응?"

실베스테르는 놀란 눈의 세건을 보고 입을 다물었다. 그가 바라보고 있는 사진은 윤미혜 강간사주사건의 가해자들⋯ 바로 그 사진이었다.

"왜 이 사진이?"

"아는 사람이라도 있나?"

"……."

세건은 대답 대신 고개를 끄덕였다.

아직 정신이 온건하던 시절인지 카메라를 향해 반항적인 눈길을 한 소녀가 거기 있었다. 실베스테르는 그런 그를 보고 손으로 눈가를 덮었다.

"이런, 이런… 아무래도 이번 동업자는 못 말리는 애송이일 것 같군."

"……?"

한세건은 실베스테르가 뭐라고 그러는지 영문을 몰랐다. 하긴 이런 단편적인 이야기에서 바로 사건의 흐름을 다 알아낸다면 그게 더 이상한 것이리라. 물론 그렇다고 하더라도 분위기 정도는 알 수 있었다. 하지만 동업자라니? 진마사냥꾼과의 동업이라면 이들이 흡혈귀와 모종의 관련이 있단 말인가? 세건은 다시 한 번 사진을 바라보았다.

지금과는 달리 훨씬 산뜻하고, 냉기가 흐르는 진유미는 분명히 예뻤다. 길을 가다가도 한 번쯤 돌아보게 만들 정도로…….

"최악이야."

실베스테르의 한숨이 터져 나왔다.

"결국 이렇게 되었군요."

빌헬름 마이어는 자신의 마스터, 진마 팬텀의 괴벽을 도무지 이해할 수가 없었다. 다른 진마들이 흡혈귀 클랜을 만들고 스스로 어둠임을 인정한 데 반해 진마 팬텀은 홀로 서서 인간처럼 살았다. 그는 인간처럼 남을 미워할 수 있었고 인간처럼 남을 동정할 수 있었다. 만약 그가 눈물을 흘릴 수만 있었다면 오만하고 사악한 진마사냥꾼을 위해서도 기꺼이 그 눈물을 흘려 줬으리라.

그의 자비가 어제오늘의 일인 것도 아니고 그 자비로 인해서 지금 흡혈귀로서나마 살아 있을 수 있는 빌헬름이 어찌 그의 뜻을 거역할 수 있을까? 하지만 이건 해도 너무한 것이 아닌가! 흡혈귀가 인간 여자를 데려오다니! 그것도 멀쩡하게 살려서!

"뭐, 너그러이 이해하렴. 병원이나 그런 데 보내기에는 상태가 너무 안 좋아. 그렇다고 몇마디 말이나 꽃다발 따위로 그녀에게 위로가 되겠니? 아예 시작을 안 하면 모를까. 일단 남의 인생에 개입을 한다면 아예 적극적으로 개입하는 게 차라리 낫다."

"위로를 해야 한다가 전제로 깔려 있다면 마스터의 행동은 올바른 선택이었습니다."

빌헬름은 그렇게 말하고 잠에 빠져 있는 소녀를 바라보았다. 윤미혜라고 했던가? 한때는 제법 예쁘장한 소녀였겠지만 지금은 오랜 병실 생활에 마르고 피폐해져 총기 한 가닥도 남아 있지 않았다. 이런 백치 같은 여자를 마스터는 어떻게 하려고 그러는 것일까? 먹으려는 건 아닐 테고.

"그런데 자폐증 환자는 어떻게 대해야 하냐?"

"가스실에 넣고 사린 가스를 먹여주면 되죠."

속없는 질문을 던지는 마스터에게 가시 돋친 말을 하는 건 빌헬름밖에 없었다. 그래도 진마 팬텀은 실실 웃으면서 창밖을 바라보았다.

"뭐, 네 심정 다 이해한다."

"아니, 하나도 모르고 계신 겁니다. 답답해 죽을 지경이니까요."

"그래서 말인데, 어디 놀러 갈까?"

"예?"

"다 같이 놀러 가는 거야. 너랑 음… 윤미혜도."

아직 이름도 못 외웠군. 빌헬름은 그렇게 생각했지만 마스터의 제안은 굉장히 매력적이었다. 흡혈귀가 된 지도 어언 환갑을 바라보는 빌헬름이지만 모습은 아직도 소년, 그리고 마음 역시 그러했다. 놀러 가다니 얼마나 매력적인 일인가?

"흠흠, 마스터는 제가 어린아이로 보이십니까?"

"물론 예수님보다 나이를 더 먹은 내 입장에서 보면야…….
싫으면 어쩔 수 없지."

"아니, 한번 꺼내신 이야기를 다시 물리시면 안 됩니다."

빌헬름은 그렇게 대답했다가 진마 팬텀이 웃고 있다는 걸 알고 입을 다물었다. 여전히 마스터는 그를 애 취급할 뿐이었다. 그것은 할 수 없다. 모습은 외부에 대한 반응을 유도하고 그 반응이 사회적인 정서를 형성한다. 소년의 모습에서 성장이 정지한 그는 어쩌면 영원히 소년일 수밖에 없을지도 모른다.

그러나 그렇다고 해서 마스터를 탓한 적은 한 번도 없다.

"그러면 어디로 갈까? 아, 그렇지. 뭔가 맛있는 것이라도 먹을래? 윤미혜 양도 좋아할까?"

"보통 레이디는 먹을 것으로 꾀여지지 않는 법입니다."

"그건 그렇겠지만 생각해 보니 저녁 먹을 시간이 지났어."

"자폐증 환자를 굶기다니 최악이군요. 병원보다 더 나쁠지도."

빌헬름은 잔인하게 딱 잘라 말했다. 그러자 팬텀의 표정이 파랗게 질렸다.

"맙소사. 그런 나쁜 짓을 하다니! 산타에게 크리스마스 선물을 못 받는다고!"

"……"

마스터의 호들갑은 언제나 일품이다. 빌헬름은 한숨을 내쉬고 자폐증의 소녀를 살펴보았다.

"그러면 일단 고급 레스토랑이라도 잡고… 이 아가씨도 뷰티살롱 같은 데서 좀 단장 좀 해야겠어요. 옷만 갈아입힌다고 병원의 꾀죄죄한 티가 벗겨지는 게 아니니까."

"그래. 아, 경호원들도 데려가야 하잖아?"

"……"

그러고 보니 실베스테르가 한국에 와 있는데 외출을 한단 말이 아닌가? 빌헬름은 놀러 나간다는 말에 혹해 버린 자기 자신을 용서할 수가 없었다. 진마사냥꾼은 이미 아침에 한 번 팬텀을 습격했다. 아무리 진마라고 해도 결국 태양 아래에서는 VT가 소모될 뿐 아니라 한없이 약해지는 흡혈귀. 그렇기 때문에 최강의 흡혈귀라는 팬텀도 피를 보고야 말았다.

'밤이 되면 마스터가 당할 리 없어!'

빌헬름은 그렇게 믿고 있었다. 밤의 주민들의 왕인 진마를 밤에 습격한다는 건 있을 수 없다. 상대가 진마사냥꾼이 아니라면.

"경호원들을 대동하고 나가시게요?"

인간 경호원들은 실베스테르를 막기에 가장 좋은 방패막이다. 대한민국에선 대부분의 총기가 불법 무기이고 그 발사는 이루 말할 수 없는 중형을 선고받는다. 이렇게 총기 관리가 엄격한 나라가 또 있을까? 그렇기에 인간을 고용하면 실베스테르도 함부로 총을 쓸 수 없다. 제아무리 진마사냥꾼이래도 맨손으로 팬텀을 이길 수는 없을 테니… 그러나 만에 하나라는 게 있는 법이다.

"나가지 말죠. 룸서비스를 부르면……."

"안 돼."

하지만 마스터는 완고하게 고집을 피웠다.

"그러지 않으면 여기는 고급품으로 채운 병실일 뿐이야. 내가 그녀를 병원에서 빼 온 이상… 더 나은 환경을 제공해야 하는 게 내 의무지 않겠어?"

"그래도……."

빌헬름은 입을 다물었다. 이렇게까지 말하면 마스터를 설득하기란 불가능하다는 걸 알고 있었다. 어차피 그는 진마 팬텀의 혈족, 그런 그가 주인에게 사사건건 반대를 한다는 것도 어불성설이고 무엇보다도······.

방금 일어났으니 나가 놀고 싶은 건 빌헬름도 마찬가지였다.

6

오래간만에 비가 내리고 있었다. 가을비는 촉촉하게 주위를 적시며 항상 도시를 휘감고 있던 매연을 씻어내렸다. 그래서인지 공기가 산뜻하고 숨쉬기에도 좋다.

그러나 100킬로그램가량 나가는 거대한 프로젝션 TV를 나르고 있으면 숨이 가빠지고 땀이 비 오듯 흘러나오는 걸 주체할 수 없었다.

"제기랄! 어떤 새끼가 이런 걸 택배로 나르는 거야? 이런 건 대리점 트럭이라든가 그런 게······."

"닥쳐."

세건은 자칭 성시경에게 그렇게 말하고 우의의 후드를 젖혔다. 머리에서 김이 모락모락 올라오는 게 심히 괴로웠다. 오늘따라 왜 이렇게 무거운 게 많은지 주는 것 없는 계장이 더없이 미워 보였다.

'진마 팬텀이라.'

세건은 몸을 풀면서 실베스테르의 이야기를 떠올렸다.

실베스테르가 추격하는 것은 24인의 진마… 그중 하나인 팬
텀은 로우 깁슨이라고 하는 사업가가 되어 한국에 있었다. 실
베스테르는 팬텀을 쫓아 한국으로 돌아온 것이다.

'녀석이야말로 가장 추악하지. 모습은 아름답고 마음씨는
선량하며 유능하고 지적이며 세련되었지. 인간들을 조종해서
내 총구 앞에 사람을 세워두고 내 뒤에서 나를 말소시키기도
하고 말야.'

어둠 속에 서서 실베스테르는 그렇게 말했다. 실베스테르는
세련되고 아름다운 존재지만, 그가 진마 팬텀에 대해서 이야기
할 때는 아름다움은 음습한 증오에 갇혀 자취를 감춘다.

세건은 실베스테르의 모순된 말을 이해할 수가 없었다. 추
악하다고? 그렇다면 뒤에 붙는 그 말은 무엇인가? 극찬이 아
닌가?

'어째서 추악하다는 겁니까?'

세건은 그렇게 물었다. 그 순간 실베스테르는 자신의 은청색
눈동자를 부릅뜨고 세건을 노려보았다. 한순간 세건은 자신이
다시 사이키델릭 문을 섭취하지 않았나 하는 의심이 들었다.
거리감이 부서지고 시야가 녹아내린다. 그 융점에서부터 흐릿
한 데스 마스크들이 나타나고 기이한 비명이 들려오는데, 그보
다 더더욱 무서운 것은 실베스테르였다. 아름다운 은빛의 머리
칼을 흩날리는 신부가 마귀처럼 선명한 눈동자로 세건을 노려

보고 있었다. 그 격노는 예리한 이성 위에 올라가 있어서 더없이 섬뜩한 칼날 같고, 그 눈길은 영혼 저 너머를 관통하는 탄환 같았다. 세건은 겁에 질려 어쩔 줄 모르며 눈을 감으려 했다. 하지만 시선은 여전히 실베스테르에게 못 박혀 있었고 그 마음까지 자유롭지 못했다. 실베스테르는 의도적으로 세건에게 심령 제압을 건 것이다.

흡혈귀에게 매료당하고, 심령 제압을 당하는 것은 흡혈귀 사냥꾼이 가장 피해야 할 일이다. 그리고 그걸 위해서는 흡혈귀에 대한 부정적인 생각이 강해야 한다. 혹은 그 피를 팔아서 얻을 수 있는 돈에 대한 열망이라도 갖든지. 왜 흡혈귀는 아름다운 모습을 가지고 선량한 행위를 한다고 해도 추악함의 굴레를 벗어던질 수 없는가? 그것을 이해하고 맹종하지 않고서는 결코 흡혈귀 사냥꾼일 수 없으니까.

'올바른 정신만으로 죄를 피할 수 있다는 것은 인간들의 헛된 자만심일 뿐이야. 너는 너 자신의 정신이 글러서 네 가족을 잃었다고 생각하느냐? 불행과 죄 속에 뒹구는 이들이 틀렸기 때문에 선량하고 아름다운 것들은 다 현명하고 올곧다고 생각하느냐?!'

그는 광기를 더해갔다. 그가 광기를 더해갈수록 세건은 현란한 환각 속으로 빠져들었다. 밑도 끝도 없는 늪에 빨려 들어가듯……

'그래서 선과 악, 미와 추라는 건 인간의 판단에 존재하지 않는다. 추악함? 흡혈귀 사냥꾼의 관점에서는, 신이 창조하신 그 뜻에 어긋나는 것 모두를 말하는 것이다. 알겠냐. 모든 생명체는 죄를 숙명으로 지고 있지만 흡혈귀는 악어마저 흘리는 참회의 눈물도 흘리지 못하니까. 그런 놈이 아름답고 올바르다는 것만큼 추악한 게 없지.'

실베스테르는 그렇게 말하며 제압을 풀었다. 겨우 심령 제압에서 벗어난 세건은 물에 빠졌다가 올라온 사람처럼 헐떡이며 지면을 손으로 짚었다.

'그만하지. 추악하다면 나 역시 마찬가지니까.'

실베스테르는 그렇게 말하고 낮은 한숨을 내쉬었다. 밤의 아르쥬나에서는 그러한 대화가 오고 갔었다.

"아, 점심시간이다, 점심. 어이, 세건아. 벨트 정지시키고 밥 먹으러 가자!"

"……."

세건은 자칭 성시경이라는 김성주를 바라보며 자리에서 몸을 일으켰다. 그러고 보면 어째서 실베스테르는 흡혈귀 사냥꾼인 것일까? 바티칸에서 파견한 엑소시스트도 아닌 것 같은데 어째서 그는 흡혈귀의 피도 채집하지 않으면서 그렇게 흡혈귀들을 증오하는 것일까? 그리고 과연 팬텀이 거둬 간 소녀는 실베스테르의 예상대로 흡혈귀가 되어 진유미와 그 친구들에게 복수를 할 것인가?

'당연하지, 한세건. 너 자신을 돌아봐. 복수를 긍정한 네가 그녀의 복수를 부정할 수는 없지.'

실베스테르의 낮은 목소리가 귓가에서 울렸다. 세건은 자기 자신의 행동은 복수심과 다르다고 생각했다. 왜냐면 복수의 대상은 이미 죽어버렸으니까. 그리고 현대를 살아가는 인간에게 있어서 연좌제라는 것은 정당하지 못한 제도라고 생각된다. 죄를 그 개인이 아닌 전체에 지우는 것은 그릇되다고… 하지만 그렇다면 왜 세건은 흡혈귀 사냥꾼이 되었나?

"……."

확실히 세건으로서는 그녀의 복수를 부정할 수 없다. 그리고 진마 팬텀이라는 흡혈귀 역시 그럴 것이다. 그렇다는 것은 진유미와 그 친구들이 위험해진다는 소리인가?

'뭐, 내가 신경 쓸 일이 아닌가?'

세건은 그렇게 생각하면서 머릿속에 떠오르는 진유미의 모습을 애써 지웠다.

어젯밤은 즐거웠다. 수천 년의 밤을 지새운 그에게 즐거움이란 것은 너무나 익숙해져서, 이제는 자기최면에 지나지 않을지도 모른다. 하지만 자기 자신을 믿지 않으면 도저히 수천 년의 밤을 지새울 수 없다. 그리고 이렇게 제정신을 유지하고 있을 리도 없지.

'지금은 이 아가씨나 생각하자.'

로우 깁슨은 그렇게 생각하며 소파에 누워서 엉성한 자세로 무선 키보드를 두들기고 있었다. 그의 무릎에는 마치 강아지처럼 조용히 잠든 소녀가 머리를 올리고 있었는데 그녀를 깨우지 않기 위해서는 하반신을 움직이지 않아야 했다. 로우 깁슨은 하품을 하면서 그녀를 내려다보았다.

미성년으로 보이는 빌헬름까지 끼면 밤에 놀 수 있는 곳은 한정되어 있다. 심야 영화를 보고, 심야 공연을 보고, 볼링장에서 볼링을 친다. 이것만 해도 밤은 지나치게 짧았다. 그래서 소녀는 넉다운, 빌헬름도 다시 침실로 들어가 잠에 빠져들었다.

"하여튼 이러니저러니 해도 영원히 애라니까."

그는 그렇게 중얼거리고 눈을 감았다. 창밖에서는 비가 쏟아져 내리고 있었다. 이 빗소리 속에 섞여, 기이한 소리가 들려온다. 진마인 그가 아니면 들리지 않을, 현실과 죽음의 경계에 선 자들이 부르는 자신들을 위한 진혼곡, 그것은 생명의 그릇이 깨져 피를 통해서 그것을 충당해야 하는 흡혈귀들에게는 숙명처럼 다가오는 혼트(Haunt)라는 증상이었다. 죽음과 삶의 경계에서 극대화된 영적 감각은 이 세상이 아닌 쪽의 소리마저 듣게 해준다. 그것은 대부분의 흡혈귀를 미치게 만드는 원흉이다.

마물인 흡혈귀가 비슷한 처지의 유령들을 무서워한다는 것은 우스운 이야기겠지만 그러한 유령 들림의 증상 때문에 대부분의 흡혈귀는 오랜 시간을 살지 못하고 미쳐 버린다. 정신적으로 불안해지고 파괴 충동에 시달리게 되는 것이다.

게다가 성교로 오르가즘을 얻을 수 없는 그들에게 유일하게 남은 욕망의 배출구는 흡혈뿐이다. 비록 인간일 때는 온화한 이였다고 해도 계속되는 광기에 휘둘리다 보면 어느 틈에 마물이 되게 마련이다.

"하지만 살아간다는 것은 쾌락보다 인내를 더 중시 여기지."

그는 그렇게 중얼거리며 자신의 무릎을 베고 있는 소녀의 머리칼을 쓰다듬었다. 유명한 헤어드레서에게 맡긴 머리칼이지만 오랜 병원 생활 동안 상한 머릿결은 그다지 좋아지지 않았다. 삶을 충실하게 산다는 건 인간에게도 힘든 일이다. 하물며 흡혈귀에게야… 그러나 진마 팬텀은 그 인내를 지켜왔다.

그때 소녀가 조용히 눈을 떴다.

"인내요?"

그녀가 처음 입을 벌리고 한 말은 깁슨에 대한 질문이었다. 이 강대한 흡혈귀는 가을비에 젖은 회색의 서울을 바라보면서 고개를 끄덕였다. 회백색의 어두운 하늘이 펜트하우스 안으로 밀려들고 있었다. 비구름 너머의 태양이 뿌리는 빛은 희뿌옇게 퇴색되어 빛이 아니게 되었다. 천둥번개가 쳐도 이상하지 않을 도시의 하늘에 비친 이 흡혈귀는 조각상처럼 차갑고 아름다웠다.

흡혈귀가 모두 아름다운 것은 아니다. 죽음과 삶의 경계에 서 있는 흡혈귀들은 조금만 힘이 쌓여도 인간에게 사련(邪戀)을 불러일으키지만 그것은 아름다움과 거리가 먼 사악한 힘이다. 하지만 진마 팬텀은 정녕 아름다운 존재였다. 남성성을 포기하지 않은 샤프한 용모는 대리석을 깎아 만든 조각상과 같았다.

인간이 느낄 수 있는 아름다움을 갖춘 그는 지금까지 보았던 그저 마음씨 좋은 부자는 아니다.

하지만 죽어가는 생명에 대한 연민이 담겨 있는 것은 역시 그답다고 할까?

"고통을 감내하고 세상을 살아가는 힘이지요. 인내를 통해서 지켜야 할 것이 있다면 지옥의 불꽃마저도 다디단 것이랍니다, 작은 숙녀분."

뻔한 설교가 될지도 모르지만 그의 목소리는 마치 꿈결에 들려오는 것처럼 감미로웠다. 무저항의 마음을 정복해 버리는 그 목소리는 마법은 아니나… 그 자체로 이미 사법이라고 할 것이다. 막 자아의 껍질 일부를 깨고 나온 소녀에게는 분명히 강대한 영향력을 발휘할 터.

"정말 그렇게 생각하시나요?"

"물론이지요."

그는 그렇게 대답하고 고개를 갸웃거렸다.

"당신에게 그걸 강요할 생각은 없지만."

"……."

그녀는 다시 자아 속으로 빠져들어 생각에 잠겼다. 진마 팬텀은 그런 그녀를 바라보며 연민을 느꼈다. 그녀의 상처는 그의 예상보다 훨씬 더 깊었다. 성에 대한 감성적 면역력이 약한 동양의 작은 나라에서는, 그녀가 당한 일이 결코 녹록치 않은 큰 사건이라는 것쯤은 그도 알고 있었다. 이 보수적인 나라에서 윤간을 당한 여자가 제정신일 리가 없다. 하지만 그래도 지나간 과거보다는 남아 있는 미래를 생각하는 게 낫지 않을까? 분노와 회한은 어쩔 수 없는 것이지만 그래도 극복하지 못할 이유는 없지 않을까?

"살다 보면 좋은 일도 분명히 있는데······."

마지막 말은 어쩌면 자기 자신에게 하는 것일지도 몰랐다. 자기 자신을 속이기 위한 거짓말··· 지금까지 계속 반복해 온 그······.

한세건은 아르바이트가 끝나자마자 옷을 갈아입고 오토바이를 향해 몸을 날렸다. 물류 창고의 앞쪽, 넓은 공터 한가운데 세워져 있던 RX—125는 가을비를 맞아서 살짝 젖어 있었다. 오토바이를 타고 다니기엔 그다지 좋은 날씨가 아니지만 세건은 주저하지 않고 오토바이 위에 올라탔다. 그러자 아르바이트의 동료인 김성주가 뛰쳐나오며 외쳤다.

"어이! 세건아! 어디까지 가냐?"

"설마 태워달라는 건 아니겠지?"

"왜 아니겠냐? 전철역까지만 태워다 주라."

뒷좌석에 사람을 태우는 것은 그다지 권장할 일이 아니다. 비오는 날은 특히 그렇다. 하지만 세건은 아무 말 없이 뒤를 가리켰다. 죽고 싶어 하는 사람은 말리지 않는 게 세건의 신조였다. 이러다가 사고 나서 죽어도 자기 팔자라는 조금 무책임한 생각을 한 채 오토바이 시동을 걸었다.

김성주는 뭐가 그렇게 신 나는지 세건의 허리를 끌어안은 채 열심히 수다를 떨었다.

"아하하핫. 야, 일 끝나면 너 뭐하냐?"

"가야 할 곳이 있어."

"그래? 여자 친구라도 만나냐?"

"그런 건 알아서 뭐하게?"

세건은 퉁명스럽게 대답하고 역 앞에서 오토바이를 세웠다. 끼이익 하는 소리와 함께 바닥에서 물이 튀었다.

"다 왔어."

"아, 그래. 고맙다. 내일 보자!"

"……."

세건은 역으로 뛰어올라가는 김성주를 바라보고 즉시 오토바이의 방향을 틀었다. 실베스테르는 동업을 주장하면서 세건에게 오늘 일이 끝나자마자 아르쥬나로 달려올 것을 명령했다. 이것은 동업이 아니라 고용이 아닌가? 하지만 실베스테르가 하급 흡혈귀의 피에 관심이 없다는 것은 잘 알고 있었고, 세건에게는 돈이 필요했다.

"젠장, 돈에 쪼들리는 흡혈귀 사냥꾼이라니!"

세건은 몇몇 흡혈귀 영화 등에 대해서 불만을 터뜨리고 오토바이를 몰아갔다. 연료가 거의 바닥을 드러내고 있는 걸 보니 또 돈이 들어갈 것 같다. 하지만… 세건은 문득 오토바이를 멈춰 세웠다. 왠지 오늘도 진유미가 편의점의 앞에서 기다리고 있을 것 같았다.

'뭐, 그런 백치 같은 여자… 죽든 말든 뭔 상관이람?'

게다가 자기가 저지른 죄 때문에 죽는 것이다. 한세건이 흡혈귀 사냥꾼이 된 것은 흡혈귀에게 복수하기 위해서만은 아니다. 그러나 복수의 의지가 없다고 말하는 것은 거짓이다. 아직 미성년자인 그가 혹독한 훈련을 이겨낼 수 있었던 것은 복수를 위한 강렬한 의지 덕분이었다.

하지만 세건은 오토바이를 뒤로 돌려 어제 그녀를 만났던 편의점으로 돌아가고 있었다. 설사 그녀가 과거에 무슨 일을 저질렀건 지금의 그녀는 온전한 상태가 아니다. 백치인 채로 살아가는 게 더 잔인한 것일지도 모르지만 죽게 내버려 둘 수는 없었다.

세건이 막 그녀와 만났던 편의점 앞에 도착했을 때는 아무도 없었다. 하기야 비도 오고 그러는데 그녀가 여기에 나와 있을 리도 없고, 세건과 그녀는 친구도 연인도 아무것도 아니다.

"하하하하하."

세건은 편의점 앞에서 미친놈처럼 웃어대었다. 빗줄기 속을 뚫고 정신없이 달려왔는데 없다니…….

"하아."

하지만 세건은 곧 입을 다물었다. 방금 전까지 실성한 사람처럼 웃던 그는 언제 그랬냐는 듯 냉막한 표정으로 돌아와 있었다. 예감이라고 해야 할까? 사람에게는 이따금 아무 근거도 없이 확신이 들 때가 있다. 세건은 앞바퀴를 번쩍 들더니 제자리에서 오토바이를 180도 반전시켜서 언덕을 올라갔다.

어제 진유미의 집 앞까지 그녀를 태워다 준 적이 있었기 때문에 길은 잊지 않고 있었다.

"······."

한세건은 아무 말 없이 가슴에 손을 넣어보았다. 차가운 토카레프의 감촉이 느껴졌다. 원래는 고시원의 방, 옷장 안에 고이 모셔두던 토카레프지만 실베스테르의 귀국을 계기로 가지고 다니기로 한 것이다. 가급적 이걸 쓸 일이 없기를 빌지만··· 만약 흡혈귀가 있다면?

세건은 오토바이에서 내려 걸어갈까 하는 생각을 했지만 그만뒀다. 이곳은 주택가다. 오토바이 한두 대쯤 지나다닌다고 해서 이상할 것은 없겠지. 오히려 일찌감치 내려서 도중에 걸어간다면 그게 더 의심을 살 것이다.

언덕 위에는 폐가를 연상케 하는 낡은 집이 하나 있다. 사람이 사는지 안 사는지 온통 거미줄 투성이에 청소라고는 한 번도 되지 않은 것 같은 지저분한 건물. 그렇지만 이따금 아무렇게나 담은 쓰레기봉투와 구멍도 뚫지 않은 부탄가스통이 잔뜩 나오는 기괴한 집이었다. 사람은 분명히 살고 있다. 그리고 이 일대의 불량 학생들이 몰려들어서 이곳은 경찰도 순찰을 포기할 정도의 우범 지역이 되고 있었다.

"아하하함."

현관에 주저앉은 한 불량 학생이 하품인지 호흡인지 애매한 소리를 내며 입으로 담배 연기를 뿜어내었다. 불량 학생들이라고 쉽게 집어서 말하지만 정확히 말하면 단순한 양아치에 지나지 않는다. 학교는 이미 때려치운 녀석이 대부분이고 개중에는 절도, 폭력, 혹은 강간 등으로 소년원을 다닌 이도 꽤 있으니까. 이렇게 빈집에 모이는 이들은 불량배 중에서도 특히 질이 나쁜 놈이기에 주위 사람들은 모두들 쉬쉬하며 이 집을 경원시하고 있었다.

"그런데 괜찮겠냐? 그 애 이 집 주인이잖아?"

"냅둬. 머리통에 구멍 나서 제정신 아니야. 그리고 어차피 늘 하던 건데 뭐."

한때 칠공주파라는 흔한 이름으로 진유미와 같은 서클에 있던 양수현은 그렇게 말하며 입구에 있던 불량배에게 담배를 얻어 피웠다. 그러자 남자는 어깨를 으쓱해 보였다.

"그나저나 얼마나 준대?"

"한 백만? 그 이상은 무리래."

"흐음, 머리통에 구멍이 났어도 생긴 건 꽤 괜찮잖아? 아, 나도 비디오나 찍는다고 할까?"

"아서라. 네 작은 물건 가지고 비디오는 뭔 비디오냐."

그녀는 핀잔을 주면서 가래침을 탁 뱉었다. 그런 짓을 한 게 그녀뿐만이 아닌지 현관 안쪽은 온통 담배꽁초와 가래침 투성이다. 그래도 가스를 불다가 담배 피울 땐 밖으로 나오는 정도의 분별력은 있으니 망정이지 그렇지 않았다면 큰일이 났을 것이다.

"뭐야. 그런데 왜 저렇게 반대를 하지? 원래 저런 애가 아니었잖아?"

"글쎄, 모르겠어. 커트 코베인이니 뭐니 그러던데."

수현은 그렇게 대답하며 어깨를 으쓱해 보였다. 진유미가 너바나의 커트 코베인을 좋아한다는 것은 예전부터 알고 있었지만 그게 도대체 뭔 상관이지? 연예인이나 아이돌 가수들을 좋아하는 것은 신앙에 가깝다. 신에 대한 사랑과 인간에 대한 사랑이 별개이듯… 우상숭배가 곧 육체 간의 교합을 거부하지 않으니까.

부아아앙!

그때 그들의 귀에 오토바이의 폭음이 들려왔다. 곧 그들의 앞에 RX—125가 모습을 드러내었다.

"뭐……."

퍽!

오토바이에 타고 있던 이는 아무런 예고도 없이 현관 앞에 앉아 있던 남자를 들이받아 버렸다. 그는 오토바이를 앞에 세우더니 수현 쪽에는 눈길도 주지 않았다.

"으으으으윽… 끄으으윽."

오토바이에 치인 남자는 당연히 많이 아파했지만 오토바이를 밀고 들어온 자는 아무렇지도 않게 그를 뛰어넘었다. 그리고 헬멧을 벗어 들었다.

"안쪽인가?"

그는 녹색의 블리치를 따라 가르마를 타 넘기면서 수현을 돌아보았다.

"아, 무, 무슨 짓이야? 이 미친⋯⋯."

그러나 그녀는 그 말을 채 끝내지 못했다. 그전에 남자의 발길질이 그녀의 배를 후려갈긴 것이다. 깨끗하다고 할 앞차기가 꽂히자 몸에서 힘이 쫙 풀리고 내장이 충격을 받아 비명을 질러대었다. 몸통 속으로 침투한 충격은 그대로 척추를 타고 치솟아올라 눈물을 뽑아냈다. 그녀는 아무런 저항도 하지 못하고 앞으로 주저앉았다.

"⋯⋯."

그는 문을 발로 걷어차고 안을 살펴보았다. 그가 염려하던 대로 흡혈귀는 아니지만 그것과 그다지 다르지 않은 상황이 벌어지고 있었다.

"뭐, 뭐야?"

방문 입구에는 몇 명의 남녀가 서 있었다. 남자는 손에 들고 있던 헬멧을 휘둘러 상대 남자를 쓰러뜨리고 발길질로 여자들을 걷어찼다. 그러자 안에서 놀란 이들의 목소리가 들려왔다.

"무슨 일이야?!"

방문이 열리고 나온 이는 머리에 빨간 모자를 쓴 50대 초반의 남자였다. 손에 웬 노트를 한 권 들고 있는 것을 빼면 마치 낚시터에라도 나온 것 같은 모습이었다.

"뭐야, 네놈은?"

역시 이번에도 말이 필요 없다. 벌써 여섯 명을 쓰러뜨린 청년은 무시무시한 로우킥으로 남자의 대퇴부를 후려갈겼다. 쯔컥 하는 기이한 소리와 함께 남자가 몸을 가누지 못하고 앞으로 나가떨어졌다.

"뭐야?!"

작은 디지털 캠코더를 든 채 방 안에서 한 남자가 걸어 나왔다. 얼핏 보이는 방 안에는… 한국형 포르노 제작에 여념이 없는 제작진이 있었다. 무슨 일이 있었는지는 안 봐도 뻔하다. 돈될 일이라고 해서 금치산자에 가까운 진유미를 가지고 비디오를 찍는 것이겠지.

퍽!

그는 테츠 칸 고우(상단 돌려차기)로 카메라를 들고 있던 남자를 후려갈기고 티 소크(돌며 팔꿈치 치기)로 AD를 보고 있던 젊은 남자를 후려갈겼다. 짜고 해도 이렇게까지 되진 않을 정도로 정확하게 맞은 이들은 지면에 쓰러져서 꿈틀댈 뿐이다.

"헉, 자, 잘못했어요! 저는 저들이 시켜서……."

사내는 겁에 질려서 몸을 가릴 생각은 하지도 않고 알몸으로 물러났다. 하지만 그의 머리 위로 내려차기가 꽂히자 주위가 다 잠잠해졌다.

"흑… 흑흑흑."

진유미는 어린아이처럼 울고 있었다. 당해서 분하다거나 그런 것 보다는 그냥… 아파서 우는 것 같았다. 그녀는 사산을 한 이후에 그 후유증으로 생리 때만 되면 미칠 것 같은 고통에 시달려 왔다. 그런데… 하필이면 오늘 그런 생리가 시작된 것이다. 그런 사정은 알지도 못하는 것들은 그녀를 이용하기 위해 인터넷 성인 동영상 사이트에 돈을 받고 그녀를 팔아버린 것이다.

"······."

한세건은 어린아이처럼 우는 진유미를 보고 한숨을 내쉬었다.

어쩌란 말이냐.

연민의 마음을 버릴 수 없는데.

그냥 모르는 일인 척 넘어가면 분명히 아무렇지도 않을 것이다. 하지만 왜 넘어가지 않고 여기까지 와서 이 한심한 인간들을 두들겨 패는 것인가? 그런다고 이 뇌에 구멍 뚫린 여자가 나을 것도 아닌데.

형광등이 흔들거리며 빛과 그림자를 여기저기 뿌려대고 있었다. 한세건은 그 형광등을 손으로 잡아 세우고 카메라를 노려보았다. Hi―8mm 테이프를 쓰는 삼성 디지털 캠코더였다. 하지만 인터넷 포르노 사이트를 운영하기 위해서인지 이 캠코더는 USB 포트로 노트북과 연결되어 있었다.

콰직!

세건은 발로 노트북을 찍어서 완전히 박살 내고 유미를 일으켜 세웠다.

"흑… 세건. 아파. 아파······."

"······."

세건은 사이키델릭 문을 한 알 꺼내서 캡슐을 열었다. 그리고 그걸 진유미의 코에 가져다 대었다. 이미 본드 등으로 인후부가 완전히 상해 있겠지만 주사기도 없는 지금은 점막 흡입 외에 다른 투여 방법을 택할 수 없었다.

"…아아아."

방금 전까지 고통으로 몸부림치던 그녀의 몸에서 힘이 빠져 나간다. 그것은 마치 죽어가는 사람이 마지막 숨을 토하고 안식을 찾아가는 것 같은 과정을 연상시켰다. 하지만 그것은 안식으로 향하는 것이 아니라 더한 쾌락과 고통의 구렁텅이로 빠뜨리는 일이다.

진유미는 환상에 취해서 몸을 늘어뜨린 채 웃었다. 형형색색의 만화경이 눈앞에서 돌아가고 있는 듯한 느낌이었다. 분명히 그렇게 색채가 뭉개지고 이성이 날아갈 것 같은데도 시력은 오히려 좋아졌는지 사물의 윤곽만은 예리하게 살아 있다.

흡혈귀의 시각, 흡혈귀의 감각은 인간에게 있어서는 더할 나위 없는 마약이다. 흡혈귀들이 인간을 죽이고 피를 빨면서 오르가즘을 느끼듯 인간은 흡혈귀의 피에서 정제한 사이키델릭 문으로 아픔을 치유하고 쾌락에 빠진다.

달칵.

그녀는 세건의 만류에도 불구하고 벽에 붙어 있는 미니 컴포넌트를 작동시켰다.

아이러니컬하게도 미니 컴포넌트에서는 'Nirvana'의 'Rape me'가 흘러나오고 있었다. 미니 컴포넌트의 소리에 섞여서 빗소리가 들려온다.

7

한세건은 비에 흠뻑 젖은 채 아르쥬나에 도착했다. 너무
늦어서 실베스테르가 화를 내지는 않을까, 행여 다른 곳에
가진 않았을까 걱정되었다. 하지만 실베스테르의 코베트 쿠
페가 입구에 서 있는 걸 보면 어디 다른 곳에 간 것 같지는
않다. 세건은 RX—125를 앞에 세우고 아르쥬나의 입구에 들
어섰다.

"어서 오세요. 아, 세건이구나?"

아르쥬나의 오너, 김성희는 여전히 세련된 모습으로 그를 맞
이했다. 비에 흠뻑 젖은 세건은 입구의 매트를 밟고 안을 둘러
보았다.

"실베스테르는요?"

"잠시 근처에……."

호랑이도 제 말 하면 온다고, 말이 끝나기가 무섭게 뒷문이
열리고 비에 흠뻑 젖은 실베스테르가 들어왔다. 그는 머리를
포니테일로 묶고 스케이트보드를 타는 스누피가 그려진 셔츠
를 입고 있었다.

"이제 왔나?"

그는 세건을 보고 눈썹을 한 번 치켜들더니 옷을 벗었다.

"……!"

새하얀 피부라고 할까? 실베스테르의 몸은 불필요한 살이

라곤 단 한 부분도 붙지 않은 날렵한 근육질이었지만, 오랜 세월 동안 빛을 받지 못해서 창백해 건강해 보이질 않았다. 하지만 그것보다 더더욱 놀라운 것은 피부 위를 뱀처럼 휘감고 있는 도형들이었다. 만약 지금 이 자리에서 실베스테르의 피부를 벗겨내 펼쳐 본다면… 그것은 분명 일종의 진을 형성할 것이다.

세건은 그 진을 쳐다보고 할 말을 잃었다. 핏빛으로 물든 십자가와 라틴어로 적힌 마법의 경구 등은 실베스테르의 몸통을 전부 메우고 있었다. 얼굴빛과 달리 창백한 몸통, 그 위를 뱀처럼 기어간 붉은 마법진은 놀랍도록 선정적이다. 세건은 혼을 빼앗긴 듯 그를 바라보았다.

하지만 실베스테르는 세건의 시선은 아랑곳하지 않고 셔츠를 들더니 물을 짰다.

"왜 부른 거죠?"

"정보를 좀 얻었나?"

"설마 벌써 움직이겠습니까?"

"아니. 네게는 지금, 이라고밖에 생각되지 않겠지만 자폐증에 걸렸던 환자에게는 이제부터, 라고."

실베스테르는 예리한 지적을 했다. 자폐증에 걸린 사람은 자기 자신에게 가라앉는다. 하지만 강간으로 자폐증에 걸릴 만한 일을 당한 인간이 자기 자신이란 껍질 속으로 들어가면 그때는 무슨 생각으로 일상을 보낼까? 뻔하다. 자신에게 일어난 저주스러운 일들을 마치 구간 반복 재생처럼 계속 돌이켜 보고 회한과 증오를 되새김질한다.

성적인 억압이 약한 사회일수록 치유의 확률이 높겠지만, 대한민국에서는 어림도 없는 일이다. 그런 여자를 책임지겠다니, 진마 팬텀은 너무 쉽게 생각하고 있는 것이다.

"인간의 한은… 흡혈귀의 그것보다 강하지. 아무리 오래 살아도 부와 권력을 누리며 뼈가 녹은 놈이 어떻게 인간을 구원하겠다는 거지?"

"…그렇다면 당신은 그녀를 어떻게 할 겁니까? 성직자인 당신의 견해는?"

세건은 문득 그렇게 물어보았다. 실베스테르는 고개를 들었다. 빗줄기를 뚫고 비치는 청회색의 수은등 빛이 창백한 실베스테르의 피부를 더더욱 희게 만들어주었다. 그 청백색의 피부 위에 그어진 붉은 십자가 희미한 조명의 아르쥬나 안에서 가장 돋보이고 있었다. 그는 한 손을 권총 모양으로 만들어 자신의 관자놀이에 가져다 대었다.

"Bang!"

노랗게 물든 은행나무가 거리를 가득 메웠다. 북한산에 인접한 의정부시는 서울로 진입하는 차량으로 붐비고 있었다.

세건은 RX—125를 타고 그 좁은 차량들 사이를 빠져나갔다. 아르쥬나의 김성희가 알려준 바에 의하면 또 다른 뱀파이어 딜러는 의정부에서 영업을 하고 있다고 했다. 주 영감은 여전히 세건과 거래를 하려고 하지 않으니… 그로서는 의정부에 있다는 쪽을 찾아갈 수밖에 없었다.

하지만 명함을 발행한다는 것부터 수상한데 그 명함에 '요
가 및 기 치료'라고 적혀 있다면 그 수상함은 이루 말할 수 없
을 정도다.

"젠장."

하지만 세건으로서선 이것밖에 믿을 게 없다. 아르바이트를 하
면서 3만 원이라는 적은 일당을 받아봤자 장비를 갖추고 생활
여건을 만드는 데는 전혀 도움이 안 된다. 하다못해 일단 고시
원은 벗어나야 할 것 아닌가.

곧 낡은 건물 하나가 모습을 드러냈다. '기 치료, 심령 치료,
요가'라고 적힌 간판에는 커다란 솔로몬의 별이 그려져 있었
다. 그걸 본 순간 세건은 아르쥬나가 얼마나 세련된 오컬트 숍
인지 뼈저리게 느꼈다.

아르쥬나는 여기에 비하면 부끄럽지는 않다.

건물 안은 건설 후 단 한 번도 수리하지 않은 듯 노후되어 있
었고 복도에는 이제 도통 쓰지 않는 사슬로 연결한 형광등 설
비가 보인다. 아마 지어진 지 30년은 된 건물인 것 같은데…
지금은 폐쇄된 홍콩의 구룡성을 연상시켰다. 물론 세건이 구룡
성에 가본 적은 없지만. 안에는 낡은 신문지며 쓰레기들이 낙
엽이 쌓인 거리를 연상시킬 정도로 널려 있었다.

"흠……."

세건은 오토바이를 세우고 주위를 둘러보았다. 원래 상가
진입구(進入口)였을 안쪽에는 다 삭은 스쿠터, 고철로 변한

자전거들이 넝마들과 함께 쌓여 있었고 비가 올 때마다 건물 안쪽까지 다 들이치는지 곰팡이 핀 낡은 나무문들이 달려 있었다.

치료 받으러 왔다가 병을 얻으면 모를까… 여기서 무슨 치료를 한다는 것일까? 세건은 그렇게 생각하고 문에 노크를 했다.

"계십니까?"

하지만 안에서는 대답 대신 스포츠 중계방송의 소음이 들려오고 있었다. 하키인가? 세건은 그렇게 생각하고 조심스럽게 문을 열었다. 그곳에는 건장한 흑인이 앉아서 TV를 시청하고 있었다.

"저……."

"Sheeeee."

그는 세건을 향해 조용히 하라는 시늉을 하고 방송으로 고개를 돌렸다. 영화에나 나올 듯한 낡은 TV는 푸른색의 빛을 발하고 있었다. 원래 만들 때부터 흑백은 아닌 것 같지만 색이 바래서 파래진 것이다. 그 빛을 받으며 TV에 열중하고 있는 흑인의 모습을 보니 어떤 종교적 열망까지 느껴질 정도였다. 그래서 그는 말을 거는 대신 주위를 둘러보았다.

주위에는 각종 트로피와 사진이 붙어 있었다. 그리고 물론 VT 측정기를 비롯한 각종 기계도 있었다. 사진과 트로피에서는 군복을 입고 꽤 근사한 표정을 짓고 있는 이 흑인은 지금 TV 앞에서 넋을 빼고 있었다. 그때 TV에서 마침내 경기가 끝났다.

"Oh… God! coo~!"

무슨 소린지 알아들을 수도 없는 열광. 그걸 끝마친 그는 TV를 끄고 그 밑에 있던 낡은 비디오 데크의 이젝트 버튼을 눌렀다. 그러자 비디오가 정지하면서 위로 테이프가 빠져나왔다.

'비디오로 보고 있던 건가!'

세건은 기가 막혀서 흑인을 바라보았다. 손님이 왔는데 비디오쯤은 정지시킬 것이지……. 하지만 뱀파이어 딜러들은 대개 가난한 흡혈귀 사냥꾼과는 비교할 수 없을 정도로 부자이게 마련이다. 손님을 좀 업신여긴다고 해서 밥 굶을 일은 없다. 그런 것치고는 굉장히 낡은 비디오로군. 위로 테이프가 나오다니…….

테이프를 회수한 흑인이 그제야 세건을 돌아보았다.

"오, 나는 빌 머레이. 머레이 힐링 스쿨에 오신 걸 환영합니다."

"…헌혈하러 왔는데."

세건은 그렇게 말하며 흡혈귀의 피를 꺼냈다. 그러자 그걸 본 빌 머레이가 어깨를 으쓱해 보였다.

"방부제, 안 좋아요. 레프리저레이터나 쿨러, 이용하지 않으면 제값 주기 힘들어요."

"주 영감은 상관없던 걸로 아는데."

"그렇지 않아요. 저는 더더욱 좋은 가격 줘요."

자신을 빌 머레이라 밝힌 흑인은 그렇게 말하고 세건이 내민

혈액 팩을 받아서 기계 안에 넣었다. 꽤 오랫동안 방치되어서 신선도가 떨어졌을지 어떨지는 모르지만 VT 수치는 약 34 정도가 나왔다.

"얼마죠?"

"사백만 드릴게요. 신선도 생각하면 이건 대단히 무리. 하지만 첫 손님 좋아해요. 신용. 좋아요."

"……."

그 순간 세건의 머리에 떠오른 것은 용진이었다.

세건은 흡혈귀에 물려 흡혈화가 진행되는 용진을 총으로 쏴버리고 괴로워하는 그에게 흡혈귀의 피를 부어 사체마저 남기지 않았다… 그런데 그게 400만 원짜리란 말인가? 물론 사람을 죽인 녀석이 고작 돈을 아까워하다니 웃기는 노릇이지만 돈이 궁한 지금은 굉장히 아쉬웠다.

"그걸로 하죠."

딜러와 흥정을 벌이는 것은 그리 칭찬할 만한 일이 못 된다. 세건은 빌 머레이의 거래에 응했다. 그러자 그는 바로 400만 원의 지폐 다발을 준비해 주었다.

"세봐요."

"으음, 맞군요."

"아, 장비 사 가세요. 사이키델릭하고 코카인도 많아요."

"……."

아무리 흡혈귀 피를 가져왔다지만 어떻게 이렇게 쉽게 첫 거래자를 믿어버리는 것일까? 하지만 마침 마약이 필요하던

참이다. 순수한 사이키델릭 문은 진통 효과와 환각 효과가 있지만 전투에서 좋은 효과를 얻기에는 공격성이 부족하다. 하지만 코카인과 블렌드하면 모자란 공격성을 보충하는 것은 물론이거니와 특이한 배합에 의해서 더 뛰어난 능력을 발휘하기도 한다.

"필요하긴 하지만 나중에 사기로 하죠."

세건은 그렇게 말하고 그 자리를 피했다. 그러자 그 흑인은 다시 다른 비디오테이프를 넣으며 말했다.

"방부제 안 쓰면 더 좋은 값 줘요. 잊지 마세요."

"또냐?"

은발의 신부는 커다란 케이스를 걸쳐 메고 호텔 로비를 노려보았다. 그곳에서는 새빨간 바이퍼가 검은 세단과 줄을 맞춰서 지나가고 있었다. 검은 세단에 탄 경호원들이 바이퍼와 열을 맞춰서 바이퍼를 지키는 것이다. 이렇게 되면 도저히 그들을 잡을 방법이 없다. 호텔 앞에서 차로 막아서고 시비를 걸 수도 없는 일이고 저격 역시 위험하다.

"……."

신부와 바이퍼가 스쳐 지나갔다. 신부는 바이퍼에는 눈길도 주지 않고 그냥 앞을 바라보다가 케이스를 든 채 앞으로 걸어갔다.

"흐흥, 이러면 제아무리 실베스테르라고 해도 어쩔 수 없겠지. 아 참, 어디로 갈까요?"

로우 깁슨은 창밖의 신부에게 눈길을 주면서 옆 좌석의 소녀에게 물어보았다. 그러자 그녀는 고개를 들었다. 확실히 이제 자폐증은 떨쳐 낸 것 같았다. 하지만 분위기는 여전히 어두웠다.

"당신은 부자지요?"

"으음… 부정할 수 없을 정도로."

로우는 그렇게 말하며 백미러로 신부의 상태를 살펴보면서 대답했다. 그러자 그 소녀는 한숨을 푹 내쉬었다.

"그럼 못 할 게 없겠네요. 그런데 왜 저에게 관심을 갖는 거죠?"

"관심을 왜 갖는가… 음, 대답하기 어려운 질문이군요. 뭐, 정서라고 할까요?"

인연이라는 말은 동양에서 더 큰 의미를 갖는지 모르지만 서양인의 정서는 일단 한 번 구해준 목숨에 대한 책임 의식이 강하다. 그렇지만 구해준 목숨이라고 말하는 것이 그녀의 자존심을 상하게 할지도 모르니까… 로우는 입을 다물었다.

"내가 바라는 걸 정말 다 들어줄 거예요?"

"다… 라고는 좀. 가급적 노력은 하겠지만."

그는 그렇게 대답할 수밖에 없었다. 그녀가 뭘 원하고 있는지 어렴풋하게 알고 있다. 사실 그녀가 원하는 것은 그의 입맛에도 맞는 것이다. 강간 사주 같은 악독한 범죄를 저지른 이가 미성년자라는 이유만으로 벌을 받지 않는다는 건 그의 정의에도 어긋나니까. 하지만 그걸 그녀가 직접 하게 할 수는 없다.

그러나 복수라는 것은 또 직접 해야만 의미가 있는 것이다. 남의 손으로 복수가 이뤄진다면 본인이 느낄 것은 허탈함밖에 없다. 복수라는 쾌감은 본인이 직접 맛봐야 하는 성스러운 것 중의 하나다. 적어도 팬텀은 그렇게 생각하고 있었다.

"그들이 있는 곳에 가보고 싶어요."

"……."

최악이다.

로우는 안타까움에 한숨을 내쉬었다. 어째서 이렇게 최악의 답을 냈을까? 하지만 그녀가 복수를 택한다면 로우는 긍정한다. 그것이 어떤 결과를 초래하더라도 그게 그 나름의 원칙이었다.

"시원에 주께서는 흙으로 아담을 만들고 아담의 **뼈**로 에바를 만들었나니, 죽음은 시원으로 회귀하는 성스러운 의식이로다. 먼지는 먼지로, 재는 재로……."

세건은 진혼시를 부르며 언덕 위 담벼락에 서서 아래를 내려다보았다. 약 11미터 정도 계속된 비탈길 밑으로 단독주택들이 늘어서 있었다. 여기저기 고층 아파트가 있어서 시야는 좋지 못하지만 엄연히 산기슭인 이곳에서 바라보는 경치는 그리 나쁘지 않았다.

"위험해."

진유미는 뭐가 좋은지 생글생글 웃으면서 세건을 말렸다.

세건은 그런 그녀를 보고 한숨을 내쉬었다. 사실 가급적이면 그녀를 만나고 싶지 않았다. 이렇게 망가진 여자와 함께 있다가는 자기 자신도 버티지 못할 것 같았다. 하지만 실베스테르가 말한 대로… 흡혈귀의 왕을 그 성채에서 끌어내기 위해선 이 여자를 감시할 필요가 있다. 이 여자와 그녀의 친구라는 패거리는 그 흡혈귀의 왕이 거둔 여자가 증오하는 대상이니까.

'그렇지만… 과연… 언제까지지?'

세건으로선 이 여자를 상대하는 게 굉장히 괴로웠다. 서로서로 입장은 다르지만… 그녀를 볼 때마다 자기 자신이 투영되는 것이 괴로웠다.

게다가 그녀는 온전한 상태가 아니지 않은가? 몸도 온전하지 않은데 이 여자의 친구란 것들은 이 여자를 정말 아끼진 않는 것 같다. 단지 집을 가지고 있다는 걸로 이용해 먹는 것뿐이지. 결국 그녀에게 진실로 마음을 터놓을 수 있는 상대는 아무도 없는 셈이다. 그런데 어째서 그녀는 세건을 믿고 있는 것일까? 정말 커트 코베인을 닮아서?

'별로 닮은 것 같지는 않은데?'

세건은 그렇게 생각하고는 난간 위를 걸었다. 비탈 아래에서 강한 바람이 불어오지만 균형을 흔들 정도의 바람은 아니다. 세건은 양팔로 균형을 잡으며 걸어갔다.

그때 새빨간 바이퍼 한 대가 골목으로 들어서는 게 보였다. 길이 꽤 좁아서 차 한 대밖에 지날 공간이 없고 여기저기 불법 주차가 되어서 오토바이면 모를까 차가 올라오기는 힘들다. 그래서일까? 차는 골목 어귀에서 멈춘 채 가만히 서 있었다.

"……."

흡혈귀의 왕, 진마 중의 한 명, 팬텀이라고 불리는 녀석에 대해서는 세건도 약간 알고 있었다. 실베스테르에게 들은 게 전부지만 새빨간 바이퍼를 타고 다닌다는 것만 들어도 이미 알 건 다 알았다.

'왔군.'

세건은 조심스럽게 가슴을 만져 보았다. 품에 품고 있는 토카레프의 느낌이 전해져 온다. 하지만 진마를 이런 싸구려 총으로 잡을 수 있을 리가 만무하다. 자칫하면 죽을지도 모른다. 세건은 식은땀을 흘리면서도 애써서 태연을 가장했다. 그저 모르는 사람처럼 계속 팔을 벌린 채 난간 위를 걷는 것이다.

"응?"

그러나 그때 바이퍼가 갑자기 뒤로 빠졌다. 긴장을 하고 기다리고 있는데 그냥 물러나다니? 하지만 그때 세건의 그다지 좋지 않은 눈에도 황갈색의 렌즈가 빛을 발하는 게 보였다. 쌍안경이다. 단지 보기만 하러 온 것일까?

"왜 그래? 세건?"

"아니… 아무것도. 그나저나 몸은 괜찮아?"

"으응. 세건이 준 약, 너무 좋더라."

"……."

사이키델릭 문은 농담으로라도 좋다고 할 수 있는 약이 아니다. 물론 시너나 부탄가스보다는 월등히 좋은 약이지만…….

"그래. 그렇다니 다행이다."

하지만 세건으로서는 이렇게밖에 말할 수 없었다. 실베스테르처럼 그녀의 머리에 구멍을 뚫어줄 각오가 되어 있지 않는 한에야…….

8

XX건설 드림타운이라는 낡은 방수포가 바람을 받아 펄럭거렸다. 건설 중 회사의 도산으로 멈춘 이곳은 화재까지 일어나서 을씨년스럽기 그지없는 검은 괴물이 되어버렸다. 하지만 철거에도 돈이 많이 들고 정작 땅 주인은 땅값이 오를 때까지 기다리기라도 하겠다는 건지 고쳐질 기미도 없이 그 흉물스러운 모습을 그대로 유지하고 있었다.

그 건물로 외국인 소년 한 명이 걸어 들어가고 있었다. 절도 있는 발걸음, 그리고 주위의 모든 것을 깔보는 듯한 눈동자에는 분명히 귀족적인 냄새가 남아 있었다.

그는 어두운 폐건물 안으로 성큼성큼 들어갔다. 어지간히 담이 큰 사람이라도 들어갈 엄두를 못 낼, 곧이라도 무너질 것 같은 건물에 들어선 그는 주위를 둘러보았다.

샤아아아아아.

어둠 속에서 소리가 들려오면서, 눈동자들이 빛을 발했다. 소년은 아무런 망설임 없이 그 앞으로 다가갔다. 그러자 그 눈동자 중 하나가 걸어 나왔다. 빛이 들이치는 건물 외벽 쪽으로 걸어 나온 그는, 예상외로 말쑥한 검은 머리칼의 청년이었다. 차가운 바람이 흉흉한 건물 골조 사이를 할퀴고 지나가며 비명을 질렀다.

"제법 인간 같게 생겼군."

금발의 소년은 그렇게 말하며 들고 있던 가방을 내려놓았다. 그러자 검은 머리칼의 청년은 피식 웃으면서 손을 들었다. 어둠 속에서 털썩 하고 사람의 팔이 하나 떨어졌다.

"주인 품 안에서 으스대던 강아지가 제 분수를 모르는구나. 네 주인 역시……."

"하나 충고하겠는데 만약 마스터에 대해서 농담이라도 불경한 소리를 했다간 이 건물을 미사일로 날려 버릴 테니까 그렇게 알아두시지? 미사일 오발 사고쯤이야 이 나라에선 제법 흔한 것 같으니까."

소년은 그렇게 말하고 가방을 발로 차 밀어 넣었다. 그러자 검은 머리칼의 청년은 어깨를 으쓱하고 그걸 받아 들었다.

"이거 먹고 떨어지라는 건가? 진마사냥꾼은 우리의 마스터를 죽였는데. 아무리 창운과의 싸움 도중이었다고 해도 그런 놈하고 싸우기엔 적자라고."

"설마. 그런 거물을 너희가 건드릴 수 있을 거라고는 생각하지 않아. 내가 원하는 건 그보다 훨씬 약한 놈이야. 알았으면 네 떨어진 간이나 추스르시지?"

그는 그렇게 말하고 사진을 한 장 들어서 날렸다. 사진은 마치 철판이라도 되는 것처럼 예리한 소리를 내며 날아가 콘크리트 기둥을 뚫고 박혔다.

"흐음!"

검은 머리칼의 남자는 놀라는 기색을 숨기지 않으면서, 아니, 오히려 과장된 기세로 놀라면서 사진을 살펴보았다. 그 사진에는 녹색 블리치를 한 젊은이가 찍혀 있었다.

"이런 애송이 하나를 사냥하면 되는 건가? 너무 간단하잖아?"

"모르긴 해도 실베스테르의 제자야. 그리 만만하진 않을 걸. 녀석에 대해서 자세한 조사는 되어 있지 않지만 서울 관악구 근처니까 잘 찾아봐. 녀석이 헌터라면 먼저 찾아올 수도 있겠지."

"홍, 정말 형편없는 의뢰주로군."

흑발의 남자는 그렇게 말하고 소년을 잘 살펴보았다. 혈관이 비쳐 보일 듯 투명한 피부를 가진 소년은 달빛을 받아서 창백하게 빛나고 있었다.

"흐흠, 진마의 피를 받은 녀석이라면 VT도 상당하겠지?"

"본인 앞에서 말할 이야기인가."

소년은 그렇게 대답하며 몸을 돌렸다. 자신을 노리는 무수히 많은 적 앞에서 등을 보이다니, 그 대담함은 차라리 오만했다.

"그럼, 좋은 결과를 기대하지."

소년은 그렇게 오만하게 외치고 어둠 속으로 모습을 감췄다. 그러자 붉은 눈의 사람들이 어둠 속에서 움직이려 했다. 그것은 마치 붉은 야광충을 머금은 거대한 파도가 해안을 덮치는 듯한 광경이었다. 강대한 힘과 위압감, 살의는 그 짙은 농도로 인해 손에 잡힐 것처럼 느껴졌다.

"그만둬."

하지만 거래에 응한 흑발의 남자가 그들을 제지했다. 단 한 마디로 그는 파도를 물리쳤다. 그는 사진을 들어서 동료들 앞으로 던졌다.

"우리에겐 돈과 힘이 필요해. 그걸 가지고 있는 자의 심복을 잡아먹는 건 현명한 처사가 아니지. 자, 그러면 일을 해볼까?"

부자라는 건 일반적인 인간과 사는 공간부터 다르다. 물론 진마사냥꾼 실베스테르의 경우도 부자이긴 하지만… 진마 팬텀처럼 씀씀이가 헤프진 않았다.

외출 때마다 에어버스를 타고 다니진 않을 테니까.

"……."

호텔 머리 위로 날아드는 에어버스를 보던 실베스테르는 낮은 한숨을 내쉬었다. 실베스테르의 매복을 염두에 둔 그들은 아예 헬기를 이용하기 시작한 것이다.

"이거 아르쥬나 걱정을 해야겠는데."

그는 그렇게 중얼거리고 라이플 케이스를 시트 뒤에 던져 놓앉다. 서쪽으로부터 천천히 구름이 밀려오는 것이 보였다.

"내일도 비가 오겠군."

그는 그렇게 중얼거리며 호텔을 올려다보았다. 호텔의 창 쪽에 서 있는 새하얀 양복의 남자가 그와 눈이 마주쳤다. 그가 벌써 저기에 있는 걸로 보아서 헬기를 이용하고 있는 이는 그의 스폰(Spawn)인 듯하다.

창밖을 내려다보던 진마 팬텀은 샴페인을 채운 잔을 입으로 가져갔다. 헬기가 무사히 돌아온 것으로 봐서 빌헬름은 교섭에 성공했을 것이다. 적요의 자식들은 자신의 부모인 적요를 따라왔다가 그가 죽는 바람에 졸지에 한국에 고립되어 버렸으니 거래에 응할 수밖에 없을 거란 생각이 적중했다.

"그렇지만 돌아오면 칭찬해 줘야겠군."

그는 그렇게 중얼거리며 뒤를 돌아보았다. 넓은 스위트룸 거실에는 그야말로 폐인이 다 된 윤미혜가 눈을 감고 있었다. 식사도 제대로 못 하고 얼마나 울었는지 모른다. '신경 써주신 것 고마워요' 그 한마디만 제대로 말하고 나서는 그냥 펑펑 울었는데… 어떻게 할 도리가 없었다.

"돈 많은 한량으로 보였을라나?"

잠들어 있는 윤미혜는 얼굴이 통통 부어 있었다. 이렇게 되면 애써서 뷰티 숍에서 이것저것 꾸며놓은 게 무용지물 아닌가. 그는 그렇게 생각하고 한숨을 내쉬었다.

"내 혈족의 막내가 될 아이에게 복수를 선물해 주는 것도 나쁘진 않겠지."

게다가 상대는 단지 미성년자라는 이유만으로 가해자로서의 책임을 다하지 못한 것들이다. 그들에게는 한 사람을 망가뜨리고 그 가정을 파괴했다는 자각조차 없으리라. 물론 그것이 지금의 그들에게 사형선고를 내릴 만큼 큰 죄인가, 묻는다면 마냥 긍정할 수 없는 게 사실이다. 하지만 적어도 윤미혜, 그녀에겐 그들에게 복수할 권리가 있다.

그리고 복수를 긍정하는 것이 'Clan of Phantasmagoria'의 규율이다.

"…그 혈족이라는 게 뭔가요?"

문득 고요한 방 안에 그녀의 목소리가 들려왔다.

"글쎄?"

진마 팬텀은 어깨를 으쓱해 보였다. 이걸 뭐라고 설명해야 하나? 수천 년 동안 흡혈귀로 살다 보니까 이제 와서 흡혈귀라는 걸 설명하기는 구차하고… 뭔가 좋은 방법이 없을까?

그렇게 고민하고 있을 때 문이 열리고 살짝 비에 젖은 빌헬름이 들어왔다.

"일을 처리했습니다, 마스터."

"그래. 잘했다, 빌헬름."

그는 만면에 미소를 띠고 목에 손가락을 대고 그었다. 예리한 절단음과 함께 목의 혈관이 끊어졌다. 그러자 그걸 본 빌헬름의 눈이 크게 떠졌다.

"마스터!"

"마음 변하기 전에 얼른 와."

진마 팬텀은 그렇게 말하며 양복의 상의를 벗었다. 그는 푹신한 소파에 누워 미소를 지어 보였다.

"크으, 마스터… 대체 무슨."

하지만 빌헬름은 그 유혹을 거절할 수가 없었다. 그는 소파에 기댄 팬텀을 향해 걸어가 그의 품에 뛰어들 듯 안겼다. 그리고 마치 상처 입은 부위를 짐승들이 서로 핥듯, 조심스럽게 팬텀의 목을 핥았다. 그러자 그제야 상처에서 피가 흘러나오기 시작했다.

"아하하핫. 간지러워."

팬텀은 상의를 벗어서 뒤로 던져 버리고 마치 친자식을 대하듯 빌헬름의 머리칼을 쓰다듬었다. 저주받은 뱀파이어 간의 흡혈에서는 강한 퇴폐미가 흘러나왔다. 숨을 쉬기 힘들 정도로 강력한 그 감정은 보통 사람이라면 견뎌낼 수 없을 정도였다.

"……."

그러나 이미 망가질 대로 망가져 버린 윤미혜는 그 충격적인 광경을 보고도 고개만 한 번 갸웃했을 뿐 별다른 반응을 보이지 않았다. 그래서 그녀는 그녀를 향해 웃으며 내뻗은 팬텀의 손을 아무렇지도 않게 맞잡았다. 차가운 조명 아래 솜털이 반짝이는 그의 손이 그녀의 손을 잡아끌었다.

세건은 우의를 입은 채로 궤짝들을 나르고 있었다. 하루 여섯 시간을 일하고 일당 3만 원을 받는 일. 시급 5,000원인 셈이니 그리 싼 것은 아니지만 아무리 생각해 봐도 노동력 착취라는 생각밖에 들지 않았다. 하지만 오늘은 왠지 기분이 이상했다.

"어이, 또 온다. 손 놓고 쉬지 마!"

트럭 안에서 제일 편한 정리 작업을 하는 계장이 그렇게 닦달했다. 이것도 운동이라고 생각하고 하면 괴로울 것은 없지만 최근 진유미와 만나면서 왠지 모르게 마음이 황폐해져 가는 걸 느꼈다. 이미 황폐해질 대로 황폐해졌다고 생각하는데, 아직도 더 황폐해질 구석이 남아 있는 것 같았다.

"쳇, 쓸데없는 감상이야."

세건은 그렇게 중얼거리며 다가오는 상자를 받았다. 그 순간 그의 표정이 딱 굳었다.

"왜 그래?"

김성주는 깜짝 놀라서 다가와 세건의 장갑을 벗겨보았다. 손톱이 부러져 피가 흘러나오는 게 보였다.

"뭐야! 이건?!"

"아니… 악력을 단련한다고 손가락에 의존해서 잡았더니… 저기 꼈나 봐. 신경 쓰지 마."

세건은 그렇게 말하고 다친 손으로도 태연히 짐을 차량에 실었다. 그러자 그걸 보던 계장이 딱 한마디 했다.

"거참 독한 놈일세."

일하다 다쳤는데 위로는 해주지 못할망정 저렇게 말하는 계장이라니. 김성주는 기분 나쁜 표정을 지었지만 세건은 묵묵히 일을 시작했다. 그런데 그때 갑자기 휘리릭 하고 뭔가가 날아오는 소리가 들려왔다.

"어? 박쥐다."

"응?"

"어렸을 때는 박쥐 많이 본 것 같은데 요새 많이 사라져서… 하, 신기하네. 이 동네에 박쥐가 남아 있던가?"

언제나 일해라 일해라 보채기만 하던 계장이 웬일로 일손을 멈추고 트럭에서 고개를 내밀어서 박쥐를 바라보고 있었다. 그러자 김성주가 그걸 보고 시시덕거리며 웃었다. 피어싱한 걸 빼면 꽤 근사한 용모를 한 청년이지만 택배 회사의 작업복을 입고 있으니 웃는 모습마저 어설프기 짝이 없었다.

"킥킥, 흡혈박쥐 같은 거 아닐까? 흡혈귀라든가."

"아냐. 내가 아는 한 저런 흡혈귀는……."

한세건은 그렇게 대답하다가 깜짝 놀라서 하늘을 올려다보았다. 회색의 하늘은 구멍이라도 뚫린 것처럼 엄청난 비를 퍼붓고 있었다. 이렇게 거센 비가 내리는데 박쥐가 날다니?

"큭!"

세건은 즉시 캐비닛을 향해 달려갔다.

"이봐!"

"조퇴하겠습니다!"

세건은 그렇게 외치고 즉시 옷을 갈아입고 오토바이에 올라탔다. 그리고 미처 말릴 새도 없이 무시무시한 속력으로 빗속을 달려가기 시작했다.

"어?"

멍한 표정의 김성주와 계장은 서로서로를 쳐다보았다. 김성주는 화사한 미소를 지으며 계장에게 물어보았다.

"저 많은 걸 제가 다 실어야 하나요?"

"뭐, 그런가 보지. 어서 올려."

형의 유품인 RX—125에 매달린 세건은 몸을 앞으로 낮추고 전력을 다해 스로틀을 당겼다. 머리 앞에서 계속 빗물이 쏟아져 내려 헬멧의 앞 마스크 틈으로 물이 들어와 목을 적시고 있었다. 하지만 다행이랄까. 낮 시간의 도로에는 차가 그다지 많지 않았다. 세건은 오토바이를 몰면서 주위로 촉각을 곤두세웠다. 블러드스톤 펜듈럼이 미력하게나마 움직이는 게 느껴졌다.

"정말 박쥐로 변하는 흡혈귀가 있다니!"

지금까지 상대해 온 것들은 어떤 술법도 없는 괴물에 불과했지만 이번의 적들은 뭔가 다른 것 같았다. 진마가 관련되었다는 이야기를 들었을 때부터 발을 뺐어야 하는데! 하지만 이제 와서 후회한들 아무런 의미가 없다.

퓨슛!

그때 빗소리를 뚫고 예리한 바람 소리가 헬멧을 때렸다. 마치 우박에 맞은 것처럼 떵 하고 골이 울리는 게 예사 물건이 아니다. 세건이 고개를 들어 보니 빗속을 뚫고 날고 있는 새 같은 것이 있었다. 물론 빗속에 달리는 오토바이를 추격할 만한 새는 없다.

"칫!"

세건은 공격을 피해서 좁은 길로 빠졌다. 아무리 세건이 그동안 사격 연습을 열심히 했다고 해도, 토카레프로 나는 새를 쏴 맞출 자신은 없었다. 그래서 건물들이 사각을 만들어주는 좁은 길로 빠진 것이다. 어차피 가야 할 곳이 그쪽이기도 하고…….

"컹!"

그때 앞에서 큼직한 도사견이 뛰어들었다. 미간에 뭔가 이상한 혹덩이 같은 것이 자라 있는 개는 그야말로 미친개처럼 도로 한복판으로 뛰어들며 세건에게 달려든 것이다. 하지만 세건은 핸들을 꽉 잡고 도사견을 그대로 받아버렸다.

콰가가각!

오토바이가 도사견을 깔아뭉개고 도로 위로 뛰어올랐다가 떨어졌다. 빗물 때문에 스핀이 일어나면서 오토바이가 좌우로 기우뚱했지만 세건은 놀라운 균형 감각으로 쓰러지던 오토바이를 일으켜 세우면서 앞으로 달렸다.

"젠장! 이 가죽 카펫은 뭐냐! 동물 조종인가?"

세건은 달리면서 뒤를 돌아보았다. 도사견의 미간에 있던 혹이 쑥 뽑혀 나오는 게 보였다. 그래도 사람에게 들러붙지 않아서 다행이다. 세건이 그런 생각을 하고 있을 때 눈앞에 뭔가가 떨어졌다.

"큭!"

둔탁한 격타음과 함께 헬멧의 앞부분이 우그러졌다. 세건은 즉시 길목을 돌아서 진유미의 집 쪽으로 향했다. 그리고 보니 오늘은 비가 와서 해가 가려졌다. 밤만큼은 아니라도 흡혈귀가 돌아다니기에 적합한 날씨인 것이다. 낮 시간에 아르바이트를 한다고 방심한 세건의 잘못이었다.

"비켜!"

세건은 앞길을 가로막는 쓰레기봉투를 발로 차서 날려 버리고 코너를 돌았다. 진유미의 집으로 향하는 길목, 거기에는 이미 몇몇 흡혈귀가 기다리고 있었다. 세건을 애송이라고 깔보았기 때문일까? 인간인 척하지도 않고 그들은 그 자리에 서 있었다.

"음, 애송이치곤 센스가 있는데?"

"그러게."

창백한 표정의 남녀가 서로서로를 쳐다보고 그렇게 이야기를 나누고 있었다. 남녀로 성별이 다르지만 왠지 쌍둥이처럼 닮아 있는 그들은 긴 머리칼을 늘어뜨리고 생기 없는 눈을 하고 있었다. 모노톤의 그들은 지금까지 세건이 보아온 어떤 흡혈귀보다 훨씬 인간에 가까웠지만 어떤 의미에서는 훨씬 흡혈귀다웠다. 세건은 본능적으로 위험을 느끼고 토카레프를 꺼내 들었다.

"허! 저런! 위험한 걸 꺼내다니."

"이봐, 대한민국은 총기 규제 국가라고. 그런 불법 무기일

게 뻔한 건 치우……."

흡혈귀들은 그렇게 수다를 떨며 세건에게 다가왔다. 그러나 그때 세건의 총구가 불을 뿜었다. 그리고 그와 동시에 풀 스로틀! 미친 말처럼 날뛰는 RX—125가 비탈길 옆 돌벽을 앞바퀴로 한 번 찍은 뒤 그대로 여자 흡혈귀의 얼굴로 떨어졌다.

"어머! 숙녀에게 뭐하는 짓이야?"

그러나 그녀는 놀라운 힘으로 RX—125의 앞바퀴를 잡고 오토바이를 세웠다. 세건은 오토바이에 매달린 채로 토카레프를 그녀의 머리에 겨눴다.

"뒈지시지, 레이디."

건조한 총성과 함께 탄피가 튀어 나갔다. 하지만 그녀는 그 가까운 거리에서 머리를 움직여서 총탄을 피했다. 물론 완전히 피한 것은 아니라 어깨를 스치고 지나간 총탄이 바닥에 충돌하고 한차례 튀어서 옆의 전봇대에 들이박혔지만 그래도 그 근거리의 사격을 피해낸 것이다.

"아, 이런. 꼴이 말이 아니잖아!"

수다스러운 남자 흡혈귀는 그렇게 말하며 몸을 일으켰다. 그러자 그 흡혈귀를 보던 여자 흡혈귀가 생긋 웃었다.

"바보. 흡혈귀 사냥꾼들은 기습이 특기라니… 까!"

그녀는 말이 끝나기도 전에 RX—125를 집어 던졌다. 세건은 깜짝 놀라서 오토바이에서 몸을 날려 지면에 떨어졌다.

콰작!

수리 공장에서 나온 지 얼마나 되었다고 RX—125가 다시 비탈에 처박히더니 굴러떨어졌다. 불행인지 다행인지 세건은 비탈길로 미끄러져 그 광경을 보지 못했다.

콸콸콸.

세건이 떨어진 곳은 언덕에서 빗물이 몰려 들어오는 배수구였다. 그는 물에 미끄러지면서도 즉시 몸을 일으키며 54식 권총을 꺼냈다. 하지만 남자 흡혈귀가 돌격해 와서 바로 세건의 앞에 얼굴을 들이밀었다.

"맛있을 것 같군!"

그 녀석은 그렇게 외치고 손을 휘둘렀다. 세건은 다시 몸을 뒤로 날려 비탈길로 떨어지면서 쌍권총을 연발했다. 그러나 남자 흡혈귀는 이미 놀라운 순발력으로 뒤로 뛰어올라 전봇대 위에 올라섰을 뿐이다.

촤아아악!

세건은 다시 빗물 위로 미끄러져 비탈 아래로 내려갔다. 하지만 이 공격이 효과가 없진 않았는지 남자 흡혈귀의 팔다리에 약간의 총상이 있었다. 그러나 그 대신 세건의 헬멧은 앞이 뜯어져서 완전히 박살 나버렸다. 만약 조금이라도 대응이 늦었다면 바로 머리통이 날아가 버렸을 것이다.

"대단한 녀석인데."

"그러게."

두 흡혈귀는 그렇게 말하면서 노닥거렸다. 그게 세건의 눈에 굉장히 거슬렸다. 싸우면서 일일이 수다를 떠는 거나 한눈파는 거나, 이건 완전히 적으로 보지도 않는 게 아닌가?

"아아, 피가 튀었어."

"그러게. 조심하랬잖아."

검은 옷의 두 흡혈귀 남녀는 그렇게 수선을 떨면서 양쪽 가로 등과 전봇대 사이에 섰다. 세건은 그들을 보곤 이를 악물었다. 총탄은 꽤 있지만 매거진에 들어 있는 탄은 토카레프가 3발, 54식이 5발이다. 이걸 다 퍼붓는다고 해도 저 흡혈귀들을 이길 수 있으리란 생각이 들지 않았다.

"어쨌거나 흘린 만큼 보충받아 볼까?"

남자 흡혈귀가 그렇게 말하자 여자 흡혈귀는 먼저 세건을 향해 전신주에서 뛰어내리며 덤벼들었다. 마치 먹을 걸 가지고 장난치는 어린 남매 같았다.

"개자식들!"

세건은 이를 악물고 자신을 향해 뛰어드는 흡혈귀를 향해 총을 들었다.

9

백화점의 옥외 주차장 건물, 그 최상층에는 검은 옷의 신부가 서 있었다. 가톨릭의 사제복, 그리고 대조적인 은발은 그 신부에게 너무나도 잘 어울렸다.

"지금까지 피하던 녀석이 무슨 심경의 변화를 겪었길래 장소까지 지정해서 나온 거지?"

그는 조용히 엘리베이터를 향해 외쳤다. 두꺼운 차량용 엘리베이터는 방음 효과가 대단하다. 아니, 빗소리, 차량 소리, 사람들의 소리에 섞여서 언제나 아수라장인 이곳에서 이런 나직한 목소리를 듣는다는 것은 불가능하다. 하지만 그때 엘리베이터의 합금 문이 열리며 새하얀 신사복을 걸친 백인 남자가 나타났다.

"이유를 몰라서 묻는 것은 아닐 테지, 스토커 양반? 그렇게 계속 앞에서 기다리고 있으면 남들이 오해한다고."

"아니, 언제부터 그렇게 스트레스를 못 견디는 심약한 흡혈귀가 되었나 하고. 아니면 역시 혈족의 하급 흡혈귀도 다 보호하겠다는 건가?"

검은 옷의 신부, 실베스테르는 엘리베이터에서 걸어 나오는 진마 팬텀을 보고 그렇게 이죽거렸다. 하지만 진마 팬텀은 차분한 표정으로 마치 오랜 친구를 대하듯 허물없이 실베스테르에게 다가왔다.

"그러지 말고 잠시 이야기나 할까? 어차피 시간이야 무한정에 가까울 만큼 있잖나?"

"다른 인간의 시간을 훔쳐 살아가는 쥐새끼들의 영주가 무한에 대해서 이야기하다니 가소롭기 짝이 없군."

"글쎄."

진마 팬텀은 가시가 돋친 실베스테르의 말을 받아넘기며 옥상 난간에 상반신을 걸친 채 비가 내리는 도시를 바라보았다. 회색의 도시를 진마사냥꾼과 같이 내려다보고 있다니 감회가 조금 새로웠다.

"설마 멋대가리 없이 싸움부터 하자는 건 아니겠지? 자네나 나나 미학이란 것에 꽤 집착하는 타입으로 알고 있었는데?"

"그런 식으로 나를 같은 부류로 몰지 않았으면 하는데? 미학이고 뭐고 간에 이곳은 싸우기에 적합한 곳이 아냐."

이렇게 인간이 많은데 아랑곳하지 않고 싸울 거면 애초에 호텔에 있을 때 저격했을 것이다. 그러자 팬텀은 폭소를 터뜨리며 난간에 올라섰다. 난간 밖에는 물론 안전그물이 있지만 그래도 발아래로는 현기증 날 정도의 광경이 펼쳐져 있었다. 진마 팬텀은 그 위를 거닐며 말했다.

"이제 와서 이런 말 하긴 미안하지만 나는… 눈물을 흘리는 흡혈귀는 못 될 것 같으니까 다른 진마나 좀 괴롭히지 그래? 아카디아나 헤카테 같은 전통파부터 아일랜드 아스테이트 같은……."

"말이라고 하는 것치고는 굉장히 개소리에 가깝군. 사람 말 배우는 건 이제 질려서 개소리도 배워보려고 하는 건가 보지?"

생긴 대로 차갑게 구는 이 진마사냥꾼은 어떤 면에서는 흡혈귀보다도 훨씬 더 흡혈귀다웠다. 그는 품속에서 나이프를 꺼내며 팬텀을 바라보았다.

"어쨌거나 이야기는 다 한 것 같으니… 슬슬 시작해 보지. 설마 단지 이야기만 하자고 불러들인 건 아닐 테지?"

"왜 아니겠나?"

팬텀은 그렇게 말하고 손을 들었다. 그러자 곧 하늘에서 헬기가 내려왔다.

두두두두두두두두두.

로터가 공기를 찢는 소리, 그것과 함께 강한 바람이 위에서부터 불어왔다. 실베스테르는 코트를 여미며 몸을 방어하고 위를 올려다보았다.

"······."

실베스테르는 굳은 표정으로 그것을 노려보았다. 헬기에는 각종 방송 기재가 실려 있었고 우의를 입은 카메라맨이 무거운 카메라를 들고 실베스테르와 팬텀을 찍고 있었다. 이렇게 되면 도저히 싸울 수가 없다. 설마 카메라로 찍고 있는데 나이프로, 어디까지나 인간의 모습을 하고 있는 로우를 향해 공격할 수는 없지 않은가?

그는 어처구니가 없어서 고개를 설레설레 저었다.

"진마씩이나 되는 이가 이게 무슨 추태인가? 당신은 이전에도 나를 패퇴시키지 않았나!"

비록 나이는 어릴지 몰라도 진마 중에서도 손에 꼽을 정도로 강한 존재가 팬텀이다. 그는 심지어 진마 중 가장 오래된 축에 드는 적요와 창운보다도 강한 존재라고 하는데… 어째서 한 번 승리를 거둔 상대와의 싸움을 피하기 위해 이런 번거로운 짓까지 하는 것일까?

하지만 그게 또한 진마 팬텀의 무서운 점이기도 했다. 단순히 피를 빠는 야수라면 그 이빨과 발톱이 제아무리 흉포하다 하더라도 두려워할 것이 없다. 사법을 사용해 요사스러운 재주를 부린다고 한들 그것은 폭력으로써의 도구에 지나지 않는다. 폭력으로써의 도구가 총기냐, 마법이냐, 손톱이냐… 그런 게 결과적으로 무슨 차이가 있겠는가?

오히려 진정 무서운 것은 금력과 권력이다. 돈이라면 인간의 영혼마저 살 수 있고 권력이라면 그 돈으로 살 수 없는 부류의 인간마저 살 수 있다. 문명사회의 인간에게는 비현실적인 폭력보다는 인간의 힘이 가장 무서운 법이다.

"나는 흡혈귀의 왕이며 인간의 왕이지. 그런 내가 야만스럽게 그대를 상대하는 건 내 미학에 어긋나거든. 야만이 곧 규율이던 이전과는 입장이 많이 다르니까."

진마 팬텀은 그렇게 말하며 손을 들어 하늘을 가리켰다. 진한 금발이 비바람에 흩날리고 새하얀 코트가 나부낀다. 그 풍모에는 확실히 제왕다운 면모가 있었다. 실베스테르는 자신이 너무 성급했다는 것을 시인하지 않을 수 없었다. 다른 진마들과 달리 이 팬텀은 그만큼의 힘과 권력이 있었다. 오랜 세월동안 벗해온 절망이 새삼스럽게 느껴질 정도로……. 하지만 팬텀이 왕이라면 실베스테르는 그 왕을 사냥하는 자다. 절망을 느꼈다고 하더라도 그 물러섬에서 기품을 상하는 일은 없었다.

"좋아. 왕의 권위를 생각해서라도 이 자리에선 물러나도록 하지. 당신이 전장과 그 시기를 선택한다는 것도 인정하겠어."

실베스테르는 그렇게 말하고 검은 코트를 흩날리며 엘리베이터 안으로 걸어 들어갔다.

"그렇다면… 그쪽이 싸울 마음이 되게 만들어주는 수밖에 없군."

실베스테르의 모습이 엘리베이터 안쪽으로 사라지자 모터가 돌아가는 소리가 들렸다. 소리가 멀어지는 만큼 진마사냥꾼도 멀어진다. 그가 돌아 나가는 것을 바라본 팬텀은 얼굴을 손으로 가렸다.

"많이 컸군, 실베스테르."

그는 그렇게 중얼거리며 난간 위에 선 채 도시를 내려다보았다. 회색의 비가 점차로 약해져 가고 있었다.

주택가 곳곳에서 개들이 짖어대기 시작했다. 총성과 폭음 때문일까? 놀란 개들이 울어대는 소리가 빗소리를 뚫고 제법 멀리까지 들렸다. 하지만 사람들은 누구 하나 고개를 들이밀지 않았다. 총기가 난사되는데 창밖으로 굳이 고개를 내밀 사람은 없을 테지만 이건 이상하다. 극영화 촬영장의 세트가 아닐까 싶을 정도로…….

"개자식들!"

세건이 방아쇠를 당기며 몸을 옆으로 돌렸지만 여자 흡혈귀는 총탄에 맞는 것도 개의치 않고 빠른 속력으로 날아왔다. 저지력이 약한 토카레프 탄의 한계랄까? 아무리 은 처리된 할로우 포인트 탄이라고 해도 VT가 높은 흡혈귀를 단발로 저지하기엔 역부족인 것 같았다.

"잡~ 았다! 하나!"

그녀는 마치 술래잡기하는 아이처럼 천진난만하게 말하더니 세건의 팔을 잡고 크게 휘둘렀다. 순간 세건의 주위 사물이 빙글 돌았다. 그녀는 놀라운 괴력으로 세건을 그대로 집어 던진 것이다.

"둘!"

전신주 위에서 기다리고 있던 남자 흡혈귀가 세건을 공중에서 받더니 몸을 빙글 돌리며 위로 내던졌다. 마치 구기 종목에서 볼 법한 근사한 패스였다. 문제는 던져진 게 공이 아니라 사람이고… 흡혈귀에게 던져져서 14미터 정도 높이 허공을 날고 있으면 살기는 글렀다고 보는 게 좋다.

"셋!"

하지만 그것도 모자라서 세 번째 공격이라니? 세건은 깜짝 놀라서 방어 태세를 취했다. 과연 뭔가 시뻘건 것이 공기를 뚫고 세건의 양팔을 후려갈겼다. 아까 전 새가 날아오면서 줄곧 쏘아대던 각질화된 살점이다. 얼마 되지 않는 크기의 탄환이지만… 그 속도와 기세는 총탄에 비견될 정도라, 막아낸 세건의 팔이 부러지는 것은 물론 아예 몸통 자체가 뒤로 나가떨어졌다.

콰드득!

세건은 꽤 넓은 개인 주택의 목련에 몸을 들이받았다. 상당히 오래 키웠는지 어엿한 장년목이 되어 있는 목련이 추락하는 세건의 몸을 받아서 부러졌다. 세건은 마치 목 부러진 인형처럼 몇 차례나 나무에 충돌하며 앞마당 정원 잔디 위로 떨어졌다. 어디가 깨지기라도 했는지 피가 튀며 나무를 물들였다.

"······."

고통이 너무 심하면 비명조차 나지 않는 법이다. 부러진 인형처럼 너부러진 세건은 숨도 제대로 못 쉬었다.

"아하하핫."

검은 옷의 남녀 흡혈귀가 춤추듯 하늘로부터 내려섰다. 쏟아지는 회색의 빗속에서 검은 옷을 입은 두 흡혈귀는 마치 흑백 영화의 한 장면 같았다.

"너무 심하게 휘두른 거 아냐?"

"그러게. 이렇게 되면 먹을 것도 별로 없겠는데?"

그들은 그렇게 말하면서 피투성이가 된 세건을 내려다보았다. 세건은 그 상황에서도 몸을 일으키기 위해 안간힘을 다하고 있었다. 하지만 그 높이에서 떨어져서 전신이 망가져 버린 그가 몸을 움직일 수 있을 리가 만무하다. 그래도 다행인 건 도중에 나무에 충돌했고, 세건이 입고 있던 레이서 슈트가 방어력이 꽤 있는 옷이란 것이다.

위이이잉.

빗소리가 흔들렸다. 적어도 세건은 그렇게 느끼고 있었다. 평형감각이 깨지고··· 오감이 뒤틀렸다. 이 상태에서 흡혈귀들을 상대해서 이길 수 있을 리가 없다.

"자, 그럼 먹어볼까?"

여자 흡혈귀는 그렇게 말하며 손을 들었다. 그러자 그 손이 마치 끓는 물처럼 거품을 일으키더니 예리한 이빨들이 돋아나기 시작했다. 남자 흡혈귀도 역시 그렇게 팔을 변형시켜서 세건에게 다가왔다.

"크윽! 우엑……."

세건은 몸을 일으켰다가 앞으로 주저앉았다. 아드레날린 정도로는 도저히 버틸 수 없는 타격. 전신을 갈기갈기 찢어발기는 듯한 그 타격은 육체로부터 힘을 앗아간다. 근성, 뚝심, 깡다구 같은 걸로 극복할 만한 것이 아니다.

추락으로는 어지간한 높이에서 쉽게 사람을 죽이지 못하겠지만 저지력이란 면에서는 그 어떤 것보다 뛰어나다. 흡혈귀들은 용쓰는 세건을 보고 귀엽다는 듯 큭큭 웃으며 팔을 휘둘렀다.

픽픽!

하지만 그 순간 들릴 듯 말 듯한 작은 총성이 들리고, 여자 흡혈귀는 단숨에 머리가 박살 나 쓰러져 버렸다.

"큭! 또 다른 놈이 있었나?"

몸을 뒤로 날려서 위기를 피한 남자 흡혈귀는 깜짝 놀라서 총탄이 날아온 방향으로 고개를 돌렸다. 그곳에는 콜트 거버먼트 45에 소음기를 단 채로 담벼락 위에 쪼그려 앉아 있는 송덕연이 있었다. 막 아르바이트를 끝내고 거의 비무장으로 달려온 세건과 달리 덕연은 도검부터 시작해서 스펙트라 방탄복 등으로 완전무장하고 있었다.

"야 ,이 씨발 새꺄. 사이키델릭 문도 안 쓰고 흡혈귀랑 맞짱

뜨려고 했냐? 내가 그렇게 가르쳤냐?"

그는 그렇게 말하고 콜트를 입에 물더니 비스듬히 비끄러맨 샷건을 들었다. 검은 옷의 흡혈귀가 그림자를 남기며 빠른 속도로 그에게 달려들었지만 샷건이 발사되자 폭음과 함께 흡혈귀가 나가떨어졌다. 아무리 샷건이 근거리에서 유용한 무기라지만 저렇게 빠르게 움직이는 타겟을 정확하게 맞출 수 있다니, 놀랍다고밖에 말할 수 없었다.

흡혈귀는 기괴한 비명과 함께 뒤로 나가떨어졌다. 펌프 액션 샷의 위력은 굉장해서 한 대만 맞아도 흡혈귀의 몸 전체가 너덜너덜해질 정도였다.

"크악!"

하지만 흡혈귀는 그래도 죽지 않고 몸을 추스르더니 담벼락을 뛰어넘어서 골목으로 빠져나갔다. 그러자 덕연은 허리에 차고 있던 칼을 세건에게 던져 주며 외쳤다.

"나는 저 녀석을 추격할 테니 너는 그년 피나 빨아내고 어서 가서 골대나 지켜!"

덕연은 그렇게 외치고 역시 담벼락 아래로 뛰어내렸다. 세건은 그런 덕연을 보고… 반갑다기보다는 이상하다는 생각이 들었다.

'어차피 샷건을 쓸 거면 권총에 소음기를 달 필요가 없잖아?'

세건은 부러진 팔을 최대한 움직이지 않으면서 조심스럽게 손을 주머니에 넣었다. 세건의 슈츠에는 허벅다리 부분에 건빵 주머니가 있었는데 거기에 손을 집어넣자 허리로부터 통증이 타고 올라왔다. 골반뼈에 금이 갔는지 아니면 늑골이 깨져서 그 통증이 내려온 것인지 모르겠다. 그는 통증을 이겨내며 억지로 꺼낸 채혈기로 흡혈귀 시체에서 피를 빨아내어 자신의 몸에 주사했다.

피이잉.

머리가 울렸다. 흡혈귀의 피가 몸 안에 투여되는 것만으로도 대부분의 통증이 사라지는 게 느껴졌다. 하지만 분명히… 진마의 혈족이라 그런지 다른 싸구려 흡혈귀들과는 피의 느낌이 달랐다.

'그래서 그렇게 강했나?'

세건은 머리가 날아가 버린 여체를 내려다보았다. 적대적일 때는 몰랐지만 이렇게 보면 아담하고 예쁜 몸이다. 창백한 피부와 변형된 팔, 날아가 버린 머리를 제외하면…….

"우웨엑!"

세건은 구토가 치밀어 오르는 것을 억눌렀다. 피가 부족한 탓일까? 그는 다시 채혈기를 꽂아서 피를 뽑은 뒤 자신의 팔뚝에 꽂았다. 상처가 아물어간다. 부러진 뼈도 다시 붙고 나무에 긁혀서 찢어진 상처도 삽시간에 아문다. 일단 몸을 움직일 수 있게 된 그는 즉시 자리에서 일어났다. 덕연이 말한 대로…….

골키퍼는 골문을 지켜야 하는 것이다.

세건은 바닥에 떨어진 칼을 주워 들었다. 덕연이 던져 준 것은 60센티미터 정도의 방광 처리된 검은 칼이었는데 나일론으로 만든 소드 홀스에 끼워져 있었다. 세건이 칼을 뽑아보니 420 스테인리스로 만들어진 검신이 모습을 드러내었다. 420 스테인리스로 만들어진 통칭 '닌자도'는 양키들의 닌자에 대한 오버센스가 그대로 담겨 있는 특이한 칼인데, 굉장히 실용적이었다.

세건은 그걸 어깨에 비끄러매고 토카레프의 탄창을 뽑아서 달리면서 탄환을 끼워 넣었다. 폭력배에게 빼앗을 때부터 탄창이 하나씩밖에 없었으니… 탄이 아무리 많아도 사용하기 불편하다. 이럴 때 미리 채워두지 않으면 안 된다.

"헉… 헉……."

세건은 전력 질주로 언덕길을 달려 올라가 진유미의 집 입구에 섰다. 이미 흡혈귀가 쳐들어왔는지 입구에부터 피와 살점이 빗물에 섞여 흥건하게 퍼져 있었다. 도살장에서 호스로 물을 뿌려서 청소를 대충 끝내놓은 것 같다고 할까? 그 핏물의 근원지인 마당에는… 남자와 여자 각각 한 명이 찢어발겨진 채 섞여 있었다. 시적인 표현을 빌자면 '그들은 마침내 한 몸이 되었다' 정도가 어울리겠지만 직관적으로는 '다진 고기' 쪽이 더 어울렸다.

"제기랄!"

세건은 지하실 쪽 문을 박차고 안으로 총구를 겨누었다. 어두워서 아무것도 보이질 않는다. 하지만 피비린내만은 확 코를 찔러왔다. 세건은 기억하고 있던 지하실과 방의 구조를 따라 몸을 날렸다.

찍… 찌이익…….

그로테스크한 소리가 들렸다. 아마 사람을 죽이고 그 피를 마시고 있을 테지. 세건은 그렇게 생각하고 구역질이 치밀어 오르는 걸 참았다. 세건의 가족이 몰살당한 그날을 떠올리게 만드는 처참한 모습들과 소리, 그 모든 것이 지금 이 자리에서 똑같이 재건되고 있는 것이었다.

'침착하자… 여기서 흥분하면 죽을 뿐이야.'

흡혈귀의 피가 돌아서 그럴까? 심장이 계속 요동을 치고 있어서 도저히 감정이 가라앉지 않는다. 그는 사이키델릭 문의 캡슐을 까서 손등에 놓았다. 빗물에 젖은 피부가 분말을 녹여 버렸지만 세건은 그걸 억지로 코에 흡입했다. 재채기가 나올 듯하다가 그 느낌마저 사라졌다. 사이키델릭 문의 약효는 너무 빠르게 나타나서 겁이 날 정도였다.

'아!'

어둠 속에서도 천천히 사물의 윤곽이 떠올랐다. 그건 정말 신기한 느낌이었다. 감각이 예리해져 가면서 주위의 소리가 분석된다. 마치 따로따로 들려준 소리를 이미지상에서 합성하는 느낌이랄까? 지붕에 떨어지는 빗방울 하나하나가 다 피부에 와 닿고, 어둠 속에서 도드라져 보이는 윤곽선이 어떤 야시경보다도 뛰어난 시야를 제공해 주었다.

세건은 방으로 걸어갔다.

부엌과 거실이라 할 만한 넓은 마루에는 이미 수많은 아이가 난자되어 있었다. 너무나 쉽게 찢어발겨진 육신들은 비현실적

으로 느껴졌다. 싸구려 스플래터 영화에서 전기톱으로 찢어발
긴 합성수지 좀비를 연상시킨달까? 현실이란 때로는 영화보다
도 더하지만 진유미는 보이지 않았다. 진유미… 아마도 방에
있을 것이고 살아 있을 리가 없을 것이다. 세건은 차분한 마음
으로 방문을 열었다.

"아."

그곳에는 한 소녀가 있었다. 피로 물든 파란 투피스를 입은
그 소녀는 많이 수척해 보였지만 더없이 가련해 보였다. 굉장
한 미인이라고는 생각되지 않지만… 그래, 진유미와 비슷하다
고 할까? 왠지 그녀는 진유미와 닮아 있었다. 신기하기도 하
지. 그녀는 피해자이고 진유미는 가해자였을 텐데. 그래서 그
녀는 진유미에게 복수를 하려고 한 것이고 지금 그걸 달성했을
텐데 어째서 둘은 닮아 있을까?

그런 그녀의 앞에는 두 동강 난 진유미가 있었다. 서로 닮은
꼴을 한 두 여자는, 한쪽이 다른 한쪽을 죽여 버리는 결과를 냈
다.

리얼리티의 부재로 이 거대한 도시, 서울 위를 떠다니던 진
유미.

역시 병원에 갇혀 하염없이 자기 속으로 가라앉은 윤미혜.

가해자와 피해자는 이제 그 위치를 바꿨고 이야기는 끝이 났
다. 죽어버린 진유미는 세건이 넘겨준 사이키델릭 문을 복용하
고 있었는지 이 엽기적인 죽음을 당한 와중에도 약에 취한 듯
한 표정을 짓고 있었다. 닮은꼴의 두 여자… 세건은 그녀를 바

라보고 아무런 말 없이 총을 들었다.

말도 없었고,

저항도 없었다.

폭우 속에서 총성이 몇 발씩 울렸다. 그녀를 꿰뚫고 지나간 토카레프 탄이 몇 번이나 방 안을 튀어 다니고 그중 한 발이 세건의 볼을 스치고 지나가 긴 핏자국을 남겼다. 세건은 총을 거두고 닌자도를 들어서 윤미혜의 목을 후려쳤다. 워커 발로 안면을 걷어차고 경련을 일으키는 심장을 향해 검을 쑤셔 박았다.

"······."

너무 무미건조하달까? 그는 따분함마저 느끼고 있었다. 뭔가 감정이 한꺼번에 몰려올 줄이라도 알았는데 그건 쓸데없는 기대였던 것 같다.

세건은 채혈기를 이용해 그녀에게서 피를 빨아낼 수 있을 만큼 빨아낸 뒤… 몸을 돌렸다.

"아 참."

집의 입구에서 잠시 멈춰 선 그는 복도를 향해 총을 쏘았다. 입구에 쌓여 있던 부탄가스통에 총탄이 명중하며 폭발을 일으켰지만 사이키델릭 문을 복용한 그는 뒤로 몸을 날려 그 파편과 충격을 피하는 게 가능했다.

"하······."

세건은 쇼핑백을 하나 골라서 그 안에 피를 담고 폭발로 불타오르는 집을 뒤로하고 걸어 나왔다. 폭풍이 북상해서일까?

거센 폭우가 쏟아진다. 이 불도 곧 잡히겠지? 세건은 그렇게 생각하고 언덕 아래로 내려갔다.

덕연은 피투성이가 된 채로 전신주에 기대어 서 있다가 세건을 올려다보았다.

"어이!"

"……."

세건은 아무 말 없이 사용한 닌자도를 덕연에게 던져 주고 쓰러진 RX—125를 일으켜 세웠다. 역시 핸들이 꺾여 버린 이물건은 도저히 타고 다닐 만한 게 아니다. 세건은 비에 젖은 생쥐 꼴이 되어서 RX—125를 내려놓았다. 형의 유품이라서 어떻게든 가지고 다니려 했지만 이제 그것도 한계에 도달한 것같다.

"너 괜찮냐?"

덕연은 내심 걱정이 되어서 그렇게 물었다. 그러자 세건은 무표정한 얼굴로 덕연을 돌아보았다. 빗물이 얼굴을 타고 턱선으로 떨어져 내리는 것이 마치 폭포 같았다.

"프라이드 있지요?"

"있지."

"태워주실래요?"

"그러지. 빨리 빠져나가자."

덕연은 무표정한 세건을 프라이드에 태우고 폭우가 쏟아지는 골목을 빠져나갔다.

경찰차와 소방차가 골목을 막아섰다. 총성으로 예상되는 폭음과, 그 뒤를 이어 터진 가스폭발… 아무리 무관심의 사회라고 하더라도 제보가 들어가는 것은 당연한 일이었다. 하지만 경찰들이 도착해 주위를 살펴보았을 때는 탄자도 탄피도 찾을 수 없었고, 유일하게 남아 있는 것이라곤 폭발로 박살 난 반지하 건물과 그 안에 박살 나 있는 시체들이었다.

그러나 아무리 대한민국 경찰이 격무에 시달리다 못해 사건을 축소하려는 경향이 있다고 해도… 이 사건은 이상한 게 많았다. 탄자 자체는 찾을 수 없었지만 건물 곳곳에 탄흔이라 할 것들이 남아 있었고 시체들은 폭발에 의해서 죽은 게 아니라 이미 죽은 뒤 폭발로 손상되었다는 검시 결과가 나왔다. 하지만 그렇다면 뭐가 인간을 그렇게 갈가리 찢어발길 수 있단 말인가?

아직도 경찰들의 검사가 한창인 주택가 인근 공원에는 새카만 코베트 쿠페가 한 대 놓여 있었다. 그 코베트 쿠페의 옆 벤치에는 은발의 신부와 녹색 블리치의 청년이 앉아서 모이를 쪼는 비둘기들을 바라보고 있었다.

"비둘기인지 닭인지……."

녹색 블리치의 청년은 비둘기들을 바라보고 한숨을 내쉬었다. 그러자 은발의 신부는 손을 입가로 가져가 조용히 하라는 신호를 보냈다.

"토해내라……."

그러자 비둘기 중 몇 마리가 켁켁거리더니 찌그러진 구리합금을 토해냈다. 흡혈귀의 몸을 꿰뚫고 지나간 탄자들을 삼켜서 회수해 온 것이다.

"걱정되어서 덕연을 붙여줬는데… 한심하군. 대체 탄피도 회수하지 않으면 어쩌라는 거지?"

은발의 신부, 실베스테르는 그렇게 힐난하면서 마법에 집중했다. 쥐, 들고양이, 개, 비둘기 등을 이용해서 탄피, 탄자를 회수한 그는 라텍스 장갑을 끼고 비닐 봉투에 그것들을 담아 넣었다. 세건은 그 장면을 아무 말 없이 바라보면서 벤치에 몸을 기댔다.

"죽었는데도, 눈물 한 방울 나지 않는군요. 울지 못하는 건 흡혈귀뿐이 아닌 게 아닐까요?"

"……."

실베스테르는 세건의 말을 듣고는 몸을 일으켰다. 마법에서 풀린 비둘기들이 그제야 정신을 차렸지만… 모이 때문인지 다른 곳으로 날아갈 생각을 하지 않고 있었다. 실베스테르는 코베트의 문을 열었다. 잠깐 사이 코베트 위에 떨어졌던 낙엽들이 그 바람에 차 안으로 밀려들었다.

그때 세건이 실베스테르를 불러 세웠다.

"아 참, 실베스테르."

"음?"

"저… 커트 코베인 닮았나요?"

"머리가 아픈 모양이군. 개소리를 하는 걸 보니."

그러자 세건은 크게 웃더니 양 무릎에 얼굴을 파묻었다. 하지만 곧 웃음소리는 그치고 세건의 어깨가 들썩거리기 시작했다. 마치 마법에 걸려 있다가 이제야 풀려난 것처럼 메말라 있던 눈에서 눈물이 쏟아졌다.

　"……."

　바람 소리에 메마른 나뭇잎들이 나부끼는 소리가 들려왔다.

第5夜

광견(狂犬)

1

"허억, 허억……."

불빛이 쏟아졌다. 긴 꼬리를 물고 어딘가로 몰려가고 있는 거리의 사람들. 그 사이를 뚫고 달려가는 '그것'은 상처 입은 맹수처럼 헐떡이고 있었다.

목줄기를 쥐어짜는 듯한 지독한 갈증, 그리고 온몸에 소름을 돋게 하는 가려움, 피부가 바짝 메말라 갈라 뜯어지는 듯한 느낌. 목으로부터 시작된 그 느낌은 즉시 전신으로 퍼져 나갔다.

"아하하하핫!"

"좋다, 이 차다 이 차!"

한 무리의 사람이 거리로 빠져나왔다. 후줄근하게 구겨진 옷차림, 넥타이를 느슨하게 풀어헤친 양복쟁이들. 땀과 술이 섞여 기묘한 악취를 풍기고 있는 그들은 밤의 거리에서 흔히 보이는 직장인 무리였다.

만취한 그들 사이를 지나가던 '그것'이 그들의 만취한 정신에 찬물을 끼얹은 것은 당연한 일이다.

'사, 살려줘.'

'그것'은 도움을 요청하려고 했지만 목소리가 밖으로 나오질 않았다.

"뭐, 뭐야?"

팍!

그 순간 한 사람의 머리가 수평으로 잘려 나갔다. 얼굴에서부터 잘려 나간 머리통이 하늘을 날아 반대쪽 벽에 처박혔다. 목이 육체에서 이탈하는 그 과정이 어찌나 빨랐는지 졸지에 목을 잃어버린 몸은 아직 그대로 서 있는 채였다.

"⋯⋯."

너무나 놀라서였을까? 사람들은 도망갈 생각도 하지 못하고 눈앞의 참극에 굳어 있었다.

'그것'은 자신의 손을 바라보았다. 두개골(頭蓋骨)을 열기 위해 뇌 수술에서 사용하는 절단기처럼 쉽게 사람을 토막 낸 것 치고는 평범한 손이었다. 하지만 이제는 절대로 평범하다고 할 수 없겠지.

"크크크크크!"

"으와아악!"

'그것'의 웃음과 사람들의 비명이 겹쳐진 순간, 골목 입구를 차지하고 있던 네온사인이 터졌다.

지지지지직…….

차가운 콘크리트 벽으로 뜨거운 피가 튀었다.

"오천만 원 드리죠."

금세 무너질까 걱정해야 할 만큼 노후된 사무실 안쪽, 머리를 다 밀어버린 흑인은 선뜻 거금을 제안했다. 보통 이런 거래라면 팔러 온 쪽은 조금이라도 더 높은 가격을 받으려 하고 사는 쪽은 조금이라도 값을 깎으려 하는 게 원칙이다. 하지만 너무나 거대한 금액에 판매자 쪽이 질려 버렸다.

"예?"

세건은 잠깐 동안 자신의 귀를 의심했다.

'400㎖짜리 비닐 팩 세 개에 5,000만 원씩이나?'

"싫어요?"

빌 머레이는 이상하다는 듯 어깨를 으쓱해 보였다. 그의 등 뒤로 보이는 디스플레이(Display)에는 무려 2,040이라는 엄청난 수치가 나오고 있었다. 아마도 진마 팬텀에 의해서 흡혈귀가 되었을 여자 흡혈귀에게서 채취한 혈액의 VT를 보고 세건은 경악했다. 지금까지 VT는 당연히 20~60 사이라고 생각한 세건에게는 충격적인 수치였다.

"아, 아니요. 싫을 리가……."

그렇잖아도 돈이 부족해서 허덕이던 세건이 그런 거금을 마다할 이유가 없었다. 그러자 빌 머레이는 풍선껌을 불면서 금고를 열더니 낡은 돈뭉치들을 꺼냈다. 세건은 아무 말 없이 돈 뭉치를 바라보았다.

'호오! 이거 흡혈귀 사냥꾼이 돈벌이 안 된다는 생각은 접어야겠는데.'

세건은 가방에 그 거금을 담고 코카인과 사이키델릭 문을 사 들였다. 강력한 흡혈귀들과 제대로 싸우기 위해서는 역시 사이키델릭 문과 코카인의 힘이 필요했다. 송덕연은 분명 세건보다 훨씬 더 강한 흡혈귀 사냥꾼이었는데도 마약의 후유증으로 손이 떨릴 정도였다. 마약을 쓰지 않고서는 그 정도 실력으로도 살 수 없다는 산 증인인 셈이다.

"핸드건(Hand Gun) 쓸 때는 일대일이 좋아요."

빌 머레이가 어울리지 않게 눈을 찡긋하며 조언해 주었다. 세건은 그것이 마약의 배합 비율을 말한다는 것을 알고 고개를 끄덕였다. 그나저나 어쩌다가 비싼 흡혈귀를 잡아서 5,000만 원이라는 거금을 벌었지만, 사이키델릭 문이나 코카인 등을 사니 지출도 만만찮았다. 거기에다가 총기, 도검, 방탄복과 오토바이 등 장기적인 지출을 생각하면 아무리 지금 거금이 있다고해도 함부로 써선 안 될 것 같았다.

"나 참……."

세건은 돈 걱정을 하고 있는 자신을 발견하고 실소했다.

웃기는 일이다. 윤미혜는 어떤 면에선 진유미 그 자체였다. 피해자와 가해자란 입장에선 대칭이지만 결국 닮은꼴인 그녀의 피를 팔고 거금을 받다니, 그런 자신이 더더욱 추악하게 느껴졌다. 하지만 받지 않을 수도 없다. 앞으로 흡혈귀와 계속 싸워 나가기 위해서는 돈이 필요했다. 그것은 먹고사는 의미의 생활이 아닌 살고 죽는 생존에 관한 문제였다.

'한심하군. 이럴 줄 알았으면 작은아버지에게 집과 공장을 넘기는 게 아니었어.'

그랬다면 이런 피를 팔아서 돈을 벌려고 하진 않았을지도 모른다.

"일단 이걸로 오토바이나 살까?"

세건은 부서진 RX—125를 생각하곤 한숨을 내쉬었다. 그는 돈 가방을 옆에 메고 빌 머레이의 힐링스쿨(Bill's Healing School)을 나왔다.

"으―으음!"

세건은 기지개를 켰다. 흡혈귀의 피를 주입해서 상처는 완전히 회복했지만 여전히 근육통이 남아 있었다. VT의 수치가 엄청난 흡혈귀들과 싸웠지만 다행히도 살아남았다. 세건은 그 사실에 안도감을 느낄 수밖에 없었다. 하지만 실베스테르에 대해서는 원망스러운 마음이 들었다. 결국 자신이 미덥지 못해서 송덕연을 보낸 것 아닌가. 결과적으론 옳은 선택이었지만 송덕연도 세건도, 진유미를 지켜내진 못했다. 진마를 끌어내기 위해 인간쯤은 아무렇지도 않게 이용하는 실베스테르의 방식에는 절대로 찬동할 수 없었다.

하지만 그 일에 대해서 실베스테르를 추궁해 봐야 어쩔 도리가 없었다. 실베스테르는 분명히 그녀를 지키라고 세건에게 주의를 주었고 지키지 못한 건 바로 세건 자신이었다.

"응?"

세건은 걷던 도중 발길을 멈췄다. 역으로 향하는 골목길에는 영화에서나 봄직한 무시무시한 참극이 벌어져 있었다. 물론 그날 아침, 경찰에 신고가 들어와서 현장을 통제하고 있었지만 그래도 골목 어귀까지 피가 튀어 있으면 사람들의 이목을 사게 마련이다.

'아무리 뛰어왔다지만 어떻게 이걸 모르고 지나갈 수 있었지?'

세건은 자문해 보았다. 어렴풋이 남은 혈흔을 살펴보니 골목길 안으로 차를 몰아서 들이받지 않는 한 이렇게 엄청난 대형 참사를 일으키진 못할 것이다.

"……."

세건은 잠시 발길을 멈췄다가 가방을 들고 역을 향해 걸어갔다.

다시 밤이 찾아왔다.

'그것'은 천천히 눈을 떴다.

그르르르!

메마른 목구멍에서 가래가 들끓었다. 분명히 어제, 세 명이나 먹어치웠는데도 몸의 갈증은 외려 더욱더 심해지고 있었다. '그것'은 잠시 정신이 맑아질 때마다 이 갈증이 계속될 거라는 걸 인식했다. 그래서 더 이상 갈증을 달래줄 필요도 없다는 것도. 하지만 이성과 달리 너무나 강렬한 욕구가 쇠망치처럼 머리를 내려치고 있었다. 그 내려치는 충격을 받을 때마다 눈앞이 가물가물했다.

덜컹!

'그것'은 쓰레기 차량의 뚜껑을 열고 밤의 도시로 뛰쳐나왔다. 온통 시뻘겋게 변색된 시야에 제일 처음 들어온 것은 도시의 불빛에 노랗게 뜬 초승달이었다.

"크아아아아!"

'그것'은 철판으로 만들어진 차고를 박차고 밖으로 뛰어올랐다. 한강변 주위는 공원화가 되어 있어서 사람이 많지만 쓰레기 차량이 들어오는 진입부에는 다가오는 사람이 없었다.

"크르르륵!"

'그것'은 강바람을 향해 내달렸다. 곧 '그것'은 강변으로 뛰어나가 길가를 걷고 있는 사람을 발견했다. 자그마한 비글을 끌고 강으로 산책을 나온 듯한 중년 남자는 개가 발을 멈추고 계속 짖어대자 뒤를 돌아보았다.

"나 참, 왜 갑자기 짖는 거야? 응? 아앗?"

그는 '그것'의 흉측한 모습에 놀라 입을 벌렸다. 하지만 그 순간 그의 머리는 허공을 날고 있었다. 작은 비글은 자신의 체구도 잊었는지 '그것'을 향해 달려들며 다리 부분을 깨물었다.

"크으!"

하지만 '그것'은 팔 전체를 쓸 필요도 없다는 듯 검지만을 이용해 비글의 이마에 대고 튕겼다.

퍽!

작은 개는 단 일격에 산산조각 나버렸다. 머리통이 날아가고 내장이 몸통을 뚫고 바닥으로 후드득 쏟아졌다. 마치 총탄에라도 맞은 것 같았다.

"우우우우!"

'그것'은 사람의 시신을 한 손으로 든 채 앞으로 달려가기 시작했다.

으적!

한입 베어 물자 피와 살점이 입안에 가득 들어찼다. 잠깐 동안 갈등이 사라지고 놀라운 쾌감이 밀려들었다. 인간의 육신이 이렇게 맛있는 것이었던가? 달다고 느끼면 한없이 달게 느껴지고, 짭짤하다면 짜게 느껴지는 그 맛. 상큼하다고도 할 수 있는 그 맛. '그것'은 인육의 맛에 매료되었다. 하지만 먹고 나면 갈증은 다시 찾아왔다. 마치 아귀지옥에 떨어진 아귀와 같았다.

'어차피 인간은 썩어 넘칠 정도로 많잖아?'

'그것'은 입가에 묻은 살점을 손으로 쓱 훔치며 시신을 집어 던졌다.

덜컥!

쓰레기통에 인간의 시신이 처박혔다. 이미 '그것'이 뜯어 먹어서 더는 인간의 형상이라고 할 수 없는 처참하게 찢겨진 시신은 큼지막한 쓰레기통에 들어가자 발만 삐죽 내밀었다. 그래도 밤의 공원, 쓰레기통에 사람 발만 튀어나와 있으면 그 모습이 얼마나 흉측하겠는가? 하지만 그 모습보다도 더 흉측한 '그것'은 다음 희생자를 찾아 달려갔다.

선선한 가을 밤, 한강변에는 풀벌레 소리가 요란했다. 이런 밤에도 고수부지 공원에는 사람이 많이 있었다. 인라인 스케이트를 타고 있는 젊은 남녀들, 낚시를 하고 있는 사람들, 그냥 산책을 나온 사람 등 수많은 사람이 강변을 서성이고 있었다.

"아이구야. 허리 아프다."

김성주는 스케이트를 타고 미끄러져 오다가 벤치로 몸을 날렸다. 벤치 끝에는 하늘을 보고 있는 커플이 있었지만 김성주가 드러누워도 될 만큼 벤치는 컸다.

"아, 성주 형!"

그의 뒤를 따라오던 짧은 머리칼의 여자가 드러누운 김성주의 팔을 잡고 위태위태하게 멈춰 섰다. 김성주가 드러누울 때까지도 의식적으로 무시하던 커플들은 그제야 자리에서 일어나 옆의 벤치로 자리를 옮겼다. 남자는 밤 날씨가 제법 서늘한데도 민소매를 입었는데, 몸이 우람한 게 싸움깨나 할 것 같았다. 남자는 여자 앞이라 참는다는 듯 김성주를 쏘아보고는 자리를 떠났다. 김성주는 몸을 일으켜서 그 커플의 뒤에서 중지를 세워 보이고는 보호 장구를 고쳐 맸다.

"형, 어디까지 갈 거야?"

"슬슬 돌아갈까?"

"에. 날도 어두워지고. 별로."

여자는 남자 같은 말투로 말하고 있었다. 그렇지만 용모는 참 준수하달까? 보이쉬한 모습을 하고 있는데도 남자들을 끄는 힘이 있는지 인라인 동호회의 꽃이라고 해도 과언이 아니었다. 주변에 얼마나 껄떡대는 인간이 많은지 김성주는 벌써부터 골머리를 썩었다.

'사촌인데 말야.'

그는 그런 생각을 하면서 사촌 여동생을 바라보았다. 앞머리만 잔뜩 길러서 얼굴을 뒤덮을 정도인 그녀가 가르마를 따라 머리칼을 타 넘기며 김성주를 돌아보았다. 밤바람이 더할 나위 없이 시원했다.

"벌써 가을이구나."

"응. 아, 형!"

"왜?"

"저거… 뭐지?"

김성주는 여자의 손끝을 쫓아 무심코 고개를 돌렸다. 그곳에는 그저 평범해 보이는 개가 있었다. 물론 정말 평범해지기 위해서는 크기를 10분의 1 정도로 줄여야 할 만큼 꽤나 몸집이 큰 개였다.

"어?"

그 순간 콰드득 하고 공원 내에 설치된 상점이 통째로 뜯겨나갔다. 마치 수수깡으로 만든 집을 부수는 것처럼 거침이 없었다.

"우아아아악!"

상점에서 막 물건을 사려고 하던 남자가 비명을 내질렀다.

하지만 그 비명은 도중에 흩어져 버렸다. '그것'이 손을 휘둘러 사람의 목을 잘라 버리고 몸통을 물어서 들어 올린 것이다.

"저게 도대체 뭐야?"

김성주는 비명을 내지르듯 외치며 자리에서 벌떡 일어났다. 그러자 그의 사촌 동생 김지연이 그의 손목을 잡아끌었다.

"빨리! 이쪽으로!"

"아, 그래!"

공원은 삽시간에 난장판이 되었다. '그것'은 인간을 죽여 버리고 그 육신을 입에 집어넣은 다음 턱을 다물었다. 으적하고 뼈가 깨지는 끔찍한 소리와 함께 인간의 다리가 경련을 일으켰다. 그러나 그 경련도 잠시, '그것'은 마치 껌을 씹다 뱉는 것처럼 붉은 살덩어리를 퉤, 내뱉었다.

"으아아악!"

사람들은 제각기 비명을 지르며 달아났다. 그러나 '그것'은 악몽 속의 존재, 아니, 악몽 그 자체라도 되는 것처럼 사람들을 덮쳤다. '그것'은 다리에 힘이 풀려서 주저앉은 사람을 세로로 쪼개고 입안에 물었다. 사람을 문 채 앞으로 달려 혼비백산해서 달아나는 사람을 뒤에서부터 손을 휘둘러 다리를 끊었다.

서걱!

마치 작두로 건초를 자르는 듯한 소리와 함께 사람이 앞으로 쓰러졌다. 그러면 '그것'은 마치 곡식을 수확하는 농부처럼 시신을 집어 올려 입에 던져 넣었다. 사람을 먹으면 먹을수록 '그것'은 변이를 일으켜 몸이 변하고 더욱 흉포해졌다.

"젠장! 저건 도대체 뭐야?"

김성주는 거리를 어느 정도 벌린 뒤 원을 그리며 잠시 뒤를 돌아보았다. 스케이트 덕분에 목숨을 구했다고 할까. 근처에 있던 인간들은 죄다 그 괴물의 공격에서 벗어나지 못했다.

"서, 설마 영화 찍는 건 아니겠죠?"

"마, 말 같은 소리를 해라."

김성주는 그렇게 말했지만 정말 눈앞에서 벌어지는 엄청난 일을 믿을 수가 없었다.

"이럴 게 아니라 경찰을 불러야지! 젠장, 미친놈 취급당하지 않으면 그게 이상하겠군!"

김성주는 그렇게 중얼거리며 핸드폰을 들었다. 하지만 그때 '그것'이 먼저 변화를 일으켰다. '그것'의 몸이 일순간 끓는 물의 표면처럼 거품을 일으키더니 터져 버린 것이다.

"어!"

막 핸드폰을 든 김성주의 입에서 바보 같은 소리가 나올 만큼 황당한 일이 벌어졌다. 그 많은 사람을 죽여 버린 놈이 갑자기 폭발한 것이다.

그러나 다행이라면 다행이랄까. 그 괴물은 죽은 게 아니라 단지 몸에서 피를 터뜨렸을 뿐이다. '그것'은 조금 전보다 훨씬 줄어든 몸으로, 거의 인간에 가까운 크기로 줄어들었다. 괴물은 한순간, 슬픈 표정을 짓고 자신의 몸을 내려다보았다.

"아, 아아아아악!"

격심한 갈증이 다시 찾아왔다. 먹어도, 먹어도 다시 제자리.

목구멍을 갈라 터지게 만드는 갈증과 배에 구멍을 뚫는 듯한 허기. 그 괴로움은 말로 표현할 수 없을 만큼 격렬했다.

"으아아아아!"

'그것'은 갑자기 고함을 지르며 강물로 뛰어들었다. 결국 한강의 물줄기 사이로 '그것'이 사라질 때까지 김성주는 핸드폰을 들고 멍하니 바라볼 수밖에 없었다.

2

옛 미군 창고 앞에 회색의 프라이드가 섰다. 원래는 흰색이었을 차량은 출고 이후 과연 세차를 했는지 의심스러울 정도로 때를 잔뜩 타서 주위 사람들에게 절로 운전자의 얼굴을 확인하게 만들어주었다.

프라이드에서 내린 이는 낡은 베레모를 쓰고 있는 중년 남자였다. 마치 공사장에서 막일을 하는 사람처럼 삶의 때에 찌들어 있지만 피부색은 이상하다 싶을 정도로 창백했다.

그는 차 문을 닫고 창고 안으로 성큼성큼 걸어 들어갔다.

"여어. 오랫동안 안 찾아와서 죽은 줄 알았지."

창고 앞에서 담배를 피우고 있던 노인은 중년 남자를 보고 알은체를 했다. 중년 남자는 그 노인을 노려보곤 가방을 툭툭 건드렸다.

"거 댁도 노망 안 나고 잘도 살아 있군그래."

"내가 노망나면 손해 볼 사람 많을 텐데? 그래, 오늘은 어떤 걸 가져왔나?"

"좋은 걸 거요."

중년 남자는 빈정거리는 투로 말하고 안으로 들어갔다. 전원이 다 내려진 창고는 그야말로 빛 한 줌 없이 어두컴컴했다. 하지만 노인이 따라 들어오며 전등의 스위치를 올리자 고주파 음과 함께 수은등이 켜졌다. 침침한 불빛 아래 모습을 드러낸 것은 꽤 커다란 기계들이었다.

"손님이 안 와서 전원을 내리고 있었네. 자네도 그렇고 정준도 그렇고 요새는 고객이 좀 뜸해서 말야."

"흠, 그럼 스탠바이(Stand by)에 시간이 좀 걸리겠군."

이 기계는 가전제품과 달라서 전원을 넣는다고 바로 가동하는 물건이 아니었다. 점검을 준비하던 노인이 손을 들어서 창고 옆 사무실을 가리켰다.

"기다리는 동안 저기 사무실에라도 앉아서 커피 좀 타게나."

"내가 다방 레지인 줄 아쇼?"

"다방 레지는커녕 노가다 미장이같이 생긴 게 그런 소릴랑 하지 말게. 끔찍해, 끔찍하다고."

노인은 과장스럽게 고개를 내두르며 기계를 점검했다. 그러자 중년 남자는 사무실 쪽으로 걸어갔다. 사무실이라고 해도 책상 하나, 붙박이장 하나, 야전 침대 하나와 맞은편에 있는 14인치 로터리식 TV가 전부인 소박한 방이었다.

"순간의 선택이 십 년을 좌우한다던가? 충분히 은퇴할 때이긴 하군."

중년 남자는 예전 금성사의 CF 카피를 중얼거리며 TV를 켰다. 그러자 어두운 방에 불빛이 들어찼다. 제일 처음 들린 건 흥분을 감추지 못한 남자 리포터의 빠른 말소리였다.

"이런 미친!"

베레모를 쓴 중년 남자는 금방이라도 TV를 때려 부술 듯이 노려보았다. 어두운 건물 안에 푸른빛을 뿌리고 있는 낡은 TV 수상기 안에서는 새하얗게 질린 리포터가 열심히 상황을 설명하고 있었다.

그 뒤로 보이는 배경에는 검붉은 것으로 얼룩져 있는 한강 고수부지가 있었다. 작은 화면 너머로 보이는 것은 검은 혈흔뿐이었지만 얼마나 처참한 사건이 발생했는지 충분히 짐작하게 할 만했다.

"젠장!"

그는 이를 악물었다. 화면에서 보이는 참극은 인간이 저지를 수 있는 일이 아니었다.

'하지만 이렇게 공공연한 살육이라니?'

모든 흡혈귀가 지키는 불문율 중의 하나는 그들이 흡혈귀임을 숨기는 것이다. 밤이 되면 그들은 인간과 분간할 수가 없고 그 점이 바로 그들을 단순한 괴물과 구분 짓는다. 마치 건초 더미에 묻어놓은 바늘처럼 자신의 정체를 인간들로부터 숨긴 채 마음껏 흡혈을 감행하는 게 흡혈귀들의 생리였다.

하지만 지능도 없는 괴물처럼 도시를 활보하며 보이는 사람마다 다 흡혈을 하고 먹어치운다면, 단순히 피나 빠는 괴물로 인간에게 노출돼 죽임을 당하게 된다.

그렇다면 대체 이런 일을 저지른 것은 무엇 때문일까? 제대로 된 흡혈귀들은 저런 짓을 하지 않을 테고, 집단을 벗어난 아웃사이더라고 해도 생각이 없지는 않을 것이다. 자연히 발생한 흡혈귀? 그러나 리포터가 피해자들을 인터뷰하는 것을 보면 피해자들은 거대한 괴물을 봤다고 진술하고 있었다. 괴물로 변하는 흡혈귀라니? 하기야 흡혈귀도 있는 마당에 늑대인간이라든가 다른 괴물들이 없으리라고 보는 것은 무리다.

"뭐가 되었든 간에 그냥 넘어갈 일은 아니겠군."

중년 남자는 굳은 얼굴로 중얼거리며 야전 침대에 걸터앉았다. 그런데 그때 입구에서 노인이 나타났다.

"어이, 덕연. 기계는 준비 끝났네. 응? 뭐야?"

"아아, 영감. 저기 좀 보쇼. 저거 뭐일 것 같소?"

중년 남자 송덕연은 TV에서 나타난 참극을 보여주었다. 그러자 노인은 고개를 저었다.

"흡혈귀로군."

"어떻게 그렇게 단정할 수 있는 거요?"

송덕연은 간단히 결론을 내리는 노인을 보고 탐색하는 눈초리로 물어보았다. 그러자 노인은 어깨를 으쓱해 보였다.

"흡혈귀 말고 저런 괴물이 어디 있겠나?"

"그것도 그렇겠지만. 저거 큰 문제가 되지 않겠소?"

"암, 큰 문제지. 아마 한국에 있는 모든 괴물 사냥꾼이 몰려

들지도 몰라. 자기들 선에서 처리하려는 흡혈귀도 있을 테고."

"군이나 경찰도 뜰 텐데. 참 난감하군. 미친놈, 저게 도대체 무슨 짓이야? 뒈지려면 혼자 곱게 뒈질 것이지 왜……."

송덕연은 난감한 얼굴로 말하다가 문득 뭔가 떠올라서 고개를 들었다.

"뭐, 저건 저거고… 우리는 사업 이야기나 좀 할까?"

주 노인은 그렇게 말하며 송덕연에게 손을 내밀었다.

직원 휴게실에서 작업복으로 옷을 갈아입은 김성주는 시계를 살펴보았다. 아직 시간은 꽤 남아 있었다. 어제 그 험악한 일을 당한 뒤로 정신이 없었지만, 그래서 차라리 잠은 잘 잔 것 같았다. 그는 일터로 나와서 모자를 돌려 쓴 뒤 작업복 윗주머니를 뒤져 보았다. 역시 어제 남겨둔 담배가 고스란히 남아 있었다.

"후우. 담배나 한 대 태울까?"

그는 담배를 입에 물고 건물 밖으로 나왔다. 그런데 그때 세건이 주차장으로 들어오는 게 보였다.

"어라?"

그의 눈앞에서 세건의 바이크가 유연하게 몸체를 돌려 주차장 앞에 섰다. 파란색의 오프로드용 바이크는 혼다의 XR—250이었다. 분명히 이전에 타고 다니던 것은 RX—125였는데 하루 사이에 오토바이가 바뀐 걸 김성주는 알 수 있었다.

"여. 바이크가 바뀌었네?"

"아, 그래. 새로 하나 샀어. 등록은 아직 안 됐지만, 뭐 괜찮겠지."

세건은 헬멧을 벗으며 머리를 한차례 흔들었다. 파란색의 혼다 XR—250은 중고 시장에서 현찰로 사버린 것이지만 관리가 잘되었는지 굉장히 좋은 소리를 냈다. 세건은 바이크를 세우고 작업복으로 갈아입기 위해 휴게실로 향했다.

사실 거금을 벌어둔 이상 당분간 이런 날일에 나올 필요는 없었다. 하지만 아무리 파트타임이라도 한 달은 채워야지 그렇지 않을 경우 일에 지장이 생길까 봐 억지로 나온 것이다. 계장이 하는 꼴을 보면 왜 이걸 신경 써줘야 하나 싶기도 했지만 세건은 자기 책임을 쉽게 방기하는 인간이 아니었다.

"아, 나 어제 고수부지에 있었다."

김성주는 세건의 얼굴을 힐끗 쳐다보며 말했지만 세건은 별 반응을 보이지 않았다. 지금 서울 어디에나 그 일로 난리인데도 세건은 신문이나 방송에 관심이 없었기 때문에 그 사실을 아직까지 모르고 있었던 것이다.

"응? 고수부지? 왜?"

세건의 반응에 답답해진 김성주가 가슴을 쳤다.

"야! 어제 TV도 안 봤냐? 지금 난리가 아니잖아!"

"응? 아, 미안. 정말 못 봤어."

세건은 그렇게 답하면서 작업복을 입고 나왔다. 그러자 김성주는 열심히 어제의 일을 설명했다.

"짜샤, 어제 사람이 떼로 죽었단 말야. 내 눈앞에서! 정말 그

거 생각하면 지금도 밥이 입에 넘어가질 않는다. 으웩······."

"그럼 굶어 죽든가. 아니, 그래서··· 뭐였는데? 고수부지에서 사람들에게 기관총이라도 갈겨댄 거냐?"

세건은 면장갑을 손에 끼면서 장난스런 어투로 물었다. 그러자 김성주는 어린아이처럼 양팔을 벌리며 떠들썩하게 말했다.

"그게 아니라 괴물이라니까! 커다란 사람 형태의 괴물이 미친개처럼 사람들을 덮치고 그랬다고."

김성주는 말하면서도 치가 떨린다는 듯 고개를 잘래잘래 흔들었다. 인라인 스케이트를 타고 달아나느라 자세히 못 봐서 망정이지 만약 그 괴물이 인간을 잡아먹는 모습을 직접 봤다면 밥이 목을 안 넘어가는 정도로 끝나지 않았을 것이다.

"······."

세건의 표정이 갑자기 굳었다. 김성주는 그 뜻을 잘못 이해하고 다시 부연 설명을 했다.

"이봐, 나도 내가 무슨 미친 소리를 하는지 잘 알아. 아 쌍! 나라고 해도 내 앞에서 그런 소리하면 미친놈으로 취급하고 싶으니까 그렇게 보지 좀 마! 정말! 하지만 정말이라니까. 나도 미치고 싶다니까 그러네!"

"아니··· 믿어."

"아, 그러니까 내 말은··· 응?"

성주는 세건이 너무 쉽게 믿어줘서 오히려 당황했다. 세건은 어깨를 들어 보였다.

"그래서, 그 괴물은 어디로 갔는데?"

"그, 그걸 모르겠어."

"젠장, 큰일이군."

세건은 송덕연에게 배운 흡혈귀들의 습성을 떠올리며 이를 악물었다. 그렇게 표면적으로 사고를 치고 다니면 흡혈귀들부터 그냥 내버려 두지는 않을 것이다. 흡혈귀 사냥꾼과 흡혈귀가 암묵적으로 합의하는 룰이 있다면 그것은 어둠 속에서 살아간다는 것이다. 결코 표면으로 흡혈귀와 사냥꾼의 대립이 드러나서는 안 된다. 지금 그 괴물은 그 룰을 전면적으로 파기하고 나선 것이다.

'뭐, 나 같은 초보까지 나설 필요는 없겠지?'

세건은 의정부역 골목에서 본 그 혈흔들을 생각해 보았다.

'한강 고수부지에서 의정부라… 거리가 너무 멀다.'

흡혈귀야 해가 떨어진 다음에는 전철이든 버스든 타면 되니까 행동반경을 쉽게 상정할 수 없지만 이 녀석은 괴물 형태다. 아니, 변신이 가능하다고 하더라도 사건이 일어난 다음에는 그 일대에 있을 것이다. 하지만 세건의 생각은 트럭이 입구로 들어오는 것을 본 순간 멈췄다.

"젠장."

세건은 돈도 잔뜩 벌어놓은 자신이 왜 여기 왔을까 후회하면서 컨베이어 벨트 가동 스위치를 눌렀다.

도시는 노을로 붉게 물들고 있었다. 해가 떨어지는 것을 느낀 탓일까? '그것'은 눈을 떴다.

"크우우!"

천천히 일어난 그는 주위를 둘러보았다. 가스통이 두 개쯤 쌓여 있고 먼지를 뒤집어쓴 석유 풍로, 모서리가 깨진 바둑판 등 각종 잡동사니가 쌓여 있었다. 아마도 어느 건물 지하실인 것 같았다.

'그러고 보니 여긴 노인정의 지하실이었던가?'

'그것'은 혼미한 기억을 더듬어갔다.

문득 기억 속에서 사람의 시신이 떠올랐다. 마치 손에 잡힐 것처럼 선명한 그 감각은 누군가가 시신을 동강 내서 그에게 던진 것 같은 기분이었다. 두 동강 난 사람의 피로 전신을 씻은 듯한 그런 불쾌함, 그리고 불쾌함을 넘어선 공포가 '그것'의 몸을 휘감았다.

"크우우우우!"

하지만 뇌리에 떠오른 영상은, 그 가련한 인간은 바로 자신이 죽인 인간이 아닌가? 그는 자신의 손으로 인간들을 죽이고 먹었던 지난밤을 기억해 내고 머리칼을 쥐어뜯으며 울부짖었다.

"크으윽!"

혐오감보다도 공포가 밀려들었다. 모든 생물은 무언가를 계속 먹어야만 살 수 있다. 풀, 곤충, 육류⋯ 물론 그 육류 중에는 인간도 포함된다. 아니, '그것'에게 있어서 인간은 오히려 주식이라고 할 수 있다. 인육에 대해 생각하면 혐오감에 몸을 떨면서도 입에 침이 고이는 것은 어쩔 수 없는 생리였다. 그러면 '그것'은 인간을 욕망하는, 아니, 피와 인육에 욕망하는 제 자신을 책망하며 더더욱 깊은 혐오감에 빠져들었다. 그러나 그 생각은 매번 '인육을 먹는 자신에 대한 혐오'에서 '인육' 그 자체로 옮겨가곤 했다.

'그것'의 턱에서 붉은 타액이 떨어졌다. 그리고 그때 서편 하늘에 아스라이 걸려 있던 노을이 어둠 속으로 그 자취를 완전히 감추었다. 이윽고 밤이 시작된 것이다.

"크우우우!"

'그것'은 몸을 일으켰다. 해가 떨어지기 전까지 자기 자신을 혐오하던 이성은 온데간데없이 사라지며 다시 밤의 음험한 욕망이 정신을 지배했다.

'그것'은 문을 부수고 위로 뛰쳐나왔다.

푸욱!

하지만 막 뛰쳐나온 '그것'은 창백한 수은등이 비추는 노인정 건물 옆에 풀썩 주저앉았다. 마치 그 순간을 기다렸다는 듯 예리한 각질이 '그것'의 목을 꿰뚫은 것이다.

"카아악!"

수은등 아래 주저앉은 '그것'은 목에 박힌 각질을 빼내기 위해 손톱으로 자신의 목을 후벼 팠다. 시뻘건 피가 주체할 수 없을 정도로 쏟아져 내렸다.

"어? 저, 저거 뭐야?"

"그… 개인가?"

노인정 앞 놀이터에 앉아 있던 고교생들이 '그것'을 보고 의아한 표정을 지었다. 몇몇은 자리에서 일어나 '그것'의 실체를 확인하기 위해 다가왔다.

"위험해!"

날카로운 경고의 비명이 들려왔지만 미처 대응하기도 전에 '그것'의 발톱이 먼저 튀어 나갔다.

서걱!

인간이 그렇게 쉽게 잘려 나갈 수 있다는 것은 경악스러운 일이다. 단지 호기심 때문에 접근한 고교생의 머리가 잘려 나가고 피가 사방으로 튀었다. '그것'은 조금이라도 흘릴세라 떨어지는 인간의 목을 재빨리 잡고 탐욕스럽게 입을 가져갔다.

쭉쭉… 후르륵!

그 참혹한 광경과 게걸스럽게 피를 마시는 소리에 공포에 질린 고교생들은 몸을 움직이지도 못하고 주저앉아 있었다.

"으으윽!"

"뭐야, 저건?"

"씨발! 혁이가!"

핑!

그때 그들 사이로 목검이 날아들어 피를 빠는 데 여념이 없는 '그것'을 강타했다.

"크왁!"

목검은 던졌다고 하기보단 발사했다는 표현이 더 어울릴 만큼 빠르게 날아왔다. 그야말로 총탄처럼 날아가 '그것'의 몸을 뚫고 뒤쪽 나무에 박혀 버린 것이다. 나무가 나무에 박히다니! 그것도 그냥 박힌 게 아니라 '그것'을 꿰뚫고 박힌 것이다.

"달아나!"

그제야 고교생들은 정신을 차리고 달아나기 시작했다.

"젠장, 이 무도한 녀석!"

"아무리 부모 없는 놈이라고 하더라도 정도가 지나치군!"

'그것'의 앞에 나타난 두 명은 다짜고짜 힐난부터 했다. '부모가 없다'고 말을 하는 것으로 보아 그들은 흡혈귀, 그것도 꽤 강력한 흡혈귀라는 것을 알 수 있었다. 아무리 힘이 강하다고 해도 목검을 던져 나무에 박을 수 있는 흡혈귀는 흔치 않았다.

"크으으으으!"

'그것'은 가슴에 박힌 목검을 부러뜨리며 흡혈귀들을 향해 싸울 자세를 취했다. 팔을 들고 방어 자세를 취한 것이다. 그러자 흡혈귀들이 곤란하다는 표정으로 옆을 바라보았다. 하필이면 주택가라서 흡혈귀들도 마음껏 싸울 여건이 되지 않았다.

"젠장, 할 수 없지! 머리를 잘라주지!"

목검을 던졌던 흡혈귀는 앞으로 걸어 나오다 갑자기 땅에 엎드리듯 자세를 낮췄다. 그러자 그 뒤에 서 있던 호리호리한 흡혈귀가 다짜고짜 팔을 휘둘렀다.

피잉!

맑은 소리와 함께 각질이 날아들었다. '그것'은 황급히 몸을 날려 그 공격을 피했지만 그때 앞에서 엎드려 있던 흡혈귀가 지면을 박차고 뛰어올랐다. 단 한 번의 도약으로 7미터를 날아온 그 흡혈귀는 삽시간에 '그것'을 추격했다.

"카아아악!"

"하앗!"

'그것'은 발작적으로 팔을 휘둘러 가로수를 부러뜨리며 나뭇가지를 휘둘렀다. 흐릿한 수은등에서는 제대로 보이지도 않을 정도로 빠른 공격이었지만 흡혈귀는 기합과 함께 몸을 무수한 파편으로 분리시켰다.

쨍!

"크윽!"

날카로운 얼음 조각 같은 파편들은 단숨에 '그것'을 조각조각 찢어버린 후 맞은편 가로수 위에서 다시 사람의 형상으로 몸을 바꿨다.

쿵!

마치 무거운 항아리를 장독대 위에 놓을 때처럼 둔중한 소리와 함께 '그것'이 추락했다.

"크아아악!"

"거참 시끄럽네. 자는 사람들 다 깨겠다."

호리호리한 남자 흡혈귀는 장난스럽게 중얼거리며 부러진 나뭇가지들을 주워서 앞으로 던졌다. 시위를 떠난 화살처럼 빠르게 날아간 나뭇가지들은 공중에서 90도로 방향을 틀더니 땅바닥에 떨어진 '그것'의 몸 여기저기에 꽂혔다.

"카악!"

'그것'은 이제 땅바닥에 찍혀 몸도 옴짝달싹할 수 없었다. 그러자 나무 위에 올라선 흡혈귀가 지면으로 뛰어내렸다.

"간단하잖아? 이 자식, 괜히 애나 먹이고 말이야."

"조심해. 거 보통 만화 같은 거 보면 이럴 때 꼭 놓치더라."

"재수 없는 소리 하지 마."

흡혈귀들은 서로 농담을 주고받으며 웃어넘겼다. 하지만 그때 '그것'이 발목으로 손을 가져가는 게 보였다.

"응?"

타타탕!

그리고 총성이 울렸다. 앞의 흡혈귀는 몸을 파편으로 바꿔서 총탄의 피해를 최소화시켰지만 뒤에 있던 호리호리한 흡혈귀는 미처 총탄을 피하지 못했다.

타타타타타!

'서브머신 건인가?'

앞의 흡혈귀는 깜짝 놀라서 건물로 뛰어올라 벽을 한 번 박찬 뒤 2층 옥상에 올라섰다. 노인정 건물에 아무도 없어서 망정이지 만약 사람이라도 있었다간 큰일 날 뻔했다. 아니, 큰일은 이미 났다.

"꺄아아악!"

"무, 무슨 소리야, 이게?"

총성이 울리자 주택가 곳곳에서 비명과 함께 사람들의 목소리가 들려오기 시작한 것이다. 이제 경찰이 출동하는 것도 시간문제다.

"젠장! 유후(柳朽)!"

흡혈귀는 자신의 동료를 바라보고 비명을 질렀지만 탄환을 너무 많이 맞았는지 땅에 쓰러진 호리호리한 흡혈귀는 움직이지 않았다. 그것은 저 총탄이 전부 은 처리가 되어 있는 탄환임을 의미했다.

"이런, 니미럴!"

흡혈귀는 다시 자신을 겨누는 '그것'의 총을 보았다. 몸속에서 총을 꺼내다니, 게다가 '그것'이 들고 있는 총은 사각형의 총신을 가진 글록 18(GLOCK:플라스틱 권총의 대명사) 9㎜버전으로 롱 매거진을 장착하면 33발까지 들어가는 무시무시한 물건이었다.

"개새끼!"

탕!

유후의 복수를 하고 싶은 마음은 굴뚝같았지만 '그것'은 정확한 사격을 가하면서 몸을 지면에서 빼내고 있었다. 그뿐만 아니라 큰길에서 벌써 경찰의 사이렌 소리가 들렸다.

"크아! 이 자식, 반드시 죽인다!"

흡혈귀 경(鏡)은 분노 가득한 외침을 남기고 몸을 날려 건물 위에서 다른 건물로 뛰어들었다. 아무리 화가 나더라도 흡혈귀들의 불문율은 지켜져야 한다.

애애앵!

"크으으으으!"

강력한 흡혈귀, 경이 자리를 벗어난 것을 확인한 '그것'은 몸을 일으켜서 쓰러진 유후를 바라보았다. 이 흡혈귀는 9㎜를 열두 방씩이나 맞았는데도 아직도 살아 있었다. 다만 몸을 움직일 수 없었을 뿐이다.

"크으으으으!"

격렬한 굶주림에 시달리고 있는 '그것' 은 아귀나 다름없었다. 설사 인간, 아니, 흡혈귀라고 해도 눈앞에 쓰러져 있는데 마다할 이유는 없었다.

으드득, 으적……

등나무가 우거진 놀이터 옆 벤치에서 검은 그림자가 주저앉아 꿈틀거리는 흡혈귀를 뜯어 먹었다.

3

세건은 아르쥬나 앞에 XR—250을 세웠다. 낙엽도 거의 다 떨어진 황량한 가을밤의 아르쥬나는 나름대로 분위기가 살아 있었다.

"……."

입구에 '대중음식점', '10시 이후 미성년자 출입금지' 라는 간판만 없었다면 세건도 가을 분위기에 한껏 취했을 것이다. 분명히 이전에는 없던 표지였다. 며칠 안 온 사이에 이런 게 달리다니, 가게를 그만두고 다른 사람에게 넘기기라도 했단 말인가? 세건은 당혹스러운 얼굴로 손을 내밀었다.

딸랑딸랑.

문을 열자 벨이 울렸다. 세건은 한숨을 내쉬고 안으로 들어섰다. 향기로운 커피 향이 먼저 세건의 코를 반겨주었다.

"……."

오컬트 숍치고는 쓸데없이 넓다 싶던 플로어에는 소파와 테이블로 좌석이 만들어져 있고 카운터 한쪽은 트여 있었다. 그쪽으로 김성희와 같이 정장 슈트에 조끼를 걸친 젊은 아가씨가 서빙을 보고 있는 것이 보였다. 김성희는 카운터를 지키고 있다가 세건과 눈이 마주치자 빙긋 미소를 지었다.

"어서 와."

"저… 숍 이건."

"아니, 커피숍도 겸업할까 하고. 허가가 어려울 줄 알았는데 또 그렇게 어렵진 않더라? 주류를 안 팔면 쉽게 허가가 나는 모양이던데."

하지만 아르쥬나는 각종 불법적인 물건도 거래하고 있지 않은가. 세건은 기가 막혀서 혀를 내둘렀다.

"뭐 특별 고객은 위층에서 맞이하니까."

"위층이요?"

"응. 아, 그래. 세건아, 뭐 마시지 않을래? 솜씨를 한번 발휘해 볼까 하고."

김성희는 뜨악하는 세건의 얼굴이 즐거운지 활짝 웃었다. 너무나 행복한 듯한 웃음이어서 세건은 반박도 하지 못했다. 아마도 그녀는 내심 이런 걸 하고 싶었나 보다.

"실베스테르는요?"

"자고 있는 것 같던데… 지금쯤 일어났을지 모르겠어."

"흠, 좀 물어볼 일이 있었는데."

세건은 그렇게 중얼거리며 천장을 올려다보았다. 천장에 매달린 스피커에서는 명상 음악이 흘러나오고 있었다. 이런 곳에 들어온 손님들은 도대체 무슨 생각을 할까? 하지만 손님들은 키득거리면서 주위를 감상하고 있는 게, 나름대로 독특한 멋이 있는 것도 같았다.

"위층에서 좀 기다리면 되나요?"

"응. 차는 뭐로 할래?"

"공짜라면 아이스 라떼로요."

"이렇게 날이 찬데도?"

"그래도요. 전 뜨거운 거 잘 못 먹어요. 매운 건 먹지만."

세건은 말을 끝내자마자 서둘러 위로 올라갔다.

실베스테르는 The Simpsons(미국의 유명한 명랑 만화)의 캐릭터들이 그려진 어린이용 벽지로 도배된 방에 있었다. 그는 우스꽝스럽게도 커다란 개뼈다귀형 쿠션을 베고 자고 있었다. 침대 옆 탁자에는 두꺼운 라틴어 성경과 로자리오, 그리고 그것들을 향해 고개를 수그리고 있는 성모마리아 도자기가 있었다.

"……."

철컥!

실베스테르는 쿠션 밑에서 번개같이 권총을 꺼내서 세건을 향해 겨누었다. 세건은 가만히 서서 그걸 바라보았다.

"뭐야, 너냐? 함부로 남이 자는 곳에 들어오는 버릇은 버리는 게 좋아. 언제 총 맞고 죽을지 모르니까."

"하아. 굉장히 언밸런스하군요? 이 방은……."

"시끄럽군. 그녀가 이렇게 만들어놓은 거야."

실베스테르는 몸을 일으켰다. 그는 세건을 바라보고 얼굴을 손으로 비비면서 물었다.

"아함… 무슨 일이지? 그렇지 않아도 로우 깁슨이 스테이트(State:미국)로 돌아가는 바람에 완전히 닭 쫓던 개 꼴 됐는데."

"아니, 요즘 매스컴에서 떠드는 걸 못 봤단 말이에요?"

세건이 뚱한 눈으로 말하자 실베스테르는 침대에서 내려섰다. 그는 신부복을 걸치고 그 위에 코트를 입었다. 스펙트라와 합성폴리머, 그리고 은으로 짠 사슬로 급소만 감싼 그 코트는 실베스테르가 몸에 걸친 최소한의 방어구였다.

'저런 걸 입은 사람이 무수한 흡혈귀를 일방적으로 살해하는 진마사냥꾼으로 불리다니.'

세건은 도저히 그를 이해할 수가 없었다.

"요즘 떠드는 일이라. 공원에서 대놓고 사람을 죽여 버린 그 괴물 말인가?"

"예. 어떻게 생각해요?"

"Corrupted다. 내버려 두면 알아서 죽어."

실베스테르는 대수롭지 않게 말하며 무기를 품에 챙겼다. 세건은 그것을 보고 한숨을 내쉬었다.

"지금 사람들이 다들 죽고 있는데요. 그리고 그, 커… 는 뭘니까?"

"커럽티드."

실베스테르는 짧게 대답하며 세건을 스쳐 지나갔다.

"나에게 대답을 구하지 마라. 나는 네놈의 가정교사가 아니야. 그리고 그게 무엇이든 간에… 네게 무슨 의미가 있지?"

"……."

세건은 진유미와 윤미혜를 떠올리고 입을 다물었다. 그래, 흡혈귀든 인간이든, 흡혈화가 진행되면 죽인다. 그것만이 그들을 구원할 방법이다. 이미 그런 흡혈귀는 죽이지 않았던가?

"돈이 되지는 않겠죠?"

"당연히 커럽티드의 피는 아무런 가치도 없어. 하지만 커럽티드는 처형자를 끌어들이지. 평상시엔 엉덩이가 무거워서 나오지도 않는 고급 흡혈귀들이 자신의 클랜(Clan)을 보호하기 위해 나선다. 돈을 위해 일하는 사냥꾼들에게는 정말 멋진 일이지."

실베스테르는 그렇게 말했지만 내심 탐탁지 않은 표정이었다. 확실히 지금 한국은 흡혈귀들에게 있어서 가장 중요한 의미를 가진 땅이 돼가고 있었다. 그것은 적요와 창운, 이 가장 오래된 두 진마가 서로 싸웠고, 그 결과 실베스테르에 의해서 둘 다 한국에서 죽음을 맞이한 것과 관계가 있었다.

그 결과 진마 적요의 클랜, 적요당(赤妖堂)이 고스란히 한국에 남게 되었다. 흡혈귀에 의해서 진마가 죽었다면 그 피를 계승한 이가 새로운 진마가 된다. 하지만 진마가 인간에게 죽었을 경우 새로운 진마가 없으면 그 클랜은 다른 흡혈귀들의 공격 대상이 된다. VT를 가장 쉽게 올리는 방법은 강력한 흡혈귀의 피를 빠는 것이므로 그들을 보호할 진마가 없는 적요당은 먹음직한 먹이인 것이다. 고상한 팬텀의 클랜이야 가만히 있었지만 다른 클랜은 가만히 있지 않을 것이다. 흡혈귀들의 암투, 혹은 사냥이 바로 이 한국을 배경으로 벌어질 것이다.

'하지만 커럽티드를 처리하는 데 진마가 모습을 드러내진 않겠지.'

실베스테르는 그렇게 생각하면서도 눈을 내리깔았다. 진마 팬텀과의 만남에서도 느꼈지만 사회적인 영향력을 쌓은 흡혈귀를 상대로는 절대로 싸움을 걸 수가 없다. 그쪽에서 싸움을 원하지 않는 한 도리가 없는 것이다. 그렇다면 처형자를 사냥할 수밖에 없다. 클랜에서 꽤 중요한 자리를 차지하고 있는 강력한 흡혈귀만이 처형자로 지목된다. 처형자를 처치하면 진마를 불쾌하게 만들어서 움직이게 만들 수 있다.

그때 계단을 통해서 누군가가 올라오는 소리가 들렸다. 곧 복도에서 중년 남자의 목소리가 들려왔다.

"저, 아무도 안 계십니까?"

"음."

방문객은 송덕연이었다. 그 역시 지금 벌어지고 있는 일이 흡혈귀나 사냥꾼들 모두에게 있어서 보통 큰일이 아니라는 것을 직감으로 느끼고 있었다. 하지만 단지 그것 때문만은 아니었다.

"하, 오늘은 손님이 많군."

실베스테르는 그렇게 말하며 방문을 열고 복도로 나갔다. 세건이 그 뒤를 따라 나오면서 문을 닫았다.

도시의 분위기는 들쑤셔 놓은 너구리 굴처럼 어수선했다. 곳곳에서 엽기적인 살인이 벌어지고, 그 결과 경찰기동대는 밤낮없이 대기 상태였다. 군부대도 출동해야 한다는 의견이 있었지만 국회는 여당과 야당의 싸움으로 폐회 중이고 대통령은 해외순방 중이었다. 매스컴도, 사람들 사이의 여론도 뜨거워지고 있는데 정작 일을 처리해야 할 결정권자가 국내에 없었다. 그래도 경찰이 움직여 준 것은 그나마 다행이다.

"수고들 하시는군그래."

하지만 톨게이트에서 차량을 검문하는 방식에는 찬동할 수가 없었다. '그것'은 이미 인간이 아니다. 그런데 사람들을 검문해서 어쩌겠다는 것인가? 흡혈귀가 인간의 모습을 취한다는 것을 생각해 보면 굉장히 현명한 판단이라고 하겠지만, 그 덕택에 무기를 소지한 흡혈귀 사냥꾼들은 제대로 움직일 수가 없었다.

푸욱!

풍선껌을 불던 젊은 남자는 눈살을 찌푸리며 톨게이트 앞을 바라보았다. 커다란 냉동 트럭을 몰고 있는 그 역시 검문의 대상이었다.

"잠시 검문이 있겠습니다."

"뭐… 수고하십니다."

트럭 운전사치고는 머리가 꽤 길어서 오른쪽 눈을 가리고 있는데도 남자는 신경 쓰지 않고 풍선껌을 씹으며 이따금 생각날 때마다 풍선을 불었다. 귀에는 아무런 장식도 없는 원통형의 환을 다섯 개나 끼워서 귓바퀴 전체가 금속으로 만들어진 것처럼 보였다. 얼굴 자체는 굉장히 샤프했지만 말투는 차갑기 그지없었다. 하지만 경찰은 운전사에게는 신경 쓰지 않고 차의 뒤쪽을 열어보았다. 과연 안에는 짐짝밖에 없었다.

"통과."

"예예."

그는 시동을 다시 걸고 앞으로 달려갔다. 하지만 그는 서울로 진입하자마자 모자를 벗어버리고 차를 주차장 쪽으로 몰아갔다.

대형 주차장에는 트럭이나 특수차량 진입 금지라는 경고판이 붙어 있었다. 높이가 제한돼 있어서 대형 차량은 들어갈 수 없었다. 냉동 트럭은 출구 앞에서 멈춰 섰다. 운전을 하던 남자는 차 문을 열고 내려서며 중얼거렸다.

"흠, 냉동차는 안에 들어가서 조사하지 않는다는 말이 사실이었군. 간 떨어질 뻔했잖아?"

"시끄러워. 물건은 제대로 왔겠지?"

남자의 말을 받으며 주차장 안에서 사람들이 걸어 나왔다. 그러자 운전수는 킥킥 웃으며 풍선껌을 불었다.

"하하하. 검문을 통과했으니 제대로 오기는 왔지. 잔금부터 마저 주면 물건이야 얼마든지 확인시켜 주지."

그러자 그들은 약간 경직되었다. 하지만 곧 커다란 스포츠 백을 가져왔다.

"확인해 보게."

"흠, 무게로 재봐도 되겠지?"

그는 사람들을 쓱 둘러보고는 스포츠 백을 열었다. 백에는 쓰레기봉투가 들어 있었는데, 그 안에 만 원권 지폐가 얼핏 보였다. 그는 냉동차 옆 연료통 위에서 전자저울을 꺼내더니 실제로 지폐의 무게를 재보았다.

"얼추 맞는 것 같군. 좋소. 카고 열고 물건 가져가시오."

"좋아."

그들은 냉동차의 카고를 열고 급히 안의 짐들을 꺼냈다. 겉에는 얼음과 함께 생선이 들어 있었지만 그들은 생선은 쓰레기통으로 던져 버리고 얼음 안쪽을 살폈다.

촤라락!

얼음 안에서 MP5, M16A1, M4A1카빈, AUG—STEYR 등 각종 총기류가 쏟아져 나왔다. 거의 2개 분대를 주무장, 부무장은 물론이고 방탄조끼까지 완전무장시키고도 남을 만큼의 무기였다.

"흠, 훌륭하군. 한국에서 이 정도의 무기를 구할 수 있다니……."

고객은 굉장히 만족스러워하는 것 같았다. 하기야 각종 군의 제식병기를 가져다 놓았으니 만족하지 않을 리가 없다.

"가급적 그걸로 사람 죽이지 말아줬으면 하는데. 아무래도 총기다 보니까."

남자는 익살스럽게 말하면서 돈을 다시 가방에 넣었다. 그리고 그걸 트럭에 실었다.

철컥!

그때 거래를 하던 이들이 뒤에서 장전을 하는 소리가 들렸다. 트럭 운전수는 그 순간 움직임을 멈췄다.

"쓸데없는 짓은 하지 않는 게 좋을 텐데? 총이란 건 총탄이 없으면 쓸모가 없어. 지금이야 총탄이 있으니 쓸모가 있겠지만 장기적인 안목에서 생각해 보시지? 유능한 무기 상인에게 미움을 사게 되면 들고 있는 그것들이 전부 고철이 될 테니까. 어디 당신들이란 족속에게도 생각할 머리가 있는지 궁금해지는군?"

"……."

무거운 정적이 흘렀다. 한동안 주차장 천장의 파이프에서 떨어지는 물소리와 저 멀리 자동차들의 소음만 들려왔다. 총을 겨눴던 이들은 총구를 내렸다. 그리고 그들 중 제법 양식이 있어 보이는 이가 나와서 사과를 했다.

"그냥 장난을 좀 친 것뿐이오. 하지만 역시… '유능한 무기 상인'은 다르군요. 뒤에서 총을 장전하는데도 태연하다니."

"그것 이전의 문제 아닌가? 흡혈귀랑 거래하는 인간부터가 신기할 텐데?"

그는 차갑게 말하며 뒤를 돌아보았다. 그곳에는 과연, 파랗게 빛나는 눈을 가진 인간들, 아니, 흡혈귀들이 서 있었다.

"어쨌거나 무기 상인의 등에 총을 겨누는 건 굉장히 불쾌한 일이지. 그러니 다음부터는 요금에 십 퍼센트를 더 받을 테니까 그리 아시오."

"다음부터라고?"

흡혈귀들이 기가 막혀서 웃을 정도로 그는 담담하게 말했다. 담력이 있다고 해야 할지, 무식하다고 해야 할지.

"그렇다면 기억해 두도록 하지."

흡혈귀들은 그렇게 말하고 움직였다. 그들이 모습을 감추자 무기 상인은 그제야 몸을 뒤로 돌리고 안도의 한숨을 내쉬었다.

"후우. 이 녀석들… 매너가 정말 없군! 헤카테의 자식들이 추악하기 이를 데 없다더니, 역시 소문이 틀리지 않았어."

그는 트럭에 올라타 시동을 걸었다. 비록 흡혈귀들과의 첫 거래가 약간 불안하긴 했지만, 이 정도면 돈도 제대로 받았고 성공적으로 일을 끝마쳤다고 할 수 있었다.

어차피 무기 사용을 서로 자제하고 있는 폭력 조직끼리의 싸움보다는 흡혈귀 클랜 간의 싸움에 더 많은 총기가 필요할 것이다.

"흐흐흥."

무기 상인은 흡혈귀에게 무기를 제공했다는 것에 대해 죄책감을 느끼기는커녕 콧노래를 부르며 액셀을 밟았다. 거대한 냉동차가 주차장을 빠져나갔다.

"뭐라고요?"

세건은 송덕연의 말을 듣고 아연실색했다.

"그 녀석의 이름은 정준…… . 나랑 같이 특전사 출신이고, 내가 군 생활 할 때 계급이 대위였다. 가족이 화재로 죽고 난 뒤로 휘까닥 돌아서 이 바닥에 들어선 놈이지."

송덕연은 그렇게 설명하며 TV를 바라보았다. 아르쥬나 2층 거실에 마련된 TV에서는 특별 대담이 방송되고 있었다. 현재 일어나고 있는 참극에 대해서 각계의 전문가들을 초빙해서 대담을 나누는 것인데, 화제는 물론 그 커럽티드에 대해서였다.

—이건… 우연히 그 참극을 목격한 시민이 촬영한 테이프입니다. 캠코더로 찍었기 때문에 화질이 열악하오니 양해 바랍니다.

그리고 바로 한강시민공원의 모습이 보였다. 아파트 테라스에서 몸을 내밀고 캠으로 촬영을 했는지 거리는 굉장히 멀고 영상도 흐릿했다. 밤에 먼 거리를 찍으려 했으니 제대로 찍힐 리가 없었다. 그러나 그런 열악한 화질에도 불구하고 분명히 인간이 아닌 괴물의 모습을 카메라는 포착하고 있었다.

—조금의 조작도 없는… 그대로의 테이프입니다.

"······."

그걸 보는 순간 다들 말이 없어졌다. 세건은 테이블 위에 놓인 아이스 라떼를 입으로 가져갔다.

"방송까지 타다니… 역시 이 나라엔 아직 흡혈귀들의 기반이 잡혀 있지 않은 것 같군."

"예?"

"흡혈귀 클랜이 사회의 뒤를 장악하고 있으면 저런 게 방송탈 일 없다 이거지. 뭐 그러니까 저런 커럽티드가 설치는 것이기도 하겠지만."

실베스테르는 싱겁다는 듯 말을 내뱉고는 자리에서 일어났다.

"아무래도 그냥 내버려 둘 수 없는 단계까지 이르렀군. 갈까?"

"예."

세건은 기꺼이 자리에서 일어났다. 하지만 송덕연은 여전히 석연찮은지 고개를 젓고 있었다.

"아… 젠장! 갑시다! 녀석을 죽인다면 내 손으로 죽여 버릴테니까."

그는 워커 발로 바닥을 박차며 몸을 일으키고 다 닳은 베레모를 머리에 썼다.

낮에 자는 흡혈귀들은 꿈을 꾸지 않는다. 오직 밤에 잠들 때만 꿈을 꿀 수 있다. 흡혈귀 사냥꾼들에게는 별 의미 없는 흡혈귀의 풍습이지만, 너무나 오래 살아버린 흡혈귀들은 이따금 꿈을 꾸기 위해 잠을 청하기도 한다.

하지만 정준은 흡혈귀가 된 지 그리 오래되지도 않았건만 꿈을 꾸고 있었다. 피를 마셔도 그것이 흡수되어 자신의 VT로 변하지 않는 커럽티드. 그것은 언제 죽을지 모르는 하루살이와 같은 삶이었다.

가스폭발로 관사 건물이 무너졌을 때 그 안에는 네 살배기 아이와 아내가 있었다. 콤포지션으로 터뜨려도 제대로 날아갈지 의심스러운 콘크리트 건물이 어째서 LPG 가스통이 터진 것만으로 무너져 버렸는지, 시공사를 원망한다 하더라도 이미 때는 늦었다. 집에 제대로 들어오지도 못하는 그를 언제나 기다려 준 아내였다. 조산으로 태어나서 언제나 몸이 약해 속을 썩이던, 그래서 그 강인한 특전사 장교의 얼굴에서 눈물을 흘리게 만들었던 아들도 폭염 속으로 사라져 버렸다.

하지만 오늘은 오랜만에 아내의 꿈을 꾸었다. 연애 시절, 아내의 집 앞에서 학군단 정복을 입은 채 장인의 허락을 받기 위해 정좌를 하고 주위 사람들의 시선을 받았던 것이 기억났다. 박정희 대통령은 죽었지만 그래도 군인의 위세가 드높았던 5공화국 시절, 골목을 점령한 학군단 예비 장교의 모습은 장인을 놀라게 하기에 충분히 위풍당당했다. 그러나 아내는 미소를 짓고 있었다. 반 강탈에 가깝게 데려가서, 행복하게 해주겠다고 있는 소리 없는 소리 부끄러운 줄도 모르고 능청스럽게 떠들었는데, 정작 같이 있어주지도 못했다. 세상 구경도 못 한 자식에게는 늘 병원을 오락가락하게만 했을 뿐 아무것도 해준 게 없었다.

그런데도 꿈에서 그녀는 웃고 있었다. 고사리 같은 아이의 손을 잡고 '아빠 다녀오니까 인사해야지' 하고 어르면 '아빠 아, 다녀오세요' 하며 어설프게 경례하는 아이가 있었다.

"크아아아악!"

꿈에서 깨었을 때 눈물이라도 흐르고 있었다면 좋으련만, 눈에서는 아무것도 흐르지 않았다.

"크루루루루!"

'그것'은 인간의 말을 하지 못하며, 인간의 고기에 욕망하는 괴물일 뿐이다.

4

두터운 어둠이 깔려 있는 고시원의 작은 방, 그곳은 세건의 감옥이었다. 문을 열면 창가에 놓여 있는 가족사진, 퉁명스러운 얼굴의 가족들이 모여 있는 그 사진만이 사람의 흔적을 느끼게 했다. 그 외엔 고시원 그대로의 모습일 뿐 사람의 온기를 느끼게 하는 흔적을 찾아볼 수 없을 만큼 방 안은 살풍경했다.

몸 하나 누이면 꽉 들어차는 좁은 방, 그 방 벽장에 가득한 것은 살육을 위한 무기뿐이었다.

덜컥!

조용한 방 안이라 벽장을 여는 소리마저 벽력(霹靂)처럼 들렸다. 세건은 그 뇌명(雷鳴)에 놀란 고양이처럼 잠시 멈칫했지만, 안에 든 무기들을 만질 때는 신속하고 거리낌 없었다. 총기라고 해봐야 토카레프 두 정이 전부, 나머지는 전부 다 도검이라고 할 수 있었다. 도검의 경우는 은으로 되어 있지 않더라도 많은 출혈을 일으키기 때문에 흡혈귀를 상대로 유용하기는 했다. 다만 그런 괴물들을 검으로 상대하기 위해서는 이쪽도 그만큼 많은 것을 희생해야 한다는 단점이 있다. 그리고 지금 세건의 방에 있는 것은 어디까지나 훈련용 검들이기 때문에 실제로 뼈와 살을 자를 경우 검이 온전하리라고 보장할 수가 없었다.

"뭐 맨손보다는 낫겠지."

세건은 낮게 중얼거리고 칼들을 챙겨 들었다. 그때 밑에서 자동차의 경적 소리가 들려왔다. 그 시간을 참지 못하고 밑에서 송덕연이 경적을 울려대고 있었다.

"빨리빨리 튀어나오지 못하냐, 이 썩을 놈아. 엉덩이가 얼마나 무거우면 물건 챙겨 나오는 데도 그렇게 굼뜨냐?"

골목에서 저렇게 고래고래 소리를 지르는 것은 교양 있는 시민의 자세라고는 할 수는 없을 것이다. 실제로 고시원의 다른 방에서 그 소리를 듣고 많은 사람이 창밖을 고개를 내밀었다. 그렇지 않아도 관리인이 세건을 못마땅하게 여기고 있었으니 쫓겨나는 것도 시간문제이리라. 어차피 계속 고시원에 붙어서 살 수도 없을 테니 이사 가야지. 세건은 그렇게 생각하면서도 눈살을 찌푸렸다.

세건은 기다리는 이들을 생각해서 아예 창문을 통해서 밖으로 뛰어내렸다. 2층 높이에서 뛰어내리는 건 무릎 건강에 그다지 좋지 않을 테지만 세건은 마치 고양이처럼 조용히 지면에 착지했다.

"오오!"

그 광경에 창밖으로 내다보던 고시원 사람들이 감탄사를 터뜨렸다. 세건은 그런 이들의 환성을 무시하고 골목에서 기다리고 있는 송덕연의 프라이드 승용차를 향해 걸어갔다.

"대체… 얼마 걸리지도 않았어요. 일 분도 못 기다려서 그렇게 성질부리는 겁니까?"

세건은 못마땅한 눈으로 작은 프라이드 승용차를 바라보았다. 세건이 아무리 오토바이에 자신이 있다고 해도 RX—125를 그렇게 장사 지내놓고 새로 산 지 얼마 안 되는 XR—250을 타고 나갈 배짱은 없었다. 아직 등록증의 인주가 마르기도 전에 폐차시킬 순 없는 것 아닌가.

하지만 고시원 앞 골목에 있는 물건은 세건에게 있어선 절대 만족스럽지 못한, 폐차 기간이 훨씬 지난 하얀색 프라이드였다. 실베스테르의 코베트는 좌석이 두 개밖에 없는 물건이라 송덕연의 프라이드를 이용하기로 한 것이다. 그런데 이놈의 프라이드 역시 안이 좁기는 마찬가지여서 쾌적한 승차 환경은 되지 못했다.

"얼른 안 타?"

송덕연은 그런 세건을 태연하게 바라보았다. 세건은 한숨을 내쉬고 문을 열었다. 문을 열자마자 입구에 세워둔 일본도가 차 밖으로 굴러 나왔다. 세건은 그걸 집어 들고 차에 올라타며 물었다.

"그나저나 어떻게 추적하지요?"

"글쎄, 일단 파인더에 물어볼까? 별로 쓸 만한 정보는 없겠지만 회비는 뽑아야지."

실베스테르는 그렇게 말하고 프라이드의 핸즈프리에 자신의 PCS를 꽂았다. 이것 역시 김성희가 마련해 준 것이라 헬로 키티 같은 캐릭터 핸드폰이 아닐까 하고 기대한 세건은 단조로운 핸드폰의 모습을 보고 적잖게 실망했다. 그러나 실베스테르는 핸드폰을 열고 전화를 걸더니 연결음이 나자 조심스럽게 비밀번호를 넣었다. 송덕연은 그런 실베스테르를 보고 시동을 걸어 큰길로 차를 몰았다.

—예. 최신 정보를 연계해 드리는 뱀프릭 파인더에 접속하신 것을 환영합니다. 아, 요즘 최고 주가를 치고 있는 정보가 있습니다. 회원 여러분도 그런 최고 주가 건수에 관심이 있으시겠지요?

갑자기 핸즈프리에서 반쯤 혀가 꼬부라진 남자의 목소리가 들려왔다.

"이, 이건 뭡니까?"

"조용히!"

실베스테르는 그렇게 말하고 정보에 귀를 기울였다. 그러자 핸즈프리에서는 다시 요상한 남자의 목소리가 들려왔다.

—예. 지금 서울에 돌아다니는 커럽티드는 전 헌터인 정준 씨로 확인되었습니다. 아마도 적요계 흡혈귀를 사냥하다가 그렇게 변한 것 같지요? 여러분도 저런 꼴 당하지 않도록 주의하세요. 아, 그리고 지금 그 커럽티드에 현상금이 걸려 있다는 거 아시죠? 돈 안 되는 커럽티드라고 해도 이 정도 되면 우리의 존망이 위험하다고 생각되었는지 상금이 걸렸습니다. 놀라지 마세요. 상금은 무려 일억입니다. 어지간한 흡혈귀와는 비교도 안 되는 거금이지요? 커럽티드의 뇌수를 영등포 우체국 사서함 12호에, 계좌번호와 함께 보내주시면 일억을 드립니다!

그 말을 듣던 송덕연의 표정이 굳어갔다. 세건은 백미러로 그런 송덕연의 표정을 바라보고 입을 다물었다. 하지만 실베스테르는 발로 바닥을 걷어찼다.

"쳇. 흡혈귀 사냥꾼들에게 흡혈귀가 상금을 내걸다니."

"예?"

"일억이나 되는 상금을 누가 걸었을 것 같나?"

실베스테르는 이글거리는 분노를 감춘 채 반문했다. 강대한 흡혈귀 클랜과 싸워온 그는 흡혈귀들의 경제력까지 잘 알고 있었다. 실제로 외국의 유명 은행에 믿고 돈을 맡겼다가 부정 계좌로 찍히는 바람에 고스란히 몰수당한 적이 있었다. 로우 깁슨, 아니, 진마 팬텀의 예를 들 것도 없이 흡혈귀들이 세계 정계와 재계를 주무른다는 것은 당연한 일이었다. 그렇게 오래 살면서 이뤄놓은 게 없다면 그게 이상할 것이다. 다만 한국에는 특이하게 흡혈귀 클랜이 별로 없었고, 있다면 이따금 클랜에 관계없이 자연발생한 이들이 전부였다.

하지만 적요와 창운, 두 진마가 한국에서 그 목숨을 다한 순간부터 한국은 모든 흡혈귀의 각축장이 되어가고 있었다.

"그렇지만 이런 게 운영되다니, 흡혈귀 사냥꾼도 많긴 많은 모양이지요?"

세건은 일종의 해적 방송인 파인더를 주시하며 물어보았다. 세건이야 기계 등에 대해서는 핸드폰 벨 소리 바꾸는 정도밖에 모르지만 적어도 단순히 핸드폰 몇 대 가져다 놓고 방송하는 게 아니라는 것 정도는 알 수 있었다. 그러고 보면 뱀프릭 딜러들이 사용하는 장비들도 보통이 아니고 그들이 하루에 융통하고 있는 현금도 어마어마한데, 이렇게 거대한 시장이 형성돼 있다면 그만큼 많은 흡혈귀 사냥꾼이 있어야 할 게 아닌가? 그것은 세건이 지금까지 생각하던 불법적인 일과 동떨어진 모습이었다.

"그리 많지는 않겠지만 수요가 있으니 공급도 그만큼 있겠지."

송덕연이 퉁명스럽게 대답했다. 세건은 여기 이 프라이드 안에 앉아 있는 두 명을 제외하고 다른 흡혈귀 사냥꾼을 본 적이 없기 때문에 다른 흡혈귀 사냥꾼에 대해서 강한 호기심이 일었다.

그러나 그때 파인더 방송의 진행자가 급한 목소리로 말했다.

—아, 또 하나 제보가 들어왔습니다. 양화대교 남단 한강시민 공원 쪽, 다시 그 괴물이 나타났군요. 근처에 흡혈귀도 많이

출몰한 것 같습니다만… 가급적 건드리지 않는 게 상책일 것 같군요.

"젠장!"

실베스테르는 욕지거리를 입에 올리며 핸드폰을 들었다. 그러자 송덕연은 즉시 차를 큰길에서 돌려서 반대쪽 차선으로 올라탔다.

"야! 뒈질래!"

"미쳤냐!"

그런 욕지거리와 함께 경적이 울렸지만 차에 탄 세 남자는 눈 하나 깜짝하지 않았다.

송덕연이 정준과 다시 만난 것은 장례식장에서였다. 가스폭발로 관사가 무너진 그 어처구니없는 사건은 시공사의 부실이 주원인인 것으로 드러났다. 하지만 원인이 밝혀졌다고 해서 바뀐 것은 아무것도 없었다. 죽은 사람이 다시 살아 돌아올 수 있는 것도 아니고 돈으로 보상받는다 한들 그것이 무슨 의미가 있겠는가. 아내와 아들을 잃은 정준의 절망은 누구도 나눠 가질 수 없었다.

한번 인생의 중심축에서 어긋나기 시작하면 돌이킬 수 없는 게 사람의 삶이기도 했다.

"앞으로 어쩔 건가?"

송덕연은 사고 현장에서 모은 뼛조각으로 장례를 치른 정준에게 근심스러운 얼굴로 물었다. 송덕연은 상사, 정준은 대위였지만 송덕연이 나이가 위이고 군 전역을 한 후 그들은 친구 사이로 지내고 있었다. 하사관과 장교가 친구로 지낸다는 것은 그리 흔치 않은 경우라 그들의 사이는 그만큼 더 각별했다. 그 래서일까? 다른 사람이 간섭이라도 했다면 그대로 폭발해 버렸을 정준은 꽤나 차분한 목소리로 대답했다.

"글쎄… 군을 그만두고 나가야지."

"신중하게 생각하게. 가족의 일은 안됐지만… 지금은 일단 휴가를 받고 쉬는 게 좋아. 벌써부터 그런 중대한 결정을 내려서는……."

"이제 와서 중대하고 말고 할 게 뭐가 있나?"

정준은 허탈한 얼굴로 깊은 한숨을 내쉬었다. 더 이상 소중한 게 남아 있지 않은데, 공들여 지킬 게 사라진 마당에 자신의 장래 따위를 생각할 여력이 남아 있지 않았다. 송덕연 역시 그 마음을 모르는 게 아니기 때문에 묵묵히 앉아서 납골당을 바라보았다.

결국 송덕연은 정준을 흡혈귀 사냥꾼으로 만들었다. 강력한 흡혈귀와 싸우기 위해서는 믿을 만한 일손이 필요했고 정준이야말로 그 믿을 만한 일손이었다.

하지만 송덕연과 정준은 오래지 않아서 파트너를 깨고 각자의 길로 가야 했다. 정준이 너무도 무모한 짓을 많이 벌였기 때문이다. 정준은 매번 죽음을 향해 거리낌이 없이 몸을 내던졌다. 그것은 파트너로서 자격 미달인 행동이었다. 특전사 시절의 정준 대위라면 모르겠지만, 그 이후의 정준은 흡혈귀 사냥꾼으로서도 최악이었다. 어찌 보면 지금의 이 사태는 이미 예견된 일인지도 모른다.

'그것', 커럽티드 혹은 '정준'은 양화대교를 지나 밤의 공원을 달리고 있었다.

이미 한강시민공원의 참극을 전해 들은 시민들은 공원엔 얼씬거리지도 않았고, 대신 경찰차가 차량 제한구역을 넘어서 순찰을 돌고 있었다. 하지만 그는 경찰에 몸이 노출되는 것도 꺼리지 않았다.

"크아아아!"

정준은 경찰차 앞으로 몸을 들이밀었다. 그러자 안에 탄 경찰들이 기겁을 하며 차를 세웠다.

"으아아악!"

경찰 역시 인간이었다. 아니, 눈앞에 개인지 사람인지 분간이 안 가는, 형체부터 일그러진 괴물이 있다면 놀라지 않을 사람이 있을까?

마치 펄펄 끓는 용암처럼 기포가 피어오르는 육신은 살과 뼈가 녹아서 줄줄 흘러내렸고 개처럼 튀어나온 주둥이와 면도날처럼 예리한 손톱 그리고 한층 거대해진 양어깨는 제아무리 담대한 인간이라도 겁에 질릴 만했다.

콰드드득!

예리한 손톱이 경찰차 유리 앞에 새하얀 균열을 만들었다. 나트륨등에 비춰진 경찰의 얼굴에 끔찍한 그림자가 드리워졌다.

"크윽!"

경찰들은 떨리는 손으로 창문을 닫고 권총을 꺼냈다. 이런 비상시에도 권총에는 공포탄이 먼저 실린더를 메우고 있었다.

탕!

공포탄이 터졌다. 당연히 차 유리도, 괴물도 아무런 영향을 받지 않았다.

"크르르르!"

그러나 정준은 입으로 검붉은 타액을 흘리며 뒤를 돌아보았다.

균열이 일어난 차 유리로 떨어진 타액은 마치 추상화처럼 기묘한 무늬를 만들었다. 겁에 질린 경찰이 그걸 보고 다시 2탄을 준비하는 순간이었다.

스스스스스!

바람이 불면서 풀과 나무가 스치는 소리가 들려왔다. 그리고 그 바람 소리에 섞여서 뭔가가 빠르게 달려오고 있었다.

"크워!"

정준은 즉시 경찰차를 박차고 뛰어올랐다. 차의 서스펜션이 출렁거리자 운전석에 앉아 권총을 들고 있던 순경은 깜짝 놀라서 몸을 아래로 숙이며 천장을 향해 방아쇠를 당겼다.

탕!

이번엔 탄피가 튀어 나가며 천장에 구멍이 뚫렸다. 막 차 지붕을 넘어가던 정준의 몸통을 뚫고 피가 튀었다. 38구경 폴리스 액션은 제법 훌륭한 위력을 지니고 있는 데다가 차 지붕을 뚫고 지나며 총탄이 감속되는 바람에 저지력은 오히려 더 컸다.

"크아아악!"

정준은 비명을 지르며 차 뒤로 뛰어내리다가 발이 땅에 닿자 나무토막처럼 쓰러졌다. 그러자 앞의 경찰은 즉시 차에 시동을 걸고 차를 후진시켰다.

콰드드득!

교통질서를 확립해야 할 경찰이 이런 짓을 해도 될까 의심스러울 만큼 과격한 소리와 함께 차가 들렸다. 높은 과속방지턱이나 인도에 올라간 것처럼 차가 들리는 걸로 보아 정준의 몸체를 뒷바퀴로 깔아뭉갠 모양이었다.

경찰차는 정준을 깔아뭉갠 채로 그대로 뒤로 후진해 경찰관 모양의 '차량 진입 금지' 팻말을 들이받고서 시동이 꺼져 멎어 버렸다.

"크아아악!"

하지만 그것은 죽지 않았다. 죽기는커녕 무슨 힘이 그렇게 센지 경찰차 뒷바퀴를 잡고 일어난 것이다.

"으아악!"

운전대를 잡고 있던 순경은 비명을 내지르며 액셀을 밟았다. 그러나 시동이 꺼져 있어서 바퀴가 돌아가지도 않았다. 그는 다시 시동을 돌렸고 옆 좌석의 선배 순경은 머리를 무릎 사이에 처박고 비명을 지르고 있었다.

콰당탕!

정준은 마치 장난감을 가지고 노는 아이처럼 자동차를 뒤집어 던져 버렸다. 둔탁한 소리를 내며 땅에 떨어진 경찰차는 차체의 하중을 이기지 못하고 지붕이 찌그러져 차 안으로 밀려들어 갔다. 지붕이 완전히 납작해지진 않았지만 안에서는 도어를 열 수도 없을 만큼 차가 형편없이 일그러져 있었다.

"크아아아!"

분노가 추격자에 대한 공포를 잊게 했는지 정준은 차 안에 있는 경찰들을 '먹기' 위해 접근했다. 경찰들은 이미 차가 뒤집어지는 충격에 부상을 입었는지 분명한 악의, 아니, 식의(食意)를 가지고 접근하는 정준에게 아무런 반항도 하지 못했다. 하지만 그때 강둑을 따라 두 명의 남자가 모습을 드러냈다. 엽기적인 살인사건이 일어난 시민공원에 굳이 모습을 드러낸 것을 보면 평범한 민간인이 아니란 것만은 확실했다.

"이런, 정말 막가는 놈이군."

"아무리 동양의 구석, 별 쓰레기 같은 나라의 엿 같은 경찰이라 하더라도 만만히 보면 안 될 텐데."

그들은 그렇게 중얼거리며 정준을 내려다보았다. 그러자 정준은 화들짝 놀라며 몸을 돌렸다. 비록 강력한 흡혈귀를 먹어치웠지만 먹은 것이 곧 총체적 VT로 돌아가지 않는다. 커럽티드는 면역 체계 과잉 질병과 비슷하다. 당장은 먹어치운 흡혈귀의 피가 신진대사를 강화시키고 복원력을 증대시키지만 그것은 꺼지기 전의 촛불이 밝게 타오르는 것과 같다.

"이런, 달아나려고 하는데?"

"걱정 없지!"

일어서 있던 남자는 앞으로 달리는가 싶더니 단숨에 20여 미터를 달려와 정준의 앞을 막아섰다. 창백한 피부, 회색의 머리칼을 하고 있는 남자는 양손을 들더니 머리칼을 천천히 쓸어 올렸다. 북구(北歐)적인 용모를 하고 있는 그는 차가운 시선으로 정준을 노려보았다.

픽!

남자는 몸을 틀며 리드미컬하게 팔을 흔들었다. 그러자 예리한 소리와 함께 정준의 몸에 뭔가가 박혔다.

"크웍!"

정준은 비틀거리며 뒤로 물러났다. 하지만 투명한 실 같은 것이 허공에 떠서 정준의 피를 빨아냈다.

"커럽티드의 피는 가치가 없지."

남자는 비웃듯 중얼거리며 허공에 뜬 실을 잘랐다. 그러자 마치 작은 튜브를 자른 것처럼 피가 공중에서 튀었다. 놀랍게도 작은 거미가 정준의 몸에 매달려 피를 빨면서 꽁무니로 피를 보내고 있었던 것이다. 정준은 경악과 고통으로 몸부림치며 지면을 굴렀지만 허물어져 내리는 살 속으로 파고든 벌레는 몸을 구른다고 쉽게 죽지 않았다.

"젠장, 정말 많이 먹었나 보군. 이 정도론 안 죽으니. 애설론?"

"응?"

강둑 위 가드레일에 앉아서 그 광경을 내려다보고 있던 젊은 스킨헤드의 남자 흡혈귀는 눈을 휘둥그렇게 뜨고 반문했다.

"마무리 좀 지어주지?"

거미를 다루는 남자가 부탁했지만 스킨헤드 흡혈귀는 갑자기 자리에서 몸을 박차고 일어나더니 다급하게 고함을 질렀다.

"아니, 비켜!"

"뭐?"

타앙!

그 순간 총성이 울려 퍼졌다. 일반인에게는 들리지도 않을 작은 소리였지만 흡혈귀들에게는 선명하게 들릴 정도의 크기, 그 거리가 꽤 멀다는 것을 알 수 있었다. 그 정도 거리에서의 저격은 제아무리 흡혈귀라고 해도 피할 방법이 없다. 진마 급의 흡혈귀가 아닌 한에야 어찌 눈으로 보이지도 않을 원거리에서 총을 쏘아대는 걸 피할 수 있을까.

거미를 다루던 흡혈귀의 오른쪽 어깨에서 피가 튀었다. 숨어 있던 흡혈귀 사냥꾼들이 저격을 한 것이다.

"젠장!"

"이 녀석들⋯ 기다리고 있었군!"

애셜론은 분노를 억누르며 눈을 감았다 떴다. 그러자 온통 시뻘겋게 물든 흰자위 사이로 새카만 눈동자가 주위를 두리번거렸다.

"저기다!"

애셜론이 가리킨 곳은 양화대교 맞은편이었다.

그곳은 선유도 국립공원 관목림 사이였는데, 어둠 속에 길리

슈트까지 입고 있는 사냥꾼이 총을 겨누고 있었다. 길리슈트에 M40A1 저격총을 들고 있는 흡혈귀 사냥꾼은, 아무리 렌즈가 부착된 물건이라지만 믿을 수 없는 사격 실력을 지니고 있었다. 흡혈귀들로서는 총기가 없는 이상 저 정도 거리의 적을 당해낼 재간이 없다. 하지만 저 거리라면 설사 흡혈귀들을 다 죽인다고 하더라도 그 피를 회수해 돈을 벌 수 없으니 분명 다른 패거리가 이 부근에 잠복해 있을 것이다.

"쉿!"

스킨헤드의 흡혈귀는 경찰차를 들어서 총탄에 대한 방벽으로 앞에 던져 놓고 그 뒤에 몸을 숨겼다. 총탄을 맞은 거미 흡혈귀 역시 그 차량 뒤로 숨어들었다.

"조심해! 다른 놈이 온다!"

아니나 다를까, 흡혈귀 사냥꾼들이 굴다리에서 속속 모습을 드러내기 시작했다.

"이야호!"

"흡혈귀도 잡고 커럽티드도 잡고, 일석이조로군!"

그들은 엔진을 실은 보드를 타고 달려오고 있었는데 아무리 보아도 프라모델로밖에 보이지 않는 MP5K로 무장하고 있었다. 그러나 다들 사이키델릭 문을 복용했는지 눈에 위험한 광채가 떠돌았다. 그것은 마약중독자들의 전형적인 모습이었다. 수도 꽤 많아서 열 명가량 되었는데 그들이 전부 똑같은 무기로 무장을 하고 있는 것으로 보아 전부 한 팀인 것 같았다.

"탐욕에 미친 것들!"

붉은 눈의 애셜론은 씹듯이 외치며 사냥꾼들을 향해 달려들었다. 하지만 선두에 선 흡혈귀 사냥꾼은 한 손으로 보드의 컨트롤러를 손에 쥐고 목에 멜빵을 건 채 MP5K를 발사했다.

"피에 미친 놈보다 낫지!"

드르르르륵!

한 팔로 기관단총을 쏴서 명중률은 낮겠지만, 저렇게 퍼부어 대면 흡혈귀로서도 피할 방도가 없는 것이 사실이다. 애셜론은 몸의 일부를 박쥐로 바꾸어 총탄을 피하려 했지만 박쥐 역시 총탄에게서 완전히 자유로운 것은 아니다. 은 탄환이 박쥐로 변한 육신을 박살 내며 그 몸통에 치유되지 못할 크나큰 구멍을 뚫었다. 하지만 애셜론은 광전사였다. 은 탄환 정도에 물러설 거라면 겁 없이 사냥꾼들에게 달려들지도 않았다.

"Gotta hell!"

그는 선두에서 달려오는 흡혈귀 사냥꾼을 향해 크게 팔을 휘둘렀다. 하지만 흡혈귀 사냥꾼은 몸을 숙인 채 애셜론이 휘두르는 팔을 피하며 여전히 한 팔과 멜빵만으로 고정한 기관단총으로 은 탄환을 난사했다. 하지만 애셜론은 뒤도 돌아보지 않고 앞을 향해 걸어 나갔다.

파각!

방금 전 무사히 애셜론을 피해서 지나간 남자의 목이 뒤로 날아갔다. 단 일격! 그 눈에 보이지도 않을 만큼 빠른 일격이 흡혈귀 사냥꾼의 목을 갈라 버린 것이다.

드드드드드!

그러나 곧 이어진 총성과 함께 애셜론의 몸은 산산조각으로 찢겨져 버렸다. 이 흡혈귀 사냥꾼들은 동료가 맞을지도 모르는, 피아가 뒤섞인 난전 상황에서도 주저 없이 총을 퍼부어댄 것이다. 애셜론은 그대로 피투성이가 되어 뒤로 쓰러진 뒤 일어나질 못했다.

"크악!"

지면에 주저앉아 있던 흡혈귀는 몸을 날려 강물로 뛰어들었다. 물속에서는 총탄이 별 효과가 없지만 흡혈귀는 힘을 잃지 않는다. 만약 인간들이 물속으로 들어서면 강력한 손아귀 힘으로 찢어버리면 그만이었다.

"하하핫! 고급 흡혈귀를 구했군!"

그러나 모터보드를 탄 사냥꾼들은 물속으로 뛰어든 흡혈귀는 아랑곳하지 않고 쓰러진 애셜론의 피를 채집했다. 그들 중 그나마 이런 일에 익숙하지 못한 이는 피투성이가 된 커럽티드를 경계하며 동료들에게 물어보았다.

"강에 뛰어든 놈은 어쩌지?"

"이렇게 하는 거지."

그들은 수류탄을 까서 강을 향해 던졌다. 물속에서 밖의 동정을 주시하고 있던 흡혈귀는 금속 핀이 해제되는 소리를 듣고 속으로 비명을 질렀다. 어차피 커럽티드야 막가는 몸이라지만 이 흡혈귀 사냥꾼들은 어떻게 서울 시내 한복판에서 수류탄을 까 넣을 생각을 하는가? 아무리 새벽이라 차량이 많지 않다지만, 그래도 장님에 귀머거리가 아닌 이상 총격과 폭음을 못 들을 리가 없었다.

'크윽!'

흡혈귀는 수류탄을 피해 빠르게 헤엄쳤다. 아니, 강바닥을 박차고 수심이 깊은 쪽을 향해 필사적으로 손발을 내저었다. 물속에서 터지는 수류탄은 공기 중에서 터지는 수류탄보다 훨씬 치명적이게 마련이다. 총탄이 그 힘을 잃는 것에 비해 대조적인데, 그것은 공기보다 물이 폭발을 전달하는 데 월등한 매질이기 때문이다.

쾅!

폭음과 함께 물기둥이 치솟았다.

5

강물이 치솟아올라 새하얀 물기둥을 만들어냈다. 자정이 넘은 시각이라 서울 시내의 거리의 차량은 대부분 시속 150킬로미터를 밟는 택시뿐이었다. 그렇다고 해도 도심 한복판에서 수류탄을 깐다는 것은 제정신 박힌 인간이 할 짓이 아니었다.

"자, 그러면… 조금 있으면 떠오르겠지. 몇 개 더 까서 넣을까?"

"저건 어쩌지요?"

신입 대원으로 보이는 사냥꾼이 피투성이가 된 커럽티드를 가리켰다. 그러자 다른 이들이 씨익 웃었다.

"저 녀석은 그야말로 고급 루어라고. 가만히 풀어주기만 해도 고급 흡혈귀를 잔뜩 끌어모으지. 이 녀석 상금도 좋지만 흡혈귀들을 거두는 것도 좋지 않겠나?"

수염이 덥수룩한 중년의 사냥꾼이 몽롱한 눈으로 말하며 발신기를 꺼냈다.

"이걸 녀석 몸에 박는다."

그러자 커럽티드는 팔을 휘둘러 반항했다. 그러나 사이키델릭 문을 복용한 그들은 인간 같지 않은 반사 신경으로 그 공격을 날렵하게 피했다.

"조금 더 진을 빼놓을 필요가 있겠군."

드르르륵!

말이 끝나기가 무섭게 MP5K가 불을 뿜었다. 며칠 전까지는 그들과 똑같은 인간, 똑같은 흡혈귀 사냥꾼이었던 커럽티드 정준을 그들은 정말 가축만도 못하게 취급하고 있었다.

그렇게 커럽티드를 피투성이로 만든 사냥꾼들은 즉시 발신기를 커럽티드의 몸에 박아 넣었다. 봉합 수술을 할 필요도 없이 바로 상처가 재생되면서 발신기는 그대로 커럽티드의 몸에 내장되었다.

"그 녀석 아직도 안 떠오르는데?"

"음, 수류탄을 좀 여러 개 깔걸 그랬나? 이미 달아난 것 같은데?"

"잘됐지. 패거리를 더 불러와서 복수하겠다고 설치면 그것도 좋잖아?"

"하긴 그것도 그렇군."

흡혈귀 사냥꾼들은 중얼거리며 탄창을 확인했다.

"크아아아!"

커럽티드는 그제야 몸을 일으켜 앞으로 달려갔다. 그것은 강둑을 미친 듯 기어오르더니 도시 고속도로를 뛰어넘어 계속 달려갔다.

"푸하하하!"

"추격하자."

흡혈귀 사냥꾼들은 황급히 달려가는 커럽티드를 조롱하듯 천천히 모터보드의 액셀 스위치를 눌렀다.

그러나 막 그들이 터널을 지날 때, 터널 앞에 서 있는 한 대의 트레일러트럭이 보였다. 그 트레일러트럭은 무슨 이벤트 차량인지 겉이 화려하게 도색돼 있었고, 요즘 유행하는 댄스 그룹의 얼굴이 박혀 있었다.

기이잉!

이벤트 차량답게 트럭의 옆면이 들리며 문이 열렸다. 일종의 가설무대 차량으로 보였다. 하지만 그런 목적의 차량이라면 지금 이 시간에 시민공원 입구를 틀어막고 있지는 않을 것이다.

과연 둔중한 트레일러 문이 열리자 제일 먼저 나타난 것은 각종 화기와 케블라 방탄조끼 등으로 완전무장한 흡혈귀들이었다. 앞의 두 명은 폭탄 처리반에서나 쓸 법한 바디 벙커로 엄폐물을 만들었고, 나머지 놈들은 그 앞으로 총기를 내밀었다. 그중에는 RPG―7 발사관도 보였다.

"이런 젠장!"

드르르르륵!

흡혈귀 사냥꾼들도 응사를 하긴 했지만 MP5K는 바디 벙커에 막혀 아무런 타격도 주지 못했다. 오히려 흡혈귀들이 응사를 시작하자 좁은 터널에 몰려 있던 사냥꾼들의 몸이 즉시 피와 살점을 튀기며 툭툭 뒤로 튕겨 나갔다.

쉬이이익!

그때 RPG—7이 불을 뿜었다. 트럭 안에서 발사하면 후폭풍이 벽에 반사돼 안 좋은 결과를 초래할 수도 있지만, 그건 어디까지나 인간들에게나 국한된 일이다. 로켓은 터널을 지나 입구에 떨어지며 폭발했다. 인명살상용 OG5 로켓의 파편이 사방으로 튀며 자욱한 흙먼지가 터널을 매캐하게 메웠다.

"으아아악!"

몸과 특수 능력만을 이용해 싸우는 전통적인 흡혈귀를 상대로 조금 전까지 꽤나 재미를 보았던 흡혈귀 사냥꾼들은 그 가공할 만한 화력 앞에서 완전히 와해되고 말았다. 흡혈귀 사냥꾼들이 흡혈귀들에 대해서 우위를 점하고 있는 것은 화력과 장비뿐이었는데, 지금의 흡혈귀들은 사냥꾼들을 능가하는 무기를 들고 온 것이다.

"크크크크!"

흡혈귀들은 트럭에서 뛰어내려 전쟁터를 방불케 하는 터널 안으로 뛰어들었다.

"으으으으!"

아직 살아서 신음을 흘리고 있는 인간에게는 가차 없이 타격이 가해졌다. 그것은 축구공을 차는 듯한 소리와 흡사했다. 발에 차인 인간은 그대로 벽으로 날아가 철퍼덕 부딪쳐 머리가 깨졌다. 흡혈귀들이 워낙 빠르다 보니 진압에 그리 오랜 시간이 걸리지도 않았다. 더 이상 신음 소리도 들리지 않자 그들은 흡혈귀 사냥꾼들의 몸을 뒤졌다.

"발신기가 있을 거다. 찾았나?"

"이겁니다. FM 형식이군요."

"좋아. 그럼 잠깐 야식이나 먹을까?"

흡혈귀들의 리더는 주위를 둘러보더니 사냥꾼들의 몸에서 찾아낸 혈액 팩을 꺼내 들었다. 애셜론의 피를 담은 혈액 팩은 총탄에 의해 찢어졌지만 상당량의 피가 아직 남아 있었다. 그는 마치 물통에 남은 몇 모금의 물을 짜 마시는 유목민처럼 조심스럽게, 피 한 방울이라도 흘릴세라 염려하며 팩 안에 남은 피를 말끔히 마셨다. 강력한 흡혈귀의 피는 동족 흡혈귀에게 더할 나위 없이 소중한 양식이다. 살아 있는 흡혈귀를 죽여서 잡아먹는 행위도 비난의 대상이고 이 역시 비난의 대상이긴 하지만 비난을 우려할 정도로 상식적인 놈들이라면 시가지 한가운데에서 RPG—7을 발사하진 않았을 것이다.

그래도 이런 몰상식한 흡혈귀 집단에도 서열 구분은 있는지 다른 흡혈귀들은 총탄으로 피범벅이 된 사냥꾼들의 몸을 뜯어 먹고 있었다.

현대적인 장비를 갖춘 흡혈귀들이 인간을 잡아먹는 모습은 터널 안에 비치는 흐릿한 나트륨등 때문에 제대로 보이질 않았다. 오래된 기록영화를 보는 듯한 느낌마저 들 정도로 그들의 식사 장면은 그로테스크를 넘어서 서사적이기까지 했다. 그 자체로 다큐멘터리로 기록될 만큼!

"젠장. 빌어먹을 파인더!"

송덕연은 애꿏은 자동차를 두들겨 팼다. 경적을 잘못 때려서 삐익 소리가 나자 옆에 있던 세건이 질린 얼굴로 한마디 했다.

"저기… 그렇게 쉽게 찾을 수 있는 건 아니잖아요."

"그러니까 그렇지!"

그들은 그렇게 중얼거리며 한강 쪽을 향해 차를 몰아갔다. 그때 실베스테르가 두 사람에게 조용히 하라고 손 신호를 보냈다.

"가만히 좀 있어. 피 냄새가 난다!"

"예?"

세건은 그 말을 듣고 코를 킁킁거렸다. 하지만 아무런 냄새도 맡을 수 없었다. 그러나 진마사냥꾼 실베스테르의 말을 절대적으로 신뢰하는 송덕연은 즉시 품에서 앰플을 꺼냈다. 앰플형 사이키델릭 문과 필로폰 용제를 2:1로 섞은 이 마약은 송덕연이 가장 자주 쓰는 배합이었다. 코카인이 섬세함을 없애고 대신 폭발적인 활력을 준다면 필로폰은 지구력을 주기 때문이다.

"……."

세건은 떨리는 손으로 주사기를 다루고 있는 송덕연을 말 없이 바라보았다. 송덕연은 마치 너무 황송해서, 혹은 너무 기뻐서 손발을 떠는 사람 같았다. 그렇게 마약을 투여하는 게 기쁠까? 그런 비이성적인 의문마저 들 정도였다. 하지만 세 건 역시 마약을 투여해야 했다. 송덕연을 보고 측은해할 처지 도 아닌 것이다. 세건은 빌 머레이가 추천한 대로 코카인과 사이키델릭 문을 1:1로 배합해서 흡입했다. 예전에 사이키델 릭 문만을 사용했을 때는 사물의 윤곽이 흐려 보이고 색이 흘러내리는, 말 그대로 사이키델릭한 영상을 볼 수 있었는 데, 코카인을 섞자 그런 현상은 상당히 줄어든 것을 알 수 있 었다.

"씨발!"

세건은 마약의 힘으로 광폭해지는 자신의 내면을 느끼자 욕 을 내뱉었다. 욕을 입에 올리자마자 도수 높은 술이라도 마신 것처럼 핑 하고 열기가 온몸으로 번졌다. 그 약 기운에 놀란 세 건의 몸이 부르르 진저리를 쳤다. 그때 실베스테르가 어둠 속 어딘가를 손으로 가리켰다.

"저기다!"

세건은 실베스테르가 가리키는 곳을 보고 탄성을 내질렀다. 6층 정도의 작은 빌딩을 기어오르고 있는 괴물이 눈에 들어왔 기 때문이다. 정말 그 괴물을 보면 이전에 인간이었다는 게 믿 어지지 않았다. 거대해진 앞발(?)과 그 앞발이 달려 있는 넓은 양어깨, 녹아서 흐물흐물한 외피로 봐서는 도저히 인간의 흔적을 찾을 수 없었다. 턱이 코앞으로 튀어나와 사람을 물어뜯기 좋은 형태로 기괴한 진화의 과정까지 거쳤는데 더 이상 뭘 말하랴.

송덕연은 즉시 핸들을 꺾어서 방향을 틀려고 했지만 그때 거대한 트럭이 먼저 프라이드 옆을 스치듯 지나갔다.

"이런 니미럴!"

교통법규를 준수하며 산다고 말하기 힘든 송덕연이 보기에도 그 트럭은 무모하기 짝이 없는 역주행을 하고 있었다. 그러나 그 순간 실베스테르가 깜짝 놀라며 중얼거렸다.

"헤카테의 자식들이잖아?!"

"어떻게 알지요?"

세건은 무심코 물어보았지만 더 묻지 못하고 입을 다물었다. 진마사냥꾼이 그런 것까지 대답해 줄 리가 없으니까.

"추격할까요?"

송덕연이 다급하게 물었지만 실베스테르는 고개를 저었다.

"케블라를 입고 있었어. 방탄조끼를 입었다면 총도 들고 있을 테고… 그런 녀석들을 상대로 도시에서 시가전을 벌이기는 좀 그렇지."

하지만 차를 돌리기 위해서 순환로를 향하던 도중 터널 입구에 남아 있는 시가전의 흔적을 본 순간 실베스테르의 얼굴이 딱딱하게 굳었다.

"벌써 시가전을 벌인 모양이군요."

"큭, 양식 있는 현대 시민이 되어본 것도 정말 오래간만이군."

실베스테르는 세건의 빈정거림을 들으며 얼굴을 손으로 가렸다.

"흠."

트럭을 운전하던 운전수는 방금 전 지나친 자동차에 대해서 흥미를 느끼지 않을 수 없었다. 빠르게 지나쳐서 그다지 유심히 보진 않았지만 뒷좌석에 바리바리 채워진 짐과 세 사람의 얼굴이 뇌리에 남았다. 두 명은 마약이라도 했는지 묘하게 근육이 이완돼 있었고 앞 좌석에는 검은 옷을 입은 은발의 남자가 앉아 있었다.

"흡혈귀 사냥꾼인 것 같은데?"

과연 프라이드 승용차는 터널이 보이는 반환점에서 U턴을 하더니 바로 트럭을 따라왔다. 역주행을 하면서까지 차를 추격하는 것은 이 트럭에 지나친 관심이 있다는 뜻이다. 프라이드로 폭주를 즐기는 게 아니라면.

"어이, 손님이 하나 달라붙었는데? 해치워라."

그는 무전기로 뒤에 타고 있는 흡혈귀들에게 지시를 내렸다. 하지만 그 말이 끝나기도 전에 뒤쪽 타이어가 한꺼번에 터지며 차가 옆으로 휘었다. 육중한 트럭이 잭나이프 현상을 일으켰다. 잭나이프라는 건 트레일러가 옆으로 돌면서 연결부를 축으로 접혀 버리는 현상을 말하는데, 한국에는 트레일러트럭이 흔치 않고 길이 넓지 않아 일부러 일으키려 해도 일어나기 힘든 보기 드문 현상이었다. 새벽 무렵 통행이 뜸한 큰길이니 가능한 것이다.

"젠장!"

뒤를 돌아보니 새하얀 프라이드 위에 검은 옷을 입은 은발의 신부가 올라타 있었다. 달리는 차량 위에 서 있는 게 신기하다 했는데, 어떤 재주를 부렸는지 차량 뚜껑을 날려 버리고 트럭을 향해 총구를 겨누고 있지 않은가.

"진마사냥꾼!"

흡혈귀들은 다급하게 외치며 뒷문을 열고 소총을 내밀었다. 반격에 대항해서 바디 벙커도 들고 막았지만 진마사냥꾼은 어처구니없게도 동그랗게 뜯어낸 차 지붕을 던져서 바디 벙커를 뚫어버렸다.

콰콱!

바디 벙커를 들고 있던 흡혈귀가 그대로 뒤로 날아가 칼처럼 벽에 꽂혔다.

"이 개자식!"

흡혈귀들은 즉시 응사하려 했지만 그 순간 그들의 트럭이 출발하며 잭나이프가 펴지는 바람에 총을 쏘지 못했다. 트레일러 안에서 총을 쏘면 제아무리 5.56㎜ 나토탄이라고 해도 도탄을 면치 못할 테니까. 하지만 실베스테르는 세건에게 지시를 내렸다.

"내 바렛!"

"예!"

세건이 총을 올려주자 실베스테르는 바렛으로 무차별 난사했다. 총탄은 트레일러를 뚫고 흡혈귀들을 피격했다. 흡혈귀들은 트레일러 안에 엎드린 채 비명을 질러댈 수밖에 없었다.

"제기랄!"

타이어가 터져 버린 트럭은 마찰음을 내며 스핀을 계속했다. 그러자 실베스테르는 바렛을 내려놓고 클레이모어를 든 뒤 송덕연에게 외쳤다.

"브레이크 잠깐 밟아!"

"예?"

실베스테르는 말이 끝나기가 무섭게 프라이드를 박차고 트럭 위로 날아올랐다. 그 박차는 힘이 어찌나 강한지 작은 프라이드가 전복될 위험에 처할 만큼 옆으로 기울어졌다. 실베스테르는 그렇게 단숨에 날아들어 트럭의 운전석 위에서 클레이모어를 밑으로 찔러 넣었다.

스걱!

"크아아아악!"

클레이모어는 얇지만 결코 약하다고 할 수 없는 트럭 지붕을 종이처럼 찢고 운전석에 있는 흡혈귀의 머리를 그대로 꿰뚫어 버렸다. 조수석에 서 있던 흡혈귀는 즉시 소총을 들어 반격하려 했지만 실베스테르는 지붕에 처박은 클레이모어를 옆으로 당겼다. 칠판을 손톱으로 긁는 것 같은 끔찍한 소리와 함께 흡혈귀의 팔이 잘려 나가며 소총이 손에서 떨어졌다. 칼을 찔러 박는 것에 그치지 않고 처박은 칼을 당겨서 팔을 자른 것은 도저히 상상할 수도 없는 일이었다.

"뒈져랏!"

실베스테르는 데저트 이글을 꺼내 들고 위에서 총탄을 퍼부었다. 운전석에 앉은 흡혈귀들의 머리가 처참하게 터져 버렸을 때쯤 트레일러 쪽의 흡혈귀들이 움직였다. 하지만 조금 전 바디 벙커 너머로 보인 그들의 장비는 죄다 제식소총 급은 되었다.

"얼른 가서 커럽티드나 잡아!"

실베스테르는 아직도 꾸물거리는 송덕연의 프라이드를 보고 외쳤다. 물론 송덕연도 그 생각을 안 한 건 아닌데, 실베스테르가 프라이드를 박차고 날아오른 바람에 시동이 꺼져 버린 것이다.

"제길! 이놈의 고물차!"

세건이 신경질적으로 외치며 총기를 점검하는 동안 송덕연은 겨우 차에 시동을 다시 걸었다.

"닥쳐라! 죽통 날아간다!"

"어서 가자고요."

"말 안 해도 간다!"

송덕연은 흡혈귀들을 피해서 잽싸게 차를 밀고 나갔다. 저 많은 흡혈귀를 실베스테르에게 맡기고 간다는 건 두려운 일이지만, 방탄조끼에 바디 벙커까지 갖춘 흡혈귀들을 상대로 변변찮은 무장을 하고 있는 두 사람은 그다지 도움이 되지 않을 듯했다.

부아앙!

프라이드는 꽁무니에 불난 망아지처럼 요란한 소리를 내며 앞으로 달려갔다. 그것을 확인하자 실베스테르는 즉시 차에서 뛰어내려 트레일러의 출구 쪽으로 향했다. 트럭이 이벤트용 특별 차량이라 옆면이 열리는 구조로 되어 있다지만, 안에서 열 수 있는 것은 뒤쪽에 한정되어 있을 것이다. 하지만 벌써 트럭 뒤쪽 문은 열려 있고 흡혈귀들은 바디 벙커를 든 채 응전 준비를 하고 있었다.

"자, 그러면 소문이 자자한 진마사냥꾼의 실력을 볼까?"

흡혈귀들은 꽤 당해서 그런지 분을 삭이지 못하고 비아냥거렸다. 그러나 실베스테르는 그들을 보더니 어깨를 으쓱해 보였다.

드드드득!

흡혈귀들이 총탄을 퍼부어대기 시작했다. 그러나 실베스테르는 예상했다는 듯 몸을 눕히더니 트레일러 옆으로 굴려 단숨에 빠져나갔다. 차 꽁무니에서 나온 흡혈귀들이 '앉아쏴' 자세로는 도저히 쏠 수 없는 사각인 차의 건너편으로 넘어가 버린 것이다.

"개새끼. 좆나게 날래군!"

흡혈귀들은 거칠게 욕을 하며 '엎드려쏴' 자세를 취했다. 하지만 이미 실베스테르의 발은 보이지 않았다.

"……."

스칵!

그 순간 그들의 머리 위로 검은 옷의 신부가 뛰어내렸다. 뛰어내리는 것과 동시에 이어진 예리한 검의 방향은 바디 벙커를 들고 있던 흡혈귀의 목을 잘라갔다.

"크악!"

엎드려 있던 흡혈귀는 즉시 몸을 튕겨 일어나며 사격 자세를 취했지만 그전에 이미 실베스테르의 잉그램이 불을 뿜었다. 케블라를 입은 흡혈귀들을 상대로 고작 잉그램이라니 기가 막힐 노릇이었다.

드르르륵!

그러나 맞은 순간 흡혈귀들은 깜짝 놀랐다. 방탄복에 의해 보호받지 않는 부분, 주로 팔과 다리를 노린 총탄은 너무나 정확하게 흡혈귀들에게 기능장애를 일으킨 것이다. 재생 능력이 있는 흡혈귀들은 설사 은 탄환이라고 해도 쉽게 저지되지 않는데 단 일격만 맞아도 팔을 움직일 수 없었다.

"셀룰러다!"

흡혈귀 중 한 명이 비명을 질렀다. 셀룰러 폰이라면 '핸드폰'이란 조어에 대응하는 정확한 영어 단어겠지만, 여기서 말한 셀룰러는 합성 셀룰로이드 탄의 애칭으로 테플론으로 특수 수지를 감싼 탄을 말한다. 체내에 박히면 자신의 수천 배의 물을 빨아들여 겔 상태로 변하는 이 총탄은 순수한 합성 소재라 총열을 벗어날 때 파열돼서 제대로 된 탄도를 갖추기 힘들 걸 방지해 테플론(듀퐁주로 프라이팬에 많이 쓰인다)으로 삼중 코팅한 것이다.

이것이 체내에서 경화를 일으키면 혈류 자체를 막아버리고 세포조직을 괴사시키기 때문에 은 탄환보다도 훨씬 뛰어난 위력을 발휘한다.

스칵!

실베스테르는 몸이 굳어버린 흡혈귀들에게 클레이모어를 휘둘렀다. 흡혈귀 한 명이 힘겹게 총을 들어서 응사했지만 실베스테르는 클레이모어로 총을 옆으로 밀었다.

철컥!

탄피 배출구가 다른 흡혈귀의 몸에 닿아서 강제적으로 배출 불량이 일어났다. 실베스테르는 그런 잔재주를 부린 것치곤 묘하게 굳어 있는, 아니, 정중한 표정으로 흡혈귀에게 달려들었다.

"아!"

그 순간은 정말 흡혈귀마저도 감탄하고 말았다. 황달이 걸린 듯 뒤틀린 나트륨등의 바다, 네온사인의 야광충 무리 앞에서, 이 많은 흡혈귀를 상대로 일방적인 살육을 벌이는 은발의 괴물! 너무나 죽음에 익숙해서 일상이 건조해진 흡혈귀에겐 가장 멋진 사신이 아닌가!

서걱!

머리가 잘려 나가 아스팔트 위로 굴러떨어졌다.

6

세건과 송덕연은 커럽티드가 기어 올라간 빌딩의 입구에 섰다. 새벽이지만 빌딩에는 피씨방이 있었기 때문에 문은 휑하니 열려 있고 소리마저 제법 시끄러웠다. 그러나 피씨방 창문 밖으로 이따금 누군가 상반신을 내미는 것이 눈에 띄었다. 비록 여기서는 큰길이 한눈에 보이지 않는다고 해도 총격과 도검으로 난도질을 해놨을 텐데, 아니, 무엇보다도 트럭 타이어를 터뜨려서 길바닥에 세워놓았는데 사람들이 쳐다보지 않는다면 그게 더 이상한 일이었다.

"젠장. 그거 신경 쓰기보다 우리부터 생각해요. 눈에 확 들어온다고요."

"시끄럽다고 했다."

송덕연은 그렇게 외치며 계단을 뛰어 올라갔다. 담배를 피우느라 잠시 계단에 나와 있던 사람은 갑자기 뛰어든 무장한 두 명의 남자를 보고 깜짝 놀랐다. 대한민국의 일반적인 성인 남성은 눈이 단춧구멍이 아닌 한 방탄조끼쯤은 보고 구별할 수 있다. 아니, 설령 방탄조끼라는 걸 모른다 하더라도 스펙트라 위스커 판이 들어간 송덕연의 방탄조끼는 어번 그레이로 위장이 되어 있어서 일반적인 의복이 아니라는 건 누가 봐도 쉽게 알 수 있었다.

"뭐, 뭐야? 카운터 스트라이크인가?"

누가 게임광 아니랄까 봐 게임 이름을 주절거리는 그 남자를 밀치고 세건과 송덕연은 위층으로 올라갔다. 옥상으로 통하는 출입문 앞에서 송덕연은 록 픽을 꺼냈다. 방화문은 권총으로 손잡이를 쏜다고 쉽게 열리지도 않을뿐더러 금속제 문에 발사할 경우 도탄에 맞아 죽는 웃기는 경우도 당할 수 있기 때문이다.

"젠장 좆나게 안 열리네."

"손이 둔하군요."

"시끄러워. 뽕 맞고 손이 제대로 돌아가면 그게 인간이냐?"

"……"

세건은 잠시 송덕연에 대해 생각했다. 수전증이 있는 송덕연이 록 픽으로 문을 따겠다니, 그것도 웃기는 일이었다. 그래서 세건은 송덕연을 밀치고 자신이 직접 문을 열었다. 역시 비교적 수월하게 방화문이 열렸다.

"어라?"

"거참 간단하네요. 진작 이럴걸 그랬죠?"

세건은 농담을 하면서도 토카레프를 힘껏 잡았다. 흡혈귀들도 제식화기를 쓰는 마당에 토카레프 두 정 믿고 커럽티드 앞에 몸을 내민다는 건 그야말로 미친 짓이라고 생각했다. 대신 송덕연이 옆에 있으니 그나마 안심이었다.

"부무장 하나쯤 주면 좋을 텐데. 아님 샷건이라도 하나……."

"닥쳐라."

송덕연은 매정하게 말을 뱉고는 옥상으로 몸을 날렸다. 하지만 커럽티드는 보이지 않았다. 아마도 빌딩을 오르다가 다른 곳으로 넘어간 모양이었다.

"이런 씨발 새끼."

송덕연은 계속 거칠게 욕설을 하며 주변을 두리번거렸다. 자신의 동료였던 정준이 커럽티드가 되어 사냥감이 된 마당에 나오는 건 욕밖에 없었다.

낮은 빌딩에서 보이는 심야의 도시는 콘크리트의 수해를 연상시켰다. 큰길 옆 고만고만한 빌딩들과 그 뒤에 숨어 있는 주택가, 먼 거리를 지나는 자동차 불빛들, 그 음산한 밤의 풍경들이 파도처럼 밀려왔다.

"……."

세건은 토카레프를 고쳐 잡고 주위를 살펴보았다. 그때였다.

"저기다!"

송덕연은 빌딩 사이로 건너뛰는 그림자를 발견하고 외쳤다. 세건이 고개를 돌려보니 건물의 간판에 매달린 괴물이 눈에 들어왔다. 긴팔원숭이처럼 앞발을 늘어뜨려서 간판에 매달린 괴물은 유연하게 팔을 움직여 건물의 테라스를 잡고 올라서고 있는 중이었다. 작은 빌라의 지붕에 올라서자 개가 캉캉 짖는 소리가 들려왔다.

"젠장. 꽤 먼데요?"

"발을 멎게 하지!"

"예?"

세건은 송덕연의 장비를 보고 의아한 표정을 지었다. 송덕연에겐 샷건과 권총 한 자루가 전부인데 어떻게 50미터나 떨어진 거리에서 저 흡혈귀를 저지한단 말인가? 인적이 없는 곳이면 오발 염려 없이 권총으로 쏠 수도 있을 테지만 이곳은 주택가다. 그러나 세건의 생각이 끝나기도 전에 송덕연의 콜트45가 불을 뿜었다.

퍽!

권총으로 쏘기엔 제법 먼 거리였는데도 탄환은 정확하게 흡혈귀의 손을 꿰뚫었다. 사이키델릭 문을 복용하면 무시무시할 정도의 집중력과 시력이 생기기 때문에, 그리고 또한 송덕연이 자신의 총에 익숙하기 때문에 가능한 일이었다.

"크아!"

커럽티드는 듣기에도 애처로운 비명을 지르며 밑으로 추락했다. 다른 흡혈귀 사냥꾼들에게 얼마나 시달렸는지 전신에 총탄이 지나간 흔적이 남은 커럽티드는 건물 벽면을 피로 붉게 도색하며 둔탁하게 떨어졌다. 난데없이 골목길로 떨어진 커럽티드 때문에 놀란 도둑고양이들이 요란하게 울부짖었다.

"타앗!"

송덕연은 몸을 날려 가스관을 잡고 건물 아래로 빠르게 미끄러져 내려갔다. 세건은 그런 송덕연을 엄호하면서 주위를 둘러보았다. 세건의 생각으로는 제아무리 실베스테르라고 해도 그 많은 흡혈귀를 막아낼 수는 없다고 여겨졌기에, 경계를 느슨하게 할 수가 없었다.

송덕연은 지면에 내려서자마자 샷건으로 무기를 바꿔 들고 커럽티드를 향해 다가갔다. 커럽티드, 인간일 때는 정준이란 이름으로 불렸던 그것은 즉시 자신의 다리 쪽 살을 찢고 그 안에서 글록 18을 꺼냈다.

쾅!

그러나 송덕연의 반응은 가차 없었다. 커럽티드가 총을 꺼내 든 순간 팔을 향해 샷건을 발사한 것이다. 살점이 한꺼번에 떨어져 나가며 팔뼈가 드러나자 커럽티드는 글록을 떨어뜨렸다.

"쿠아악!"

"쳇!"

송덕연은 땅에 떨어진 글록을 집어 들고 다시 한 번 샷건의 방아쇠를 당겼다. 발작적으로 송덕연을 후려치려 한 커럽티드의 반대쪽 손이 끊어져 하늘로 날아올랐다.

애애애애앵!

역시 경찰이 출동했다. 이런 밤 시간에 사이렌을 울리는 것은 범인을 잡기 위해 자리를 비켜달라고 한다기보다는, 범인들에게 경찰의 출동을 알려주는 경고음밖에 되지 않았다.

"크아악!"

그러나 커럽티드는 경찰의 사이렌에 개의치 않고 덤벼들었다. 어차피 커럽티드는 오래 살지 못한다. 경찰이 개입을 하든 말든 그건 이후 이 세계에서 살아갈 흡혈귀와 사냥꾼들의 문제이지 커럽티드의 문제는 아닌 것이다.

"이런 썩을 놈! 생각이 있긴 있는 거냐?"

송덕연은 화가 치밀어 올라서 머리가 핑 도는 것을 느꼈다. 사이렌 소리를 듣자 공격적으로 나온다는 것은 경찰에 대한 압박감을 이용하겠다는 뜻이다. 그런 뜻을 내비칠 정도라면 그만큼의 이성은 남아 있다는 것.

"개새끼! 네놈은 담가 버린다!"

송덕연은 공세로 나서는 커럽티드의 공격을 피해 뒤쪽 SM5 승용차로 몸을 날렸다. 그러자 커럽티드는 머리로 SM5를 들이받았다.

"흥분하지 마세요! 이쪽 아니에요!"

세건은 고래고래 악을 쓰기도 어려운 상황이어서 어중간한 목소리로 외쳤다. 경찰은 아마 실베스테르 쪽을 향해 출동한 것 같았다. 하지만 송덕연은 그 말을 들었는지 못 들었는지 악에 받쳐서 샷건을 난사했다.

쾅, 쾅, 쾅!

찌그러진 SM5에서 머리를 들어 올린 커럽티드의 몸통에서 피가 분수처럼 튀었다. 커럽티드는 깜짝 놀라서 자동차 앞 범퍼를 물고 몸을 일으키며 차체를 들어 올렸다. 시끄럽게 울려 퍼지던 도난 경보기가 잠잠해지고 차가 벌러덩 앞으로 뒤집혔다.

"칵!"

그러나 그때 세건의 토카레프가 불을 뿜었다. 막 고개를 들고 있던 커럽티드와 세건의 거리는 약 50미터, 토카레프의 정확도로는 맞추기 힘든 거리였지만 사이키델릭 문을 복용한 세건의 오감은 무서울 정도로 예민해져 있었다. 그 먼 거리에도 불구하고 총탄은 정확하게 커럽티드의 왼쪽 눈을 맞추며 얼굴 부위를 쥐어뜯었다. 세건은 서둘러 토카레프를 허리에 꽂으며 송덕연이 사용했던 가스관을 붙잡은 채 밑으로 내려갔다.

"이 새끼가!"

송덕연은 뒤집힌 자동차 위로 뛰어오르며 커럽티드의 턱을 발로 걷어찼다. 육중한 군화가 그대로 처박혀 커럽티드의 턱뼈를 산산이 조각냈다. 뼈를 부수고 근육을 끊어내는 발차기는 제아무리 초자연적인 능력을 가지고 있는 흡혈귀라 해도 버텨내기 힘들 만큼 위력적이었다.

"이리된 거, 내 손으로 죽여 버리겠다!"

송덕연은 고래고래 소리를 지르며 샷건을 꺼내 들었다. 그런데 마침 그때 주변 집들의 창문이 열리며 사람들이 하나둘 고개를 내밀었다. 골목에서 총성이 울리고 자동차 경보기가 울다가 픽 죽어버렸는데 속 편하게 잠을 자고 있을 사람은 없다. 그러나 송덕연은 사람들의 눈을 피하는 대신 오히려 쩌렁쩌렁한 목소리로 으름장을 내질렀다.

"고개 안 집어넣어?"

탕!

송덕연은 권총으로 커럽티드를 쏘며 사람들을 위협했다.

"히이익!"

사람들의 머리가 일제히 창문에서 모습을 감추었다. 총탄이 비 오듯 날아다니는데 창밖에 서서 멀뚱멀뚱 쳐다볼 인간이 어디 있겠는가. 물론 그건 어디까지나 임시방편이고 곧 신고가 들어갈 것이다. 흡혈귀야 신고를 당해도 경찰을 죽이고 달아나면 그만이지만 송덕연이 경찰을 죽일 경우는 사태가 꽤 심각해진다. 송덕연은 찜찜한 마음을 애써 억누르고 커럽티드에게 집중했다.

"쿠으……."

커럽티드는 완전히 기세가 꺾여 몸을 돌려 달아나려 했다. 깜짝 놀란 송덕연이 샷건을 들었지만 커럽티드는 골목을 따라서 단숨에 달려나갔다. 비록 흡혈귀의 변종이긴 하지만 커럽티드 역시 인간을 초월한 순발력을 지니고 있어 그 달리는 속도는 인간의 다리로는 쫓을 수도 없었다.

송덕연은 즉시 샷건을 둘러메고 커럽티드를 뒤를 쫓았다.

"세건! 길을 막아!"

"예!"

세건은 즉시 길에 뛰어내린 뒤 주위를 둘러보았다. 마침 이곳은 주택가라 길거리에 세워진 바이크 한 대가 보였다. 한때는 유행했지만 지금은 많이 낡은 닌자(Ninja, 가와사키)였다. 이래저래 수리한 부분이 많은 걸 보니 상당히 오래된, 그것도 여러 번 중고로 팔렸던 물건 같은데 그래도 명색이 바이크라고 핸들을 잠그는 쇠막대가 꽂혀 있었다. 세건은 토카레프로 정확하게 자물쇠를 쏴 부수고 프론트 키 슬롯까지 깨서 배선을 끄집어냈다. 이미 한 번 망가져 있던 부분이라 그런지 쉽게 배선이 드러났다.

"제길. 가장 싫은 짓이었는데."

세건은 그렇게 중얼거리며 시동을 걸었다. 연식이 오래된 닌자라서 배기음은 그다지 좋지 않지만 일단 움직이자 강력한 힘이 느껴졌다.

부아아아앙!

세건은 옥상에서 보아둔 근처 골목을 머리에 떠올리며 커럽티드를 따라잡기 위해 우회하는 쪽을 택했다. 골목골목에 주차된 차량이 많아 차라면 제대로 돌아다니기도 힘들었겠지만, 바이크는 날렵하게 통과했다. 세건은 능숙하게 골목을 빠져나가며 먼저 십자로 쪽에 와서 멈춰 섰다.

크르르르르!

커럽티드가 지나갈 때마다 동네 개들이 짖어대는 소리가 요란하게 들려왔다. 세건은 한숨을 내쉬고 너클을 꺼내 손에 장착하고 샷건에 탄환을 장전했다.

"크아!"

그때 골목 입구에서 커럽티드가 모습을 드러냈다. 전신이 허물어진 괴물의 몸에서 쉴 새 없이 피가 흘러나오고 있었다. 세건은 토카레프를 들고 상처투성이의 괴물을 겨누었다. 그때, 어두운 골목길에 서 있던 커럽티드가 갑자기 구역질을 했다.

"우에에엑!"

괴물의 입에서 밤에 먹어치운 인간의 뼈가 꾸역꾸역 튀어나왔다. 보통 사람의 눈이라면 제대로 보이지도 않겠지만, 사이키델릭 문을 복용한 세건에겐 눈보다 새하얀 뼛조각이 선명하게 눈에 들어왔다.

탕!

세건은 발작적으로 토카레프를 쏘았다. 가벼운 방아쇠를 가진 토카레프가 불꽃을 뿜었다.

"크웩……."

커럽티드는 총탄을 맞고 자신이 게워놓은 토사물에 머리를 처박았다. 보통의 흡혈귀라면 은 탄환을 맞으면 죽어야 정상이지만, 많은 인간과 흡혈귀를 잡아먹은 커럽티드는 신기할 정도로 튼튼했다.

"헉… 헉… 헉!"

무거운 방탄조끼를 입고 뛰어온 송덕연은 거친 숨소리를 내며 골목으로 들어섰다. 그사이 커럽티드는 인간의 뼛조각과 용해되다 만 살점들로 뒤섞인 토사물에서 머리를 들어 올렸다.

"소… 소……."

송덕연의 이름을 부르고 있는 걸까? 커럽티드는 바람 새는 소리를 내며 어렵게 말을 이었다.

하지만 그것만으로도 송덕연의 움직임을 멈추기에는 충분했다. 막 샷건을 들어 올리던 송덕연은 놀라서 샷건을 떨어뜨릴 뻔했다.

"저, 정 대위!"

"소, 소오, 나느……."

커럽티드는 힘겹게 말을 꺼냈다. 인육을 토해놓고 나서 잠시 정신이 돌아온 것일까?

세건은 바이크의 핸들에 몸을 기대고 서서 그걸 바라보았다. 커럽티드는 하루살이나 같아서 구할 방법도 없다. 흡혈귀가 된 인간을 되돌릴 방법이 없듯. 만약 그런 방법이 있다면 세건도 용진을 죽일 이유가 없었을 것이다. 아마 송덕연은 자기 손으로 저 커럽티드를 죽여야 할 것이다.

"이런 씨발… 이런 개 같은 경우가……."

송덕연은 괴물로 변한 옛 친구, 정준을 젖은 눈으로 바라보았다. 전신주에 매달린 가로등이 몇 번 깜빡이더니 꺼져 버린 골목이 적막에 휩싸였다. 하지만 사이키델릭 문을 주사한 송덕연은 어둠 속에서도 선명하게 정준을 살펴볼 수 있었다. 피부가 녹아내리고 살점이 발라진 곳에서 뼈가 보였다. 정준은 지구상의 어떤 생물도 감당하지 못할 중상을 입은 채 송덕연을 슬픈 눈으로 올려다보고 있었다. 그러나 그것은 생물이라기보단 '괴물에 속하는 것'. 그것은 또한 흡혈귀 사냥꾼의 미래의 투영일 수도 있었다.

"……."

세건과 커럽티드, 그리고 송덕연은 골목에서 일렬로 늘어서 있었다. 세건은 그런 송덕연을 보고 고개를 끄덕인 뒤 바이크를 다시 제자리에 가져다 놓기 위해 골목을 빠져나갔다. 남의 것을, 특히 바이크를 훔치는 것은 세건이 좋아하는 일이 아니었고, 송덕연이 친구를 죽이는 장면에 입회자로 남는 것 역시 원치 않는 일이었다.

"크으으……."

커럽티드는 다시 혼란스러워하고 있었다. 세건이 자리를 비켜줘 달아날 공간이 생겼기 때문일까?

저벅, 저벅!

좁은 골목에서 송덕연의 워커가 육중한 소리를 냈다. 멀리서 들려오는 사이렌 소리를 압도하는 발소리였다. 커럽티드의 목을 점점 조이는 소리이기도 했다.

한 줌 남은 커럽티드의 이성은 여기서 모든 것을 끝내길 바랐지만 식도를 타고 맹렬하게 끓고 있는 검붉은 욕망은 여전히 피를 원하고 있었다. 굶주림만큼 강력한 욕구가 어디 또 있을까? 게다가 송덕연은 만감이 교차하고 있어서 긴장이 풀어진 상태였다. 돌아서서 달려가기만 한다면 인간의 다리로는 커럽티드를 따라잡을 수도 없다.

"크으으으으!"

탕!

그러나 그 순간 정준의 뒤통수에서 피와 살점이 튀어 올랐다.

새하얀 연기가 송덕연의 샷건에서 피어올랐다. 커럽티드는 남아 있는 오른쪽 눈동자를 굴리며 송덕연을 바라보더니 앞으로 쓰러졌다. 육중한 소리와 함께 그것은 앞으로 쓰러져 일어날 줄 몰랐다. 제아무리 강력한 괴물이라고 해도 뇌를 후벼 파냈는데 살아 움직일 수는 없는 법이다.

"……."

송덕연은 말없이 기계적으로 채혈기를 들어 커럽티드의 머리통에 꽂았다. 이미 두개골이 파손돼 얼마 남아 있지 않은 뇌수가 채혈기 안으로 밀려들었다. 커럽티드의 뇌수에 상금을 건 이유는 뇌가 빨려 나가면 제아무리 흡혈귀라고 해도 살 수 없기 때문이다. 그래서 송덕연은 자신의 옛 친구인 흡혈귀, 아니, 커럽티드의 머리통에 무표정한 얼굴로 채혈기를 꽂은 것이다.

"눈물을 흘릴 수 없는 건 흡혈귀만이 아닌 것 같군."

송덕연은 메마른 음성으로 중얼거렸다. 채혈기 비닐 팩에 회백색의 투명한 뇌수와 피가 섞여들고 있었다.

"끝났나?"

실베스테르는 어떻게 경찰들을 다 따돌렸는지 골목으로 폐차가 다 된 프라이드를 몰고 오다 세건과 마주쳤다. 세건은 닌자를 대충 길거리에 세워둔 뒤 입을 열었다.

"아저씨가 알아서 할 일이죠. 그나저나 흡혈귀들은요? 설마 그 많은 수를 다?"

그러나 실베스테르는 커럽티드의 일은 더 물어볼 것도 없다는 듯 둥그렇게 도려낸 프라이드의 지붕 조각을 쟁반처럼 손끝으로 돌리며 대답했다.

"시체를 경찰들이 발견했어. 골치 아프지만 어쩔 수 없지. 대낮이 되면 시체가 사라져 있을 테고… 그다음 일은 상금도 거는 흡혈귀 클랜들이 알아서 할 일 아닌가? 좋은 거 있잖아. 인체 발화 현상이라고."

"……."

세건은 말없이 뒤쪽을 바라보았다. 주택가에서 신고를 했는지 경찰차들이 골목으로 들어가는 게 보였다. 좁은 골목에 차들이 잔뜩 주차돼 있고 커럽티드가 자동차 한 대를 뒤엎어놓기까지 했으니 경찰차가 골목에 들어서는 것은 쉽지 않을 것이다. 그렇다고 하더라도 시간적으로 여유가 있는 건 아니다. 길이 막혔으면 당연히 돌아서 올 생각도 할 테니까.

게다가 세건과 송덕연, 실베스테르만큼 수상한 인물이 또 어디 있단 말인가? 지금 실베스테르가 끌고 있는 프라이드는 오픈카가 되어버린 데다가 뒷좌석에는 흡혈귀들이 사용했을 소총들까지 잔뜩 실려 있었다. 각종 도검류는 물론이고 방탄조끼까지 입고 있으니 서둘러 자리를 뜨는 게 번거로운 일을 피하는 방법일 것이다.

"몇 개 가질래?"

실베스테르는 사이렌이 요란하게 울리는 큰길에서 대담하게 소총을 들어 보이며 물었다.

"고마울 따름이죠."

그렇잖아도 화력의 열세를 고민하고 있던 세건에게 그 이상 반가운 말이 없었다. 하지만 송덕연은 과연 괜찮은 것일까? 그러나 세건이 그런 걱정을 하기가 무섭게 송덕연이 골목에서 비닐 팩을 들고 걸어 나왔다.

"내 차였던 물건이지만… 정말 심하군."

"어서 타요."

세건은 뒷좌석 소총들 위에 몸을 올리며 재촉했다. 피에 젖은 총들 위에 앉자니 마음이 편치 않았지만 경찰들이 언제 쫓아올지 모르는데 그런 걸 따질 틈이 없었다.

"뭐, 걱정하지 마. 이럴 줄 알고 그 녀석을 불렀으니까."

송덕연은 홀로 중얼거리며 핸드폰을 꺼내 들었다. 그러자 실베스테르는 품속에서 PDA를 꺼내서 서울시 지도를 불러들였다. 경찰들의 검문검열은 차가 자연히 속도를 줄일 곳, T자형 교차로나 도로 입구 등에서 하는 게 원칙이다. 검문을 피할 수 있는 곳에 차를 두고 당분간 사태가 가라앉을 때까지 피하는 수밖에 없었다.

"아, 마침 가까이에 있다는군요."

송덕연은 핸드폰을 닫으며 실베스테르에게 보고했다. 세건은 그런 송덕연을 보고 물었다.

"정말 해치운 거예요?"

"그럼 가짜로 해치워서 뇌수를 빨아내는 경우도 있냐? 일억이라. 녀석은 가족도 없으니 내가 유산을 받았다고 생각해야지."

송덕연은 무표정한 얼굴로 중얼거리며 차를 몰았다. 경찰들의 눈을 피하기 위해 교차로를 우회하며 지나갈 때 길가에 커다란 냉동차 한 대가 서 있는 게 보였다. 트레일러 뒤는 열려 있고 차량이 올라설 수 있도록 레일까지 놓여 있었는데, 그 옆에 서 있는 인간은 모자를 눌러쓴 채 풍선껌을 불고 있었다. 그는 송덕연의 프라이드가 트럭에 올라서자 풍선껌을 불면서 다가왔다.

"흐흠, 정말 엉망이군요. 요금은?"

"이거 먹고 떨어져."

송덕연이 지폐 다발을 건네주자 그는 그걸 받아 들고 안을 한번 파라락 넘겨 살펴본 뒤 프라이드에 실려 있는 총기들을 보며 눈을 빛냈다.

"다 뒈졌나 보군."

"응?"

"아니, 아닙니다. 안전가옥으로 모시도록 하죠. 타세요."

남자는 트럭의 문을 탁탁 두드리며 세 사람을 잽싸게 훑어보았다. 세건은 그 눈길이 왠지 기분 나빴지만 지금 같은 상황에서는 돈 주고 사는 도움이라 해도 고마운지라 그를 의심할 수도 없었다. 실베스테르와 세건, 송덕연이 냉동칸에 올라가자 남자는 히죽 웃으면서 차의 뒷문을 닫고 운전석에 올라타 시동을 걸었다.

송덕연은 냉동차 안에 들어가자 벽 구석에 가 앉았다. 올 때는 냉동을 틀어놨었는지 차제 내부 곳곳에 성에가 끼어 있었다. 송덕연은 그 차가운 벽에 몸을 기댄 채 주사기를 꺼냈다.

"아, 저기!"

세건은 필요도 없는데 마약을 투여하려는 그를 말리려 했다. 하지만 실베스테르는 그런 세건을 제지했다.

"주제 넘는 참견은 하지 마라! 애송이."

"그, 그렇지만……."

송덕연은 조용히 주삿바늘을 몸에 꽂고 마약을 투입했다. 전투를 위한 것이 아니라 조합하지 않은 순수한 사이키델릭 문을 몸에 주입하니 다시 눈앞이 흔들리며 색에 대한 감각이 풀려갔다. 곧이어 송덕연의 머릿속을 채우고 있던 무거운 상념들이